张承志作品系列

卷三 · 长篇小说

金牧场

张承志　著

人民东方出版传媒
東方出版社

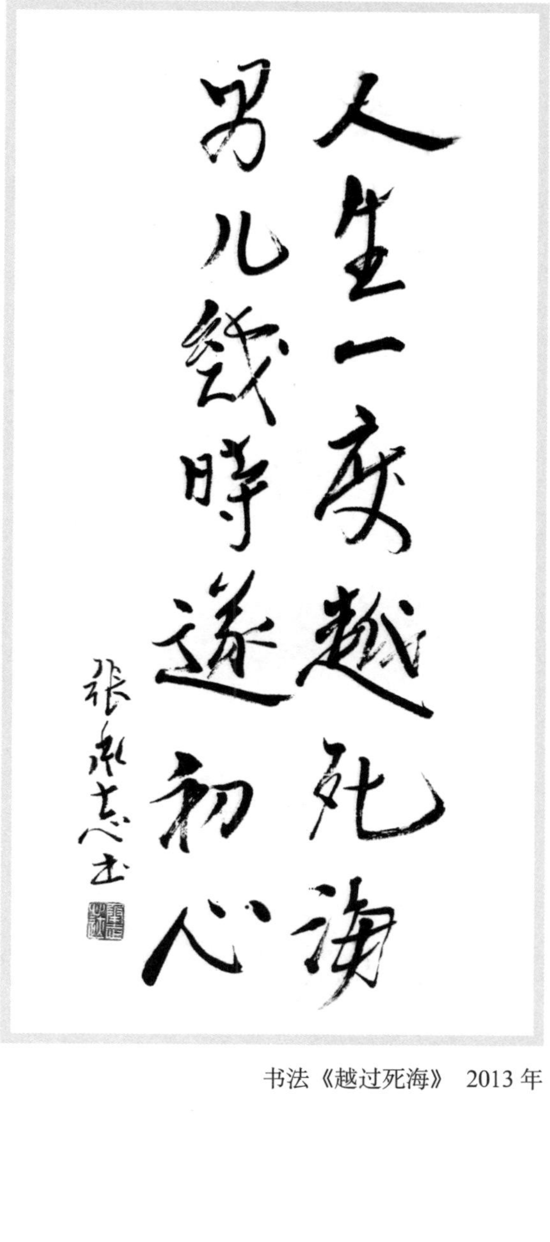

书法《越过死海》 2013 年

远方

目录

上篇

下篇

金牧场

上篇

一

第一章

生命，也许是宇宙之间唯一应该受到崇拜的因素，生命的孕育、诞生和显示本质是一种无比激动人心的过程。生命像音乐和画面一样暗自挟带着一种命定的声调或血色；当它遇到大潮的袭卷，当它听到号角的催促时，它会顿时抖擞，露出本质的绚烂和激昂。当然，这本质更可能是卑污、懦弱、乏味的；它的主人并无选择的可能。

我目击过这样一次生命的诞生——

马群里有一匹灰白寒碜的老骒马将要分娩。牧民B·T认为这匹将生的马驹应当是一匹如漆的黑驹。但是他的话无人相信，因为老骒马的皮色简直像一团肮脏的硝碱，像一堆沾着尘土的肠衣，那天的夜漆黑得不见马耳，灰骒马在一块箭草地上抽搐着卧倒了。

整整三天三夜，她在那里卧着，抽搐着嘶吼呻吟，那块箭草地磨成了秃沙滩。

第三天夜里又漆黑如墨，我蹲在地上手里牵着笼头，可是看不见自己牵的马。牧人B•T掏出一把尖刀子，挨着我也蹲下来。他那半扇车轮般的胸在“呼！呼！”地喘。他在黑暗中突然大声自语起来：

“喂——若是伤着你的前腿的不是你父亲红儿马而是我的刀，——那么跑不远的黑骏马能相信我是好心吗！喂——若是伤了你的后腿的不是你的母亲白骒马而是我的手——那么夺不了标的黑骏马能相信我是真心吗？”

我听得毛骨悚然。

我只记得那如漆的黑夜。

我什么也看不见。可是我看见了——只有我在旁边。我看见了一把攥紧的尖刀从那神秘的门户里插进去营救一个诞生。我看见了那衰累的骒马在痛苦和喜悦中抽搐呻吟——她的嘶声曾使我联想到一个真正的女人。我看见了草潮屏息不语。我看见了黑暗从四下潜来围护。牧人B•T最后大吼一声，一团湿淋淋黏糊糊的血块重重摔在我的膝上。我看见了一匹骏马的诞生，一个高贵的生命的诞生。

天亮了。

在喷薄的晨曦中，小马驹站了起来。我惊奇地不知所措。它浑身漆黑，如烟似墨。

“你怎么知道呢？你怎么知道它是黑马呢？”

牧人B•T说，因为它的母亲在诞生时，也就是说，灰白骒马在还是匹马驹子的时候，曾经是这种高贵的黑颜色。

原来，色彩就和音符一样，早在诞生之前，它早已藏在精血之中，注定了本质和命运。因此，应当承认生命就是希望。应当说，卑鄙和庸俗不该得意过早，不该误认为它们已经成功地消灭了高尚和真纯。伪装也同样不能持久，因为时间像一条长河在滔滔冲刷，卑鄙者、奸商和俗棍不可能永远戴着教育家、诗人和战士的桂冠。在他们畅行无阻的生涯尽头，他们的后人将长久地感到羞辱。

我崇拜生命。

我崇拜高尚的生命的秘密，我崇拜这生命在降生、成长、战斗、伤残、牺牲时迸溅出的钢花焰火。我崇拜一个活灵灵的生命在崇山大河，在海洋和大陆上飘荡无定的自由。

J

可恶的尾翼一直遮挡着他的视线。他总得用劲扭过头来，从那块闪亮着红绿灯的巨大铝板的后侧眺望。可是舷窗外一片苍茫暮色，滚滚的云层平坦地铺向天际，使人心情更加不安。他记不清什么时候忘记了海洋，最初似乎他还曾经企图凭脑力判断下边的海域位置，但后来那平铺的细软云层替换了海洋。他也记不清什么时候又发现了陆地，他只觉得自己钝笨地转了一个念头，意识到自己已经飞临了一片异乡的领空。衬衫的硬领卡着脖颈，使他在转过头去从那垂直尾翼一侧眺望时，感到一点疼痛，但是他迟钝得也没有想到这就是疼痛。空中小姐迈着婀娜的步子走在柔软的舱道上，她们用耳语悄声地和旅客交谈。我要和她们说几句，他强制自己地想，从此刻就要开始习惯外国语思维。可是他又把头转向舷窗。那稳稳不动的巨大银色尾翼上漆着一只红色的姿态优雅的鹤。它撩起两翅，撩成一个优雅的圆。窗外的天空正迅速溶入夜色，视野里开始呈着深蓝。这是我第一次乘一架外国飞机，他想，它身上没有熟悉的国旗图案，它身上只有一只张圆双翅的红鹤。以前乘飞机前往新疆和甘肃调查时，一眼瞟见那尾翼上的国旗时，他总是下意识地觉得脑海里飘过一声旋律。当时他没有注意，现在他想起来了。“起来！不愿做奴隶的人们”，他微微一笑。可是此时此刻我乘坐的这架 DC-10 的尾翼上没有一块红膏药，没有太阳旗，他想，这里奇怪地漆着一只美丽的红仙鹤。

“……ですが，……ませんか？”

他吃了一惊。我没听懂，这是日语。他突然觉得紧张。那句没有听清的日语还满带着女性的音色和气声，使他头脑更迟钝。我没听懂这句日语，他飞快地想着，飞快中对自己咒了句粗话。他看见眼前站着一个浓妆艳抹的空中小姐，正睁大着描蓝的眼睛直望着他。

“……tea，……Do you……？”

这次是英语，他想，用英语更完蛋。我只学过三个月英语。他的脑海中毫无必要地闪过一本许国璋第一册英语课本的封皮。他瞪着那空中美人，额上沁出了几粒汗。他费力地盯着她推着的一辆镀亮的车。

航空小姐窘住了，描蓝的大眼睛局促不安地眨闪。那辆镀亮的车上堆满着五光十色。他突然恍然大悟了。他在恍然大悟的一瞬间迅速地决定：不要免费饮料。

“对不起，威士忌。”他用低沉的英语突然开口了，接着用日语补充说：“加水威士忌。”

他轻轻地、长长地吁了一口气，泡着一片柠檬的威士忌酒杯里，几块晶莹的冰块在轻轻击撞。主啊，他想，居然我还能讲得出。接着他啜了一口酒，回忆了一下刚才使用的那两句两种外语。那小姐迈着婀娜的步子走来。递过找回的零钱时她露出一个娇媚的表情。

他也向她露出一个大概是表示谢谢的表情。他喝了两口以后，又开始转过脸，凝视起舷窗外的景色来。

那是一句蕴含丰富的话。能听懂这句话、既不觉得这句话狂也不觉得这句话平淡的人，至少要经过一整套严格训练。刚刚认识第一个字母的时候，有过一种读破天书的快乐。然后就觉得沉浸在音乐之中。那语言遵守着严格的元音和谐律，每一句话都像是骑着一匹速度轻快步点均匀的马，又像是乘着一股灵巧飘摇的风一样好听。那是音乐，我尽管没能掌握它精通它，但我从认识第一个字母时就觉得自己沉入了一派悦耳的音乐。山脉从巴里坤开始向西逶迤绵延，伊犁河谷里又藏着巩乃斯、喀什、特克斯三条河谷。特克斯河谷应该说位于天山腹地的最深处，那条缓缓的绿绸般的河平静地浸着两岸茂盛的绿草。空气中水量充足，树叶上摇响着异乡情调，土壤黑油油地袒露着疯狂的生活欲望。唉，伊犁！……那是一座梯形的青砖墓，砖头已经很旧了。蒿草在黄土夯成的坟圈里摇曳，成排地一面墙般地摇曳，像是挥舞着密集的旗。枣红脸的杨阿訇在前面快步走着，高耸的密密蒿草夹着小道。抬起头来，炫目的阳光亮晶晶地在远近的山峦上闪烁。荒凉的山地啊，极目望去，满眼都是焦旱的土黄色。跟着杨阿訇走着，就像顺着蒿草丛中的小径走进了一个谜。那座秘不示人的墓深埋在蒿草丛中的一个土坟圈里，砖上斑驳的苔藓也是暗暗的黄色。随着这满眼满世界的焦旱的黄土山峁，一切都是暗暗的黄色，任烫人的阳光在上面闪跃着逞狂。苍凉悲壮的西海固，你使年轻人一刹那就成熟啦，你这无鱼的死海。

舷窗外面涌动的云层似乎在闪开着，他茫然盯着那云层，手里握着威士忌酒杯。云层在这个时分呈着一抹玫瑰色。他叹了一口气，从西服口袋里摸出一支香烟来。点燃香烟的时候他觉得机舱里隐隐起了一阵骚动。他吐出一口浓浓的烟雾，耳朵里微微鸣响着一个遥远又尖锐的声音。“从甘肃到土耳其，所有的现代语我都懂。”他想起了那位灰白短发的老教授的一句话。那个空中小姐正婀娜地走来，她的深蓝色的呢裙服裹着一个丰满的曲线。耳朵里依然有个声音在鸣响着，微弱而清晰，尖锐又遥远。她站住了。他惶惑不解地看见她厚厚化妆的脸上又出现了那个娇媚的笑容。沉鱼落雁，他想，她这一笑简直可以沉鱼落雁，可以引起坠机事故。她还在笑着，但没有说话，两片鲜艳的红唇抿紧着。她朝他挥挥手臂，做了个姿势。他把头转向舷窗，外面的玫瑰色云层开始激烈地翻滚，有点像煮沸的粥。那片垂直立着的巨大尾翼上漆着一只鲜红的鹤；但是它遮住了视线，遮住了那片煮沸的粥的一半。他又转过脸来。空中小姐依然坚持着向他微笑，她又挥起那条深蓝色的漂亮手臂，于是他看见了一排亮着灯光的字：No Smoking！

他熄掉了烟。这时他在禁止吸烟的灯光牌旁又看到了“系好安全带”。机舱里还在骚动着，开始降落了，他想。但机舱里的骚动中闪着一张张兴奋惊叹的脸，他觉得那些脸都在向左舷慌慌张张地看。他赶紧把脸贴上椭圆形的小舷窗，他先是看见了那片煮沸了的玫瑰色云层，接着他就看见了那座巨山。

煮沸的厚厚云层依偎着一座巨大的圆锥。飞机此刻正在缓缓地环绕着锥顶飘着。它通体都染着悦目的庄严的玫瑰色。原来在云层之上的高空里暮色像一派温柔的玫瑰，他惊奇地想。飞机在徐徐地庄严地盘旋，于是那座巨峰也缓慢地扭动着，无数条放射线般曳开的脊棱沉重又笔直。光线在改变着角度，那些岩石嶙峋的脊棱一忽儿呈着淡紫，一忽儿幻入铁黑。他觉得天穹里响起了一派圣乐，整个天宇都默默地向着这座神奇的巨峰顶礼膜拜。他屏住了呼吸，他仿佛感觉到机舱里还在激动地骚动。DC-10喷气式客机依然在盘旋着下降，耳里的尖锐鸣叫变成了持久的强压。他觉得耳膜里脑髓深处生出了一丝剧痛。那巨大的山峰还在扭转着，沉重地从云层里升起着，山体浑圆又匀称。天宇中空无他物，玫瑰般柔和的云海里，只有这座雄大浑圆的巨峰在愈变愈大，威严地充斥着世界。他觉得有一阵痉挛掠过全身，他知道，自己也和乘客们一起淹入了那阵骚动。衬衫的硬领卡得脖颈阵阵作疼，他一把扯开了领带。他在喘出一口轻松的气时，在暗亮的舷窗玻璃里看见了自己的面影。一双焦躁不安、野性毕露的眼睛正在暗淡的玻璃上直视着他。那双眼睛清澈真诚，那双眼睛电火灼灼。他盯着玻璃里的那双眼睛，心里觉得又充实了些。飞机继续下降着，他茫然地凝视着那座暮霭中的巨山。太雄伟了，他想，真没想到它这么雄伟。云海在天穹尽头化成了一片玫瑰色的苍茫，遮住了海洋和岛屿，遮住了正在靠近的机场和都市，像一片无人知晓的大陆，他望着那滚滚远去的云层想道，这片大陆上只有这座雄踞万物之上的山峰。他发现舱里的旅客们开始纷乱地站立起来，从空中小姐们手里接过一张张白纸。入境申报单，他猜道。飞机马上就要着陆了。他也站立起来，束紧了领带，扯直了衣襟。他觉得黯淡的舷窗玻璃里映出了一个挺拔矫健的身影，英俊又坚毅。他轻轻地坐好，接过那位眼睛描蓝的小姐递过的白卡片时，他和她都露出了一个会心的微笑。

老教授搔着那头灰白的短发时，总是习惯地俯下头来。那颗头巨大而笨拙，使人滑稽地想到老教授还是个男孩子的时候一定是个大头娃娃。“关键是语言。”他讲得自信；自信中甚至有一丝不容争辩和蛮不讲理。“这个地域，这个地域——你懂得这个地域有多么辽阔多么复杂么？语言，中亚的关键。你要趁年轻懂得这一点。这个地域，这个地域，嘿，啧啧。”他摇晃着那颗灰白色的大脑袋沉默了，他仰在竹椅上，微微闭上了眼睛，那个灰白色的大脑袋在感叹地晃动着。

他也沉默了，安静地坐在一旁的小凳上。中午的寂寞中响着知了吱吱的干唱。阳光从肥硕的向日葵叶子中间倾泻下来，整个教授宅院沉入一片死寂。他静坐着，握着一本书。

“从甘肃到土耳其，所有的现代语我都懂。”那颗灰白的大脑袋突然睁开了一双眼睛，喃喃地说道。接着那颗灰白脑袋叹了长长一口气，又恢复了沉默。

旅客们提起了手提物品，顺着柔软的地毯鱼贯地向舱门走去。剧烈的疼痛保持着高压，使双耳失去了听觉。他在走出舱门时没有看见那个会笑的空姐，他集中精力走着，在丧失听觉的状况下把皮鞋稳稳踩住蓝色的软地毯。他看见人们在互相露出笑容和牙齿，在无声无息地打着手势交谈。可是声音被滤去了，他只看见五光十色在闪幻，但他听不见声音。软绵绵的舒适的静寂包围着他，他努力握紧了手提箱，准确地踏稳蓝色的长地毯走向出口。那座巨峰和它四翼拖出的匀称的脊棱呈着柔和的玫瑰色，但是它实在太威严太雄大了，他想着，它简直像一个在荒野般的无人大陆上新生的巨人。他交出了护照和机票。穿米黄色制服和束白皮带的海关人员端详着护照上的国徽。他等待着，等海关人员抬起眼睛的时候他送过去一个坚定的眼神。他打开皮箱上的按锁，衣物上面放着的三瓶酒赫然映入眼帘。穿米黄制服的日本人戴着一双雪白的手套，抓起了一瓶精装的“特制伊犁大曲”。是茅台酒吗？米黄制服露出了一只金牙。他觉得他听见了茅台二字的发音，但这声音像蚊子嗡嗡一样缥缈。不，不是茅台，是伊犁，他说道，他听见自己的声音也像蚊子在嗡嗡叫。米黄制服说了长长的、咕噜咕噜的一串话。他一句也听不懂，只听出了一些礼貌的语感。米黄制服唤来了一个穿灰西装的矮子，那矮子鼻子上架着一副细金丝或金属丝眼镜。又是一长串咕噜咕噜的话。他绝望地站着，这次他只听出了一种压慢的语调和速度。为什么一句也没有呢？他怨恨地想着他曾熟读过的那些日语课本。从甘肃到土耳其，所有的现代语我全懂。灰西服金丝眼镜的矮个子耐心地取来纸笔，伏案疾书。“请于两周之内前往文京区区役所办理外国人居留登录手续。”他不好意思地连声说好；原来是这么件事，他想。他锁好箱子，从大厅中央的大理石立柱旁取来一辆锥镍的胶轮小车，把箱子放在上面。他穿过两道自动玻璃门，无数灯红酒绿的咖啡厅、酒吧、荞麦面馆和西式快餐店突然夹道而出。五颜六色的男女匆匆走着，长长一排公用电话排列到大厅尽头，磨光的大理石墙面和地板上映着他的被一套深色西服裹紧卡硬的身子。他抬起头来，松了一口气，开始寻找出口，这时他看见了玻璃门外夜空里明亮闪烁着的“新东京国际空港”几个灯光字。他突然意识到自己正被一股兴奋攫着，他回味到自己刚才出关以后，在吁了一口气的时候有一种……终于达到了目的的快乐。好像费尽九牛二虎之力，终于爬上了一座山顶似的，他想着，觉得疲惫又舒服。那富士山呈着一种不可思议的对称，长曳着的山裾优雅而单纯，在云层之上它遇上了暮霭的洗浴，于是它通体都染上了美丽的玫瑰色。他推着小车，沿着一个个指示路标向出口走去，反复咀嚼着，又咀嚼不出他心里古怪而新鲜的感觉。

那是在十年里的第一次进入天山。背包里掖着一本哈萨克语教本，脚上穿着那双穿旧了的马靴。天山人没有发觉这双马靴的式样个别。汽车在疾驶的时候，一道苍郁的绿色明亮的山脉顶着透明的冰雪，在路左千姿百态地一字摆开。那是眼睛的盛宴。那时双眼应接不暇地对着神美的天山饱览秀色，眼睫贪婪地眨闪着吞下晶莹的冰顶、暗蓝的阴坡松林和阳光满洒的嫩绿明亮的山麓草原。那是语言的海洋；夏台河旁的那个用圆松木砌成的小村庄里有九个民族，每走一百米可以听到四五种语言。但是那里气候酷热；双颊上被阳光中的紫外线灼得结下了两块紫红色的疤。有几天只能啃些干馕，喝些没有颜色的陈茶水。但是那峰峦上的冰雪千年不融，雪白中幻射着醉人的蔚蓝。阳光照得透亮的山前草坡上满生着野葡萄、黑醋栗、碧绿的荨麻叶和水汪汪的骆驼尾草。第一次踩着湿漉漉的草地走向天山峡谷的时候，心里兴奋得想唱一支歌。可是每一支歌都刚刚唱了半句就被抛弃了，因为在那么美好的山地里不能唱不伦不类的歌。谁在那样的草地上朝着幽密的蓝色松林走上一程，谁就会知道应当为自己也为天山寻找一支真正美好的歌。

出口的巨型玻璃门外挤满了迎接亲友的人。他看见一个面色黝黑的年轻人举着一块白色的纸牌。那面色黝黑的人神情和善而文静，他觉得那人正默默地望着自己。接着他就发现那块白硬纸牌上写着他的名字。他松开小车的把手，费劲地用日语介绍了自己。

“我叫平田英男，”他依然觉得听觉微弱。“欢迎您，欢迎您来到日本。”他高兴地觉得自己全都听懂了。居然听懂了，他想。他握住平田英男的手。

平田稳重地微笑着，黝黑的面庞中流着一股英俊的神情。他紧握住平田的手，他觉得这手温厚又结实。开始啦，他有些不安地想，我就要和他在一起度过一年研究生涯。新生活开始啦。

出租汽车在高速公路上无声地疾驰。耳鸣不知什么时候减轻了，但听觉还没有恢复。远近闪烁着黑黝黝的楼房巨影和摇晃的灯火，高速公路在大地上画着流畅的巨弧。蓝色的路标被仰射的灯光照着，醒目地把方位、规定速度、公路设施迎面送来。平田英男话语很少，只是偶尔投给他一个和善的眼神，像是在安慰他。夜幕低低罩着原野，寂静中只有汽车发动机轻微的突突声。他感到困倦。他想对平田讲些什么可是觉得力不从心。其实我们俩都懂得点中亚出土的回鹘语文献，他想道，可是不单是我，恐怕平田也很难用回鹘语当交谈的口语。哦，语言，他突然感到有一种异样的感觉。他有些恐怖，他觉得隔膜难以突破，觉得自己已经莽撞地闯入了异乡他国。他闭上了眼睛，疲惫立即抓紧了他，他沉沉地坠入了一片混沌的思绪之中。兴奋的神经像信号灯一样闪灭在混浊的海里，他想用日语解释自己的兴奋，解释他的一切往事和心情，可是他觉得浑身无力。紧箍着肉体的西服和领带，还有被高速的疾驰建立起一个秩序的高速公路正在挟带着他顺流而下，他感到一个宿命的神正在黑暗中凝视着他。唉，他心里呻吟着，任自己热烈的兴奋和不安的担忧都直直地朝着那神的黑黑怀抱扑去。

他信步走进了会客厅。平田英男走了以后，他并没有去洗澡。在会客厅里有一个瘦肩膀的小伙子在看电视，他向他打过招呼后发现这是一个中国人。咱们会馆一共有二十三个中国人，小伙子说话很活泼，一口北京京腔。加上您已经有二十四个中国人。您是留学？讲学？访问学者？每月多少万日元生活费？您会打乒乓球么，要不咱俩玩一会儿？……日本真他妈怪，什么货都又漂亮又地道，只是乒乓球案子造得软囊囊，不起球。您得使劲抽它，那拍子也不起球。慢点慢点，在这种案子上使这种拍子玩用不着那么快反应。反应太快反而抽不着球。我带您参观会馆。这是食堂，自我服务——自己取饭洗餐具，每顿饭最低四百七十日元。这是复制角。复印资料一页十五日元，复制磁带不用花钱，用这种快速键。在这儿买邮票。电话其实是受话器，能接不能打。向外线打电话去哪儿，嗷，那是投币电话。对，这是硬币换钱机。洗衣机和熨斗在五楼。好啦，明儿见。我在赤坂银行实习，明儿一早就走。休息吧，再见，您不用急，几天您就熟啦。啊，我叫张小星。再见，明儿见。

他独自在空荡荡的会客厅里踱着。

就这样开始啦，他默默地想着，吸着一支香烟。一切都会习惯的，一切都会顺利地运转起来的，一切都会好起来的。无论如何，我终于来了。我，像我这样的一个人，也终于获得了这一切，这是一件含义深长的事情。他踱着，朝一个穿过会客厅的东南亚人味道的女孩子礼貌地点了点头。日语和英语在今天轮番折磨着摧毁着他，他觉得一丝苏醒此时正从被压迫得麻木的自尊心中蔓延。但是你调查过整个北中国，他咬着烟嘴想。在讲突厥语言的新疆，在黄土覆盖的伊斯兰教中心地带，在一切游牧民生活的草原上，都有着为你敞开的门。关键在于你终于来了。这一年里你将获得的学科知识和资料会是一股有魔力的火。你已经清楚地看到了未来：那时你拥有的一切将会升华飞跃，你将拥有一片炫人眼目的新世界。蒿子草摇曳得悲愤沉重。望着它密麻麻的哗哗抖响的棱秆，人心就掀起久久的激动。它像是坚忍地隐蔽着埋头藏姓，它像是一道冷漠的屏障般挡住了一切。它大概在二百年里一直沉默着忍耐着，它宁愿埋没真实宁愿牺牲真相宁愿永世不求公正的裁决和理解，也不让它不信任的人突破这道黄褐色的柔韧的屏障。它摇曳着一丈多高的蒿秆和灰白的草穗子，在焦旱的黄烟滚滚的秃山裸岭上构筑了一道警惕的城墙。可是杨阿訇在前面大步走着，他在决定为我引路时激动得面如重枣。蒿子草的大帐扯开了。坚城闪出了门户。我踏进了谜底。那谜底是一座青砖砌成的梯形墓，它浑身粘着斑驳的苔藓。我大步走近了它。我应当记住：是我本人大步地走近了它；是我本人踏进了一个无人知晓的谜底。他觉得心情躁乱不安。会馆的会客厅里人影寥寥，天花板上有几盏顶灯熄了，剩下的光线柔和而宁静。大厅角落里安放着一排灯光鱼缸，一些玲珑美丽的热带鱼正围着几只彩色灯泡嬉戏。

他信步走出了会馆大门。

异国的第一个晚上。

他觉得有些晕眩。夜空中有一个巨大的液状物在矗立着。那液体闪着红艳欲滴的强光，沿着一道水平的弧线向下泻着，像一道红色的瀑布。他搜寻着一股气味。是气味呢，还是一种新鲜过分的感觉？那道红瀑布是一幢摩天楼。还有一些摩天或不至于摩天的大楼，这些大楼辉煌地亮着灯光，座座笔直的楼体晶莹透明，蓝白雪亮的灯光被钢窗切割成整齐的网格。脸颊上掠过一丝微乎的湿凉，他抬起头来，觉得脸上奇怪地发着烧。那时我还年轻气盛，他想，我一纵身就跳下了伊犁河。我刚刚浮出水面就挨了一个浪头的重重一击，我发现这伊犁河水凉极了。我起劲地拉着大网。当我登上彼岸的时候头和浑身的肌肤都冻得抽搐着，可是我疯狂地跳了起来，在沙滩上快活地乱叫乱喊。这就是我研究生涯的初衷。穿出会馆所在的小街以后，他看见有一条河在面前疾流，漂浮着五彩缤纷的颜色。黑暗的夜空中悬挂着霓虹灯的刺眼图案，那灯光图案嗞嗞有声地燃烧着，使靠近的夜空显出了温暖的紫红色。天上没有星星。从飞机下落时开始的耳鸣到现在还时起时伏。颊上又拂过一些湿润，凉凉的像是在安慰人。红瀑布又沿着那道水平弧匀匀泻下，黑暗中亮起了 Coca Cola 的字样。真想得出来，他想道，原来他们硬把一栋摩天大楼装饰成一罐可口可乐了。流动不息的那道彩色的河突然静止了，凝固在一个什么信号上。五一节清晨他就觉得空中飘游着一个信号。车进伊犁城时，他目不暇接地看风景，直到忽然觉得气促才留神到那个信号和气息。车进伊犁城时两颊上拂着新鲜的风，路旁络绎不绝的行人衣着鲜艳。他在看见一排穿着一模一样的淡青连衣裙的维族姑娘时，险些喊出声来。多么爱美的民族啊，他觉得七八个姑娘穿着一模一样的连衣裙上街，这简直不可思议。就在那时他辨出了一股气息：街道两旁苹果树正怒放着第一批鲜花，苹果花香强烈地冲荡着，呛着人的嗅觉。伊犁河上翻着浑浊的野性的浪。伊犁河的浪头上也挟带着同样馥郁的苹果花香。沿着原野，沿着天山，沿着白杨林里那一排排涂成淡蓝色的小屋，苹果花香在放肆地奔跑和冲荡。小伙子们都发疯般地奔跑起来，赤脚踩着冰凉的沙滩。他喘息着，大口大口吞咽着浓烈的花香，望着伊犁河快活得头晕目眩。他说不出话来，他迎着一道道激烈的苹果花香的气流急促地喘息着，吞咽着那呛得他气促的伊犁河谷地的春天气息。他从那道突然凝止的彩河上辨出了密密麻麻的顶灯、尾灯和前灯。他踱着步，继续走向这都市的纵深。有一个巨大的电动广告逼近过来。“海上火灾”，他奇怪地读着。这岛国起火了，真是火灾，他想。有一个女人高雅地敲响着高跟鞋，擦着他飘然而过。他不觉间被逼得向后仰着，一股更浓烈的气息直冲他的鼻孔。化妆品，他心里莫名地乱。他明白了。在这条五彩的电气的河上洋溢着的，原来是化妆品的浓香。浓妆的世界，浓妆的夜，他觉得紧张。这时那彩河又倏然流淌起来，数不清的彩灯在争先恐后地闪烁。他觉得头脑和四肢都有些麻痹，但那暗暗溢流的异香还在浸入他的口鼻。他扶住了一根电线杆柱，潮湿冰冷的混凝土触得他浑身一震。这是你么？是的，这是我。夜空在墨黑中渗出了一派暗红的色素，微乎的雨丝在这夜空中溶化了，化成了一些飘闪不定的、轻轻的潮湿。他悄悄地朝自己的手臂送去一些气力，于是胳膊上的肌块绷紧了。这是你么？是那个在护城河沿的棚户里长大、在那肮脏的泥河边上捉过蛐蛐、捡过煤渣的你么？他体会着被西服卡紧的双肩和被领带勒住的脖颈的每一丝感觉。是的，就是我。我来了，我要在这里研究整个中亚和北亚大陆。眼前那条五颜六色的彩色河流仍然在疾驰着，每一辆汽车都像一条潜行的鱼。鱼身上闪着黯淡光滑的镀亮，闪着优越的物质的光泽。河水掀着不安地涌动的化妆品的异香，浸漫着向这不夜的大都会扩散。他暗自挺直了腰和胸脯，他觉得自己已经不那么不安了。是的，这是我，他想，他的嘴角僵硬地保持着一个傲慢的笑容。他猛地吸了一大口气，那无机物和工业化学制品的浓香深深浸入了肺腑。他小心地判断了方向，把双手插进裤袋，开始散起步来。

面前又是那幅古怪的广告，“海上火灾”。不能理解，他想，也许不久我就会理解。海上难道也能燃起熊熊大火么？夜都会还在展开着深不可测又艳丽迷人的怀抱。Coca Cola，黑暗中又出现了这排字母，接着从高高的半空里有一道被电流烧旺的红瀑布又缓缓泻下。野村证券。TOYOTA 自动车。王将饺子。资生堂男性化妆品。在悄然拂着的雨丝中，空气混合着一股异香在弥漫。“海上火灾”，那个奇怪的灯光广告又出现了，像是一句启示的警句。面如重枣的杨阿訇举起一只手。那只手臂和他下巴上的银胡子都在颤抖着。瓦蓝的天空旱得没有一丝云影，四野只见静静的黄土山峁在起伏中凝固。蒿子草长得比芦苇更高，灰白的穗穗和焦干的宽叶剧烈地摇着，闪出一条秘密的路来。他的鞋里已经灌满了沙土，他顺着蒿子草闪开的小径，顺着那条颤抖的手臂指引的方向，大步地往里走。哗哗的草啸不屈地奏响着，他觉得自己的心也颤抖了。后来看见了那座被教徒们密藏了二百多年的青砖坟墓。杨阿訇望着他，颤抖的手指僵了，唇角抽搐着说不出话来。“我知道，杨阿訇。”他倔强地扬起下颏说。我知道二百年里你们没有告诉任何人。二百年前官府悬赏追捕时你们没有说出去；二百年后事过境迁历史已经遗忘了你们仍然缄口不言。我知道你想对我说这件事只告诉了我。旱得蓝晃晃的天空中阳光炫目。四野荒凉的黄土山突然噤声。杨阿訇的嘴角哆嗦着，说不出一个字来。他脱下了鞋，赤脚踩上了滚烫的砂土。他望了望那高远的蓝天，蓝天上像画着一个触目惊心的符号。他嗵地跪下了。杨阿訇一刹那热泪纵横，泣不成声。哦，我跪下啦，我的双膝今天跪在一片灼烫的黄沙土上。密集的蒿草遮天蔽日，在蒿草深处，在我面前低低卧着一座青砖的坟墓。它满身苔藓，风剥水漶得那么古旧。但只有它记载着真实，记载着历史的可耻。杨阿訇高声吟诵起一段“苏热”，蒿草丛和山野里拔地而起地冲出一支悲怆的哀乐。他没有低下头，他倔强地迎着毒旱的斜阳跪着。在这哀乐和古兰经流畅的诉说中，他的心和第一次跪屈的膝一齐抽搐，他恐怖地感到自己在这一刻里的蜕变。视野愈来愈开阔。拔地而起的座座高楼巨厦烛火雪亮，在黑夜中割据出了一条条规整高耸的白昼。半透明的玻璃门里人影摇曳。女人们潜藏在浓蓝的眼圈和鲜红的唇膏后面，仪态高傲地匆匆走着，但是使人辨不出真面目。工业的异香继续呛着鼻孔，他开始觉得喘急气促。有一扇淡紫色的玻璃门上漆着一行奇怪的字:“美人 ing。”他没有读懂也没有去猜想这行字的含义。他又想起自己的母校北京大学的燕南园和蔚秀园，想起了自己的恩师，那位躺在一张破竹椅里的头发灰白的古代突厥语大师。“从甘肃到土耳其，所有的现代语我都懂。”他忽地又想到这句含义深刻而概念严谨的话来。而我不懂，老师。你懂一些，你学了一点罗。不，老师，太难啦。努力吧孩子，这话已经不该由你说罗。灰白发茬的大脑袋上突然射来……羡慕的两道光。为什么呢？老师，你为什么羡慕呢？从甘肃到土耳其，突厥语族覆盖的辽阔大陆上，语言多如牛毛。我努力而刻苦地学习过可是成效甚微。读本科时夜里我站在厕所里背单词。读研究生时我骑着自行车每天转三所大学旁听。可是我终于懂了。我不可能像您那样掌握那么多语言。我满心的不安和恐惧是为什么呢？哀伤悲怆只向这旱渴的蓝空倾诉。当“苏热”被吟唱起来的时候，古老的阿拉伯语不再费解，它只是饱含着今世和现实不能达到的追求。世界和彼岸，憧憬和来世就这样为你打开了大门。西海固，你贫瘠的甘宁青边区，你坚忍苦难的黄土山地，你在杨阿訇为悼念先烈的“苏热”中松弛了，打开了紧锁着的心扉，把一腔感情向这雄浑的大陆倾诉。“美人 ing”，他突然明白了。汉语加英语，中国加美国，他想。这是一个日本人的聪明创造。美人 ing，现在进行时的美人，正在现实时刻中的美人，他默默地翻译着这个词，又瞟了一眼那扇淡紫色的玻璃门。女人的绰约身影在门后呈着梦幻般的紫色。“原来这是个美容店。”他笑了。

夜深了。他决定回会馆去。他在这一天紧张的飞行和思绪中，在这光怪陆离的新世界里疲倦了。他用力打了一个哈欠。

突然在这个哈欠中耳膜裂开了。轰然的嘈杂汹涌冲撞着闯入听觉。不安和恐惧倏然消逝，尖锐的声浪清脆地炸成一片。从飞机盘旋着绕着富士山下降时就失去了的听觉恢复了，他此时此刻觉得自己一下子坠入了陆地和尘世。喇叭在锐厉地尖鸣。胶轮在吱吱地碾着混凝土。玻璃和红绿灯光在清脆地击碰。大道上彩色的车流依然像一条喧闹的河。工业的浓烈香气冲激着鼻孔，钻进了头颅并使脑汁膨胀。伊犁河翻滚着浑浊的白浪，五月的苹果花香呛得他感到晕眩。他昏昏沉沉地走着，惊奇地望着那一长排衣裙同色的维族姑娘。“美人 ing”，他在心里念着，“海上火灾”。而我真的来了。我来了，在这里我要度过漫长的一段生活，争得像我这样的人一直梦想争得的一切。雨丝在这发红的夜空中散失净尽，只剩下一些微微的潮凉。大都市的车流像彩色化妆的长河，河上闪烁着富贵豪华的物质的波光。这是发达的世界，他想，是我以前曾经那样幻想过的世界。而今夜我和它相遇了，我终于来了。

他在通向会馆的那条小街入口处站住了。他感觉到自己的躯肉在硬硬的西服里正一阵阵地掠过一种痉挛。他有些烦乱不安，但又觉得莫名的满意。平田明天上午来会馆，他说他带我一块去亚洲研究中心上班。有几个人谈笑着拥过他身旁，他感到一些浆硬的白领和考究的衣料逼近又离开。从明天起，他下着一个决心，从明天起要积极地说日语。从甘肃到土耳其，所有的现代语我都懂。他最后瞟了一眼那个在夜幕上悬着的巨大灯光广告。“海上火灾”，他想，世界在燃烧。他突然有些不祥之感，他从那四个字又捕捉到一丝残酷和冷漠。但是还有“美人 ing”，他微笑了。这个汉语加英语的古怪复合词使他心情轻松愉快。夜空依旧被灯火通明的大厦割切成方形和矩形的白昼。道路仍然像一条彩色大河，在喧嚣中急速移动。这是你吗？是的，这是我。他在走开前又望了一眼这都会之夜。“哦，东京。”他小声地说。

M

你们真的还想听我讲这种蒙古故事？

那个老太婆那个蒙古女人还有那匹黑马，你们不是已经知道已经腻烦了么？

别这样看着我。

你也应当负起责任。你凭什么把这一切的责任都推给我，难道你和那片草原无缘么。难道不正是因为你这家伙的缘故，难道不正是因为你这小子爱诌酸诗唱酸歌在知识青年会上说酸话——弄得我才迷迷糊糊干了这么一行变成个不伦不类的说书匠了吗！

而你倒舒舒服服地藏着

你狡猾地说：我废物，我没出息

而我已经拆了回家的老桥

你逼我卖血为生

到了今天——

知道吗我只有不管真信假信我非得坚信你是我的铁杆朋友。我非得拼命回忆那时候在草原上你念过的酸诗。我非得想象着你在关切地注视我虽然你早把我忘了。我非得在心里臭骂你然后再反省为你解释说你生活得太难了么——凭什么呀！

难道那片大草原是我的私人自留地吗？

我又不是蒙古人

知识青年又不光是我一个

嘿！你醒醒别假装打盹呀！

但是我们毕竟有着骑手的友谊。包括你这个混蛋我们毕竟是大名鼎鼎的草原的骑马的知识青年。我挑不着更好的啦我只能认倒霉地承认我只有你们几个朋友。而且我忘不了那次谁谁结婚；那次你被白酒一灌一下子露了你的本相。那天你语无伦次满嘴汉加蒙的奇怪语言。你满嘴都是“我们队”、“我们家额吉”、“我那匹红马比你那匹白马好”。我盯着你我亲眼看见你兴奋得手舞足蹈身心坠入了深深的疯狂。于是我又（！）激动了又差点要哭。我宣布你儿子出身革命青年。

我又能接着卖血啦，我的朋友。

可是那顿喜酒里有人骂了我们他们讨厌我们的狂态。他们甚至认为我们在表演。有个杂种说啦：“哼，又不是人家的亲孩子，干吗一嘴一个我们家我们家的？”他们接着嘲讽说，“既然那么亲，干吗还非回北京呢？”

我们不再奢求交流。我们开始变得比他们更冷淡。我们懂得了：谁和他们说草原谁傻×。再遇到有人提到草原二字时，我们开始翻白眼儿。让讨厌的臭鱼烂虾高谈阔论骏马、让全世界的王八蛋去歌唱草原吧！我们甚至学会了一点恶毒。比如我曾遇到过一位年轻的女学生，当她闪着天真纯洁的大眼睛，向我讲述她在暑假里去百灵庙草原游玩的事时，我说：“你去的那个地方是个狗屁。你少来这套假浪漫吧！”她痛苦地眨闪着她美丽的长睫毛，而我却说不出的痛快。真的，她怎么他妈的可能理解春天催奶的哲勒根草，理解陷在白茫茫的草地里的不冻的青营盘，理解我穿得稀烂的那三件褴褛的皮袍子，理解我们知识青年中的姑娘们脸上的红冻疤，理解我们的贫穷和受罪，理解我们的绝望和奋斗，理解我们那片丘山纵横、牧草丰盛、养活着牧民也养活过我们的大草原呢？

就这样，草原沉没了。草原变成了一片海底的陆地，变成了一个不为人晓的秘藏。我知道，在芸芸众生纷纷世界中她已经被深沉地隐蔽。我们习惯了并谅解了人们，我们更知道了要珍藏自己。我们不再因付出过感情就急于反驳。我们开始承认了人情和世俗的强大。但是也许我们还没有成熟，也许就因为那个青春的夙愿；我们仍然时时发现自己的血液里奔涌着一股力量，那是一种不可制服的自由激烈的神力。我们在奔波谋生时，时时觉得梦境就在脑海里萦绕不退，心里胸膛里仿佛摆开着一幅历历在目的地图。那地图里浮现着一块块清晰的山坡和一条条亲切的小路，青蒙的草根和露出草丛的黑石头隐现其间。哦，草原，我们轻声地自语着。是的，草原仍留在我们尚还年轻的心里，使我们不觉间变得深沉博大。尽管它时时使我们感到痛楚，尽管正是因为它我们才觉得自己的青春去而不返，而且残缺不全，但我们仍旧沉浸在一种独属自己的永恒体会中。在这种美好的体会中，我们惊异地发觉自己已经获得了一个庄严的蜕变，我们自己已经成为了一种神奇的新人。在我们的血液里，已经汹涌缓重地流动着一种宝贵的素质；它像骏马一样激烈不屈，像木轮的勒勒车一样怀着渴望，像双句叠唱的长调古歌一样深沉又单纯。我们在内心深处感到惊喜，胸中涌漾着莫名的感激。哪怕人们再加十倍地嘲笑和贬低吧，哪怕不偏不斜的准则把我们的这一套看得一文不值，我们已经在自己的内心中守卫了自己，守卫了自己心中最高贵的、千金难买的一个梦。

我的朋友们，我的穿着布面稀烂、虱虫成团的破蒙古袍子，骑着一匹在冬季里消瘦得骨架嶙峋的马儿，在零下三十五度到四十度的风雪中驰骋过的朋友们，你们同意我的讲述么？在我们诀别草原二十年之后，在我们突然发现往事真的完了，人生真的已经不长的时候，我们不是猛然间想起了那个梦么？我们不是觉得该把这个梦，连同那几匹身材不大的马、连同那辆吱吱响着的木轮车，都告诉我们的儿女么？

梦境没有这样的。梦中不会有两匹骏马。后来隔了十年二十年读了《成吉思汗的两匹骏马》我仍然不相信那个梦境。黄马用力地弯弯地把脖颈弯下来曲下来使劲用柔软的毛茸茸的唇去触自己的胸脯。额吉那天居然也笑了。额吉是个严峻的人但是她笑了。黄骠马弯着的脖颈光滑得像玉像瀑布像一匹流淌泻下的金缎。草潮在沙沙议论。后来隔了十年二十年只要我心里恶心只要我觉得世界真丑恶的时候我就会想起我的两匹骏马。我的两匹骏马能顿时让我沉进白日梦幻。朋友们不懂这些，所以朋友并不可靠。我此生真正可靠的朋友只有骏马。黄马站在波光粼粼的草地上的样子完全像个美丽的黄袍姑娘。姑娘不可能和骏马相比，我的骏马之美是绝对的。我在清晨的露水中惊喜得像个头号傻瓜，谁能想象我与一匹骏马相遇时的惊喜呢。黄骠马优雅地弯下了脖颈。我入迷地我迷醉地望着黄骠马向自己漂亮隆起的胸脯弯下脖颈。二十年后我悟到自己那时可能联想到了美丽姑娘之类。也许是吧，但是更准确地说那时我是在欣喜地注视着自己的青春。

青春……青春……青春……原来由这两个字组成的漫长岁月就在那个露水清晨开始啦。

额吉慈祥了一瞬又收起笑容。额吉又像着急又像遗憾。额吉有些憋不住似的想告诉我什么。我不懂蒙语。今天是我插队的第十九天。额吉拍拍另一匹马——那是这本小说中主要的描写对象之一，它后来成了我的坐骑可是那个露水清晨我如在梦中我执迷不悟只盯着黄骠马。白马巨大粗笨，呆傻雄壮。白马尾巴粗得一蓬蓬四腿像四根白木头桩子。我晕眩了我看不见白马后来我连黄骠马也看不见了。我美滋滋不知该笑该闹。我踩着草尖上那层露水膜，心里只有一句话：

我、有、了、骏、马！

这时有一道阳光射到了黄骠马的腰身上。一层纯黄的、微微透明的光晕勾出了它俊美难言的体型。黄马在这道阳光中弯下脖颈，把金茸茸的嘴唇触上了胸脯，使自己变成了一座雕像。“夏拉，”我想着蒙语中的“黄色”这个词，它简直是——简直是一座希腊雕像！……我的马，我轻轻地搂住了它的脖子，我要给你起名叫做“希腊”。我的马儿，我的骏马，我幸福地想着，心里滚着一道道波涛。

黄马突然猛地一甩头，那道毛茸茸的透明黄晕立刻倒弯下来，勾勒出它修长的腰肩。它转过头来，用一双琥珀般的大眼睛望着我，它望了好久，然后缓缓地探过脖颈，把那柔软的嘴唇触到了我的手背上。

我被一阵颤抖的热流淹没了。

我跨上马走上夏季的绿草原。黄马在山坡上停住，先屈起一条前腿，轻轻地抬起来，又无声地放下，圆圆的马蹄淹进了摇荡的绿草。额吉笑着望着我，摇了摇头。不，额吉，我要这匹希腊马。我的马鞍是一只苏尼特式的元宝鞍，我的身体紧紧地被它箍在马背上，使我觉得浑身都灵敏地感觉着蹄步的波动。我欣喜地磕了一下马腹，鞍上悬着的香牛皮马鞯清脆地响了一声。黄骠马不情愿地又弓起了光滑的长脖颈，我看见它胸脯上渐渐凸起一块块光滑的肌腱。额吉高兴地看着我，使劲朝我扇着袍襟。我知道她是告诉我“快跑”。我拉紧了马缰，把缰绳勾在左手的三个指头上。额吉抓着袍襟，开始厉声吆喝着，用力扇着袍襟轰我们。我快乐地吹了一声口哨，马儿立即应声飞翔起来，像一支被弓弦弹出的快箭。风凉爽地贴着脸颊和耳鬓纵情，绿草晃闪成一片模糊的碧色玻璃。我高兴地大叫起来，头发被风扯得竖着曳起。黄马的奔驰像是爆炸，像是鼓点，像是一股倒泻进我心里的狂涛。我觉得晕眩我尝着冲动的快乐我感到长饮清泉或输入血液的快畅和有力。我狂奔着，从塔布太的一座小山奔向另一座小山。黄骠马低低咬着嚼铁，手里的皮缰急促地一下接一下地挣动。我跑过了五座低矮的小山时，茫茫的草海突然退开，显露出远方的一片开阔平原。白洁的雪团在那里低压着大地，草地在那里映幻成一种灰暗的蓝色。我有了骏马啦，我狂喜地想着，悄悄地放开了缰绳。黄马“希腊”奋力甩起头来，疯魔的速度立即攫着我坠向一个沉沉深渊。当我又从蹄音中清醒的时候我觉得刚才是坠入了失重。没想到！我心里淹满着一片狂喜的浪涛。这是一匹真正的骏马！我又收住了缰绳。蓝天上仍然密布着那白船般的云朵，我觉得那些疾驶着的白船正危险地朝我的脸逼近，笔直地对准我扑来。我哈哈地大笑了，东歪西斜地在鞍上学着牧民的浪漫姿势，学着那些醉酒后狂奔疯驰的牧民的姿势。我觉得我真的像是醉了，来到草原还没有一个月，我第一次感到原来我这个人也会、也有可能变成醉鬼。我勒住偏缰，看着我的马头在平原上疾疾划出一个匀准的半圆弧。我绕过塔布太前边缘的那座小山，飞速朝我的家驰去。我知道自己从此刻已经真的变成了马的主人，我瞄准了远处迷蒙中的那座灰旧的毡包放开全速飞驰着。滚滚的绿草浪疾疾迎面而来，一个陌生的骑手的生涯也正在疾疾地迎面而来。栈道的下面绿绿的江溅着雪白的浪头，雷鸣似的把什么声音都吞没了。他们从山岔子里突然冒出来，队伍没精打采其貌不扬。可是他们出成都，进松潘，他们居然真的闯过了雪山和草地！那个背着一台照相机的四眼儿还说：七八九，正好走。你们要是真的走草地，记住一定要在七月到九月进去。小毛阴沉着脸听着，不住地瞟着我和大海。我没有理她，我什么也说不出来。我们三个人规规矩矩地听着那股子四川话，心里说不出算是什么滋味。七八九，正好走。一二三，雪封山。今天是腊月初八，哼，我不信我们三个还赛不过你们这伙四川佬儿！雪山草地太远啦，今天咱们在这栈道上赛一会儿吧。小毛气嘟嘟地束紧了腰带，八角帽遮住了她的刘海，我觉得她真像个女红军那么英气勃勃。大海换上了草鞋。大海的草鞋是兰州的流落红军给他打的。我亮出了我的芬兰匕首，我看着这把芬兰刀的绿皮鞘在皮带上神气活现地跳着，心里满满的一股不服气。栈道紧紧靠着峭壁。有两排长长地伸延出去的方形凿孔在峭壁转弯的地方消失了。小毛的胆子比我还大，她总是不怕头晕地朝下看，一边看一边大叫大嚷。栈道下面的峡谷里起着阴森森的雾，白龙江在那里扭动着碧绿的身子在冲腾，白雪冰碴般的泡沫轰轰地撞在岸上。拼死拼活也要赛过那伙四川学生；我想着，抡开大步，跺得栈道轰轰地响。整整一条路上只有我们三个是全副红军打扮，我们不能输给别人。你走过雪山草地；你走过九重天水晶宫也不行，我们要让你输。因为这是一条红军长征走过的路，因为不管是真是假，反正我们穿着红军的衣服。白龙江在下面的深谷里翻扭着，高溅起雪白的泡沫。碧玉般的江水卷咬着一棵树干，峡谷里哮声如雷。四川学生渐渐地被我们甩远了，峡谷里只剩下我们一支小队伍。

李小葵迎着我，一步一摇地走来。

李小葵有两只又黑又浓的竖眉毛。披着一件灰色的海军“兵服”。你狂什么？有种把你爸爸的将校呢礼服披出来，我想着攥紧了拳头。李小葵半句蒙古话也学不会，而且怕狗。他给他们家嫂子借盐，临走他嫂子教给他盐的蒙话叫“达不苏”。他骑着马一边走一边背“达不苏，达不苏”。看见邻居家的包了，他还念着“达不苏，达不苏”。狗吼着跑来了，那家的狗凶得出名，李小葵傻了，狗一窜，照他的马尾巴就是一口。李小葵吓得撒了马缰绳，马惊了，一溜烟跑到了那家门口，猛地一站，李小葵摔了个嘴啃泥。那家的女人打开了狗，扶着李小葵进了包。问他来干什么，这黑竖眉的家伙呢，瞪着眼呆啦：狗一咬，把那个“达不苏”给吓丢了。

他恶狠狠地走过来，那件兵服狂狂地在他肩膀上晃。他在草地上一站，顺脚先踢开一块石头。接着又踢开一块石头。他皱着黑眉毛，一块块地踢着石头，肩膀故意挑得那件海军灰皮一甩一晃的。

“哥们儿，别戳着，”他朝我说，“先拾掇拾掇场子。地方干净好办事。”

“干吗？”我问。

“花了您。”他凶狠地站住了。

“你行吗？”我使出恶声说。

“呵，哥们儿还挺狂！”他怪叫道。“去，回北京问问去。后勤大院、二炮大院、装司大院，哥们儿在哪儿受过气？嘿，来这儿倒受你的气啦！”

“我气你什么了？”我实在想问个明白。

“你给我起外号，你叫我——达不苏。”

我忍不住扑哧笑了。还有一个外号呢，假李逵！李小葵，葵字不是逵，是个假李逵。知识青年们都说着念着呢。别看你爸爸是个将军，我听说你们家是个海军少将，我可不在乎你。

“怎么打法？”我问他。

“花了你，老子今天花了你！”他怒吼道。

“花吧，”我紧紧握好双拳，“过来，花吧。”

李小葵又砰地踢开一块石头。接着又找到一块石头，砰地把它狠狠地踢得老远，好像那石头是我的屁股似的。

“花呀！”我火了，我恨他这身海军服，“你倒是花呀，老子今天不打算吃晚饭啦。”

李小葵急了，两眼骨碌碌地转着，满地寻找可踢的石头。草地上干干净净的，墨绿的浓草像一块绒毯。李小葵狠狠地朝草丛一脚踢去，草丛刷地响了一声。他恨恨地站住了，叉起手，凶狠地对我说：

“我知道蓝猫是你丫挺的哥们儿。哼，我知道你他妈的有蓝猫。告诉你：咱们从此井水不犯河水。你小子要是敢——要是敢再叫我外号——”

我打断他：“达不苏！怎么样？”

李小葵绝望地指着我：“你狂！你不要命啦你丫挺的！”

“假李逵！达不苏！”我随嘴乱叫起来。

他气得成了个黑脸。我看着他一甩那件灰军衣，朝着他的马跑去，一路哗哗地趟着已经快衰败的绿草地。他住在大车老板黑虎家里。黑虎是个又凶又难惹的牧民，和他正好一对。

我从他们的土监狱——其实是个游泳池的更衣房——里走了出来，太阳光晃得眼睛生疼。我心里觉得泄气。我捉摸着自己心里的感觉，不知道为什么觉得泄气。那老头说那句话的时候我正签字填释放证呢，我没来得及想他那句话的意思。“监狱成了他妈的幼儿园啦，”他说，“你这小伙子可真行，活像上幼儿园那么神气。”

这话是什么意思呢？

她在那根电线杆旁站着，一副傻乎乎的样儿。原来因为她我才这么心神不定，我琢磨着。我一直预感有个人会在这一天，会在这儿等着我出来。“活像上幼儿园”，这是什么意思呢？我心里不知为什么蒙着一层沉重的乌云。本来我该狂一点，我既然在里头手上卡着手铐的时候都那么狂，看见她在这儿等着我的时候我就该更狂一点。原来她来啦，我想，没想到她会在监狱外面等着我。我突然感到心底涌起一股热热的东西，我觉得有件什么事情——很重要。可是我高兴不起来。手腕上被铐烂了的血口隐隐发疼。我想揉揉手腕可是我意识到了什么以后没有揉。革命先烈——英雄志士在迈出监狱大门的时候，都是揉一揉铐坏的手腕，望一眼炫目的阳光的。何况她居然在这儿等着我。可是我一直不高兴。典狱长——我给公安部那个老头起外号叫典狱长——说的那句话很古怪，他说了那句话以后我的心头就罩上了一块沉沉的、铅一般的乌云。

“小毛！”我大声喊了一声。

她猛地一转身。我看见，那丫头的眼睛一点点地睁大了，睁圆了，睁得那么让人惊奇。她朝我跑过来。我站着继续看着她那双圆眼睛，我看见了从那双眼睛里突然涌出的泪水。

蓝猫走过来，递给我一张纸。我看着的时候心抽搐了。也许就在那个瞬间，我浑身哗啦啦地脱皮换壳，突然变了。蓝猫脸涨得通红，害羞地来回倒换着脚站着。我第一次看见凝了又晒干了的血是黄巴巴的。我心里嚷道怎么不是鲜红的反而是黄巴巴的呀，可是我的嘴唇只哆嗦了几下。蓝猫又掏了掏兜，（我们俩人就他才有刮脸刀），摸出一个薄刀片来。我闭了下眼睛没看他那脸络腮胡子。纸面上滴着蓝猫的真的血滴，它是鲜红鲜红的。我接过刀片，划了一下。我不觉得疼痛，甚至奇怪为什么只有一点麻嗖嗖的凉意。我大惊小怪地嚷起来："哎，怎么这么凉……"我没嚷完就被蓝猫紧紧地搂住了。我噎了半句话，却呛出两眼泪水来。我心里有些烦，挺恨蓝猫的。本来么，插个队他妈的比当兵还难，一路扒车来草原就像一路当贼，当叛国犯。蓝猫又臭激动，我真讨厌他的臭激动，因为他我一下子就傻冒儿似的放了自己的血。而且他还那么把人一搂——弄得我呛出两滴泪花。我心里别扭，我恨这么个奔赴草原的开头。我们俩都沉默了，风静静地从镇外的草地上吹拂过来，我觉得这种草原之风是又旱又烫的。

我俩互相看了一眼，都挺害臊的。

血书上歪七扭八地写着我们俩的名字。干了以后变得黄蜡蜡的和没干透的淋漓鲜红粘在了一起，使那张纸皱卷了。

这件事我后来对谁也不说。我感到一种愤怒。不知道究竟是对那几个不要我们逼着我们贼一般扒车的招知青的家伙还是对蓝猫或者是对自己，反正我觉得有一股愤怒的怒火冲腾。再后来我干脆否认这件事的存在。再再后来我对蓝猫也否认这件事的存在。蓝猫也不说了。我们都干干净净地忘了那黄不溜秋和鲜红淋漓的血字，都缄口沉默永世不提忘光了它。

好在那让人害羞的时代已经过去了。

蓝猫骑的马是一匹火炭般的红马。放羊的时候我俩经常在山上约齐，让两群羊在山脊两侧各吃一面坡，我们俩则绊了马，脱了靴子，晾开臭烘烘的裹脚布，躺在草丛里神吹海聊。

白龙江出峡以后突然安静了。两山间的斜坡地上出现了密密的绿竹林。我们大踏步地跑起来，冲下了连接着栈道的一段石渣路。四川人现在至少给甩了十里路，我快活地想着，用手紧紧扯住背包带。大海追上来了，他已经把灰布缝的八角帽戴得端端正正，蓝布条拧成的草鞋绳湿淋淋的。我们三人走成了一排，六只脚板叭叭地敲着石路。绿竹林靠近过来，原来竹叶已经干枯，虽然它那么翠绿。小毛高高地噢叫了一声:“哎——”她的尖嗓门在峡谷里飞着，一阵阵消失又一阵阵变得更响亮。峡谷低沉地应和着她，满山的松涛开始悦耳地摇响。“真棒啊！”我高兴得不知所措了。小毛激动得满面通红，“噢——哝——”她又对着山谷高喊起来。松涛哗哗地摇得紧了，竹林子抖瑟着绿色的叶片和细枝。白龙江不驯地在浅滩里撞着一些巨石，碧绿的激流像是发怒一样汹涌向前。那条白龙拧着扭着碧玉般晶莹的身子，争先恐后地冲出了峡口，它在挣跳、愤怒、喧嚣着，但它好像根本不理睬我们。竹林子秀丽地挺拔成一层层帘子，阳光在挺拔的竹竿之间整齐笔直地闪幻。四周的松林涛声飒飒沙沙地摇成了一片。我发现我们仨都默不作声地站着呢，大海的八角帽檐上有一圈汗水，小毛使劲地忍着激动，目不转睛地盯着。傻弟兄们，咱们这是怎么啦？我把背包再背得舒服些。四川佬怕已经宿营了吧。嘘——别提四川佬，看那儿，看那块黑石头！远处一块黑黑的江心石被绿浪和白泡沫包围了。大海，咱们赛赢啦。算啦，吹什么，人家已经走过雪山草地。那有什么？——我刚刚把话说了一半就噎住了。我也不敢蔑视雪山草地。我唉了一声。小毛又惊叫起来:“快看快看！”松林里飞起来一只黑翅的鸟。“不对！”小毛发狠地拧我的胳膊:“在那里！快看呀！”那只黑翅鸟沙哑地叫着，孤单单地飞走了，晃眼地闪在竹子林间的阳光被黑鸟扑打乱了。“真——笨！大海，你看呀！”小毛疯了似的尖叫起来。但是我突然看见了：铁青地壁立着的石崖上有一行斑驳剥落的字迹。那字迹隐隐现现，残缺不清，可是在石崖上还是很醒目。我的血猛地沸腾了。大海突然失声叫起来："红军——" 我一把甩掉了背包。我听见我的声音古怪地颤抖着在读：

"红军是穷人的队伍！"

小遐高高兴兴地在那儿跳着她自编自演的舞。倚着我们家的勒勒车望着她在草地上旋转，我感觉她真的活脱是个下凡的仙女。在小遐轻盈的舞姿背后，草原的地平线上涌出一条遥远的马群的黑线。我和蓝猫挤在一起，靠着我们家这辆年深日老的黧黑的木轮车。我俩都没有说话，我看见蓝猫惊愕得微张着嘴巴。牧人们和知识青年们都撑着套马竿子站着。女人们穿着新袍子，束着鲜艳的腰带。那条马群的黑线在天边弹跳着抖动着，掀起一片雾霭般迷蒙的轻尘。小遐快活地笑着，在明丽的阳光下，她的腰身胸颈和脸颊口鼻都在鲜烈地倏明又暗。在酷热旱晒的八月草原上，在一簇簇开着蓝色小花的马镰草叶和鹅黄的绒草之间，小遐在给我们阿勒坦•努特格的牧民跳舞。木轮的粗糙中有一些磨砺的刺痛，我奇怪地瞧了瞧我倚着的这只木车轮，然后又屏住气息看小遐热烈的舞蹈。马群还远，打马鬃的人们都在凝视着草地上突然出现的这神妙的舞蹈。

小遐是女八中的学生，住在队长索米亚家放羊。她说她从小想当一名芭蕾舞明星，她父亲在她刚出生那天就给她买了一双舞鞋。她现在穿着一双漆黑的马靴，在芨芨草的擦碰中，在一簇簇马镰草的蓝莹莹的花瓣之间纵情跳着一个她自己编的舞。她的脸蛋上旋着两个深深的笑涡，她的两眼像黑亮的两颗星星。远处的马群正在继续赶来，弥漫的轻尘此刻已经变成一道滚滚的黄烟。立即就要打马鬃啦，我不由得瞟了一眼拴在身边的黄马希腊。希腊缓缓地弯过它洁滑的脖颈，随着小遐那美丽的舞姿，弯成了一座优雅的雕塑。

"青春"，我猛然间想到了这个词。青春，我站起身来，把手按在希腊的苏尼特式鞍子上。我觉得自己有些想不通；我觉得青春在一刹那那么陌生地出现了，它使我猛烈感到直至此刻的我还是一个小孩子。小遐在我的眼睛里也变了：她好像早已成熟，她浑身的每一丝闪光每一分旋转都那么激动人心而含义深长。我痴痴地盯着她的舞蹈，我清晰地听着自己在苏醒，就像听着钟在咔咔有声地走着。小遐还在尽情尽意地跳着，痴呆的牧人们和知识青年们环坐着，脸上都浮着一模一样的微笑。马群渐渐地近了，已经听得见酷热的空气里传来的马倌的尖厉口哨声。蓝猫半仰在我家的木轮车上。这辆巨大沉重的勒勒车是松木打的，我听说不仅仅在阿勒坦•努特格，即使在远远近近的草原上，这样用纯松木打成的木轮车也只有我们家这一辆。蓝猫已经如醉如痴。我觉得自己的心里正涌进甜美的液浆。黄马希腊凝视着，它的眼眶里盛着一滴晶莹的褐色琥珀。小遐快乐地大笑起来，一面飞旋着她散开的袍角，一面挥着手臂逗着黄马希腊。黄马于是又弯下脖颈，使我心醉神迷地弯成一个吻着自己胸脯的优美姿态。牧人中间有人唱起歌来，悠扬起伏的曲调朝着天空激烈地冲撞。

六十口青石头砌的井里呵
有一口红石头砌的清亮明净

六百匹棕黄马的马群里呵
有一匹白斑马模样好看

牧人们纷纷粗声吆喊起来，队里最有名的几名套马好手已经纵马驰开。小遐已经忘记了今天打马鬃的劳动，她突然急速地旋转起来，我立即觉得头晕目眩。一条橘黄的绸腰带束住了她迷人的细腰，圆圆的蒙古袍在那腰带下面旋成一朵怒开的喇叭花。我和蓝猫默默地并肩靠着，我知道蓝猫也在完成着同样的蜕变。我的脸浴在草原的酷烫的风里，满眼满心都是这浩荡的绿色。小遐轻捷地在橘黄的花蕊上旋转，她的目光像流星一样在我面前一闪一灭。暴雨般密集的马蹄声轰地响起来。我吃惊地回过头来，只见全部阿勒坦·努特格的六群马都拥到了眼前。

也许这是一个仪式吧，我的心倏地亮了。

伟大的、壮丽的青春祭典呵！

几千只铁蹄把漫山遍野擂成了一片疯狂的惊涛怒浪。嘶声尖锐地扯裂开空气，天地之间，整个草原在一刹之间骤然紧张了。马群腾起的烟尘滚滚冒涌，围绕旋转着，随后又慢慢上升，在半面天空垂直地拉起了一道庞大的黄幕。小遐忘情地跳着，在奔驰的群马前面化成了一个魔性的美女。我家的松木大车突然震响了一声，坚硬的松木芯里传出一声奇异的松涛声。我惊愕地扯下了黄马希腊的皮笼头，盯着这辆与众不同的木轮车。蒙古包的哈纳墙在吱吱摇响，桶里的鲜奶子在剧烈地晃荡。上百匹长鬃飘飘的儿马骄傲地跳着咬着，横冲竖截，在疯魔的狂奔中抢掠陌生的、温顺的骒马。它们肩上几尺长的浓鬃时扬时倒，像一面面沉重翻卷的大旗。一岁的马驹子们惊吓得尖声嘶着，发急地往来驰突寻找母亲。它们像一些闪电般的精灵。有一匹小黑驹一直冲过舞蹈着的小遐身旁，把她的旋成一朵牵牛花的袍角冲得啪地一响。接着它又夺路冲出，突然拐了一个危险的弯子，随即消失在这淹没了山脊和山坡、淹没了蓝花和绿草的倾泻的洪流里。太阳在黄色的烟幕上方骄傲地照耀着，但八月如银的青绿草原却已黯淡。儿马、骒马、乘马、野性的三岁生个子马和秃尾巴的两岁马，还有那些驰突惊叫的纷失了母亲的当年驹子都拼出全力，奋勇驰奔，都敞开了控制的闸门，释放出了在强健的四肢和光洁的毛皮下束缚潜藏的野性和欲望。

小遐在忘我地纵情狂舞，用银铃般的一串串笑声逗弄着那些精灵般的小马驹。蓝猫已经撑竿上马，随着牧人们去追逐未剪长鬃的马匹。我收紧了缰绳，心头掠着一阵阵战栗和紧张。青春的祭典，我欢喜地念叨着，在小遐那姣好的身影和马群的壮观之间目难暇接。

六十口青石头砌的井……
有一口红石头砌的清亮……

我知道阿勒坦·努特格以马群著名。我知道阿勒坦·努特格穷得出名但有六群骏马。可是我还没有见过六群马的大合群。后来多少年里我再也没有见过六群马的大合群。小遐身边围着我们六群两千匹马群绕成的一个巨大圆阵。马群在踏着这个符咒般的圆疯狂奔驰。一个美丽的影子在圆阵中央欢乐地舞蹈着，她已经变成了这个符咒本身。蓝猫举着套马竿子追逐着，我看见他的鸭舌帽已经丢了。松木车一直剧烈地咔咔响着，像在警告，在呼唤，在预言未来。阿勒坦·努特格沸腾着，强悍的力量和惊人的勇敢朝四处八方迸射。

六百匹的……马群……呵
有一匹白斑马……好看……

在巨浪大潮的最前头，奔跑着一匹浑如烈火的儿马。它颈上飞舞起的长长红鬃平直地向后飘开着，和红色的长尾缠在了一起。我看见那赤红种马的脸上有一种不可思议的神情，那是一种九死不悔、气吞万里的悲壮。我后来才知道：它就是闻名九旗的著名儿马——星•忽伦。它像是正在英勇地驰去赴死，又像是奔向一种难以想象的辉煌。我凝视着它，突然间失去了语言的能力。好久一阵我哑了，我的心痉挛着，胸膛里疼痛难忍。我理解不了也控制不住正在我心田里诞生的疯狂和激动，我一点也没有想到这就是日后支撑我活着的我的生命。我万万没有想到，草原母亲原来就是以这样的方式，猝然在我二十岁的身心里埋进了一个幽灵。

我知道：我变成了一个牧人。

第二章

大陆是一种雄浑深厚的母体。大陆上隆起高山，结冰蓄雨，大陆上有血脉般的长河巨川灌溉文明。大陆上又充满差异；经纬之间万物都在各自荣衰。当一种文明成熟得腐败、腐朽得可憎时，另一种文明又在大陆的彼处朝气蓬勃地兴起。也许就是由于这种母体的启示吧，大陆的子民养成了信仰土地、信仰大陆的习惯，因此，大陆从来又是人们永恒的憧憬。

大陆人没有想到：这个过程在不觉之间已经惯纵了他们。

于是历史上出现了一种现象：当绝大多数人尚在优哉乐哉、尚在心安理得、尚在准备再忍耐它几十辈子的时候，有一类人却陷入了躁动和狂热。他们发动了大规模的反叛——我所说的是和平的反叛——以恢复他们心目中的理想大陆。

但是历史是个最无耻的骗子。我学习和研究历史十几年，得到的结论仅此一点。后世不可能占有当世的一切。后世只是根据自己的体验和一鳞片甲的史料胡加判断。新大陆的发现被历史学者的曲笔描写成一首浪漫小调；然而知道哥伦布的英名的人们并不注意那些蹈海者所受的苦难，特别是精神所受的苦难。哥伦布的张帆出海，更多的是为了寻求他心目中的神国；是为了响应自己内心中一个紧急的、最终的呼唤——我想，全部有关美国的神话应该都导源于此。

希望的大陆不是乡愁。仅仅把对大陆的热爱稀释成对远祖荣光的留恋，是不肖子的软性病。德沃夏克的交响乐《自新大陆》（From The New World）不仅满溢着对祖国的爱情，更鲜明地回荡着他从新大陆获得的感悟。大陆之子应当是勇敢的斗士，他们有重新寻求和坚持寻求的天生素质。如果，大陆之子忘记了这一点，或者说，在他们的天性中泯灭了这一点的话——

僵死的大陆将受惩罚。

每当我们背上行装，走向田野和山林，涉过河流登上峭峰的时候，莽莽苍苍天涯无际的大陆会沉寂下来。在那一派静默中有一个声音在徘徊低巡，那就是我们的大陆在向我们送来它的启示。其实秘密就在这里，正是因为这种神交般的启示，我们才激情在胸，壮怀不已；我们才酷爱自然和荒野，才感觉到自己的年轻。尽管别人会嘲笑，我们会苦于缺乏理解，但那并不足以钩绊我们的脚步。

这是一种神圣的责任。只有这种责任才真正能够说是神圣的。

J

宿舍呈长方形。人真是一种可怕的动物，人为什么会寂寞得发疯呢，我正在一分钟一分钟地变成一个疯子。桌子镶着金属边框铺着褐色的塑料镜面板。你不是渴望独居不是盼望有这么一角藏身之地，你不是身心如一地向往过这样的宁静这完全没人打搅没人侵略的宁静吗？乳白色光线的台灯和黑漆皮转椅。从皮转椅到床沿八十厘米。80厘米捌拾厘米。“从门到墙是七步，从墙到门也是七步”，伏契克宣布了一个意味深长的真理，要不然我为什么能从小学到今天背得滚瓜烂熟呢？床罩寂静得雪白，被单浆着无人侵略也无人搭理的雪白的个人藏私之地。宿舍呈长方体呈标准的国产火柴盒形。电话机挂在杏黄色竖条的装饰墙布上，杏黄的竖条昏昏渴睡。人这么下去会疯我怎么连这么几天也忍不了呢我算个他妈的什么动物？没有人来电话，没人来电话，没有电话，只有静，静，静，静，静！

他坐在雪白的浆过的床单上。他站直了立起身来，头发快要碰上天花板上悬着的空调器。他又坐下来，瞧着台灯座上放着的小女儿的照片。一个活泼的婴儿正在那儿歪着头嘻嘻地笑，黑亮的大眼睛里，白眼球呈着一层动人的淡蓝。他站起来，向前踱了两步，把脸贴在门上。停了一会儿，他转回身体，又踱了两步，用膝盖顶着浆白的床单，望着玻璃拉门外的阳光和浴着阳光的葱茏树木。

时间在这间小巧的火柴盒里稳稳地走。

时间哧哧笑着在走。

他在火柴盒里两步一转地踱着，有时瞟一眼墙上的电话。这不是电话机，是个受话器，是个可怜虫。阳光在玻璃拉门外骄傲地闪耀，把那棵樱树映得一片雪亮。他迈开两大步捉住了窗帘，猛地一拉，室内顿时暗了下来。垂直的棕色和杏黄的竖条纹在眼前晃荡。肩膀瘦削的小伙子叫张小星，他摘下受话器，拨了张小星的房间号。白天我在赤坂，您还没去过赤坂呀？国内说银座是北京的王府井，新宿是北京的天桥，其实要数最狂还是赤坂。赤坂是他妈的王府井加天桥加西单东单外带中关村交道口；我就是在那儿不敢他妈的随地吐痰。不用花钱的受话器皮实地嘟嘟空响，张小星当然不在，张小星穿着西服在赤坂装模作样地遛银行呢。他扣上那只米黄色的假电话，又迈了两步到了雪白的床前。他站了一会儿，最后下定决心，跨出八十厘米坐在桌前，翻开一本伯希和的《高地亚洲》，又拧开钢笔的笔帽。日本人都在使圆珠笔，亚洲研究中心的教授和助手们都使铅笔。他们的字愈来愈完蛋，小的不如老的，男的不如女的，他们的论文稿纸上字字赛狗爬。我可要用钢笔，他随手抄下这个法国汉学家兼“佛爷”的一段话。北京胡同语把流氓抢小偷叫“吃佛”。他甩开《高地亚洲》，又摸过一本《岁月的推移与土地之分割：国王、军队、人民史》，狠狠地掀开镶铜饰的皮封面。中亚研究中心书库的图书一律规定为善本，一律禁止携出。他在书库里发现了这本百科大全的镶铜砖头以后，就去国会图书馆把它借回来。滚你的《高地亚洲》吧，祖国认为伯希和是文化佛爷，他把敦煌的好东西全抱回法兰西去了。北京小胡同里管贼叫佛爷管偷叫“佛”，写《高地亚洲》的人是个“佛爷”可是我还得读他的书。“佛”当上了动词可是语法书还没改。台灯散出调节过的乳光。小女儿在彩色照片上歪着头笑。吃佛！我要啃净你的骨头；他瞪着书页想，哪怕从屋门到床是两大步从床沿到桌子是八十厘米。第一章是《史料解题》，他沉稳了心神，一行行地读了起来。当唯一的神终于操纵着一只枯槁的紧握芦管笔的手，颤抖的虔诚字迹开始奇迹般地印上名贵的羊皮纸的时候，值得赞美的只能是主的神性以及先知的净冢圣陵，他的丰功伟业、他的战友、门徒和飘扬的旗帜。你是最完美的环宇卫士和幸福之邦的统治者，你是涓滴之功的汇聚处和卑鄙之徒们恐惧的根由。因此，佚名的神秘隐士曾用死去千年的文字发愤地镌刻和书写，后来在苦苦难眠的黑夜里又有同样神秘的隐士（我有证据判定他们是隐遁的圣徒）使用尚能苟活的文字转写和钞译了这份希望和真诚两位天使辞世而去前留下的诀别之文。愚钝的我因为年小不学，迟至失明前夕才读懂了最后的一份钞本，我惊奇地注视着它时，天空中突然开放了一千朵美丽的宝石和钻石的鲜花。于是我感谢主的启示我复活了我自己扼杀了的希望和真诚我流下苍苍老泪，我遵循主的指点，把这部《黄金牧地》列为这部卷帙浩瀚的全史的史料之首。羊皮纸三十页。第拾柒页残去一角。第贰拾伍页漫漶不能解读。末页即第叁拾页为火焚失仅仅存有黑糊边角。原题名《黄金牧地》，用中部粟特方言写成。写本（粟特文本）的具体内容和全部研究我曾于《真理的入门》杂志卷二百四十发表。为了悼念和赞美的圣洁心情并为了让自由之风长拂过他们的心的人们能读到它，我在单独发表它的时候附上了中期蒙古语的译文作为补录。

他轻轻地把领带结扯得松一些，同时瞟了一眼旁边的大汤常喜。研究中心在东京是个小瘦子，穷得今年夏天停掉了冷气。可是大汤常喜教授是胖子，所以有时发牢骚。他丢开钢笔时小臂忽然麻木了，他靠住椅背，疲乏地闭上了眼睛。小臂上触电般嗖嗖地爬着一股酸麻。大汤在那张电镀折叠椅上危险地拧着大屁股。那椅子不时发出轻微又清脆的响声。大汤在他刚刚来到这间研究室时向他问了一个侮辱意味的问题："您还回中国吗？"大汤的胖屁股在折叠椅上拧着，巨肚朝这边转了过来。啃这本书的人都可以成仙成道。我只啃下一条题解，就觉得自己累昏了。这时大汤终于转好了那只肚子。“热吧？”他听见大汤说。“中国更热吧？嗯？我听说世界各大都市中，目前顶数北京最热。”他理了理卡片。一共用了三天时间。总算啃完啦，这条解题可真难懂啊。他想着，砰地合上了辞典。黄金牧地，他倦乏地捉摸着这个名字，搞这么几页解题花了我三天。大汤还在说着，拭着油亮的秃脑门：“没有冷气设备么，北京当然最热罗。”北京猪最热，他想着。没有搭理这个兴致勃勃地和他斗嘴的日本“著名教授”。他站起来，一抖身子穿上了西服上衣。他倒了一杯速溶咖啡，故意看了看大汤说：“不喝点热咖啡么，大汤先生？”他自我陶醉地品尝着自己的日语腔调，啜了一口没有加奶的黑咖啡。桌上有一部灰塑料壳的电话机，他啜着咖啡，心里盼着电话铃快点响。研究室里充满了书籍的霉味儿，他的桌子上有一个精巧的小牌子，上面印着他的姓名和一面鲜红的小国旗。大汤的桌子上堆着山高的英文书和乱七八糟的文具，桌角的小牌上印着英文转写的大汤常喜几个字母和一面大汤用恶劣的笔法画的星条旗。那星条的“条”上有一个太阳徽。平田为什么不来个电话呢？他眼前浮现出平田英男宽厚温和的脸庞。可是平田决不会没有事来电话的，平田是一个有真正严肃的学者气度的人。今天没有集体研讨计划，又不是周末同僚聚会喝酒的日子。那么张小星干吗不来个电话呢？有一次张小星打来一个电话和他神吹了半个小时；因为有一个银行经理出了丑闻，兜町的东京股票交易所炸窝了。“办公室里没人！全窜出去啦！本人现在正坐在部长的桌子上！”张小星在电话里乱喊道，“这会儿我控制着银行的全部保险柜，快来抢银行吧哥们儿！”可是他知道天下太平的日子里，张小星在那银行里老实得像只猫。他不会来电话，他失望地想。他回味着那天在电话里和张小星神吹时的快乐。他坐了下来，大汤在一边总是发出哧哧的喘息声，一颗肥头紧拱着各式各样的辞典和专业工具书，烫金字在书脊上闪闪发亮。明天去书库把拉德洛夫的八大本《突厥语方言辞典》提出来，他暗暗地想，镇镇这个杂种。可是今天干什么呢，从现在起到下午五点钟研究中心关门我该干点什么呢？接着搞行文花哨、修饰语成排成串的第二条解题吗？哪怕是看门供茶水的老太婆，那个松本老太婆打个电话也好呀，她说一定要约我一块去喝一次酒，她说她认识一个在团子坂的小酒吧，还存着一个酒。大汤哧哧哧的喘息声像风箱一样短粗又急促。他毅然合上了那册可怕的巨书，拉开抽屉，掏出在国内用的田野调查笔记。她钻进了毡房，她的肩膀被雨水淋得又湿又亮。她双手端着一铜盆满满的、一颤一颤的酸奶子，“喝吧，balam，今天烧不成茶，雨把牛粪淋湿啦。”她一边说着一边松着一口气。她讲的哈语真好听，他慢慢地吮吸着冰凉的酸奶子。她的声音真像是一种音乐。也许每当你攀登了一架雪线上下的大山以后，你都觉得听见了一种悦耳的声音。女人们用低柔的嗓音讲出的话都是一曲低吟的歌。她现在也许正在一间雪白的恐怖的白房子里挣扎着，她如果疼得尖叫起来她的声音还能像一阕丁冬泉水般的歌么？妈妈那改不掉的山东口音的话当然也一样悦耳，她喊我“俺那儿喂”时那调子那嗓音把一切天上人间的音乐全毙了。乌珠穆沁口语是全部蒙古书面语和方言中最美的一支。蒙古嫂子在毡包熄灭了羊油灯以后，她和丹哥哥那种在黑暗中低一声慢一声的话语，使我那时就觉得乌珠穆沁口语绝对属于音乐。“谢谢您。”他尽力也把答话说得轻柔。balam，他想着，咀嚼着哈萨克老太婆的声音。她称呼我的时候说 balam，而不是说的 bala。她叫我“我的孩子”，而不是叫我“孩子”。她的脸颊上贴着一缕缕湿透了的头发，下颏上挂着一粒粒莹亮的水珠。我要忍住腿上的酸疼，这会儿我还不能泄了这口气，外面雨声寂寞地淅沥落着，雨雾中的天山灰茫浑蒙。扑扑的声音久久地击打着泡透的毡子，围毡的底边已经泥泞不堪了。稠稠的酸奶子顺着嗓子滑下去，冰凉地在胸膛下面消失了。铜盆上沾着水迹，擦亮的纹饰上有一抹暗暗的光泽。那老妇人目不转睛地望着他喝酸奶。好像随着他一口口地喝下去，她的心也一分分地舒服了。这酸奶里调了刚挤的鲜奶，他判断着想到，所以比乌珠穆沁的酸奶要淡一些和细一些。他偷偷换出一只手来，轻轻揉着肿腿。她也许已经在那间雪白的屋子里淹没了淹没在一汪血泊里。她也许已经虚弱得说不出话来更不能有一支悦耳的音乐响起来。balam，我的——孩子，她这么称呼可真让人心里觉得温暖。老女人斜斜地倚着门框，坐在门口的泥泞里，眼睛里充满着一种打量可爱的小羊羔或者牛犊子的神情。雨雾在她背后的门外凉飕飕地弥漫着，遮住了雄峻的天山腹地的森林和山岭。

电话铃突然响了！张小星。他想着探过手去，或者是平田。他使出从电话里学来的沉稳声调：“喂，这里是中央亚洲研究中心外国人研究员研究室。”一个银铃般的女声唱歌般地问道：“大汤教授在吗？请……”他坐回自己的椅子，继续作出聚精会神的样子阅读。梅雨早已经结束了，窗外阳光灿烂。从我来到这间研究室，他恨恨地回忆着，从入梅季节到梅雨结束，到这酷暑曝夏的七月末，我一共只接过顶多十五次电话。大汤对着电话机粗喘着气。“是！是！对！对！”软乎乎的大肚子随着一缩一缩的。刚才那声音娇美又轻柔。你找这口肥猪说个什么劲哪，他心里说。“是！是！”大汤满脸油汗了，但是腾不出手擦。“对！对！嗯！”应该给这个热爱美国热爱英语自己给自己画了一个星条加太阳的国旗的文学教授取个外号。“嗯！嘿！谢，谢谢！”我倒是真想也谢谢您呢，总算饶了我啦，他缓缓吁了一口气。“对不起，”大汤抓起他那件匪里匪气的美式西服。“刚才——打搅了。我有一点点事情，我有一个约会。好，是，我失礼了。”接着大肚子裹上了紧绷的花条西服。大汤出门的时候，屁股把左右两边门框各撞了一下。暗簧门砰地合紧，寂静和松弛马上充斥了研究室。

他跳起来，甩掉上装。他一把捉住电话，随即扯松了领带。

先拨谁呢？喂，喂，我是平田英男。他好像看见了平田沉静的黑眼睛。电话机里没有一丝杂音，可以听得见平田那低沉嗓音里的每一个音素。我想再问一遍。咱们的集体学习是在星期六的几点钟。是一点半还是两点？——请等一下。哦，两点整。您没有写在记事本上么？记事的“手账”上“P.M.2:00”几个字清清楚楚。他瞟着手账，有些害羞了。知道了，两点整。您有什么困难么？从书库提书时，要带一支铅笔。——知道了。我带着铅笔。生活上有困难么？没有，谢谢。后乐会馆的饭好吃么？谢谢，没有问题。那么再见，星期六下午的两点整见。再见，星期六再见。赤坂。淡蓝的王子饭店和新大谷饭店雪白的楼身一定正在灿烂的阳光里漂亮地闪着光。承您照顾啦，我找张小星先生。喂喂！哥们儿是你吗？没有太大的事儿吧？快挂掉，屋里全是大胖肚儿——头儿正开会哪。张小星压低了声音，诡秘地小声说。下一个电话给谁打呢，今天我非要打它十个电话。下一个，他烦乱地翻着手账上记着的电话号，胡彩霞，她现在叫镰田枝子。上个月打去电话时，她说她非常想见我。喂喂，我是镰田枝子。啊，太高兴啦！谢谢您打来电话。您的工作都好么？一定有很多收获吧？真太羡慕您啦。我觉得学者生活最让人羡慕啦，以后一定要请您讲讲您那儿的有趣事呢。好吧，希望您多多打电话来。那么不再耽误您宝贵的时间啦，再见，Bye—Bye！她可真变成日本人了，他默默地想。她可能正在下决心不再搭理任何一个中国人。894•3305，通了。请问，盐井君在家吗？盐井君，我找盐井君。——他惊愕地皱紧了眉毛。这个号码的主人坚持着一言不发。拒不答话？拒之千里？他轻轻按下电话上的弹簧键，奇怪地回想着在北京和盐井一块喝酒时的情景。滚你妈的，他狠狠地骂着，三次都是这样，阴沉沉地让电话空空响着耗电。老子再也不会给你打电话啦。他用笔划掉了那个894•3305。胡彩霞在生产队里干活的时候，脸上总是麻麻喳喳地沾着泥点。从打井的地方回家时，她的嘴里总是唠叨着鸡毛蒜皮的事。现在她成了日本贵妇人啦，她的电话使人觉得她又高贵又漂亮，也使人觉得她永远也不会见你。再打两个，找江上和铃木。江上和铃木是大学的同班同学，他们俩一个找了个阿根廷姑娘一个找了个印度姑娘，谈恋爱时使用的口语都是中国话。先给……铃木打。喂喂你是铃木君吗。哈哈不是好久不见了，是根本还没见哪。你那位印度美人怎么样好吗她？我说，咱们一块喝一顿吧。那么好，你说星期几喝？星期五不行；唔，星期六和星期日也不行，唔唔。那星期二呢我说是下星期二，噢噢，要到大阪去。星期……唔，两天以后回来。行！干脆下星期四！好晚上七点。在新宿东口那家樱花屋照相机店门口见。没错，晚上七点。什么？！下星期四你——噢噢，那么，他深深地叹了口气，铅笔尖缓缓地涂抹着刚刚写上的“P. M. 7: 00 新宿东口樱”几个字。行啊，还是你来电话吧，再见，问你那个印度美人好。他没精打采地挂断了电话。铃木太忙了，他想。东京太忙了，日本太忙了。他犹豫着是否再给江上打这个电话。太忙了，太礼貌了，太冷漠太热情太会玩电话太挑不出毛病了。咖啡杯里还有一个杯底，喉咙被日本话弄得胀胀的。他端起杯子喝干了那一丁点咖啡。不过我总算结结巴巴地用日语在这个都市里混起来啦。还给江上打电话吗？江上和铃木一样会说油油的北京学生痞话，会用北京胡同里的腔调跟印度姑娘阿根廷美人吹牛讲故事把人家骗到东京来。刚才忘了问问铃木，问问他跟他老婆是不是还在使北京话聊天。算了不给江上打这个电话了，他想。他算了一下，大汤走了以后，一共打了五个电话。可是我打算打满十个八个再收兵呢，他犹豫着又拿起电话机来。最后一个，他咬着牙，我再打最后一个。他用眼睛紧张地扫瞄着手账本上那一排排数码，疯啦我要疯啦，他想，今天若是再这么孤单单地回会馆我准保要疯啦。留学生访问学者从来没有讲述过他们的寂寞。孤单一人在单身宿舍里的那种寂寞居然这么可怕。我真没想到这么可怕，我真受不了这个滋味啦。他哆哆嗦嗦地翻着手账本。一定要见个人一定要会会谁一定要找个活人东扯西聊混一阵一定不能独自一个回会馆啦。一排排数码晃晃跳跳，小学二年级刚学到乘法时我就乘不好，数码在黑板上就这么跳来晃去的。他有点怕数码，1234567890 这些数码个个古怪；他从小学二年级算术课进入乘法以后就有了这种害怕的感觉。可是谁他妈的想得到有时候人就发疯似的非得见见谁才能止住疯呢。已经打了五个电话，浪费了五个电话可是还是我独自一人。我原来打算打它十个八个才算完呢，还打不打？他觉得虚弱，觉得不可思议地有些胸闷。阳光明亮灿烂地在研究室窗外的树阴上面照射着，隔音的钢窗把明亮灿烂的东京的声浪全滤去了。再打最后一个吧，只试这一次，他盘算着。

她咧开嘴笑了。她笑着的时候满脸深深刻着的纵横皱纹变得鲜明清楚又细密可怕。湿淋淋的缕缕湿发贴在她的脸颊上，水滴顺着脸颊在缓缓下滑。他想再歇一会儿。我就再歇这么几秒钟，他暗自想着，动了动肿疼的腿。他凝视着哈萨克老太婆，又站了几秒钟，然后钻过低矮的小木门，跨进了泥泞的雨雾弥漫的草地。天山被灰蒙蒙的雨雾遮着，已经看不清大坂上面的冰壳了。四野迷茫又明亮，一片湿漉漉的绿草地在迷茫中消失了。他在心里微弱地喊了一声，拔开了双腿。他刷地拨响了第一个数码。最后再打一个。他又刷地拨响了第二个数。这是最后一个。今晚我必须见一个人。不管是谁我必须见一个人。也许我来到他妈的日本就是为了找到这个人。电话盘又转了半圈，然后等待着。713，我这是在给谁打电话？713，哦，是在拨小尾正一教授。电话盘在均匀地转着，他坚定地盯着电话。小尾教授是搞中亚干燥地域地理的，我打算跟他说什么呢？电话机又咔咔地转回来，这是最后一个数字。我要单刀直入，我要先发制人。3，好，拨好了。我就说正在准备一篇论文碰上一个问题是有关中亚有关新疆塔克拉玛干沙漠地理，——不，是有关北疆戈壁滩地理的问题我急着今晚必须见一见小尾教授请教这个问题。嘟嘟——通啦！请今晚务必——嘟嘟——见我一下。嘟嘟——注意！他屏住了呼吸。“这里是地学博士、大和大学地学部教授小尾正一及夫人立子的住宅。”话筒里响起一个冷静而平淡的广播。他呆了。“谢谢您打来了珍贵的电话给小尾宅。请您简略说明您的贵意念并赐给您的电话号码，小尾宅将会根据录音带上记录的您的电话号码同您联系。现在录音开始。”广播结束了，电话机里传来沙沙的磁带转动的声音。

他觉得头脑冰凉。沙沙的冰冷流水正灌入脑髓。冰冷的雨雾浸透了肌肤。他默默地放下了电话。他走到百叶窗前，窗外的东京都正在灿烂炫目的一派阳光中无声地矗立着。

他觉得有些冷。他穿上上衣坐在案前。他打开田野调查笔记，这笔记本被磨损得又旧又脏。是在什么时候在哪里它被磨成了这样呢？他静静地读了起来，慢慢地进入了另一个世界。他读着，觉得自己精神专注而集中。窗外灿烂的日影渐渐西斜了，百叶窗巨大的玻璃开始呈出了一种柔和的黄色。他突然觉得一阵悲哀慢慢地在心头爬着。他取过卡片纸，开始认真地摘录。可以搞一篇论文，他捉摸着那些笔记想，我可以搞一篇论文，也许还能搞得不错。他拼命坚持住了，那阵麻嗖嗖的悲哀又缓缓地退了回去。他在研究室里聚精会神地读着，直到玻璃窗上染红了东京湾海面上升起的晚霞。

他走出研究室。自动门砰地在背后锁上了。他沿楼梯下了楼，把钥匙挂回传达室的钥匙箱上，顺手把名牌翻了一下，黑名牌变成了红名牌。两面都写着我的姓名，可是却一面黑一面红。他想着觉得有些古怪。他走出大门时和杂役松本老大娘匆匆道了声“再见”。他在人行道上疾步如风，笔挺的深蓝西服随着步伐飘着衣角。他穿过人行横道的斑马线，睬也不睬那个神气活现的矮警察。他神情高傲而冷淡，浓眉下两眼里有一丝嘲讽的火花。他笔直走向一家商店，那店门口高矗着一个灯光标志：一个鲜红的“7”字竖在一排英文“11”上，竖在一横排淡绿的 eleven 上。711，他念着，好像有点像谁家的电话号码。或者念 117，又像查号台或者火警。他从 7—eleven 里出来时手里提着两个口袋：一个里面是阅读笔记和《黄金牧地》解题的译文，一个里面是一瓶长方形的酒瓶。酒牌子叫做“纯”，这种透明的烧酒他还没有喝过。

天山的深夜像一只漆黑的锅底。伸手不见五指和山峰，而漆黑的山峰却似乎连同着松林草坡都压在鼻子尖上。厉风在漆黑中锐烈地嗷嗷叫着，像是黑暗中间奔突着数不清的恶狼。一定要找到一匹马，而且一定要找到一个向导。漆黑一片为什么还这样热呢，他觉得自己在床板上挣扎。漆黑的夜漆黑的天山漆黑的小镇可是这片漆黑像是一片火海一片沸滚的开水。越过大坂一定要有一匹好马，好马是成功的生命线，明天你一定要找到这个小镇的头儿，一定要让他们给找一匹好马和一个向导。马是关键，地图上标着大坂高三千六百公尺，冰川长达二十公里。我热。好烫哪，这条被子像一块烧熔了的铁板。这漆黑漆黑看不见一点儿山影和森林轮廓的黑夜烫得像烧热的黑煤。黑煤也许就这么在地下深处连着，在整个大陆的底层熊熊燃烧。喂，你怎么样了我的妻子，你那里的地层深处也有黑煤在没有光亮地燃烧么？你身上也这么滚烫发烧你也这么翻着身挣扎着不能入睡么？今天听那个穿黑条绒棉袄的人说，如果有马一定在公社马厩里。他说的时候台阶上还蹲着几个穿黑色条绒棉袄的汉子。那些穿黑条绒棉袄的汉子们个个脸色黑得像煤。我病啦，我正在发烧，我凭以前的经验估计已经烧过了三十九度。你不能这样，男子汉不能这样。你要裹紧这床脏被子，你要努力使自己睡熟。山口高度三千六百米，从地图上看从这个山口进去没有太复杂的岔路。太黑啦这世界太黑啦，我一个人发着高烧在这黑暗里在这黑世界里辗转不安无法入睡。我委屈我丢不开这世界上只有我一个人的念头。你软弱，你丢人。没有注射抗菌素，你要有意识地用休息来恢复体力。这是你在对我说话吗怎么你像个威严的老师你不是我的妻子吗？你必须立即睡熟，你要恢复些体力。明天即使发烧你也要挣扎着出去一趟，你要买几个生鸡蛋喝掉，再亲自去一趟公社马厩看看那些马。你要自己挑一匹马。又是漆黑一片又是滚烫的黑煤你在说什么你自己怎么样啦你不是大出血吗不是躺在一片血泊里吗？睡吧，马上睡，排开一切念头全力以赴地睡，今夜对你恢复有利的唯一一件事就是睡。可是我总在想你，我想问问你你今夜住在什么地方是在一间雪白的恐怖的白房子里呢还是也在这片漆黑的烧着了但不冒火苗的滚烫的煤里呢？你必须坚强。你懂吗你必须坚强。现在马上睡。不，不要再想别的。睡吧，睡吧，睡吧。睡吧，他闭上眼睛不再去望玻璃拉门，不去再望远处的池袋阳光大厦——Sunshine city 的银光闪耀的巨影。“阳光城”，他想，日本人也真会为自己的作品命名。大厦高六十层，夜晚点燃灯火，便成了一座雪白的擎天柱。大汤那家伙最近一直没有在研究室露面，短粗的哧哧声消失了。应该给大汤起个外号；我已经给十字路口总是站在斑马道上的那个日本雷子起了个外号，叫他“二比一”；那小子身子长腿短，身子和腿的比例正好二比一。史料解题一直放在原处了，没有心思再向下一段铺天盖地的修饰文体进攻啦，两个星期里我只是读那些田野笔记，一边读一边胡思乱想。来到日本已经两个多月了，我拼命摆出一副学者相儿，这也学习那也学习，尤其在平田的面前，学者样装得更足。可是，他睁开眼睛，一座银光通明的矩形高柱浮现在玻璃拉门上。快睡吧，别再胡思乱想了，他责备着自己，紧紧闭上了眼。又睡不着啦，这样疯疯癫癫的失眠已经有好多次，而且近来愈来愈频繁了。飞机在成田空港降落以前，盘旋着靠近了富士山。那时的富士山简直像传奇神话一样。他回忆地想着，在暗暗中苦笑了一下。大汤不来研究室，中亚研究中心显得顺心多啦，若不然每天要挨他和“二比一”俩人的轮番刺激。老先生头发灰白，躺在竹椅里像尊罗汉。“从甘肃到土耳其，所有的现代语我都懂”，那是因为在辽阔的突厥语族分布区里，东部有撒拉语和裕固语成为突厥语言的东界。这话可真狂，他赞叹地想着自己那位老师的口头禅，觉得自己的赞叹有一种内行感。要不然就干脆给大汤起外号叫“美人 ing”，他不正好是个英语现在进行时的现代派美人么，肥肚皮，绿豆眼，日本造，美国味儿。睡吧，下半夜了，他制止着自己的思路。完啦，又睡不着啦。他觉得头脑可恶地既清醒又活泼。失眠了。算啦——起！他愤怒地一脚踢开被子。他赤着脚下了床，走到屋角两大步，提起一只大瓶。他在桌上斟了一杯，打开台灯，把灯光调得柔暗。他一步迈回床上，歪斜地靠在墙上，喝下一口酒。

这是烧酒。最近他总是喝烧酒。或者说最近他喝的酒里，烧酒的比例比较高些。大瓶可以装一升，日本称为“一升瓶”。他啜着酒，瞟了瞟瓶上的商标。“烧酎白波”，他默念了一下，又咽下一口。

睡不着。不睡啦。他呷了一大口。这种烧酒味道不太浓，比起“纯”来也许价钱也还算便宜。这是“一升瓶”。一升是一公升吗？一公升是一公斤吗？来到日本快三个月了，他计算着。很快就要三个月了，也就是说我已经混完了这一年的四分之一。好像三个月象征着什么，他觉得恍惚。屋角堆着一堆高低不平的、竖立着的空酒瓶。三个月，他想，我已经喝了五瓶红“纯”字、三瓶蓝“纯”字、四瓶 Santory 牌威士忌。他静静地盯着那堆五颜六色的空酒瓶。还喝了三瓶“月桂冠”牌清酒、一瓶“白波”烧酒。这是第二瓶烧酒，他欠起身来，抓住瓶子的细颈，咚咚地又把玻璃杯注满。第十七瓶酒，他算道，这瓶“烧酎白波”是我喝的第十七瓶酒。窗外池袋方向灯火暗闪着彩色，夜东京是一条彩色的河，是一片彩色的海。“海上火灾”，至今我仍然没有搞清那个叫海上火灾的广告的意思。大海燃烧着，大海上的这个岛国在燃烧着，在彩色的电气和透明的酒液中燃烧着。多么快活，多么轻松，他大口大口地咽着酒，多么放纵又多么不负责任哪。他快活地喝着，小盒般密闭着的室内满溢着飘飘欲仙和醺醺欲醉的快活空气。他又欠身斟了一杯。

小店是用圆松木砌成的。一排排圆松木码成了一面墙，巨大的铁扒钉咬着每两根木头中间的接缝。但是四野光秃秃的不见一棵草，更不用说昨天那满目摇曳的松杉林。举目四望只见铁青黑硬的砾石成滩成片地铺着，向前眺望只见茫茫的戈壁滩寂寞地伸延着。他在食堂开票的汉子那儿买了五百克薯干酒，用一只肮脏的塑料壶提了回来。他还买了一只煮羊头，包在一张维文报纸里用手托着。已经再也看不见天山腹地里的松林和牧场啦，他小心翼翼地踩着吱吱响的地板走向房间。再也看不见那个淋得精湿的哈萨克老大娘。他用脚踢开了自己房间的木板门，回头瞥了一眼灰蒙蒙的戈壁。不会再捧着一只铜盆啜那冰凉的酸奶子，不会再听见那个老大娘叫我balam。大坂已经被留在了背后，这是我在天山里越过的第一座大坂。明天就能到达城里，明天有一辆拉羊粪的卡车去前方的城市。今夜呢，他倒转塑料壶斟出满满一大碗酒。这可怕的液体在大瓷碗里危险地晃荡着。今夜应当纪念。他重重地吞下一大口。应当纪念一下，他又灌了一大口，撕下一片羊耳朵肉嚼着。酒烧着食道和肠子。一小片火焰一寸一分地烧着食管和肠胃缓缓滑下去。他心里突然感动得想要落泪。他又灌了两三口。纪念吧，独自一人。他撕开羊头的下颚骨，用匕骨削下一片肉。为着刚刚翻过的那座大坂，为着那座海拔三千六百米、冰川二十公里的著名大坂；他喝着，身上暖和起来。为着她，为着她为了我的骨血为了给我生下一个可爱的宝宝淹在血泊里，为着她和我一道在奋战挣扎，他迅速喝干了一碗酒，然后把塑料壶里剩下的酒全倾进碗中。为着那句balam，为着我的那匹马。他喝着，屋里进来了一个穿黑条绒棉袄的人。可是他两眼聚不成焦点，他看不清那人的脸。喝吧，咱们一块喝吧。他和那穿黑条绒棉袄的人对面坐着，盘着腿对面坐着。为着我下了山以后送别了的向导，为着他平安地又翻回了大坂那一面。他喝得快活极了，快活得发疯。木板门被撞开了，又进来了一个穿黑条绒棉袄的人。坐下吧咱们一块纪念吧。三个人对面坐着，盘着腿坐在松木板铺上。这里没有浓郁的松树林没有积雪的大坂和大坂上的冰川这里没有山谷那顶孤零零的被雨水浇透的破毡房没有让人心里荒凉的戈壁滩，这里只有透明地晃闪的危险的液体。喝吧喝个痛快。穿黑条绒棉袄的人又买来了一只煮羊头，拎回来用肮脏的塑料桶盛着的薯干酒。三个汉子喝着，也许还唱了。他觉得眼睛里闪亮着美丽的火星，他快活极了。他们撕着嚼着羊肉，天色混沌难辨，不知道是黄昏还是破晓。他有一些儿累乏，他放下了酒碗。他静了一瞬，觉得苍茫的脑海里隐隐地升起来一片模糊的陆地。他感动得想对那两个穿黑条绒棉袄的人说些什么，可是喉咙里冒着火苗。他幸福地向一旁倒下去，温暖的黑暗搂住了他。

他摆开酒瓶和杯子，把一包炸花生米和一包腌墨斗鱼丝放在桌子上。他又给张小星打了个电话，可是小星的房间里仍旧没有人。他把小女儿的相片摆在台灯前面。

桌上的小电子钟指着十点。已经是夜晚十点了，他想，可是张小星还没有回会馆，他决定不再等了，他伸手抓起了酒瓶。

烧酒的牌子叫“纯”。清冽的液体在透明的玻璃上映着一个红红的、印刷体的“纯”字。红纯字，五百八十日元一瓶。他拔出笔来，在一张白卡片上写了“生日快乐”四个字，把这卡片夹在小女儿的彩色大照片上。他默默地斟着酒，清亮的液体悄悄地在杯中盈满了。

今天是女儿的生日。今天我的女儿满了一周岁。他默默地端起杯子，凝视着那张贴在一块硬纸板上的大照片，一个巨大的娃娃头歪着充满了照片，调皮的大眼睛里满是惊喜和活泼。他凝视着孩子淡蓝色的眼珠，三个月啦，他想。我已经来到东京三个月啦。池袋阳光城的银色塔影在远处冷冷地亮着，他猛地拉上了窗帘。杏黄色和棕色的隔膜猛地把他锁进了又狭窄又方正的一个盒子里，他觉得连神经的细梢都贴近了这棕黄的四壁。女儿，他想着，突然把一满杯“纯”倾入嘴里。女儿，他喘息着，咂着嘴里的一丝热辣，今天是你的生日呵。

“纯”牌烧酒的瓶子透明又单纯。每当他喝这种酒时，都觉得在微微荡漾的透明酒液映衬下，那个方方的“纯”字幻着奇异的魅力。今天路过 7 —eleven 店时，他为女儿买了两瓶，一瓶红“纯”，一瓶蓝“纯”。可是张小星不知跑到哪儿玩去了，他犹豫了几次没有打电话给平田。他怕平田反过来请他。被杏黄和棕色条纹的糊墙布和窗帘紧裹住的小屋禁锢着他。他叹了一口气，空寂狭小的室内都听见了他这声叹气。他沉吟了一会儿，把“纯”慢慢端到口边。软软的、微酸的液体贴着肠肚流着，在他体内激起一种难言和安慰。安息吧安息吧，勇敢的小生命。在这三千六百米的冰川顶上，在这厚得不见底的蔚蓝一层淡绿一层乳白一层的冰川上你的父亲为你默哀。“纯”字隔着透明的玻璃，隔着漾动的净净液体显得不可思议，显得真正的纯净。安息吧，无名的死者。蒿子草激烈地起伏着，倔强地挡住了外面黄土世界的窥探，毒日头在高远的蓝空上烧得白炽。他双膝跪下悲愤地注视着那座砖墓。安息吧，我已经成熟啦。七百年的血泪，七百年卑鄙的历史，将在我的手中推翻掉。安息吧，萨俩姆！突然电话铃响了，他奇怪地盯着那个小巧的受话器。“外线，请不要放下，”会馆总机轻轻地说。“啊谢谢，谢谢！

我是大汤。我有一个朋友，哦对，是专门研究中国政治的，哦对，刚从美国来到东京。他对您很感兴趣，想见见您，我说，哧哧。”耳机中响着熟悉的喘气声，短粗，蠢笨。“明天见见面怎么样？他对您很有兴趣。”“可是我对他没有兴趣。”他狠狠地醉醺醺地切断了电话。去你妈的美人 ing；他又端起了酒杯，把杯中的“纯”一饮而尽。他摸摸酒瓶，这一瓶红“纯”已经空了。他转身又取过一瓶新的。一个方正的大蓝字“纯”，隔着晃闪的透明液体正在静静地诱惑着他。

小女儿还在歪着脑袋嘻嘻地笑。balam，在淅沥的凉雨中，这声 balam 像一丝摸不着也感觉不到的暖流。女儿也许会长成一个挺好看的姑娘，会长成一个美人。他醉眼惺忪地望着照片，他觉得不能相信这照片的色彩。她的白眼球有一层淡淡的浅蓝。多美的眼睛哪。

黄黄棕棕的竖条纹在墙上和窗帘上垂着，偶尔拂动一下。紧锁着的一个窝。一个裹着暖色条纹的小盒子，一个火柴匣子。他觉得窒息，这窒息使他仇恨，又使他满意。他拧着瓶口的蓝烤漆盖子，“去你妈的，大汤，”他醉醺醺地大声骂道，“去你妈的美人 ing。”他觉得满心满腹堵塞着什么，但是酒终于把那堵塞冲垮了。他觉得仇恨在莫名其妙地发泄掉。今天还接到了江上的一个电话，江上说最近很忙。忙吧忙吧，你忙你的你用不着打电话告诉我你忙。他回忆着自己怎样彬彬有礼地与江上在电话里道别，并且在语调中装出一种自己也是在百忙中接这个电话的口气。去忙你的吧，他有些伤感地想，祝你早一天能不用中国话和你那阿根廷夫人谈情说爱。他咽下一口蓝色的“纯”时突然要吐，他忍了一下没有吐出来。我醉啦，他想道，他朦胧中觉得心底在微弱地传动着一股热。黄金牧地，

黄金牧地，他推开桌上堆着的书籍和笔记本，他一下子伏在小女儿的照片面前。他觉得头在晕眩，小盒般的个人宿舍在慢慢旋转。一些杏黄和棕色的条纹在旋成一个斑条纵横的暖暖的球。西海固，你使你的儿子成熟了吗？你这焦渴地不屈地忍受着骄阳的黄土山峁。张小星也许回来了，也许已经睡了。没关系，我可以自己和自己划拳。好，“哥儿俩——好哇！”我输啦。可是，你漂洋过海来到日本是为了什么？是为了找一个喝酒的伴儿吗？他抬起头猛地把酒灌下去。神奇的天山，雄伟秀丽的天山，横亘在大陆上的天山，条条大坂连接着沟峡通道的秘境般的天山，你的松林和草地……好吗？

他独自一人喝着。他已经喝得大醉。女儿在照片上好奇地看着他。会找到，我在日本会找到的，他不再用杯子，他痉挛的手握紧了酒瓶。我来日本就是为了找……他会来的。他高高举起瓶子，蓝“纯”也终于被喝干了。他慢慢爬上了床，难受地把头埋进雪白的被罩里。他一动不动地卧着，像一匹死了的野兽。

M

太阳每天都一样，每天都从东面山坡从那片叫塔布太的山坡背后升起来。

太阳每天升出塔布太以后我和羊群就浴在阳光里了。

我全身满脸浴着阳光泡在热暖的光波里暴露在大地上面天空下面的清洌又粗糙的风里，阳光烤热的粗沙沙的风摩擦着我的脸颊脖颈一阵阵远了。

秋天来了。

我作为一名游牧民躺在秋天的草地上。

我迎着更粗糙的金针般的秋风伸直了两条插在黄黄箭草地里的双腿。

太阳在秋天更加金闪辉煌；太阳升得更高了，它高高悬在阿勒坦•努特格的上空。

我躺着懒懒地瞟着脚上的马靴，瞟着疾疾攒行在草茎梢杆之间的金风。

草叶枯了。我的马靴居然已经脱了漆皮。

我闭上眼睛。放羊人的日子就是躺在山坡上枕着马鞍睡觉，就是日复一日地听着喳喳嚓嚓的羊吃草声在粗糙的秋风抚摸中躺在草地上睡觉。

我的眼角枯涩

我的脸颊和颧骨上干裂了一层皮

牧人，我是个牧人

黄骠骏马希腊一定正在我的脑后站着，弯下了它那优美动人的光滑脖颈

今天的太阳为什么还不沉没呢

茫茫大地不觉间已经金黄。最后的紫外线刚好把我们的两颊灼出两块烫伤。早晨已经变得很冷。第一条磨烂两膝和裤裆的裤子已被扔在灰堆上。第一个旧营盘和三块烧黑的石头一个狼藉的灰堆已经留在车轮之后。我们盘腿而坐。我们顺刀剔肉用拇指压着刀面。我们撩开袍襟拉屎得意地把袍子变成一座密不透风的厕所。我们开始吹嘘地议论牧草的优劣。我们请名声极大的套马手帮忙做了第一根马竿子。我们已经懂得保膘省马。

阿勒坦•努特格——

我凝望着秋天的金黄草原品味着，我觉得这个词念起来很响亮。

阿勒坦·努特格。译成什么才对呢？黄金的家乡？金色的草原？金营盘？

太阳快要西沉了。空气中渗进来青暗的凉气。我饿了。我又瞟了一眼那金草地，扯过黄马希腊。我跨上马背。我在鞍上打了个大哈欠。我猛地一磕马，朝家疾驰而去。

包中央吊着一盏羊油灯。盛油的黑铁碗和吊灯用的粗铁丝上黏黏地沾着一层腻滑的黑油泥。明亮的，不知怎么使人觉得有点发甜的羊油的火苗闪跳着，照亮了五块折叠木棍拼成的哈纳墙。靠门的两块木棍折墙断碎得乱七八糟，用小绳、铁丝和牛皮条绑着。墙圈出了一个匀匀的圆形天地。西北角有一只描金的红漆凳，凳上放着丹巴哥哥的一只坏了的半导体收音机，和我那只灰色的钢板纸箱。它值二十四块钱，是我记事以来买过的最贵重的东西。包的西南角拴着一只银毛蜷曲的小绵羊羔。它不合时宜地生在秋天，浑身雪白的毛卷使人感到有些不祥——因为冬季已经逼近了。我和我的花白头发的额吉就睡在西半侧，垫着两块细硬的白毡。蒙古包正北男主人的位置上，四脚朝天地躺着我哥丹巴。他的脑袋横过来，正好和我凑在一起说三道四。肮脏的破烂皮子和旧衣服中间埋着两个小孩。用黄胶泥和白碱土抹得平整的包中央架着一个熊熊点燃的铁皮炉子。袒胸露乳的南斯拉嫂子坐在炉子对面，一把铁火剪放在她膝上，膝盖半跪半倚地靠在一张没有熟鞣过的、铁皮般硬的牛犊皮上。这就是我的家。

东北角有一只手提式摇柄缝纫机，一只描金的小红漆箱。这只红箱和那只红凳都是拆喇嘛庙时分来的东西。箱中有一些绸布头、几根花边和一把剪子、几本劳动手册。正北靠着木棍折墙叠着一长条羊皮被和皮袍子。大人们私有的一些小方箱子挂着一把把小锁，里面锁着几包廉价纸烟、几块能砸死人的含沙带土的月饼和一些脏污发粘的糖。蒙古人把这些吃的一律叫做“粑粑”。嫂子背后有一只巨大粗重的木架，上面放着铁锅、奶桶和半盆用黄油拌过的小米饭。烟熏火燎得漆黑、厚厚地吸满了尘埃的黑顶毡上插着小刀、马笼头和做马竿子梢尖用的荆树条。架在折墙上的木棍挑挂着一串串快要风干的羊肉。门口堆放着三盘马鞍。我们的马靴和蒙古靴乱七八糟地扔满地面，散着马身上的汗腥和包脚布的臭味儿。丹巴哥总是乱拍他的破收音机，奇怪的是居然他总能揍得那东西又响起来。嫂子总是无缘无故地哈哈大笑，被她自己想象出来的一只癞蛤蟆吓得又躲又爬。两个小孩总是眨着他们那漂亮的黑眼睛，吸溜着他们的黄鼻涕。额吉总是安静地跪坐在她的位置上，无休无止地搓着羊毛绳；或是用一柄光滑磨亮的牛前腿骨做成的纺锤嗡嗡地纺着驼毛线。

还有一个成员。我说它是我们家的“成员”是由于牧民们对它的尊重。这就是停在包外的营盘外缘上的、那辆用纯粹的红松木打成的木轮的勒勒车。它框架方粗，棱角磨得又滑又亮，在清晨和日落时分呈着一层古铜般的光泽。轮瓣木是用几株弯曲的粗树干截出来的，细腻坚密的松树纹理上还沾着几块没有剥落的松皮。这辆车坚固无比，状如卧虎，是全大队最好的一辆木轮车。它居然有个名字，叫做“达瓦”。

家里气氛平和而快乐。老人慈祥，男人随和，女人大方，孩子可爱。我喝茶吃饭都用一只大碗。白天出去放羊晚上和他们胡扯。我的蒙语开始讲得流利了，我的脾性却愈来愈变得散漫。我歪骑着马，反戴着帽，故意斜斜地瞟着看人。我敞开领口的一颗扣子，半夹半拖地拿着马竿子，随着马的步子一摇一晃地走上山坡。当羊群吃草的时候，我把马笼头捆在手腕上，仰脸躺在黄色的草地上出神。天上晴朗得一片碧蓝。已经没有了夏季里那滚滚而来的白云。我又翻转身子，随手扯下根草棍叼在嘴里，金黄的草浪在秋天的长风里飒飒响着，一潮接一潮地向远方漾去，一直消融进那淡蓝色的地平线里。

暮色苍茫时分，小队到达了麻牙寺。我们踩着积满灰尘的木板台阶，爬到了麻牙寺楼上。

“红军是穷人的队伍！”板壁上又是一条标语。这是同一个人写的，我望着那排字迹想着，瞥了李大海和小毛一眼。他们两人的眼睛里也闪着惊讶的目光。“这是一个人写的！”小毛喊道。

比起栈道上面悬崖上的那条标语，这一排没有那样的气势，每个字只有拳头大小。字是白的。年深月久，木板壁被烟熏火燎得成了黑褐色；而墨迹又在这岁月中脱落了，字变成了白色显露出来。同一个人，我想，同一个红军。

“快看！”又是小毛在叫。“红、军、买、东、西、给、银、子！”字迹同样是白的。大海激动地说：“他妈的国民党印的烂钱不当钱，一大捆只能买一个煤球！”我拉拉大海说：“大海，你发现了吗？都是一个红军写的。”

大海转过脸，使劲地朝我点了点头。

在临江的板壁上，我们发现了最后一条标语：“番汉同胞一心救中国！”

窗槛外，白龙江依然翻腾着绿白相间的浪涛和泡沫，在黛色的长峡里咆哮冲撞。阳光斜斜打在山尖上，把那一小块地方照得鲜绿葱茏。峡谷已经昏暗，水汽正在混着雾霭弥漫。我们不再说话，三个人默默地并排站着，想在这个红军驻扎过的小寺楼上多站一会儿。峡谷又长又深，前方指着陇东，背后牵着川北。白龙江急躁地在扭折处争抢拼斗着，不知为什么对这里毫不留恋。黛色的石壁峭立着，拦腰一根细线般的栈道深刻其间。暮色迅速地散开着，眼中的一切已经变得苍茫迷蒙。

“多美呵！”我听见小毛在低声自语。她异样的嗓音使我愣了一下。我还从来没留心这个疯小子般的她居然还会这么说话。

“走吧！”大海目光炯炯地望着我说。我挥挥手，小队离开了麻牙寺。我知道大海和我一样，心里忘不了一个拿着笔的红军战士。

从搬到丹巴家以后，我和额吉之间的漫长而毫无情节的故事就开始了。我要求她给我一个蒙古名字，她随口说了个“吉拉嘎拉”（幸福）。我嫌这名字念着像鸡叫，她又说了个“乌兰乎”（红孩子）。我嫌太常见，她就问我自己想要个什么名字。我说我想叫“吐木勒”（铁）。她说，那好吧，就给你个名字“吐木勒”。于是我就算从额吉处正式获得了一个蒙古名。

傍晚，当我吆着羊群归牧的时候，我盼着她的那声呼唤。果然，她唤着我：“喂，吐木勒。”声音里永远不变地带着一丝温暖、一点古怪、一股漫不经心的随便劲儿。我不明白我为什么偏偏习惯了这一声吆唤。我的心头还似乎掠过一丝满足。“哎，来啦！”我忙答应着，催马朝她走去。我喜欢像个勇士一样骑着马、站在她面前时的那种感觉。

我额吉为人落落寡合。当然草原出身的知识青年们谁都可以为自己家额吉吹上一阵牛；本人额吉其实就一般意义来说，还比不上——比如蓝猫家额吉。蓝猫本来是个那么好心的小伙子，但是插包以后却被惯得又刁又懒。蒙古牧民有抱养养子的习惯，我估计蓝猫额吉是真的以为自己白拣了个大儿子。“米尼乎（我的儿子）！去，去帮额吉喂喂狗！”蓝猫一盘腿：“不去！”到了公社买粮，“米尼乎！去，去帮额吉买炒米。”蓝猫一瞪眼：“不去！”老太婆摸出两块钱来：“好儿子，喏，买粑粑吃。快，帮额吉买炒米！”蓝猫这才磨磨蹭蹭地去了。我家额吉可大不一样。我甚至觉得额吉可能根本不会那种婆婆妈妈的事。在我的眼睛里，额吉还是一个非常陌生的人，至少，她和所有女人不同的一点非常显眼：她有一副马鞍。

晚上吃过饭以后，她总是默默地跪坐在我身边，慢慢地吸一支烟。那时我们的西半侧已是一片昏黑，羊油灯上闪跳的火苗不时扇动着纸烟上冒起的一股灰雾。额吉像是害怕那雾似的，总是微微躲闪着，把身躯向后仰。我没有什么事好干，正用蹩脚的蒙语和丹巴哥胡扯。我觉得在额吉和我之间，那弥漫的灰雾好像一派温暖的潮水。额吉不插嘴，沉默着捏住半支劣等纸烟。灰蒙蒙的潮涌上来，遮住了她混浊的、有一点发绿的眼睛。炉火正在黯淡，门外草地隐入了昏茫。她突然瞥了我一眼，好像她早就发现我在偷偷地看她。她的嘴角和眉头，还有额上几道深些的皱纹都抽动了一下。我猜她可能是想朝我做一个笑容但是做不出来。我心里有些吃惊。于是我赶紧坐得规矩些，并朝额吉干笑了一下。我突然意识到在这样的时刻里我有些异样，包里好像传走着一个什么内容。我认为我遇上的这一切仍然是枯燥的和费解的；但我已经被它吸引住了，就像我总忍不住偷瞧额吉一样。

额吉喜欢独自默默干活。按照蒙古草原上无文但又严格的分工，她总是缝补周围用的毡子，拆了又搭地摆弄给牛犊子睡的小栅栏。我们包里的人都习惯于她的这种忙碌，通常不太关心她忙的究竟是什么。但额吉也喜欢帮助别人，所以最初她走来帮我绊“希腊”的时候，我并没有留意。后来，有一天我看见她独自骑上马去轰羊的时候，我突然明白了一直感觉到了的一个疑问：额吉从不只是把自己当成女人。她骑马、绊马、饮马，自己不吭声地修理她那盘辨不出颜色和形状的烂鞍子，用小刀和黄羊角给我接好断笼头，在下雨天替丹巴哥把套马竿插进包中，还不言不语地把马竿上开胶的缝口用皮条一道道束紧。她有一些古怪的毛病。比如在暮色苍茫时，她一个人不肯进包去。我过去帮忙时，发现她那儿并没有什么活儿干。额吉一面搔着牛犊子的脑门，一面和它絮絮叨叨地谈着。我看见那牛犊子支着脑袋边听边享受的样子时，曾经有过一种不可思议的滋味。额吉见我发现了她的秘密，局促不安地要离开小牛栏。可是我，——我就是这样建立了我和额吉两人的神秘世界——我轻轻地拉住了她的手。额吉犹豫了一下，接着就捏紧了我的手指。她的骨节又粗又硬，似乎还颤抖着。我心里虽然很快乐，但我不明白这不可思议的滋味。

（额吉，就这样开始行么？）

入夜了。包外传来悲哀又遥远的狗叫。隔着一层毡子，我听着外面沙沙低鸣的牧草的潮声。丹巴又沉浸到他那只半导体里去了，包里只剩下我和额吉两人还没有睡。我觉得她的身材非常单薄瘦小，我猜她年轻时至少是个非常苗条的女人。她低垂着眼皮，把一支新的烟接在吸剩的烟蒂上。我知道她垂下眼皮是因为她发现了我又在瞧她，于是吓得赶紧又转过了脸。羊油火苗的黄色光亮映着她的脸，那脸的肤色被照得像镀过的金属一样。“……坚忍”，我费劲地想出了个词。额吉为什么是个坚忍的人呢，我胡猜着，不禁叹了口气。蓝猫家的额吉是个絮絮叨叨的和气老太婆；南斯拉嫂子是个快活得整天大笑的少妇。只有你，我有些失望地想道，只有你额吉，总让人觉得那么沉重。炉膛里有一块没燃尽的牛粪突然冒出了火苗，一道红红的光亮在黑暗的天窗上摇曳。额吉仍然静静坐着，吸着她的纸烟。她的身影在那火焰亮起的时候，显出了一种我形容不出的、复杂的颤动。“睡吧，孩子。”她突然平静地对我说道。我使劲点了点头，裹着袍子躺下了。额吉扯过一条山羊皮缝的皮被子，仔细地包紧了我的腿。接着她也靠着我躺下了。我感觉到她那带着一丝温暖的白头发离我很近。我闭上了眼睛。草潮仍在包外沙沙地涌出响声。脸颊上拂着阵阵透过毡子的潮凉。我睡了，草原的夜正深沉。

他满脸都是络腮胡子，黑糁糁的包围着两只猜疑的眼睛。小毛的嗓门又尖又响：“你说，你是几方面军的？”顺着洮河那一边吹来的冷风啪啪地摔打着门扇。“四方面军！哦，那又是哪个军的？”真讨厌，这丫头片子像审犯人呢。四壁长着黑滑的烟油和黑霉苔，屋顶有一角塌漏了，泻下一道雪白的阳光。屋角堆着一些油漆刷子和红红绿绿的漆桶。“太好啦！”小毛快乐地蹦了起来，而黑络腮胡子却警惕地退了一步。“红军！嘿，真来劲！”小毛一把抓住了他的手拼命摇。冷风啪啪地摔着门扇，我想过去关上那扇木板门。再摔就要碎啦，我想。“我们？我们和谁也不一样。”大海威风凛凛地回答，“我们是红军。”这是真的，我想，就让大海去跟他聊吧。我迈步走出屋门，搬了两块石头把破门扇夹住。吱吱的锐声立即在门板上颤抖着尖叫起来。可是这下子门摔不碎啦，我满意地想着，顺便瞥了一眼那山野。对面的山岭都遮着灰灰的林子，山顶上也毛刺刺的，辨不清山脊的曲线。甘肃的南半边，我沉吟了一下。我觉得我的脑子里已经充斥着各种各样的雄壮的景观。

立正时，向右看齐动作要记清

排头的报数，数数数呀

一二三四五

在家中，受人压迫才来当红军

为我们穷人谋解放呀

一齐闹革命

小毛尖声尖气地唱着。她的表情那么认真和感动。黑络腮胡子呆愣愣地立着，两腿叉得笔直僵硬。我靠住了墙，心里说不出是激动还是胸有成竹。这是第五个啦，我默默地想，这一个流落下来以后，当了一名漆匠。这时大海忍不住了。我一听见大海的男低音就犯愁，可是我只能硬着头皮听。大海唱着，五音不全地随着小毛脆亮的尖嗓子：

亲爱的工农同志们哪

青年哎子哟

我们的红军是多得很哪

我唱你来听呀

青年们哎子哟

黑络腮胡子突然一蹲，两只大脚扒着泥地。屋顶角落里泻下的那道阳光里飞腾着尘灰。小毛和大海还在拼命地唱着，一支接一支地唱着。强劲的山风猛地撞倒了石头，门扇啪地摔闭上了。屋里黑暗了一瞬。我听见一个哑哑的声音在哭。门扇又哗地被风掀开，屋里又刷然雪亮。黑络腮胡子抱着头呜呜哭着。我心里酸酸地涌上一阵浪，我差点也哭出声来。在兰州和西宁，像这样的流落红军，我们已经见了不知多少。小毛唱着，她的歌声嘹亮坚决，气愤愤地愈来愈响。大海唱着，他的歌声笨拙粗低，好像在使劲地发狠。后来走上长征路以后，这是沿途见到的第五个，我想。这五个全是红四方面军的。黑络腮胡子伤心地蹲着呜呜地止不住哭。

蒋光头着了慌呀隆哟喂
他去找刘湘呀隆哟喂
刘湘的队伍呀不怎样哪，隆哟喂
缴他的机关枪呀隆哟喂
……

黑络腮胡子呼的一声站起身来，他一把抓掉了满脸的泪水，突然打雷一般地大喝道：

“明天，我送你们一程！”

我问蓝猫：为什么咱们队非叫这名字？

蓝猫却说：你为什么非叫吐木勒？

贫嘴，你懂什么叫阿勒坦•努特格么？

当然懂。

我不再搭理这混蛋。我知道你小子整天背着人在干什么。管他为什么大队取名叫阿勒坦•努特格，有的牧民还叫癞皮狗毛脑海呢。毛脑海意思就是癞皮狗，你能讲清楚为什么吗？

听说了吗？——蓝猫诡秘地盯着我。

没听说。我懒得理他。

咱们这一片要划给军垦兵团啦。

兵团没劲。

真他妈没劲。一身屎黄。蓝猫叹口气。

而且没有马骑，我瞟瞟黄马希腊。

黄马屁股消瘦了。我勾起三根手指瞄着。

来插队的，又不是来插兵团的！

反正我不去，我烦闷地说。

我也不去。

你个臭猫爱去不去，反正我不去。

真的你不去我也不去。

我去不去干你这臭猫什么事。

去你妈的，你不去我也不去。

那我去，我爱穿屎黄。

你混蛋。

满山遍野的草浪像金绸覆盖。我用左手的食、中、无名指勾着瞄着黄马的屁股。唉，我的马瘦啦。三根手指头真奇妙，用三根手指头描写马膘能描写得极其准确。我一抬中指，妈的我的黄马成骷髅了。我抬抬无名指和食指，于是膘情迅速鼓胖起来。蓝猫拱过来，猛地把他的手指头戳过来：一匹瘦杆狼。我暗中发狠表面不露声色。蓝猫"哟哟"地哼哼着，那三根手指头奄奄一息地弓着弯下去。"哟哟，我要死啦。"我突然一把揪翻了他，反剪了他的那只黑爪子。我左右一搜，从蓝猫屁股兜里摸出那个小本来。

还我还我还我！

你扑！你敢扑上来我就撕。

他蔫了。我开始念："哎哟哥儿们你可真能酸呀，怎么这么酸呀，怎么这么酸呀，听着——'我终于见到了大海'——哎哟哟！"

我朝蓝猫啐了一口：“还大洋哪！”

蓝猫穷凶极恶地瞪着我，气得没招儿。

“我懂了，大海只有无限”——还有限哪！

“最危险的大浪其实在我心里”——在你心里？在猫心里呀？你这条癞猫有心吗？长在哪儿呀？

我闹腾够了。蓝猫气狠狠地坐在草地里，生气了。我也不理他。黄马希腊可是真——瘦啦。我又禁不住抬起左手中间那三根指头来。秋凉了，风硬了，可是我的马早早地掉膘了。我突然想到额吉那双冷冷的眼睛，我的心绪陡然坏了。

有件事跟你小子说，蓝猫说。

黄马希腊，你能跟我一块跑多久呢，刚刚骑了几天你就瘦了。我缓缓地举起手指头。

嘿，听着。

我缓缓地把三根手指头平伸出去，然后慢慢地一丁点一丁点地弯着三根手指的关节。我想准准确确地摆一个真正骏马的，不瘦，绝对不瘦但也别肥得没样的手势。

你说，我为什么找你这坏小子？

我把三根手指朝蓝猫转过去。

你知道为什么吗，你说。

我瞄准他的脸。

今天别闹。

我举平手臂对准这张猫脸。“不许动！”我喝道，“瘦马不能过冬，懂吗？”我开始弯曲三个手指的关节。

前年，日记。

我瞄不准。这家伙的猫脸不安静地总是动。“胡说什么！”我骂着。草原上骏马是人最可靠的朋友，可是我的黄马正在飞快消瘦。

忘了吗？我交给你一本日记。

什么日记？！你这酸猫胡扯什么？哎我告诉你你小子还没掉膘。

反正咱俩别散了。

那跟日记有什么关系？你酸什么哪？

前年，蓝猫低下了臊得难看的脸。前年，红卫兵刚成了左派的时候，我把日记给你了。

我呆呆地想了好一阵工夫。但是当我想起来以后我就再也忘不掉了。那是一本最“酸”的日记。蓝猫在那个硬壳本里抽风发痴，毫不害臊地把他的一个秘密大写特写。好像是一只酸猫冲着一个看不清的姑娘乱叫，“乱爱”。他每天按时按点地狂想着她，算着她美丽的小碎步走到了哪儿，又走到哪儿，怎么推开房门，怎么一撩长头发。我回忆起来了：当时读他的日记比今天读他的臭诗好些，虽然酸都是一样的酸。我当时心发慌眼发跳脖子发烧，赶紧偷了个空儿，把那个硬壳本悄悄还给了他。蓝猫接过本子时眼睛白白的，像死人一般瞅着我。我转过头走远了以后心里才觉得顺畅了些。一走就走了快三年工夫：我们俩不是一派，也不是对立派，差不多三年我俩没有见过面，直到蓝猫来找我插队。

“当时我就想，”蓝猫说，“你这人可以交，好人。”

“好在哪儿啦？”我不好意思了也明白了。

蓝猫不理我的油腔滑调，“那时候，高一 2 班的那个女的自杀了，喝的敌敌畏。”

“行啦行啦！”我羞死了。但我也觉得严肃。高一那女生只因为“花枝招展”就喝了敌敌畏。她被送到医院的时候，她们班的女生骂她是“死心塌地为资产阶级殉葬”。医院拒绝按人民内部矛盾处理尸体。蓝猫交给我日记本的时候大概是决心完蛋了，他心里是记挂着我给他保密的好处呢。可您的作文和诗都不灵呀，我烦乱地想，都酸，都只能去腌酸菜。

蓝猫径自说着：“让插队了，我就想，跟你在一块吧，真的走向人生干革命啦，跟你——”

我蹦起来：“行啦行啦！”打断了他的话。我弄不清自己是感动还是生气。都是你这属猫的主意，我们摸起寒闪闪凉飕飕的刀片就是一下。那干皱皱黄巴巴的血字揪扯着人心。我突然觉得委屈。涌漾起伏的草原上炫耀般泛着金波。那个喝了敌敌畏的“花枝招展”躺在宿舍楼门口。她的内脏全烧焦了。蓝猫的眼睛里亮晶晶的，他这种激动真让人受不了。真的，我想不到这家伙居然义重如山，他弄得我心里又酸又沉。我才刚满二十岁，我受不了这么沉甸甸的滋味。

我从背包中抽出了蓝布条草鞋。给我打这双草鞋的人是原来红三十军的一个手枪排长。小毛洗了她的八角帽，帽箍上用红色印着“不胜不休”等几个红字。大海打着人字形裹腿。洮河在静静地淌着，河心漂着一束无人看管的圆木。大山朦朦幢幢，仍然是那样毛糊糊的一片灰色。小石板路上露水湿淋淋地闪亮。上了大道以后，山峦在两侧齐齐闪开，只有洮河碧绿滞缓的中流和大道时近时远，笔直地威严地通向前方。今天我们的长征队有四个人。有三个头戴八角帽的像是正规红军的少年，有一个衣袄破旧完全一副老百姓样子的红军。黑络腮胡子被机枪打中的时候是副连长，大海说那梭子机枪稍微偏一偏你今天就至少是少将。绿绿的洮河水是强忍着激动，它舍不得我们它想和我们并肩长征。冬天的大山灰影幢幢，我觉得它饱含着深重的悲壮。悲壮，我看了看小毛紧紧抿住的嘴唇和大海跃跃欲试的眼神。我记住了，我默默地想。将军“流落”了，今天我如镂如刻地感觉到了革命的悲壮。

黑络腮胡子大步走在小队前面。我望着他老虎般威风的后背，心里满是说不出的自豪和得意。他有一种千年不遇的痛快。他像是老虎出山鹰出铁笼一样地浑身痛快。小毛突然咯咯咯地笑起来了，真来劲！她嚷嚷说。大海晃着脑袋吹牛：全国全天下，我敢保证没有别人能跟咱们比啦！大道笔直坚硬，群山闪到两边。洮河水汩汩地流淌着，紧贴着这条红军走过的路，紧贴着这条红军和我们正在走的路。

那个黑络腮胡子的乡间油漆匠送了我们整整六十里。

我们留他住了一夜。第二天在早晨我们分手了。他要赶六十里回家，我们要继续前进。我们紧紧握着手，都忍住了，都没有落泪。

傍晚，西天燃起了照人的红云。我听说额吉赶着牛车去运牛粪了。两个小孩正在包门前沐浴着红霞的营盘上玩。小巴特尔鼓着腮来回奔跑着，学着一匹骆驼。红艳的落霞染着我的手、我的黑布袍子的前襟，染着我的马儿的剪齐的细鬃。充斥视野的这种金红使人心神不宁。我没有下马，犹豫地望着金红闪耀的草原。

我觉得有谁在凝视着我。

大白马“亚干”突然停止了吃草，立定了盯着我。在这片早晨青蒙、秋季金灿、晚暮里一派通红的草原上并没有一处叫做阿勒坦•努特格的地方。政治风暴在悄无声息地涌动着，昨天开会时听说我们这儿有潜藏的叛国投修的特务。那匹大白马昂头注视着我，额吉已经几次劝我用希腊换这匹笨壮的白马。为什么呢？我不安地想。举目四望，原野在霞火中混沌苍茫，天际的山影已经模糊难辨。晚霞中依然倾泻着无声的水一般均匀的暮色，我觉得有一个讯息在逼近，在轻柔地侵蚀着我此日的躯壳，也在沉静而不容情地剥去着我心上的一层北京学生的肉膜。我渐渐觉得烦躁难忍，猛地勒住了黄马希腊的嚼口。黄马优美地一弯脖颈，但我却瞥见了远处静立的那粗壮白马。我被惹怒了，我感到了一种纤细的危险。我重重地一踢马腹，纵马驰出营地，向红色的黄昏奔去，我想帮助额吉运牛粪。

疾驶着我仍觉得有谁在凝视着我。

我还从未到过古赫哈达这一侧的山地。也从未见过青柯尔·敖包神山。额吉穿着一袭破旧的棕褐色夹袍子，满头斑白的头发在秋风里一摇一飘。这一带草原陌生而寂静，被涂上了浓红的草波在这里变得沉重缓慢了，像烧熔的岩浆在艰难地涌动。松木车“达瓦”被放下双辕，它的头高高翘着，瞄准了青柯尔·敖包神山的山巅。那座山，唉，那座山么，额吉总是说半句话。我觉得神清目明，山里陌生的景色使我心里感到快意和新鲜。四野太寂静了，天地间只有我们。我简直不能相信，一个劲地东张西望，顾盼四面的山口和平原的边缘。红暗的晚暮草原上真的没有别人，没有任何别人只有额吉和我。

我还是觉得有谁在凝视着我。

那座山是座神山哪，额吉疼爱地说。我听不清楚她的意思，不知道她为什么这么疼爱地说话。在她那口气里，大名鼎鼎的青柯尔·敖包神山也变得像一只小羊羔，也变得像是她的孩子了。唉，额吉真怪，我叹口气想着，用我的黑袍子前襟兜来了一捧捧牛粪，轰轰地把牛粪倒入松车达瓦的栅圈箱中。

我突然想起了一个问题：

“额吉，哪个地方叫阿勒坦·努特格呢？”

额吉身上披着晚霞，灰白蓬乱的发上薄薄地闪烁着一层铜色。她的那件袍子太旧了，油斑奶渍使那褐色的夹袍显得又硬又厚，仿佛是一袭真正的铜甲。那座山哟，登上去要累垮一匹好马，她说道。你年轻时究竟有多美呢，我忍不住心里的这个放肆的疑问，或者说究竟有多苗条呢。一根烂绳般的腰带束着额吉瘦杆儿似的腰，她伸出瘦嶙嶙的两只铁爪般的枯手，动作粗狠地划着抓着地上的干牛粪。唉，我叹了口气。这种话我当然不敢问哪，我失望地想道。心头又闪过打马鬃那天小遐那青春的舞姿。你年轻的时候也跳舞吗？你为什么也像男人一样存着一盘马鞍呢？如果兵团要划走青柯尔•敖包一带的草原，难道你也会穿上一件屎黄棉袄吗？那匹白马，我烦乱地想，你凭什么认为那匹暮气沉沉的大白马要强过我的“希腊”呢？

回路上，额吉默默地坐在木车辕上。我骑着马走在牛车旁边。我们穿行在一个被晚霞变得庄严的世界上。望着这烧熔的金属浪涛的蠕动和伸延，我渐渐地也沉默了。我的肌肤和心脏都像裸露在风里和霞焰里，我觉得周身满心都冰凉洁净。我不再东问西问了。额吉不回答我。我问过关于改成兵团的事，问过传闻中的特务的事，问过大白马和松木车的事，但额吉总是说半句话。额吉不愿意回答我。我知道我正靠近着一个无形的关口，我不知道自己是感到恐惧还是感到兴奋。茫茫绵延的草海抽掉了最后一丝风，静静地等待着落霞沉没。额吉倚在我马右的松木车上，但我觉得她和我之间离得那么遥远。木轮稳稳地碾上泛来的波线，马蹄轻悄地淹进浓红的浪头。侧后方青柯尔•敖包神山的淡蓝色远影一摇一摆地后退着远去，像是凝神屏息地告别着我们。每一个浪头和每一道弯弯的潮都随着我们的蹄步和轮辐涨落，我望着它们但我不明白这一切。你这小伙子，进监狱像上幼儿园。草原太辽阔了，额吉说在青柯尔•敖包的山顶可以看见整个内蒙古的七七四十九旗。我们红军是穷人的队伍！在我们驻秋的塔布太五座小丘外面，原来还有古赫哈达那样陌生又新鲜的群山。在阿勒坦•努特格大队之外有全部乌珠穆沁旗明珠般的草原。六百匹棕黄色的马群里啊，有一匹白斑马模样好看……在乌珠穆沁左右两翼的牧场之外，我知道锡林郭勒盟是北方最美最富饶的著名草原。在锡盟的那座奇妙的圆盘般的小敖包山上，我看见过古代蒙古人会盟宣誓的遗迹。黑络腮胡子抱着头呜呜地哭着。大山灰影幢幢。将军“流落”了。再远呢？我想，再远的地方我只在初中地理课本里读过。内蒙古高原覆盖着万里绵延的牧草；它东接大小兴安岭和黑龙江，西连瀚海沙漠，连接着新疆的干旱戈壁。

原来是你在凝视，草原。我突然悟出了。我终于觉察到了：原来这环抱着我的沉默草原一直在注视着我。原来除了深不可测的蒙古额吉之外，原来除了蓝猫的诗和小遐的美之外，我的生活中还有你，草原。

我们穿出了古赫哈达的山口，宽阔的伊和塔拉大平原突然推出，拥到眼前。真辽阔呵，我暗暗惊叹起来。平原像是一片波澜不兴的舒展的海面。在这里落日尚未沉没。圆轮子般的一个熔化的红球在西天尽头正急剧地弹动。蓝猫讨厌地一下子挑开了帘幕，不征求我同意就掀开了我的心。那个花枝招展的女生躺在宿舍楼门口的地上，一件弹力衫紧绷着她平平的胸脯。那胸脯里头已经烧焦烫烂了。然而我知道我和蓝猫的友谊现在正式地开始了，这是一种我们尚未体验过的、骑手的友谊。额吉的沉默中总是有一丝又硬又韧的芯。她凝望着草原大地时的眼神使我觉得隔阂和疏远。好像她和我不一样，我费劲地琢磨着。好像她是……是一个知道一切秘密的人。

她其实已经把我当成了知己，我敢保证，她和我的关系要比和丹巴哥哥亲近。但是她不告诉我。我觉得她不告诉我她知道的那一切，我只能忍着一种煎熬。

浓沉的暗红而明亮的霞云在伊和塔拉上流淌。塔布太小丘像烧红的五团火苗。草原觉察到了我的心思，开始不动声色地潜没。但我牢牢地盯住了它的那种眼神，我记住了它凝神屏息地注视着我时的形象。管他妈的。管他兵团要划走我们的牧场，管他队里阴险藏着的间谍特务。我默默地想。也不怕他假李逵和四眼戈切结伙跟我们对着干，我不怕。反正，无论如何，我已经真的在草原上生活下来啦。“草原”，我不禁念出了声。我禁不住微笑了，有额吉，有蓝猫，有舞蹈起来变成神女的小遐和别的朋友们，有我的骑马。无论如何，我要朝这神秘的草原走去啦。

此刻草原在目送着我。它的眼神柔和。

太阳烧得真的成了一个熔化的红轮子，像我们的松木车轮子一样又圆又不圆。黑黛的晚暮中弥漫起了温暖的炊烟，这一天终于过去了。我感到神圣、古怪和不安。我勒住马等着草原的日落。天上散满了雄壮的霞云。那烧熔的红球软软颤着，突然重跌下去，粘牢了昏黑的大地。

第三章

陕北高原的沟壑梁峁是一块破碎的陆地。风雨残害陆地的手段要比残害人类的招数更触目惊心。老汉头上扎块白羊肚手巾，赤脚蹚着黄土的尘埃，想了想，他再也没有别的好唱了：一把拉住哥哥的手，说不下日子不叫你走。其实他还能唱些有章法的，可是他觉得唱这个更有趣些：白马备的蓝褥子，上级的命令没日子。

“陇”是山名、地名、省名，更是一个暗含肃杀的可怕名字。河州东西乡，海固几道川，无水的干旱荒山里住着被官府安置于此的西北回民义军的后代。年轻尕娃的腔子里总是熊熊烧着一股烈火。但天时调顺，国泰民安，冬季里的洋芋、春荒时的杏树叶还要稳稳地把他们养活下去。尕娃怒冲冲地唱开了：河州城是九道街，女子中的尕豆是好人才。荒山无人，黄土不语，他愈唱愈凶愈唱愈野了：马五阿哥太落索，一会会做了个九家伙。

新疆北部的高山草原上住着一支支语言古老的厄鲁特、土尔扈特、乌梁海、察哈尔蒙古牧民。他们扎营时立起一顶顶用白桦木当支棍的三角形毡包。比起毗连的大陆北方，比起他们憧憬的蒙古本部地方，这里奶酒的酿造量大得惊人。老妇醉酒的现象也是内蒙本部远不能及的。有时在夜半时分，万籁俱寂中突然会扬起一种撕心裂肺的歌声。人们惊醒后要听上好一阵，才能辨出那是一群白发苍苍的老妇人在歌唱：哥哥若是问起我的时候，你说我壮实得能和犍牛一起拉着牛车。……弟弟若是问起我的时候，你说我漂亮得还和马蔺一起开着蓝花。……兄弟姐妹，她们是要礼节十足地依次唱遍的：妹妹若是问起我的时候，你说我轻闲得又和鸟儿一起哼着歌子。但是唱到“嫂子”时歌词陡然一变：

嫂子若是问起我的时候
你说我只剩下一条命了

我走遍了这片大陆的北方。我今天和今后仍要在这片大陆的北方奔走。我的双眼已被它的风沙尘土打得浑浊，但我的双眼也已经能锐利地看见本质。辽阔又壮丽的景画使我目不暇接，此伏彼起的各种歌声源源地流来，滋润着我的心底。我总是感动不已，我又感到难言。一股巨大的无形的亲近强烈地吸引着我，使我一天天和同样巨大但有形的环境分离。为什么呢？我不知道。我只知道前方的贫瘠中闪烁着高贵，枯焦的黄土中埋藏着瑰宝。

否则，歌者们不会那样唱的。

道路已经焦急。我该背起行装了。

J

东京进入了雨季。早上起床的时候，小盒子一般的室内弥漫着一股潮湿的凉气。拉开窗帘，纵横的水流在玻璃外面无声地淌着，使那扇玻璃拉门变得模糊一片。看不清楼外的景物，隔着水痕布满的玻璃门，只见一片晕染成绿云般的树影，在隐约的雨脚中漶漫着，和铅色的天空渗浸着，使清晨充满了抑郁。

他拧开收音机。忧郁的湿气中冲进了一股噪闹的音乐。他一面系着鞋带又把音量拧到最大限。疯痴放肆的歌声哄然而起。他有些不怀好意地笑着，揉了揉发黏的眼皮。“在脸上嘬上一下，然后就说再见吧。在脸上嘬上一下，然后就说再见吧！呜喔——然后就说再见吧呜喔喔——在脸上嘬上一下，呜喔，呜喔！然后就再见吧，呜喔喔——”听这种歌有两大好处，他在洗脸间刷着牙，歪着脑袋听着自己房间里传来的那又浪又贱的呜喔喔。第一点好处是驱逐睡意，他使劲刷着牙想。任你什么样的瞌睡虫也不行，一阵哑嗓子嚎过来，一顿架子鼓擂过来，你就清清醒醒的了。他打开壁橱考虑穿件什么衣服，今天下雨，天气冷呢。第二点好处是可以帮助外国人学日语。一共只有几个词呢？他注意听了一会儿：“嘿哟脸上嘬一下！嘿哟然后就再见吧！嘿哟脸上嘬上一下，嘿哟然后就然后就再见吧！呜喔喔——嘿哟！！！”最后砰然砸响了一只大锣，像半空劈了个炸雷，音乐也戛然而止。一共四个词儿，他算着脸蛋、嘬、然后、再见，其他就都是嘿哟呜喔喊叫。真不坏，这四个词儿我忘不了啦。他随手关掉了半导体收音机。他又瞟一眼那扇玻璃拉门，汩汩淌成一片的雨水后面，绿云团般的树影还在铅色的天空中晕染着。他摘下了那件中山装。天冷，他想着。可是他觉得自己不是因为天冷才想穿中山装。该走啦，他穿上衣服，把笔记本、铅笔和小小的收音机放进提包，又拿起一柄雨伞。他出来后锁上了房门，在传达室的柜台旁站着脸蛋笑得像一只红苹果的会馆值班员。她笑眯眯地接过他的房间钥匙说“请早些回来”，他机械地答了一声“回来再见”，然后就踏入了会馆门外的淅沥雨中。

皮鞋踏得薄薄的积水啪啪溅开。雨伞摇晃着，被风鼓得朝身边歪去。东京蒙在细密的雨丝中，远处的高楼都朦胧了。九点整上课，现在是七点五十分。天山远近的山峦都是雨雾蒙蒙，轻轻洒下的雨幕遮住了山顶上阴坡密密的松树林和云杉林。山里空寂无声，处处都弥漫着雨腥和凉气。回头望去，大坂已经消失在那一派迷蒙之中了。中午约会的地点在御茶之水，夏目真弓，他默念着这个名字。她的父亲是专门研究蒙古语言的教授，上次举行研究会照例的周末讨论会时，这个教授一直在角落里默默地听。往前走就要穿过十字路口，但愿今天在十字路口别再碰上那个短腿警察。东京的雨像一场轻飘漫洒的大雾，灰蒙蒙地渗着潮湿但是看不清雨脚。使人联想到人生的迷茫，使人觉得人生走得太慢太看不清前途。他想把领带系紧一些，可是伸手一摸，他才意识到自己今天穿着一身中国衣服。他扣紧了中山服的领钩，绕过了一个水洼。他大步地走着踩着一条黏腻的、被成队的牛走得露出泥地的小路。小路只有一尺宽，牛群排成笔直的一路纵队每天从山里顺着它朝毡房走来。毡房已经再看不见啦，毡房和那位瘦削的老太婆已经消失在茫茫雨雾里。分别的那一刹那，我说：“再见，xêxêm！”像她一样，我也使用了

m这个领属成分；像她对我一样，我也把她喊作了“我的母亲”。两侧湿湿的山影在移开着，原来被嵌在一条缝里的天空渐渐变得茫茫又开阔。他加快了脚步，对准了出山的方向。像她一样，我也喊道“xêxêm”，虽然我知道，我们永远也不会再次重逢了。阿尔泰语言学院的夏目教授每两周才讲一次课，可是《黄金牧地》直到今天，连一行字也没有搞出来呢。他想到自己和平田确定了的研究课题，心里觉得很沉重。张小星喊他累得腰疼，他的北京上司来啦，还带着一个代表团。“妈的天天逼着老子领他们买破烂！”小星躺在床上嚷道，“昨天上了他妈的板善店，嘿，你猜怎么着？那老哥儿几个也不知哪只眼看见妇女用品便宜；嘿，一人抱了一大堆女人裤衩和他妈的乳罩。”小星一下子窜下床来，缩到屋角里。“我溜到一个角里，躲着不敢看他们交款。真恶心，还跟人家女售货员在那儿数哪，一件一件的。”为了悼念和赞美的圣洁心情，并为了让自由之风长拂过他们的心的人们能读到它，——我在单独发表它的时候，附上了中期蒙古语的译文作为补录。夏目教授的讲座叫做“中期蒙古语导论”，可是他一个月里只讲两次，每次两小时。步行到阿尔泰语言学院去要走四十分钟，坐地铁费的时间更多。夏目教授介绍我和他的女儿会面，为的是让他女儿学习中国语，听说那位夏目小姐学习汉语是为了研究日本的古典文学。我学习夏目讲座的中期蒙古语是为了注释《黄金牧地》，我和平田已经决定合作搞这个题目了，可是我为了完成《黄金牧地》又得先弄好日语。张小星他们上司来日本是为了搂点便宜货，可是他们又组成了堂皇的代表团。都是绕圈子呢，他想，大家都是在奇怪地转着一个圈子。他不禁苦笑了一下。他刚想加紧些脚步，突然撞上了一个人。那个人浑身精湿，正直愣愣地盯着他。

“啊，对不起，”他说着，想绕过去。

“噢，啊，噢……”那个湿淋淋的人在发抖。两条腿颤悠悠的。

大家都很怪，好像被只看不见的手操纵着在转一个圈子。他想着，想绕过那个人。

那个湿人迈开一步，挡住了他。

他吃了一惊。

湿人手里倒提着一柄雨伞，像提着一个落了地的降落伞或者一个蘑菇。

“中国人……中国人吗？”湿人絮絮叨叨着。两条腿抖得很凶。

可能是个疯子，他警觉地退了一步。一阵雨雾刮来，他忙着撑稳了手里的伞。

“中国人……您是……中国人吗？”

他听清了。他意识到自己身上的中山装，不禁挺起胸脯。“是的，我是中国人。”他说。

湿人直硬硬地、咚地跪在雨水里，呜呜地哭了起来。那柄伞被撇在水洼里，在风雨里缓缓地翻转。接着湿人开始撕自己头发。他的心猛地一抽。

“中国……”那人揪扯着头发哭泣着。

这是一个原来的日本兵。“请起来吧，请起来吧。”这是一个远远就认出了我的这身衣服一直盯着我走来的四十年前的日本兵。“请拿住您的雨伞，请站起来吧。雨下得这么大，请起来吧。”他不好意思独自打伞了。于是雨丝打在他的脸颈脖颈上，顺着中山服的袖口往里流。

“我对贵国……啊……”那人又扑通一声跪到水洼里。他的膝盖上已是泥水淋淋。

“请起来吧，雨下得这么大。”他尽力忍住心里的激动，和颜悦色地说道。杨阿訇在毒烫的阳光里跪着，双手摊开向着那蓝晃晃的天空。他的脸上没有一滴汗水呢，只是红得像烤干的血。蒿子草挤拥成一道密不透风的高墙挡住了外界的耳目。杨阿訇跪在一双黑布鞋上，浴着金针般烤着高原的阳光。“苏热”像悲愤的诉说，像圣洁的音乐般念起来了，无耻的历史躲开了，残酷的烈火熄灭了，牺牲的疼痛淡去了，伪善的时间停滞了。只有高傲的愤怒、只有纯净的信念、只有深重的敬爱随着悠扬的“苏热”在弥漫飘游。他扶住一副湿透的肩膀，使劲地想扶那湿人站起来。赎罪的日本兵。他一定参加过侵华战争。可是大汤他们呢？铃木他们呢？还有镰田枝子——胡彩霞他们呢？他的心突然一沉。

那个人勉强站稳了。他从水洼里捞起那柄沾着泥水的雨伞。“回家去吧。”他想称呼一声“老伯伯”之类的词儿，可是他闭住了嘴。

“一块谈一谈……去喝杯茶水行吗？”那湿淋淋的老人满头白发，白头中的一双眼睛失神落魄地望着他。“求您……谈一谈……”

“对不起，我还有事情。”他沙哑地说。

“有事情……打个电话……行吗？”

“对不起告辞了！”他突然心情恶劣。他挺直胸脯，把雨伞举正，拔腿离开了那个老人。我不是中国外交部。我是个穷酸酸的盼着人家赏个电话、痴呆呆地闷得酗酒的普通人，一个流浪汉。我跑到你们的岛国来，是为了得到点连我自己也不知道是什么的好处。我知道大汤、铃木、改名叫镰田枝子的胡彩霞他们对中国的印象。我不愿冒领失物，冒充个接受赎罪的人物。我讨厌人人冒充中国外交部。我不管别人只琢磨着怎么弄出那个《黄金牧地》来。已经看得见出山的大道了，雨已经变得小了。他忍住肿起的两腿上传来的疼痛，使劲迈着步子。越过大坂以后，他就打发向导返回了，向导说那个毡房里有一个好心的女人。向导说得不假，他默默走着想，她是个好心的女人，像母亲一样。天山在淡薄了一些的雨幕中显现出来，近处的山峦上松杉笔立，巨岩嶙峋。有一片两山相夹的草地光洁地舒展着，他在那草地上第一次看见了天山里的羊群。所以我说“再见，xêxêm！”再见，我的母亲！但是我不愿意也喊你一声“老伯伯”或者“叔叔”，虽然你跪在雨水里的时候，我激动得已经难以自制。

他看见人行道上的绿灯亮了。他大步朝漆白的斑马线奔去。马路对面，在人行横道正中，他看见“二比一”正神气活现地叉腿站着。他冷冷地对准那个日本警察走去，“二比一”目不转睛地盯着他。他在盯我的中山服，他想道，继续大步跨着斑马线。日语把警察叫做“老转”，够形象的，他想。那警察全身披挂着白武装带；手枪、棍子、步话机佩挂两边。他大步踏溅着积水，“二比一”盯着他一动不动。“臭雷子，”快转去吧！他在经过那短腿家伙的时候用北京话骂道，“臭二比一。”他看见那警察呆若木鸡地继续盯着他背后，像一个无神的机器人一样。

夏目教授掂起一枝粉笔，在黑板上写下了一个单词。研修室里坐着八九个日本学生，一声不吭地刷刷记笔记。雨停了，窗外的绿叶上明亮地涂着阳光。“这样，所有单词前缀上的送气音‘h’就脱落了。”夏目教授沉思着说。一副挂着链索的眼镜转了过来，那金质的链索晃闪着，轻微而耀眼地反射着金光。“现在做一个练习，每个人选十个带有‘h’成分前缀的词，试着构拟它们的现代语形式。”房间里立即响起了哗哗的翻词典的声音。

我可以反着干，他想着，飞快地写了十个以 a 为开头的词，然后全部给它们添上个‘h’。现在，他得意地扔开了笔，再反回来就是您要的现代语。我敢说这些现代语没有毛病。他望了望寂静的研修室，随手翻开了复印的《黄金牧地》。“世人都说尘世痛苦，世人都说在大雪冰的彼岸有天国。”他读着第一行。平田秀气的铅笔字整齐地排在复印纸上。“说”这个词是动词，虽然是……不，这个词和夏目教授的“h”没有关系。“为了寻找天国，众汗之汗派出了五名勇士，他们分别是五十岁、四十岁、三十岁、二十岁、十岁。他们的年龄之和正与汗国崇山的数目相同。”第二行很长，平田使用了一页纸。研究会其实只有平田和我两个人。可是日本人喜欢建立正式的名称，所以平田称我俩的活动叫“《黄金牧地》研究会”。只译出了这两行。复印纸右侧有一道红线划出备注栏，备注栏里平田写的蝇头小字细密如麻。他揉了揉眼睛，开始读平田的第一个备注：“探究有一百五十座山的文献所描写的汗国位置，恐怕是一件很难的事情。关键在于，文献中的‘大雪冰’位置何在？！”

“大雪冰”是逐字译，他盯着原文想。在文献里用的是 Yeke musu-qaso，这是蒙古语。已经问过夏目教授，这个词组在语音上再已玩不出什么花样来啦。文献已经是几次转写，几次翻译了，谁知道原来的“大雪冰”读成什么样呢？也许是死语言？那么原来的读法就湮灭啦。他叹了口气，合上了资料夹，等候下课。

昨天见到了胡彩霞。是你太敏感啦，胡彩霞笑了一下。她笑的样子也和以前不一样了，好像在向咖啡馆所有角落里的人显示风度。“你那位大汤，是叫大汤吧？你应当允许日本人有满足感。大汤毕业在美国就更不用提啦，连男朋友在美国的女孩子，啊，就连学英语学得好些的女孩子都免不了有些满足感，唔，自豪感。你来到日本学习应当懂得……理解。当然，唉，”胡彩霞叹了口气，朝他瞥过一眼。他在一刹那觉得被瞥得有些发凉，描蓝的眼睛里冷淡地朝他闪过一丝嘲讽。“当然，”胡彩霞接着说道，“理解我们日本人不是很容易的，我们不光是有——冰箱和彩色电视……”

“我来这儿就是为了混冰箱和彩电。”他打断了她的话，目不转睛地逼视着她的蓝眼圈。

“你……”她有些慌乱。

“学习是假的。我们来就是为了弄点便宜货。”他继续说道，“昨天我上板善店买奶罩去啦，一个一百日元的镚儿买了一打。”

胡彩霞气得粉脸通红，一把抓起账单。

他按住那张账单：“按美国规矩办事吧，镰田枝子夫人。每人付自己的四百日元。”

第一次踏上西海固的土地时，他心里满是不安。在乌鲁木齐，在伊犁，在兰州，在河州，他一直盼望着到西海固来。长途公共汽车在焦旱的山峁沟峡间一悠一晃地行驶着。黄褐色和浅黄色的秃秃山头在阳光下波澜滚滚。西海固，他稳稳坐牢了自己的座位。多响亮的名字啊，西海固。汽车哼哼吼着，慢慢攀上了田坪山的圆顶。满眼无穷无尽的焦渴的荒山涌向遥远的低处。山连着山，峁靠着峁，一片贫瘠荒凉的世界在眼前出现了。这里不像内蒙古，他贪婪地盯着滚滚山岭。这里没有绿浪漾动和白雪覆盖的大草原。汽车猛地拐进沟里，在犁过的一块块坡地上，垄沟整齐地斜斜竖立起来。像补丁缀满的一件巨大的破衣衫。这里也没有天山腹地的湍流和云杉林，没有大坂旁边深深嵌着的几十米厚的蓝色冰川。汽车又冲上一道山梁，远处热旱的蜃气中浮现着一处散乱的村庄。清真寺！他惊奇地盯着那座矗立在黄污的泥土小屋中央的碧蓝拱顶。清真寺，为什么在这样荒僻的穷山窝里有一座清真寺呢？他心里忐忑不安，他心里又冲跳着活力。我能理解你么？你能理解我么？汽车轰鸣着穿沟越岭，那座碧蓝的拱顶渐渐不见了。天气开始显出了一些昏暗，他端正地坐着，紧紧握牢车座上的铁把手。汽车还在山岭里穿走，他知道，他已经深入了西海固的腹地山区。

地铁列车轰响着穿过隧道，像在一条幽深的沟壑里穿行。明灭的灯火倏然飘来，又在锐利的啸音中被卷持着远去。车厢里的日本人默默地坐着站着，拉着扶手像在晃动中沉思。他们服装华丽，发型精致，每个人都携带着一副适当的“派”。车厢里横挂着几排彩色绚丽的新出周刊广告，正随着列车的摆动轻轻摩擦。有一个几乎全裸的金皮肤美女扭曲着腰肢“盘”在一张广告上，倚着一条触目惊心的标题：“独占！秘技公开的鲜花吉原！”

他戴上耳机，轻轻按下了收音机按键。两耳和头顶上方立刻被激烈的音乐淹没。加斯，Jazz，他闭上眼睛，任那轰炸般的声浪淹没着自己，不知道哪位专家把它译成了“爵士”。疯狂的架子鼓敲得他似昏似聋，又敲得他浑身毛孔都舒畅痛快。为了让自由之风长拂过他们的心的人们能读到它——窗外急急掠过的景色被划出无数道流动的平行线。他的神经渐渐麻痹了，只有一个深闭在核里的魂在独自跳舞，又焦急又快活。五名勇士，他们分别是五十岁、四十岁、三十岁、二十岁、十岁。那么最小的一名勇士是个小孩，是个多半还光着屁股胡闹的小男孩。他也能算作一名勇士吗？但是这个词不可能译错：Batur 是一个阿尔泰语系的原始共同词，整个北亚都把它译成“勇士”。原始的共同词，他觉得自己在绞着脑汁。耳机里的轰鸣戛然消失了，响起广播员的悦耳声音：“下面，请听新明星‘消防团的红汽车’唱的一首歌……”歌名没有听清。听张小星说他们那伙访日团一两天内要回国，应当给女儿捎些吃的去。一会儿到了御茶之水，先去给女儿买一盒漂亮的饼干。

“I love you。”有个诡秘的沙嗓子突然凑在耳边说道。他吓得一哆嗦。“I love you，”那个嗓子又低声重复了一句。猛然间一股轻佻挑逗的旋律飞扬而起，“I love you！！！——”原来这就是“消防团的红汽车”。他注意倾听，但那哑嗓子的贱货唱法特别，炒豆般似说似念，他一句也没有听懂。她咧开嘴笑了。她的哈语像一道叮咚玲珑的清泉。她的颊上湿湿地挂着雨水淋透的发络。天山的雪顶已经被灰蒙蒙的铅云吞没了。她脸上皱纹密布，但她的声音像姑娘一样轻灵快畅，像一支婉转的轻诉的歌。他默默地站着，手扶着毡房的木门，舍不得离开。“消防团的红汽车”活泼地踩着节奏，急促地念着、说着、突然跳上旋律唱出一个花腔，把气氛弄得莫名其妙地轻松了。为了寻找天国。夏目教授的日语讲得很慢，今天我好像大致都听懂了。他今天主要讲的是，十三世纪的蒙古语元音前头，大都附有一个送气音“h”。大汤，中国只许我攻击；你要是再敢攻击中国我就公开叫你“美人 ing”。为了寻找天国，众汗之汗派出了五名勇士。最小的勇士是个十岁的小男孩，当然他可以跟着四位年长的父兄走上长旅，因为十岁的男孩肯定能骑马了。平田用铅笔写的蝇头小楷注道：“唐诗里有:‘胡儿十岁能骑马’的句子”。耳机忽然轰然炸响:“I！ Love！！ You！！！”随即一片沉寂。广播员用悦耳的声音说:“刚才承蒙收听的是新明星‘消防团的红汽车’的歌。”他赶紧耸起耳朵去捕捉那首念念叨叨“我爱你”三个字的歌名，可是他又没有听清楚。

御茶之水国铁站前人声鼎沸。鳞次栉比的店铺和五颜六色的广告拥挤着狭窄的道路。高音喇叭在声嘶力竭地喊着。他随着人流走出车站时并没有注意那些高音喇叭，直到他撞在一个大汉怀里时，才猛地被一阵恐怖攫住——

迎面站着一排日本皇军。

这些皇军们个个头戴钢盔，身穿浅绿色战斗服。束着皮护腕的大皮鞋包着硬头，一双双横摆在警戒线上。他正撞在一个脸孔凶恶的“皇军”身上，那人瞪着一对酷厉的鹰眼，正仇恨又惊奇地打量着他。

他抬起头，一辆漆黑的大轿车顶上，有一个戴着同样钢盔的壮汉正在嘶喊着，手里握着话筒。他随即看见了那辆车上的两个巨大的白字：“反共”。他开始后退。他同时意识到了自己身上的中山服。

“中国人？嗯？”那凶恶的鹰眼劈手揪住了他的胸口。他挣扎着，攥紧了拳头。

“是台湾人吗？嗯？”那人又粗声喝道。

他使劲挣脱了，一步冲进了喧嚷的人流里，然后贴着车站外的台阶迅速离开。震耳的军歌声摇撼着一切，震得他的心怦怦急跳。狗东西，他仇恨地盯着那辆吓人的大黑汽车，那黑漆上的两个白色的“反共”在阳光下鲜明刺眼。这是右翼，他心里想。他觉得自己的心在发狂地跳，两手止不住地痉挛。人流默默无言地走着，从人们的表情上辨不出他们的态度。他喘息着，竭力使自己平静下来。陌生的脸孔像无尽的浪头，晃闪着从他身旁流过。他感到孤单和恐惧，他隐约为自己的这种感觉奇怪，但是他还是感到孤单和恐惧。他在这么一瞬间闻到了血腥，他有些止不住恶心的感觉。右翼的宣传车还在吼着、喊着。他缓缓地转到了车站的另一侧。五名勇士，他们分别是……最小的那个勇士只有十岁。一个十岁的小男孩骑在一匹长鬃垂地的骏马上。为了寻找天国。他突然感到了沉重。要找机会告诉平田，我们的研究不是一件应付差事的活儿。他的心被沉重地压着，但是那沉重之中亮起了一道光芒。他大踏步走出人群，向人行横道走去。那光芒雪亮地照耀着。和夏目真弓约定的咖啡馆叫做“思”，它应当在人行横道的对面。他大踏步地踩着人行横道上平行的斑马线，突然他又看见了一辆巨大的宣传车。他在一眼瞥见那辆笨头笨脑的轿车的刹那间又听见了震耳欲聋的高音喇叭声。他愤怒地握紧了拳头，重重地踏着大步笔直朝前走去。狗东西，他恨恨地咬紧了牙，老子虽然不是共产党八路军游击队——当第一句《国际歌》的曲调挟着巨大的声浪冲来的时候，他根本没有丝毫反应。

“这是最后的斗争，团结起来到明天！”他愣住了，不由得扶住了电线杆柱。这回是左翼，他喃喃着。他觉得眼前人头攒动。人流仍然毫无表情地拥着漫过他而去。“英特纳雄耐尔，就一定要实现！”有一些雪白的标语在摇晃，他看不清那些标语上写的是什么。难道日本也有国际歌么，难道用日语也可以唱国际歌么。他辨别着，但是一个词也听不清。“英特纳雄耐尔”，能够用中期蒙古语来转写“英特纳雄耐尔”吗？我他妈的算什么翼？他胡乱想着。见到平田时记着问问他“英特纳雄耐尔”的原始含义和词源。他默默地在人流里挤着，想贴上对面的墙边。一些头戴白色塑料盔、口捂白毛巾的年轻人拦住他，要他签字捐款。他茫然地望着他们身上披着的白布红字的标语带，感到不知所措。那些年轻人隔着白毛巾哇哩哇啦地向他说着什么，他慌忙闪开了。老子不是日共！《国际歌》的音乐震着耳膜。他挤过了那群人时，出了一头汗。

“先生，请签字！”

一个漂亮的年轻女人微笑着站在面前。逆着夏日正午的阳光，那女人纷乱的头发被映成一个淡黄的光晕。她没有戴那种大毛巾的口罩，鲜红的唇紧紧抿着。

他看见这女人端着一帧装在镜框里的照片，照片是一个穿礼服的短发黑人。

“请签字。”那女人优雅地一歪头。他慌了，他觉得他听见的这个声音难以抗拒。我算是哪一翼呀？他鬼使神差地摸出钱包来，我看今天是黑道日非得掏钱才能混过去；他递过一张一千日元的钞票。

“请投进这个箱子里，”女人说道。他把钱扔进一个透明的塑料箱。“现在请您签字，”那女人好奇地望着他，“为了将来能根据您的签字，给您寄感谢卡片。”

“他是谁？”他喘了口气，指着照片上的黑人问。

“怎么？您是……台湾人吗？”女人惊讶地扬起眉毛问道。

“不，我是北京人。”他有些生气。

“这是马丁·路德·金神父，”那条黑黑的弯眉又柔和地伏平了，“贵国的毛泽东主席曾经为他写过追悼的文章，您怎么……不知道？”

“我忘啦。”他说，他好像还记得那篇文章。好像说美帝要在黑人解放时灭亡。

“不能忘，”那女人轻轻地说，“这是一个伟大的人。一个勇士。”

这黑眼睛女人身上散着一种强硬。

勇士？ Batur? 他不由得一怔。

他满心惊讶地离开了御茶之水车站前的广场。在一个拐角处，他看见了咖啡店玻璃上的一个“思”字。他看看表，还有三十分钟。他推门进了咖啡店，舒适的冷气立即消去了他身上的汗。他找了张桌子坐下，要了一杯冰咖啡。

他疲惫不堪地斜倚着一棵柽柳，嘴唇艰难地半张着，吞咽着南麓干燥的热风。要歇一歇，喘一会儿。他想转过脖子望一眼天山的方向，可是脖子又重又硬，他只斜过眼睛瞟了一下。那边蒸腾着蜃气，白茫茫的大地上蒸发起来的蜃气。大坂，他默默地呼唤着，大坂已经不见了。有一条硬硬的石渣公路向南通去，南方也是白茫茫的蜃气在流动。大坂，他觉出自己心里很激动；可是脸上的皮肤又干又硬地紧绷着，他觉得这皮肤弄得他冷漠麻木。你呢，你怎么样？他又默默地唤着妻子。出发那天正好接到了电报，她说她流产了，正在医院里抢救。我已经越过了大坂，这座大坂海拔三千六百米，山顶上嵌着二十公里冰川。大坂已经被我征服啦，他使劲想在心里发出一个声音来。大坂已经被你的丈夫征服啦你看它已经被远远甩在了那片蜃气的后面。他累极了。他心里不住地呼喊着，但他的两只眼皮沉沉地合住了。大坂……他喃喃着，靠着那棵柽柳睡熟了。他呼呼地酣睡着，一直到马达的轰声响到耳朵旁边才突然惊醒。一个满脸油泥的维族司机探出头来，惊奇地望着他。向导说得对，他使劲绞动着凝固住的脑浆，费劲地爬了起来。向导说过这条路上有卡车在运羊粪，他跌跌撞撞地走近前去，尽量瞄准车门的把手。

“你哪个地方来的？”维族司机用生硬的汉语问道。

他握紧车门把手。他觉得自己的手指在舒服地抚着那金属的把手。他一下子垂下头来。

卡车扬起滚滚烟尘飞驰着。车上满装的干羊粪末在噗噗地溅着。他呛得快要憋死了，但是他睁不开自己的眼皮。驾驶室里挤着三个人，我只能坐车顶，坐在羊粪上，他昏沉地想道。但是，大坂，你的丈夫已经越过了大坂。他张大嘴巴，急促地喘着。鼻孔已经被尘土和粪末堵死了。可是咱们的小宝宝也许是个活泼可爱的小男孩他已经死了他永远也不回来了。别哭我说你别哭咱们还可以生一个女儿生一个更加活泼可爱的小天使。他终于挖出了鼻孔里堵着的那块粪土塞。他瞥见手指上红红的，可是鼻孔已经顺畅，热风正顺畅地吹入鼻孔，一直吹进胸腔。我难受我心里难受你知道吗我是母亲啊。而我是父亲。他使劲抹了抹鼻子，手上立即沾满了鲜红的血。儿子牺牲了，他牺牲了，但是你要想到：我已经是父亲了。卡车疯狂地奔驰着。顺着大陆的倾斜面，卡车疯狂地奔向绿色的盆地。我今晚要找一瓶酒，我要大醉一场，我今夜要喝个酩酊大醉，为了牺牲的儿子，也为了这第一座大坂。

车在灯火璀璨的小街上停止了。他滚下车厢板时，踉跄了一下。但他一眼瞥见了路边的水渠，黑黑的渠水正在夜色里诱人地哗哗响着。他一声不吭地蹲下去，嗵的一声把头和双手淹进水渠。他闭住眼睛和呼吸，他听见风裂的脸颊和焦干的手臂发出嗞嗞的吸水声。

洗过脸以后，他发现那维族司机还在站着。

“你、那个大坂，下来的吗？”

他点了点头。“Rahmet sizgê！”他发现自己的这句“谢谢”说的是哈语。他立即想起一张雨水淋湿的老太婆的脸庞来。他望了望天山的方向，但是黑暗已经吞没了一切。

维族司机停了一会儿才说：“Siz batur。”

他在说“您是个勇士”，他说我是 batur。

他轻轻地合上了笔记本，喝了一口冰咖啡。他抬腕看看手表：正是和夏目真弓小姐约定的时刻。他抬起头来，突然惊讶地睁大了眼睛。

那个黑眼睛女人正微笑着望着他，鲜艳的红唇紧紧地抿着。窗外御茶之水明亮的阳光正在她的肩后灿烂地晃射着。

您就是夏目教授的女儿吗？

我叫真弓，您看，已经得到过您的照顾，真谢谢您啦。

您也喝咖啡吗？

噢，我要红茶。

真巧啊，我真没有想到！

他觉得很高兴。刚才多热闹，又是右翼又是左翼还有国际歌，这多好。可是你并不知道那黑人勇士，你也不是左派共产党。她刚才募捐的时候显得比现在年纪大一些，现在她开始像夏目教授的女儿了。

请问，您是左翼吗？他问道。

怎么，您喜欢日本的左翼？她调皮地反问。

我想我至少……嫌恶日本的右翼，他回想着皇军的牛皮靴。

我是自由之翼，我是神之翼，懂吗？她活泼地笑起来。她笑得非常随便。他又觉得猜不出她的年龄来了。不懂吧？我给您解释。我是一个基督教徒，但是不去教堂祈祷。科学的教徒，懂吗？

基督徒？他惊奇地问道。

是的，不去教堂的基督徒。我最热爱和尊敬的人就是马丁•路德•金。

哦，那个黑人。

照片和募捐箱交给朋友啦，我来赴您的约会。我们一共有十多个人，都是女人。

对不起，我一定去读马丁•路德•金的书。我记着呢，毛主席在他死时写过文章。

请一定读！如果您同意，我可以给您带一本神父的遗著。这是一个伟大的人。他死后，人类已经好久没有出现那样的勇士了。她说得很平静，但是他看得出她在压抑着一种激动。

我还想问一下，他说，您和您的朋友募捐，是打算把钱寄给马丁•路德•金的遗族吗？

不，是为了印一本纪念他的书。

夏目先生呢，他饶有兴趣地问，夏目先生也赞成您的工作吗？他想起了那间研修室和蒙语元音的送气。

家父说，您正在搞一个研究，那个研究和我为纪念这位黑人神父的工作很有关系。另外，家父还认为我必须向中国学习，——所以，您看，家父就介绍我和您认识啦。

他惊愕地瞪大了眼睛。《黄金牧地》么？他糊涂了。我连一行注释也没弄出来。

家父说，要记住中国是大陆。马丁•路德•金神父是美国人，美国也是大陆。她望着他说。

他们两人慢声谈着，一边说一边用铅笔在纸上写着难懂的词。御茶之水站前的石桥静静地跨着神田河水，那河水已经呈出了暗绿的深色。高音喇叭和一切喧嚣似乎都远去了，建筑和树丛混融成一片静谧的斑斓。都市悄悄地沉入了午后的安详，好像在明亮的阳光下停住脚步在凝神休息。夏目真弓是个侠气十足的女人，不时发出纵情的大笑。他开始觉得表达困难，他拼命地搜索着可以代用的日语，尽量把中国的大西北讲得清楚和形象。夏目给他画了一张简单的表，标上了日本和歌和俳句的格律。咖啡馆里人影稀疏，有几个人独自啜着饮料坐在角落里，使人联想到咖啡馆的名字“思”。室内流着一股音乐，他在听着这音乐时一点也没有注意。直到突然间他无意中听懂了一句歌词，他才发现自己早已被那音乐包围了。

不知从什么时候开始
我变得不像我了
像枯叶随风飞舞
像小船逐波飘荡
我为了再一次
为了再变成我
和这把我抚育成人的世界
道别，踏上旅途
为了相信——
我怀疑着，只能向前
向着自由的长旅
我走到了今天
向着自由的长旅
我独自一人

这是谁？他猛地绷直了身体。夏目真弓微微挑起了她的黑眉毛。一个缥缈遥远的嗓音在空中诉说着，他觉得那嗓音的每一丝每一毫音素都刺激着他的心。这是谁？夏目茫然地摇了摇头。这是谁这是什么这是一个什么在出现呢？他紧张地听着想道，这支歌的每个词，他想着又听懂了一句。这支歌的每个词我居然都懂。这歌手是谁？他紧张地捕捉着攫获着空气中流浪着的一个个音符。这嗓子充满了一种纯净的美。这嗓子又使人莫名其妙地感到一种凄惨和痛苦。“这是谁？你知道吗？”他问真弓说。真弓站了起来，注视了他一眼，然后朝柜台走去。这时那难以形容的间奏结束了，那声音又唱起来：

这条道路通向什么地方
我至今不能知道
我知道的只是
它会有一个到达的地方
那地方在哪里
那里又有什么
我不知道就已经独自一人
道别，踏上旅途
为了相信——
我怀疑着，只能向前
向着自由的长旅
我走到了今天
向着自由的长旅
我独自一人

这是什么？他觉得在脑子深处有一根锐利的针在继续刺进去。应当找到这个歌手，他尽量保持住冷静的思索。我到日本来是为了什么？他觉得喘息急促。真弓悄然走了回来，薄薄的连衫裙拂在他身上。他看见真弓正不可思议地凝视着他，他看见那对黑眸子深处隐隐闪着一种锐利的光。

“歌手的名字叫小林一雄。”真弓说道。

M

胡天八月即飞雪。

我骑在马背上，心里惊奇地想着这句厉害的唐诗。真是一点不假，今天是九月二十六号，阴历还在八月，草原就变成一片雪白世界啦。

大雪纷纷扬扬地飘着。初雪清冽沁人地滤净了空气，但并不使人觉得寒冷。我家的勒勒车队吱吱地碾过草坡上晶莹的新雪，慢吞吞地朝西迁去。丹巴哥赶着羊群先走了，嫂子在棚车里搂着孩子押尾。我骑在黄膘马“希腊”身上轰赶着乳牛和牛犊；一会儿走到车队后面和嫂子闲扯几句，一会儿跑到前头追上首车上的额吉。

额吉瞟我一眼。我辨不清她的眼神里是怜悯、是疼爱，还是厌烦、戒备和掩饰自己。额吉聚精会神地坐在松木车辕上，大声吆着我家最健壮的宽角青牛。但我看出了你心里的紧张，额吉。我知道你一直盼着这次搬家，你恨不得早十天就搬家离开这里。丹巴哥说咱们稍微往西挪一点吧避避那几群马；但我知道丹巴不过是顺从你的主意。生产建设兵团在东边已经开垦了大片的耕地，但我知道你虽然朝西搬却不是因为害怕他们。你也不是害怕草地上愈来愈热烈的挖肃内人党的风暴，那风暴不会和你一个老婆子有关系。但是我早就看见了你那副急切的神情；咱们家决定搬到大队地界西头、决定搬到我们从来没有去过的白梁青营盘去的那天晚上，我真真地看见你如释重负地吁了一口气。为什么呢，额吉。我觉得自己挺心疼额吉的，尽管换个新营地使我很快活。为什么呢，额吉，你心里究竟藏着什么，使你这样不安宁呢？

我不再去陪着她老人家费心伤神。我在鞍上扭扭腰，舒服地伸了伸脖子。松木车的圆轮子默默地碾过白净的初雪，我一下子联想到小遐就住在白梁附近。大青牛宽展地斜立着两支黑玉一样的漂亮犄角，它身上的青毛皮纯得看不见一簇杂毛。陌生的草滩盖着白雪，随着地势起伏着缓缓涌来。我看着这陌生的地方心里又新奇又兴奋。黄马希腊时时弯下脖颈，用毛茸茸的唇去嗅自己的胸脯。我欣赏着自己坐骑的优美姿态，心里满是说不出的得意滋味。

"吐木勒，你呀。"

我抬眼看着额吉。额吉不理睬我，"咴咴——"她威风赳赳地一抖牛缰绳。有两片轻又大的雪片正巧在这时飘着落上了她的额头，我看见那两片白白的大雪片在她的皱纹上融化消失了。

"吐木勒，换马呀。"她又突然说。

什么？换什么马？我瞪大了眼。

"吐木勒，不能再耽搁呀，快换匹马呀。"

我喊起来："我的希腊——"

额吉冷冷地瞥过一眼。我抽了一口冷气。她又一甩牛绳继续赶车。几片雪摇摇曳曳地，终于粘在了她蓬乱的头发上。

"你的这匹马，"她说，"唉——"

我急得要发疯。

她说了一个词，像判刑似的轻轻说了这么一个词：

“角合斯那。”

我像挨了雷轰。抬眼四顾周围还是白雪草原。双腿一夹，黄骠马希腊立刻一阵抖擞。我懂得这个词，角合斯那就是趴蛋。这样的马走不到目的地，半路会累垮卧下一步不迈。角合斯那……我嘴里好像堆满了激烈的反驳额吉的话，但我说不出来。我已经察觉了，其实我已经有预感：希腊的肚腹太细，吃草太少；今晨走上雪地以后，我已经开始觉得它的腿软了！

“那——”我喊起来，“那，我骑什么马？！”

“白马亚干。”额吉平静地说。

“我不要！老马！笨马！又慢又懒的马！跑不快！出了汗浑身黄不黄青不青！……”

但额吉又是用一个词打断了我：

“白马它……角合斯怪。”

这个词是草原上形容真正好马时才用的词。它是刚才那个鬼词的反面；字义里有着“决不止步”，有着包括一切恶劣得不可想象的条件下仍然“决不止步”的语气和内容。

我将信将疑地沉默了。

第二天，我把黄马希腊放进了大队的马群，骑到了大白马“亚干”的背上。迁徙的目的是白梁上面的青营盘，我继续赶着牛犊和乳牛前进。雪还在纷纷扬扬地飘着，远近都淹入了一派混沌的白色。额吉原样盘腿坐在领头的松木车上，在雪雾中纹丝不动地盯着前方。现在我是个白马骑手。

我家的勒勒车队费劲地压着白雪，低微地响着一种不易听清的沙沙声，在沉默中向西缓重地蠕动。

大白马如同一座石雕。骑在它身上像坐白色的石头车，又像骑着一峰石头骆驼。它稳如泰山地撑着四根粗粗大柱般的腿，无所谓地东张西望。它满不在乎地踢开积雪，用重蹄把一块裸石打得冒出一串黄亮的火星。它一面小跑一面准确地啃着一簇簇露出雪面的马镰肥茎。它不等我发出指示的动作，就随着我的心思所至忽左忽右，拦截那些乱窜的小牛。我骑在它背上体会着，心里说不清是新鲜满足还是无奈遗憾。我不敢无视额吉的警告；我刚刚看见了八月的初雪。我的户口本上写着“职业：牧民”，我预感到从今以后一个个冬天的残酷。嘿，大白马，我的无言兄弟！……我忍不住抚摸着亚干的硬鬃，心里不知为什么有些难过。

白马神气地晃着头，大步踏着雪地走着。隔着白茫茫的雾幕，我看见我们家的勒勒车队变成了一串模糊的灰影，正不停歇地蹒跚颠簸着移动。风势逆着我们，雪地不见道路。

冬季雪路上的迁徙开始了。

一个个木瓣轮子歪扭着，从雪地中转了过去，各自碾下了深深浅浅的辙印。

他写好了最后一个字，把毛笔插进一支用子弹壳做的笔套里。他擦了擦手上的墨污，顺势把汉阳造步枪背得更舒服些。接着他就跳下梯子，脚咚的一声重重跺在石头上。他没有站稳，摔倒在栈道的边棱上。他猛然间瞥见江水正在身子下面疯狂地朝他呼喊，他心里微微一动。他在栈道上快步走着，腐朽的栈道上的铺板在脚掌下咔咔地裂响。他的八角帽上钉着一枚红布剪成的星星；那枚星星已经破烂，辨不出是几只角了。腊子口方向隐隐传来沉闷的炮声，像是在薄铁皮上滚着一堆沉甸甸的铁球。他觉得脚踝疼，但他没有留意。他在疾走中匆匆看着江岸上的绿竹子，他觉得甘肃和他南方的家乡好像也有点相似。枪炮声愈响愈急了，他拔腿开始跑步，陡陡地冲下栈道。

队伍已经走远了，他忍住脚踝的疼痛，拼命地跑着。要在天黑前追上队伍！他想着，咬牙忍住剧痛。竹林子哗哗摇曳着闪向背后，斜阳的橘黄色光线被闪过的竹林打得成了一片金色的火星。他觉得晕眩，胸膛里的那颗心忽然跳得清晰了。怦怦地急跳着，带着一团混浊的嗞响。我没有力气了，他心里闪过一个不祥的念头。但是前方的枪声正响成一片，他愤怒地把脚狠狠地踏出去，整治着自己那只不争气的伤脚。渐渐地那只脚麻木了，他不再觉得疼痛，心情也轻松了一些。他奋力地追赶着部队，夕阳把他背着枪的身影长长地映衬出来，越过染成金黄的江水，映在对岸的石崖上。

有谁重重地推了他胸口一把。他浑身一震，随即猛地扑倒在石堆上。同时他听见了一声焦脆的、拖着尖锐尾音的枪响。他看见鲜血正从胸脯上咕嘟嘟地冒出来。他奇怪地想了一下为什么不觉得疼。他费力地扯住枪带，把汉阳造扯到身子前面。他借着大石头的掩蔽半倚半立地占好了位置。枪托上缠着的铁丝划了肩头一下，他好像听见了嗤的一声。他好像觉得军服撕破了。他瞄准第一个白狗子的时候又晕眩了一下，于是他的手滑了，勾响了扳机。他看见那个白狗子还在跳着。在他的背后又跳出几个白狗子来。他们像跳舞似的奇怪地跳着。我累了，我身体虚弱了。他想着沉静地勾动了第二下扳机，打得那个白狗子翻了个筋斗。第三枪他又打倒了一个，但是后来的几枪他又打空了。白狗子们开始趴在石头背后，不打枪也不冲锋，像几条静候着的胆小的狼。他觉得脖颈已经支撑不住自己的头颅，就把脸靠在破枪托上，不让头垂下来。我的腿还好，他想，虽然扭伤了，可是这两条腿站得还稳。黄昏的河谷里寂静了一阵。

怦，怦，他又听见了自己清晰的心音。这么慢呵，他吃惊地想。胸脯上的血也冒得慢了，咕噜，咕噜。我累了，他想道。他瞄着一个白狗子露出的脑袋已经瞄了好久，他坚持不住这么瞄着了。于是他抠下了扳机，那个白狗子的脑袋不见了，他不知道究竟打着没打着。他又瞄上了一个，可是他的脑子突然被一片黑浪淹埋了。他拼尽全力靠住枪托，绑着枪托的铁丝刺进了脸上的皮肤。白狗子们仍然在对面的石头背后趴着，不打枪也不冲锋。他竭尽全力直挺脖颈。白狗子们耐心地等着，像几条耐心的狼，就是不冲锋。他眼前闪乱着五彩的火星。怦——他没有听见那声音再响。他的头颅一下子歪倒了，浸在一汪浓稠的血泊里。

白狗子们仍然耐心地趴着，就是不冲锋。天黑之前，白狗子的大队开上来了，骡子拉着的炮车轰隆隆地轧着石路。那几个白狗子爬起来，走过来，走到这块大石头旁边。有一个白狗子抽出刺刀，剜下了这个红军尸体的两只眼睛。

戈切骑着他那匹小青马，噗噗地踢着积雪朝我们走来。戈切是知识青年的头儿，是我们队唯一的老高三学生。他翘着一个狂妄的方下巴，两只眼镜上套着黑黑的墨镜罩片。这小子已经不是四眼狗啦，我嫌恶地想，现在是六眼狗。他下马时总是撅一下屁股，牵马走来的姿势就像来给你扣个反革命帽子。戈切的真名我已经记不清了，蒙语“戈切”是骚母狗的意思。羊群在山坡上吃着草，用一条抬起的前蹄刨着松软的白雪。羊群撒满在这面雪坡上，黄白的毛身子在雪地上显得肮脏醒目。戈切在我们面前站定了，他嘴里身上都冒着一股恶心的臭骚味儿。这母狗，我心里骂道。

“赛努——”我用蒙语向戈切问了声好。

“嘿，真行哪，”戈切的墨镜套片神气地闪着光，“居然见面不问祝毛主席万寿无疆啦？”他阴险地说，“搬到白梁，你小子天高皇帝远呀。”

我气得咬牙。我真想不到他还有这一手。

蓝猫说：“戈切，我祝母狗身体健康。”我们知道戈切没多大本事，他惹不起我们俩。我也添上一句：“戈切，我祝母狗下崽顺利。”

戈切被气得浑身哆嗦。“操你们妈！”他吼着，墨镜片在眼镜上“铮”地一响。“老子是来通知你们开会的！今晚开会！要打仗啦！今天接到通知苏修在蒙古把他妈的坦克车开过来啦！通知咱们肃清特务咱们队有他妈的特务！通知咱们并进生产建设兵团六师准备——”戈切吼得上气不接下气。他显然看到我们已经被他的重要消息惊住，于是才放慢了狗嗓门。

“肃清特务，改成兵团，准备打仗，听清了吧你们？就这十二个字。”戈切得意地摸出一根烟卷，吹了一口青烟。我和蓝猫两人都吃惊地沉默了，一时不知说什么才好。

“喂，哥们儿，”戈切突然捅了我一下，“您老兄真是福气呀。跟大哥说实话：你们家往白梁这儿搬，是不是您老兄的主意？没人地方好办事？嘻嘻，够狂的。小遐她可是真正的‘牌儿亮’呀。”他哑哑地干笑起来，我恶心得周身痒麻。

“滚你妈的母狗，造谣小心挨揍！”我说。

“什么！哥们儿你没意？”戈切怪声叫道，接着一字一顿地宣布：“你没意我有意！小遐那儿，你们哥们儿让着大哥我点。”他无耻地朝我俩抱起拳来，一人给了我们一揖。

戈切青马的影子一颠一颠地远去了。那家伙不知又去哪里恶心人。我和蓝猫相视了一眼，起身去赶拢羊群。我们俩都清楚地感到了：在白梁的青色羊砖盘上搭起蒙古包以后，我们还不能喘息休息，有一个严峻的现实正在临近这片新的白雪草原。

长征无休息。沿着这条河岸，我们不知走了多久了。头发丝被煤油浸得黑亮亮的，一股黄黄的水顺着这根头发淌了出来。岷山荒凉又苍茫，举目望去四野都是那黄黄的、沉默不语的荒山。他满脸都是黑糁糁的络腮胡子，满身都沾着油漆的花斑点。他成了个走村串街的油漆匠了。一排嗖嗖尖叫的机关枪弹打在他的胸脯上，溅起一排噗噗的血。刘湘的队伍呀不怎样哪隆哟喂，缴他的机关枪呀隆哟喂。出发第一天迷了路，夜里我们野营的那个山沟叫什么地方？原来栈道是这样的：在滑溜溜斜插到江里的石头峭壁上挖进去一个槽，那个槽成了个侧立着的凹字。栈道曲曲弯弯地绕山转，我们也顺着栈道绕山转。娃们呀，我们给你们缝了红军帽，那些流落红军围着说。他们都是四川人，都是在长征路上走了两次草地的四方面军战士。小毛愤愤说：干吗扔了伤员！白龙江碧浪翻滚。白色的泡沫溅上了半空。白龙江，我从来没有想过世界上还有你，我要是知道世界上有你我情愿不生在北京而生在白龙江上。小队艰难地前进，我们的脚上都打泡了，每天晚上用小毛的长头发沾煤油穿血泡。黄黄的脓水顺着那根浸亮的黑头发淌了出来。大海，幸亏小毛是个女的，长着长头发！大海，你在想什么？大海说：我在想那个红军。他提着笔和墨桶，在栈道上，在麻牙寺，在红军走过的路上写标语。他准是年轻人。对，我猜他的打扮准和咱俩差不多。睡吧，明天早起赶路。白龙江轰轰响着，洮河静静流着，黄河还远在天边。黑络腮胡子今夜一定躺在他那间破屋里，屋角的顶棚里一定泻下了银色的月光。机枪子弹打得胸脯上噗噗地溅了一排血花，红军就这样流落了。不如牺牲呢！是吗，是不如牺牲吗？小毛，呸，不害羞！

十六岁了戴上八角帽了还抹眼泪。不，别说我，小毛开天辟地第一次没有尖声骂起来。她的嗓音圆润得那么好听。我是觉得……你看那竹林子和那白龙江，你瞧白龙江它多好。我是觉得……你瞧咱们硬是和真的红军第四方面军第三十一军警卫营的一个副连长，你瞧咱们和他真的走在一起啦。我觉得真好……我心里想着：多好呵；可是，眼泪就流下来啦。你别笑我。轰隆隆！白龙江像一条疯魔了的碧玉龙，横冲硬撞地攻击着黑岩的峭岸，雪白晶莹的泡沫轰然炸开了，飞溅起来了。走呀，别停下，长征就是坚持。

群山尊敬地、静默地闪在两侧，一条坚硬的石道直直地通向前方。

查•太平是车老板查•黑虎的同胞兄弟。他们也来饮马了。初雪后井台上苫了一层牛犊皮，我揭开那块牛皮时心里有些忧愁。因为我早发现查家这几兄弟对我们家不怀好意。他们住在原来的冬营子里，住在远远的东方塔布太一带；他们跑到这里来干什么呢？白马突然打了个响鼻，我看着他们下了马。查•太平尖嘴猴腮，两只单眼皮的三角眼里充满奸诈。他把腰带高高束在胸上，活像个骨瘦如柴的黄脸婆娘。黑虎却雄壮粗大得令人心寒，听说这巨大的黑胖子独自一顿吃光过一头羯羊。黑虎看见我以后就“嘎、嘎、嘎”地怪笑起来，我听着浑身觉得冷飕飕的。抄起连着木棒的帆布桶以后，黑虎威胁地朝我揭开了袍领子。一大块黑橡皮般的胸脯上黄焦焦地生着乱毛，我禁不住想到一头扮成人形的巨熊。“嘎、嘎、嘎，北京浩特来的知识青年，也提起帆布桶饮马啦。”黑虎怪笑着，把水桶通地丢进井里。查•太平嘻嘻地也笑了，上下打量着我，像打量一个脱光衣服的女人或是一匹三只耳朵的马驹子。“快去吧，吐木勒，”他尖声细气地说，“都要当兵啦，都要兵团啦，你还穿这蒙古袍子干什么？”黑虎哗一声把水倒进铁皮水槽，突然唱了起来：“十个哈纳墙的呀……大毡包，”查·太平接上一个尖尖的假嗓：“靠的是……一根呀……金柱子。”黑虎爆发出一阵嘎笑。我的大白马愤怒地挣了一下马笼头。他又接下去：“三个老婆的……老爷我哟。”查·太平拍拍我的肩膀。我哆嗦了一下，厌恶地一掌把他的手打开。“好好听！”查·太平盯着我说道，“爱的是……一个小老婆……”

我跳上白马，一把扯过马头。黑虎呼地跳下井台，劈手抓住我的马缰。

“你干什么？”我愤怒地吼起来。

黑虎又扯了一把领襟，那狰狞的黑橡皮毛胸脯露得更多了。“知识青年到农村去，接受贫下中牧的再教育，很有必要。”他背诵得滚瓜烂熟，而且把“贫下中农”改成了“贫下中牧”。

我瞪着这对兄弟，不知怎么办才好。

查·太平踱了过来，慢条斯理地问我：

“刚才，我们唱的那歌，听懂了吗？”

我承认：“不懂。”

“回家问你家额吉，”查·太平笑着说，“她懂。”他脸上浮着放肆的坏笑。

黑虎猛地打了我的白马一拳。大白马凶恶地举起两只前蹄扒了他一下，但我死死地把马勒住。我心里紧张极了，但我清楚地知道必须忍住。他嘎声大笑着，笑得喘不过气来。“对……对！去问她！去问……你那额吉！”他高声吼叫着：“她懂！……”

我狠狠打马冲下了井台，心里羞辱和慌乱搅成乱麻。踢起的雪块飞扬起来，在马头前面扬成湿凉的雪雾，白马烦躁地猛甩着头狂奔。

那对兄弟在背后怪叫着：“抓特务哇！抓特务哇！——”

那警察只剩下一身警蓝。他坐在那里一直到晚上，到晚上我才明白他也给装进来了。“喂，老兄，您怎么也进来啦？牢底还没让我们坐穿哪！”我过去嘲笑他。我背诗的时候他抽了我一个大嘴巴，打得我口腔里裂了一道口。我咽下那口血以后接着背：“为了免除下一代的苦难，我们愿——愿把这牢底坐穿！”于是他就给我铐上了手铐。我倒背着手，凑在他鼻子旁边继续嘲笑他：“您瞧我的手镯还是您送的呢，您怎么那天不留着，瞧，成贫农啦。”他被一根细铁丝紧紧绑着，我看见那根铁丝勒裂了他的皮，深深嵌陷在他腕上的肉层里。也许已经直接勒在骨头上啦，我想。我突然感到一阵不安。我遛了几步，坐在凳子上。微弱的光线从这间临时牢房的小窗里泻进来。我觉得那黄色的柔和光带显得那么轻盈。坐牢已经十天了，我算着日子。捕我的警察也被捕了，真他妈的令人高兴。

反铐着的双手疼起来了，我忍着疼痛。“从门到墙是七步，从墙到门也是七步”，我默念着伏契克的《绞刑架下的报告》，我心里满是自豪与激动。明天是第十一天，我又一遍地算着。

那个扒了帽徽领章的警察缩着一动不动，一声不吭。黄昏的光线照不到他的角落，我只看见角落里卷曲着一团警蓝色。他肯定疼极了，我内行地判断着。但是他一动不动，一声不吭。

石人在暮色流畅的雪原上显得浑重而光洁。我伸过手去，粗糙的硬石棱触到了手指，我觉得这座石人雕像尚有余温。我惊讶地后退了一步。石人通体用一条巨大的青石芯凿成，棱线果决而简单，左手持杯，右手扶剑，静静地屹立在深雪里。这是谁凿成的石人呢？唐朝？汉朝？我百思不得其解。

石人纹丝不动地站在我面前，毫无表情的脸上空睁着一对没有瞳珠的眼眶。刀斧在青石上轻巧地打出一道凿痕，就勾出了这一对盲眼。我摸了一下那眼眶，又触到了石头的微温。雪原在四野厚重地平铺着，没有一丝风。我叹了口气，决定走开回家。大队里弥漫着紧张的空气。昨天，听说黑虎和太平兄弟把老骆驼倌打了。蓝猫说，知识青年中戈切也参加打了，他们三个人把红鼻头骆驼倌堵在蒙古包里逼他揭发，后来就把老头打了。

我最后又回头望了望那座石头人雕像。离开一点以后它显得混混沌沌，眉眼更辨不清了。这块长长的青岩石直插在地上，积雪埋没了它的腿部。在那插进雪层的石腿旁——我看见了一条车辙印。

额吉，我惊讶地想，额吉来过了。

雪野起伏着，在日落以后冷冷的发蓝。我心里升起一种美的感觉，也有一种难以表达的、被禁锢的焦躁。这雪盖的草原太寂静太沉默了，我觉得它是故意又闭上了正向我敞开的胸怀，把年轻的我一下子挡在它绵延千里的白色化妆之外。我不高兴地勒转了马头，又默默地望了一眼那座青岩石人像，然后打马走了。额吉为什么要来这儿？

我咽下去。又把头扬起来。我同时咽下一点慌张和恐惧。那警察身架高大，腮上凶狠地鼓起一团肉腱。他们受过打人的训练，我想着。但是我一丝一毫也不想屈服。咽下的血在嗓子那儿甜甜地粘住了。“戈切在打老骆驼倌的时候使了皮马绊。他使皮马绊打，黑虎用脚踢，查·太平在一边出主意。听说黑虎故意踢红鼻头骆驼倌的老二。那家伙真狠。”蓝猫对我讲述说。蓝猫的声音颤抖着。我抬起眼来，看见蓝猫睁大的两只眼睛里满满地闪着恐惧。

“蓝猫，你是说，”我费劲地开口道，“他们踢，踢红鼻头的老二？”

蓝猫沉默着，不转眼睛地盯着我。

“蓝猫，你怕踢那儿吗？”我想开个玩笑。

蓝猫突然伸出一只手，抓住了我的皮袍子肩头。他的声音颤得厉害：

“发个誓吧：咱们生死与共，永不分开！”

我害臊得受不了。我使劲甩着他那只手。我想破口大骂他“酸”，可是我骂不出来。我嘴唇古怪地哆嗦起来了。

大海你说将来会是个什么样子呢将来当然是共产主义我说的是将来咱们在哪里干什么像那个话剧那个《以革命的名义》里的两个小孩一样喊喂未来的人们你们是什么样儿呀的时候咱们在那个将来会是个什么样子呢？

我不知道我猜我已经完蛋啦

去你妈的大海你胡说什么呀什么完蛋

我愿牺牲

那咱们不说牺牲当然需要咱们去牺牲时咱们就去牺牲我说的是如果咱们活下来呢

不知道真的我盼着牺牲我这些天一边走一边想为理想牺牲多美好

我想的可是另一回事我总觉得牺牲死了太简单啦恐怕咱们要走的路长得不得了

那是因为现在咱们正走在长征路上

发个誓吧大海。

你说什么发誓?

咱们永远不分开像红军战士一样生死与共

行我发誓可是——

可是什么

我会比你更早地牺牲我渴望壮烈地牺牲

额吉坐在铁炉子对面，钳起一块干牛粪填进火焰里。熊熊的橘黄火苗不安地闪不安地跳跃。我披着皮袍坐着，一句话也没有说。丹巴和嫂子赶牛车去远处镇子打粮，包里第一次只有我和额吉两人相对独坐。多好呀，我不明白为什么心里会有这种留恋的感觉。

橘黄的火苗不安宁。火焰活泼不安地闪着跳跃着。包外白梁上顺坡吹下的冷风就是这不安的火苗么？草原已经失去了安宁迁徙已经开始我浑身都意识到住在白梁只是一次临时的歇息。白马亚干在雪落以后突然强硬地显出了它的威风：我的这匹大白骏马吃草吃硝土吃灌木枝吃面条饼子吃肥肉。它在冬雪中毛色蓬松润亮肚腹令人踏实地又大又圆一点不掉膘；额吉的奶茶烧得比南斯拉嫂子的浓得多。羊群中有一只黑山羊甩了羔，额吉每天清晨抓住那只黑山羊挤一茶缸鲜奶。那头黑山羊不安地咩叫。额吉的蓬头发被火焰的热浪掀着不安地飘拂。她伸过奶茶勺子时漫不经心地说：“呶，吐木勒。”我举着碗看着一道棕黄的小瀑布从她手中泻进我的碗里。我轻轻喝了一口，一股滚烫深深地熨进了我身体里面。

额吉你也喝么。

我不喝。

额吉，你给我换的白马亚干，真是好马。（可是额吉查家汉子

唱的那歌子是什么意思呢什么是一根金柱子什么是三个小老婆呢）

吐木勒，你在刮白毛风的日子里给它喂上些肥肉，它就不掉膘——

（他们为什么那样狠地踢红鼻头骆驼倌呢他们踢男人的那个地方踢老头的那个地方）

那匹马懂人性，也懂冷天要吃些肥肉。

不安宁不安宁我只觉得不安宁。

（这一切和您有什么关系呢额吉他们是对着您和骆驼倌两个人来的我看出来啦）

你是个放羊人，是个活在野外的男人。有了这么匹马就不怕啦，再长的路也不怕啦。

再长的路？额吉，我们不是已经搬到这白梁来了吗？

要赶路，吐木勒。这个冬天要赶长路呢。

还要走长路？！

要走，要走啊。

（额吉你为什么总是渴望着搬家迁徙，难道你不觉得在冬天的刀子风里拆包手指头冻得生疼，难道真的是有个看不见的鬼在追你赶你，难道你——）还，还要走吗？为什么额吉？

小吐木勒。

哎。

你还不知道么，咱们要迁回阿勒坦•努特格去呀。

阿勒坦•努特格？

是啊。

额吉我怎么听不懂你说的话呀？

回家去。小吐木勒，咱们回家去。咱们的家乡在西边，在阿勒坦·努特格。不知道么？好多年以前，因为家乡闹了灾荒，咱们走场迁到了这儿。唉，现在，该回去啦。

回去？大——走——场？

走吧，走吧走吧，回自己的家，回咱们的阿勒坦·努特格去吧，走吧……

她好似自言自语。我已经猝不及防，被弄得心乱如麻。她的嗓音里有一丝异样的颤抖。原来大规模的迁徙，滴水成冰千里白雪中的大走场已经近在眉睫啦。她长长吁了一口气，艰难地两手拄在膝上慢慢站了起来。我不知道她究竟是对这临近的大迁徙感到沉重，还是对即将离开这是非之地感到轻松。我方寸全乱，思路茫然。那个阿勒坦·努特格，那个我不曾见过的家乡，对于我来说实在是太陌生、太遥远了。我仰头望望天窗，那儿的一块半圆形天空也仿佛驻游不定，我突然发现自己已经被一种新的、永无安宁的人生攫住了。

阿勒坦·努特格，我咀嚼着这个名字。

金黄的草原，金子般的家乡，阿勒坦·努特格。我无法理解。金营盘，金黄的旧宿地。我不懂。阿勒坦·努特格。

时间在那块半圆形的黑夜中稳稳行进，好像正把那严酷的雪路搬迁缓缓送来。我明白了，一切都是真实的，这个命运已经不能逃避。

那块半圆的夜空里游进来两颗亮闪闪的小星。额吉给我掖好皮被以后，就蜷缩在她的皮袍子里沉沉睡了。我们要上远路啦，像天上的游星一样。会有一大半知识青年留下来当兵团战士，但是我和蓝猫会随队上路。小遐呢？她也走吗？我睁开眼，那两颗小星星已经游出了天窗。我想起大地尽头那道神秘地卧着的地平线。原来是这样，我想，原来你一直在等着我。我有白骏马。我听见自己的心音咚咚响着。地平线，我有额吉的保护。我有蓝猫的友谊。我渐渐地陷进了沉睡。在睡梦中，我看见了一片金黄色的、金光灿灿的新鲜草原。

第四章

J

今天的活儿真累啊
完了事只有在这儿吞着烧酒
……
独自一人对着自己的酒
回不来啦，那往日的亲切
……
回不来啦，那往日的亲切

靠近亚洲研究中心的“马子呗”是个日本式酒馆。同僚们喜欢在周末聚在这里，消磨一个晚上。包括传达室的杂役松本老太婆和各研究室的著名教授，每星期六都挤在一块喝酒。平田英男甚至在这儿“存”了一“个”烧酒。小林一雄的《贫民窟布鲁斯》正在酒馆里飘荡。快活的松本已经微醺书库和中亚伊斯兰研究室的几个年轻学者正围着她大笑。酒馆里热气腾腾地洋溢着满足和亲切。煤气灶上冲起刺鼻的“丸烧”墨斗鱼的焦香。平田听了这节歌以后，没有发表他对这支布鲁斯的观点。平田身边的榻榻米上摊满书本和资料。《黄金牧地》已经搞完了一段。他期待地瞟了瞟平田，咽了口酒。他知道平田满心盼着和他讨论文献中的那个关键的词汇——“大雪冰”。五名勇士……他们的年龄之和正与汗国崇山的数目相同。他们背诵熟记了众汗之汗的密令之后，便上马出发。在雪季来临之前，他们五个人先越过了十方闻名的大雪冰。平田，你听说过……小林一雄这个歌手么？平田怔了一下，抬起头来。当然，当然听说过，平田回答说。真的？！他惊喜得差点跳起来。平田是他遇到的第一个知道这个歌手的日本人。他吁了一口气。我遛遍了这一带的唱片店和音响器材店，只找到一盒小林一雄的磁带。三千二百日元一盒，我买啦。平田耐心地听着，端起酒壶给他的杯子斟满。我听得入迷，可是我听不太懂。我想，干脆我就用小林一雄的歌词当日语教材吧，一边听歌一边学日语。平田的神色很谨慎。他猜不出平田心里在怎么想，也看不出平田究竟是正在微笑还是正在犹豫着准备反驳他。平田，你喜欢这个歌手么？平田沉吟着没有回答。他叹了口气，他已经知道平田的日本式性格：平田对任何小事都认真得像在考证“大雪冰”的位置一样。

相信吧，我已经再不会失误

因为在你的眼瞳里
正清楚地映着一个我
就像枣树的枝上又长出了嫩芽
我也会变得坚韧和长生
现在，让我伏在你的胸膛上
放下重负，喘息和安宁

平田审慎地望着他，他看得出平田还是希望他别这么迷上小林的歌。这首歌叫《随想》，他对平田说道。说完以后他也沉默了，他奇怪地发现自己有些害羞。这样的歌，平田慢慢地说，你觉得自己很理解么？板壁上贴满酒菜的价格条，琳琅满目地装饰着酒馆。正面的酒柜里闪耀着玻璃和金属的晶亮光泽，一瓶瓶客人存放的威士忌和烧酒瓶像排排整齐豪华的音符。那五名勇士越过了大雪冰之后，就到达了《黄金牧地》上记载的三角城。平田总是用一个大尼龙兜子塞满各种活页夹子，甚至永远在那兜子里塞一本克劳森爵士的《前十三世纪突厥语词源学词典》。平田总是旁若无人地在酒场摊开他的功课。他一直觉得平田那种旁若无人地在酒馆翻克劳森词典的派头极帅。

“理解……也许不能说理解，”他说道，“其实连日语歌词我也听不太懂。可是，你看，文献上讲的那五个人——”

“五个勇士，”平田纠正道，“五个 batur。”

“对，那五个 batur，他们不是也就那么出发，那么翻过了大雪冰了吗。”他说得很混乱，可是他觉得自己还挺能制造比喻。

我无法面向前方，前方空无一人

我不想回顾背后，背后人群挤撞
过去已经逝去
泪水早已堵塞
像他们那样笑么，我不愿意
每当和往日的温暖相遇
在无人处心中落下泪雨
对于我这一切就是生存呵
为着在我的身后
能诞生一个未来

这是《绝望的前卫》，他说。你知道小林一雄就好办啦，因为我以前见到的日本人不知为什么都不知道这个歌手，跟他们说不清楚。他滔滔不绝地说着，拼命保持着口语的速度，下意识地搜寻着会用的词儿表达。前卫派艺术，你知道吗？平田轻轻地点了点头。一条烧得黑黄冒油的墨斗鱼端上来了，焦煳的香味呛着鼻孔。要知道他前面再没有人啦，他已经站在最最前边啦，他说得激动起来。“马子呗”烟雾弥漫。墙上贴着的菜肴价目像一条条雪白的冰柱，悬挂在北方隆冬的泥屋檐下。客人们存放的威士忌酒瓶上滑着一道道暗亮凝滞的光泽，像一些昂贵的音符。我买下了那盒二氧化铬磁带，现在小林一雄的歌每天都在我的耳边回荡。为什么呢，他使劲忍着心里的这个问题，他怕这个问题会使平田不高兴。为什么日本人不理睬自己的歌手呢？我是一个中国人，我只会几句洋泾浜日语，但是我觉得自己一下子就被这歌声抓住了。这歌声深沉又孤独，那沙哑的喉音和急促的喘息扰乱着人的灵魂，我把那盒磁带听了一遍就被吸引住了。我觉得小林一雄正在等着我，我要找到这个歌手。

我跨过大海来到日本，也许就是为了找到他和他的歌。

他想把心里这些话都告诉平田。但是他觉得很困难。平田稳重得惊人。平田喊过酒馆的主人，吩咐把他存的烧酒再续上一瓶新的。“马子呗”的玻璃门外亮着一盏红灯笼，隔着那匀净的红光，外面的东京神秘地被映红了。

“平田，我也存一个酒吧。”他说。

“那就换一个店，”平田说，“我们日本有个喝法，叫‘爬梯子’，也叫‘二次会’。咱们以后可以在这儿喝了我的酒，然后再换一个店，接着喝你存的酒。”平田讲着酒经，声音温和又平静。他有些不满意。冷淡，他觉得平田太冷淡太平静了。他借到那辆倒轮闸的自行车以后就上了路。按照调查座谈会上搜集来的情况，不剌城应当就在这条河的哪一个湾子上。干燥的大地上满是碧绿的庄稼和树木，太阳像烧熔了一样，满天都淌着烫得蜇人的热流。不剌城，他吃力地蹬着自行车驶过松软的浮土。不剌城应当有一片废弃的铁匠炉，有一片条顿奴隶的墓地。从西亚迎面而来的商旅时常在不剌城给骡马换上铁掌；有的商人把货物卸在这个中继站上，只驮回条顿奴隶掘出的粗金回去。所以，他咽着口水润着喉咙，所以不剌城应当有金子。

这条河谷是新疆西部的一个死角，贯穿东西的丝道北线从一边，从这条河谷南侧的山岭外面绕过去了。他蹬着自行车，费劲地驶过一片片浮沙和松土，只觉得河谷里空旷得没有一丝一毫动静。他的唇上结了一层硬疤壳，天热极了。

不剌城，你在哪里呢，他使劲地咽着口水。根据访问获得的线索踏勘，他已经失败了三次了。那三处遗址都不是著名的不剌古城。该去哪儿寻找日耳曼——条顿奴隶墓地呢？

“还愿意再喝点么？”平田在一扇门前停住了。有一块乳白色的灯光招牌，上面映着一排英文。他瞟了瞟那排字母，只认出了“BAR”一个单词。这是家西式酒吧，他猜道。

“可是，我好像……带的钱不够。”

平田笑了。“进去吧，咱们只喝一点。”平田宽厚地扳住他的肩，推开了那扇雕花木门。他在钻进酒吧的一瞬望了一眼天空。东京的夜是紫色的，天空浩渺纯净，但仿佛涂着一层解释不清的化妆。

店里光线很暗。透明的琥珀色液体里浸着几块晶莹雪亮的冰块。柜台里的酒吧主人是个美女。屋顶垂下的一些几何形的金属片，悄无声息地悠悠慢转。他和平田啜着威士忌漫谈着，他觉得自己的声音在这里变得低微又悦耳。

那次俄语课可惜结束了，他给平田讲着自己的故事。那次俄语课就像每一节课那样结束了。他们全是流水账，按照课文上那篇自传的套套把自己的简历表念上一遍。我要是知道他们都在填简历表的话，我也会划拉一篇简历表交上去的，可是我以为同学们都会比我写的更漂亮呢。后来老师嚷起来啦，她说同学们注意！这份课堂作业写得像一篇文学作品！我虽然害臊可是也只好念下去，所有同学都是一个挨一个地这么念下去的。后来我念到“我永远无法忘记，直至今天我已经长大成人我还是无法忘记：当我和姐姐们挤在一盏灯下做功课时，母亲却在一旁为我们缝着衣服。一直当我深夜里从睡梦中醒来，嘴里还念着梦里的故事时，我看见母亲还在一旁坐着，在灯下为我们缝着衣服”——的时候，平田，你看我多么丢人：我差点哭出来。那件事，嗯，那节俄语课真让我觉得害臊。你看我学外语就是这么回事，我老是想编出一些新鲜句子来，可是我的语法一塌糊涂，肚子里也没有几个单词儿。

是的，你讲日语也一样，创造意识很强。

你发现啦？

他笑了起来，瞟了一眼柜台里的女人。

平田也笑了，笑得像一个兄长。

要是用日语更觉得害臊，真的，平田也开始讲起来。有件事，我从来不愿意对人说。好像是刚刚上中学的时候，那时候我家住在上野公园这边，有一个叫根津神社的地方。我每天背着书包穿过根津神社，一边念英文一边赶路上学。有一天正在上课呢，外面下起了雨。你知道东京入梅出梅的，先赶上差不多一个月梅雨，然后又进入夏天的雨季。根津神社那里有一段土路，下了雨以后很滑。我正在上自修课呢，突然同学们喊，平田你看你妈妈给你送伞来啦！我急忙跑出教室，看见妈妈正在雨里站着，手里握着一把伞。我当时想喊一声“妈”，可是我喊不出来，你说为什么用母语那么别扭？或者就干脆是日本语本身就怪。我羞得简直受不了。我一把夺过她手里的伞来，推开她就钻回到教室里。从那以后我就变啦，我和母亲在一起时，总是喊不出妈妈这个词来。平田突然沉默了，端起杯子喝酒。

他感动地望着平田。

那以后，大学啦出国啦结婚啦，你知道日本人总是考虑充分之后，就正正式式地通知母亲一声。母亲呢，她从来没有反对，她从来都端端正正地跪坐在席子上听着，然后就等着我把毕业证书啦老婆啦孩子啦带到她面前。她总是那么慈祥，那么温温和和地……唉，我觉得简直有些受不了。我总是想起那个下雨的日子，想起她走过根津神社的泥泞给我送一把雨伞的事情。可是呢，你看母语这东西多怪，那天我就是喊不出一声“妈妈”来，你别笑我。

四个多月了，他回想着，我还从来没有见过平田这样激动。可是那个没有见过的歌手，那个小林一雄；他想，也是用日语，用自己的母语唱他的歌。难道平田是在说，不能用母语唱这种真情的歌吗？他想着突然感到严肃。他默默地试着用中国话在心里哼了一下那首歌。真的！……他强烈地感到害羞。哦，这意味着什么呢？他费劲地想着。

这条开阔的河谷里，居民的主要成分是厄鲁特人。不剌，这个名称已经被遗忘了，开调查会时他反复地用各种可能的读法来询问，可是没有人知道这个名称。厄鲁特人把古城叫做“得勒伯斤”，就是“四方形、四角”的意思。他把自行车扔在河岸上的灌木丛里，脱下鞋，赤脚走上高耸的河岸。赤裸的皮肤滑进干烫的浮砂，深深陷下去，触到了下面湿凉的沙层。他看见远处的天山已经被大地上蒸腾起的气流遮掩了，只剩下连峰顶上的积冰还暴露着，像一条闪烁的银霞。他歇息了一会儿，就朝河岸上的一户独立人家走去。三处名字叫“得勒伯斤”的城址全被否定啦，他心里觉得烦乱。那三处“四方形”和“四角”里，两处是清朝的营盘，一处是个大马圈。那些沙金呢？那些钢铁冶炼遗址呢？那些条顿——日耳曼奴隶的坟墓呢？他觉得两颊的皮肤干裂得疼痛，嘴唇上的血痂已经破了。

一座小泥屋孤零零地蹲伏在河岸上。

他大步朝那小泥屋走着。这是第四处，他想道，这是最后一处名叫“得勒伯斤”的地方。他只盼着在那座泥屋里讨口水喝，然后就滚蛋。完啦，他失望地想，根本没有城。他望着光秃秃的河岸台地，这个鬼地方根本没有城的影子，连个“四角”也没有，更不用说城墙和宫殿台基。他走得又沉又累，头顶上那轮烧熔的太阳随着他把一种滚沸的浓液往他的脑袋上倾注。他走到那幢独立家屋门口的时候头痛欲裂。快找口凉水喝，他想道。他在敲那家屋门时回头望了望这片河岸地，他发现这儿地势很高，整个河岸地，连同远处河谷里浓绿的树阴和天山的银顶都尽在眼中。河水闪着蓝白的波光，从河岸地两侧绕过，把这块岛屿般的高地圈成一个三角形。

是个三角，他默默地骂道，而不是什么他妈的四角“得勒伯斤”。

他们两人走出那间酒吧时已是深夜。大街上人影很少，而出租车的顶灯却闪成一条溪流。平田喝醉了，摇摇晃晃的样子很可笑。

“威士忌的酒费我明天还你。”他说。

“不，不，”平田咕噜着，倔强地摇着头，“没有关系，懂吗？没有关系！”

“道上小心点，”他替平田扶扶挎包，“小心别丢了克劳森辞典。”

平田嘿嘿地傻笑着，“哈哈，黄金牧地，哈。”平田使劲拍拍口袋。

他一低头道别说：“那么，今晚多谢啦。”

平田猛地抓住他，激烈地反驳说：“不，不，是我该谢谢你，在马子呗我就想说谢谢你——”

“为什么？”

“因为小林一雄，”平田的声音简直难以相信，“知道吗？因为你喜欢小林一雄的歌，我……真高兴。小林——我们青春的歌。谢谢你，青春——我们的青春。你该听听他的《朋友呵》。谢谢，我回家啦！青春……失败啦。但是，中国，中国应该知道《朋友呵》。再见，谢谢，再见，我回家啦，唔，克劳森辞典没有丢……《黄金牧地》没有丢……只是，青春——丢啦。”

自调式红绿灯亮了。流水般的出租车亮着彩色的顶灯，停在人行横道的指示线上。他看着平田跌跌撞撞地跑过人行横道，接着就消失在彩色的东京夜幕中。

山红了，山染上了红的颜色
芦草在风中，在风中轻轻摇着
早晨已经变得很冷
不久冬天就要来了

老奶奶从医院的病床上
慢慢地抬起她枯干的身体
像是高兴地笑了，望着我笑了
我什么也没有说，默默地点点头

姐姐已经有了第二个，第二个孩子
前面的小五月子，已经当了小姐姐
三年之前，还都没有这样
而我，在这个秋天二十六岁

展厅里人很少。夏目真弓凝视着一袭巨大的和服在出神，他从侧面打量这位女友，猜不出她究竟有多大年龄。二十六岁，他想，小林一雄在二十六岁那年写出了《第二十六个秋天》，这首歌里滤去了一切喧嚣和狂躁，只剩下一股单纯的回忆般的抒情。和服是素色的，青底上只有几朵小红叶的饰纹。标价是五百万日元。他不以为然地摇了摇头，漫天讨价，他想着走了过去，在展厅中心的皮沙发上坐了下来。他舒展了一下胳膊，然后翻开了夏目带给他的一本马丁·路德•金的书。书名叫做《我们由此向何方？》，他翻开了一页。“我们仍然抱有一个梦。这是深深地植根于美国梦之中的一个梦。”他又读了几行，觉得有些疲倦。和夏目已经商量好了，每周一次互教互学中、日语。我的教材已经决定了，用小林一雄的歌词。而她用什么当中文教材呢？他抬起眼来，夏目还在那袭素淡的和服前面伫立着，一动不动。

“五百万日元，”等夏目在旁边坐定以后，他嘲讽地问道，“难道不太贵了一些么？”

“是——的，”夏目犹豫地承认了。“是挺讨厌。不过，真美呀。”

日本人的美意识，他觉得自己心里总想找碴儿。附庸风雅自作高雅，可能是你们活得太舒心啦，也许你们还能比赛品尝白开水的滋味呢。“那件袍子，”他翘起下巴指着说，“使我想起我穿过的一件羊皮袍子。有一回我用扫帚一刷，噼噼啪啪地——”他卡了壳。他想说“虱子落了一地”，可是他不会说“虱子”这个单词。

“什么？”夏目好奇地追问道。

他叹了口气:“反正，后来我回到北京家里，我姐姐马上把那件羊皮袍子挂到晾台上，整整让风吹了一个月，还说味儿太重味儿太重。”

夏目明白了。她注意地瞧了他一眼：“你总是这样对人说话吗？”她的眼眸像一对黑玉石。

他不好意思地一低头说：“失礼。”可是他心里漾着一丝快意。但是，夏目的话使他又呆住了：

“你不是喜欢小林一雄的歌么，我觉得，小林的歌和这件素色和服非常像。真非常相像。”

那时候，好像一切是那么神奇
是真正的愉快，就像今天的孤寂
呵，究竟为什么，我会坐在这里
呵，又为什么，我和你坐在了这里

山红了，山染上了红的颜色
芦草在风中，在风中轻轻摇着
早晨已经变得很冷
不久冬天就要来了

日本近代美术馆的巨窗外阳光灿烂。蓝空下楼群山影都显出了秋天的清晰。他睁大眼睛望去，在那远山中辨出了红红紫紫的霜叶林。也许有一个明治时代的少女，沐浴之后又点燃了一盘兰香。她跪在织机面前以后，也许凝神望着山峦上层层的红叶。她在那盘兰香把烟雾缭绕到织机木架上时，心中已经清澄如洗。秋色和微风长长地拂来，她觉得身心渐渐地透明了。她缓缓地拈起一根线，明朗的静谧中出现了一抹素淡的颜色。她悠悠地随着这一抹素色让光滑的木织机启动起来。她忘记了自己姣好的身姿，心海里只漂浮着一个纯洁的祈念。

这一袭和服整整织了十年。她从十六岁织到了二十六岁。她微笑着又点燃了兰香，静静凝望着自己的作品。她可以织上十朵桃花，纪念自己的青春年华，她可以织上一丛秀竹，寄语自己想象中的英雄。但是她没有。她只是静静地对着满目秋色，渐渐地淡化到那无尽的苍茫之中。她觉得身心洁净，人生真实。不觉之间，那素淡的织物上现出了几株红叶，均匀含蓄又无所不言。她轻轻吁了一口气，她觉得自己的作品正在极致，不失分毫。后来她在某一年某一天逝去了，后来明治时代也终于逝去了。她的这件作品留存了下来，人们说从这件作品中认识了日本，人们说从这件作品认识了日本人。

“哦……懂啦。”他费劲地抬起了头。

夏目叹了口气：“你喜爱的小林的歌里，我觉得，好像也有这种东西，”她的声音高了一些：“这种东西，是一种——对不起，也许这么说不正确——是一种宗教。”

他反抗地歪起脑袋：“太神了吧，别因您是基督教，就到处网罗信徒。夏目小姐，”他挑衅地说，“宗教吗？小林一雄还有这样的词哪：‘警察老转我对你说，您的工作就像个抽水马桶。警察老转我对你说，别人拉屎你干吗要冲’——我看可没有那么优雅。”

但他的心乱了。

宗教难道真的这样撼人心灵么？他吃惊地盯着痛哭流涕的杨阿訇。黄土山峁亮晶晶地反射着毒阳的白光，整个山野像一片烧焦烤透的干枯的海。杨阿訇的枣红脸膛上泪水涌淌，他的两只黑脏糙裂的裸脚掌在脱下的爬山鞋上揉搓着。他跪在杨阿訇身边，愤怒得浑身颤抖。高大茂密的蒿子草悲怆地摇着，飒飒地把这一角世界遮藏得更隐秘。那座墓——那座埋葬着一个无头的农民的砖墓，此刻在阴暗中显出了一层惨淡的血红。他怒火冲腾着，但他手足无措。他突然猛地举起双手，向着那白炽的烈日大喊起来：“阿拉乎——艾克别尔！阿拉乎——艾克别尔！……”瞬时间像冰水分顶而下，像肌肤脱骨重生，他恐怖地感到了一种巨大深沉的庄严。他觉得自己的嘴唇在哆嗦，他被自己这喊惯了“做共产主义接班人”的嘴里喊出的声音惊呆了。“真主是唯一的”，他的心咚咚地狂跳起来，“真主啊，唯你是真实的！”他感到剧烈的痛楚和清晰的快乐。他觉得背叛和忠诚在刹那间撕碎了他。他觉得自己的心连同着一切悲欢感受一起，猛地怦然有声地被掷进了一个归宿的深洞。但是，这座青砖墓的主人曾经胸腹上面插着四把尖刀。四把尖刀剜着他的四肢，同时卸着他的四肢。清真寺在烈焰中熊熊燃烧着，黑油烟像一股旋风滚滚上升。官兵问道：你还要你的真主么？老人高喊道：阿拉乎艾克别尔！……官兵把老人卸成了一截肉柱，可是那鲜血淋漓的肉柱上面，那颗头还在高声呼唤着：阿拉乎艾克别尔！……杨阿訇痛哭着说，那时村子里的男女老幼都朝着烈火中的清真寺跑来了。他们痛哭着，狂吼着，举着镰刀铁锹，举着義枷草杈扑向官军。杨阿訇最后伏在地上，呜呜地号啕着哭成了泪人。他绝望地跪在墓前，他觉得全身冰冷。嘶哑的嚎声在蒿子草隔开的这个角落里冲撞着，撕扯着。他觉得自己心碎了。他突然跳了起来，用尽全身力量狂喊起来：

“哇——哇——哇——”

荒凉贫瘠的黄土山地一动不动地凝固着。火烫的太阳和这片赤裸的土地上下相视，像是一对不怕任何苦难旱渴的兄弟。他默默地扶起衰老的杨阿訇，穿出蒿子草的障子，顺着黄土山梁上的小路，愤愤地朝村庄走去。

夏目真弓匆匆地把《献给警察老转之歌》浏览了几行。她扑哧笑了，一瞬间他又觉得她像个调皮的女孩。真猜不出她的年龄，他想。

“太粗野啦，”夏目说，“到底是男人唱的歌。不过，”她合上那几页复印的歌词，“你若是决心用小林一雄的歌词当学习日语的教材；虽然非常遗憾——我以为你会主动要求用马丁·路德·金的书做教材呢——不过随你吧。我希望你另选一首上第一课。这一首，太粗野啦。”

“等我将来学英语时我拿金神父的原著当教材，”他嘟囔着说，“现在，嗯，那就用《第二十六个秋天》吧，反正都是小林的歌。”他突然想起来夏目的教材：“你呢？你用什么学中文？”

夏目谨慎地说：“我想先学习贵国毛主席的文章。”她显然是考虑过了。

他吃了一惊：“什么？！”他马上联想起“天天读”和背语录的往事来。

夏目接着说道：“毛主席不是为马丁•路德•金神父写过一篇悼念文章么？我想读那篇文章的中文原文。”

又是马丁•路德•金！他惊讶地望着她。“我说，人们都说我现在开口不离小林一雄；我看你也一样，你是时刻不忘马丁•路德•金。”

夏目甜甜地笑了。他觉得她在这样笑的时候，眼神变得很奇特。“对呀，”她的嗓音很好听，“我猜，咱们一定能成为好朋友！”

他嘟哝着说：“我可没有毛主席那篇文章的中文，”你可真能制造时髦。如果再早上几年，北京各报一定会报道咱俩的事迹，说咱们是学毛著国际小组。

夏目说：“中文本我去找。现在，再讲一遍你那支《第二十六个秋天》吧。”说着，她走下美术馆的台阶，在庭院里的大理石条椅上坐了下来。他打开歌词。他觉得东京真的已经秋高气爽，明净的蓝空高远地伸展着，远山的影子已经红了。在秋色中，一只吉他单纯地奏着。

山红了，山染上了红的颜色
芦草在风中，在风中轻轻摇着
早晨已经变得很冷
不久冬天就要来了
……

吉他突然“铮——”地怪声颤抖起来。他一下按下 stop 键。后乐会馆庭院里的灌木丛上，有几片枯叶簌簌抖着飘落下来。庭院里已是近黑的深暮。他又按下 play 键，那古怪的颤音消失了，吉他仍在单纯又激愤地奏着。

从床沿到门口两步。从门迈回床前也是两步。中学时读过伏契克的《绞刑架下的报告》；从那时他就牢牢记住了一间“从门到窗户是七步，从窗户到门还是七步”的牢房。但是我这间小盒子般的牢房现在变啦，变成了一只立体声大音箱。小林一雄，这个隐士般的神秘的男人，每天让他浑重沙哑的歌声在这个木造式的大音箱里回荡。在神保町一带的旧唱片店里，他看到一张小林的唱片，卖三千五百日元。比新唱片还贵。可是我只有这只小录音机，他想，再就是这间木建筑的大音箱宿舍。相信吧，我已经不会再失误 / 因为在你的眼瞳里 / 正清楚地映着一个我。他静静地听着在吐字和拖腔中那微乎的、但像金属丝一样清晰的气喘声和哑声。歌手藏在他的歌的背后，他思索着，他不愿意站出来暴露自己的一切。我无法面向前方 / 前方空无一人 / 前卫，尖兵，唯一的探险者。他突然想起了《黄金牧地》，前卫也许就是勇士，是北方游牧民族讲的 Batur，他们在行走的时候，前面确实无人。因为他们已在最前列。我不想回顾背后 / 背后人群挤撞 / 吉他突然又吱扭地怪响了一声。他吓得又把录音机停住。糟糕！他紧张地想，这盘磁带像是……出毛病啦。他取出磁带，上面赫然印着 CrO_2——二氧化铬的标记。他把磁带反过来填进录音机。独自一人对着自己的酒／回不来啦，那往日的亲切／……《贫民窟布鲁斯》如泣如诉的低声中沙沙喳喳地响着噪音。妈的，他心中暗暗发凉，这盘磁带被我听坏啦。工程结束啦一切全完／垃圾箱般被扔掉的，是我们哥们儿／沙沙的杂音愈来愈明显。这个歌手像是个工人出身。他长得怎么样呢？他形容严峻吗？他面目忧郁吗？他想，歌里听不出学生腔来。我只能抓住他的声音但我见不到他。他让自己的嗓音让自己的难以启齿的母语的歌倾诉真情，但他本人却隐藏着。他想起夏目真弓的话来，所以有时候他的歌词很粗野。喝醉了哭一场又有什么用／今天贫民窟已是你的家乡／他心里微微涌着一种莫名的感激。他瞟了一眼屋角里狼藉堆满的酒瓶子，想起自己刚来到日本时，深夜里独自一人酗酒的情形。那时候心里可真苦啊，他深深叹了一口气。喝醉了哭一场又有什么用／今天贫民窟已是你的家乡……回荡的歌声突然又剧烈地扭曲起来，吱吱地发出难听的锐叫。小林一雄，我要找到你，他心里那感激涌动得更急了。他恍惚想起自己每天都听几个小时，最多时一天听六七个小时。这盘结实耐用的二氧化铬磁带被我听坏啦，可是我找到了在异国生活的支撑。像他们那样笑么，我不愿意／这歌声是我在异国他乡里解救的酒，也许它还是我走向明天的航标。我会走向一个新的明天的，我浑身的不安宁的血液一直在向我暗示着这一点。只是，只是在我大踏步出发之前，我需要一个航标。每当和往日的温暖相遇／在无人处心中落下泪雨／这是一个痛苦的灵魂。夏目说得对，这是一个因为太纯洁所以在重负下痛苦的灵魂。平田肯定对小林的歌有过很深的理解，平田在喝醉以后说，小林的歌是他们的青春。平田清楚地说过：因为你喜欢小林的歌，所以我谢谢你。

“大雪冰”已经被断定为天山山脉，具体地点可能在天山中段的木素尔大坂。平田和我仔细查阅了东京可能找到的所有地图，包括美国卫星拍摄的航空照片校正图。在那套航测地图的彩色拷贝上，木素尔大坂上的冰川长二十多里，在彩色片上呈着一条壮观美丽的蔚蓝色。离这道著名的大坂不远，在偏离那道蔚蓝北西方向大约二百公里的地方，有一块三角形的棕红色显示。平田说，根据读图学的常识，也根据以前经常使用这种航测照片的中亚伊斯兰研究室那些人的经验，这种棕红色显示多半属于古城遗迹。《黄金牧地》说：他们五个人先越过了十方闻名的大雪冰，然后就在三角城休息并在那座三角形的奇异城市里换了马。他望着那块棕红色的小小三角，险些惊喊出声。但是平田催着他赶快把已经译出的文献正文用《蒙语古典语详解词典》校正一遍；平田说一年一度的中亚文化讨论会就要开幕了，我们必须在那个会上做一个合作发言。

然而我的心全在小林一雄的歌上，他闷闷想道，你去找大雪冰和三角城吧，我来日本是要找歌手小林一雄的声音。对于我这一切就是生存呵，那嘈杂的噪音正在和歌声激烈地争战着，他听得简直无法忍受。你不是说这是你们青春的歌吗？他突然想起平田的一句话：青春……失败啦。像他们那样笑么 / 我不愿意 / 我要听到底，听到这盒磁带不能再听。我还要去找你说的那首《朋友呵》来听。为着在我的身后 / 能诞生一个未来！小林一雄在绝望地狂吼怒叫。他听得如醉如痴。他的心在那疯魔的摇滚乐中，失去自制地摇晃着。

啪的一声，磁带突然断了。

朝圣的故事才是人类的奇迹。

有两类朝圣，因为它的普及和全民性，应当被认为是最伟大的壮举。它们是西藏人民向拉萨圣地的朝圣和中国回民向麦加天房的朝觐。

在世界屋脊青藏高原上，裹一袭羊皮的一个藏族老妪重重地向砾石滩扑去。她赤裸的手足上茧疤如壳，鲜血淋漓。绑在两手和两脚上的木板鞋被砂石磨得刻痕累累。

她端坐合掌，干枯的老脸上满是虔诚。她平伸双臂，木板鞋哧啦划过砾石荒滩。她直直贴紧了地面。滚烫的砾石灼着她的白发，腾起的尘土涌进她的鼻腔。她拖起瘦枯的身子，又变成一个跪相。她激动地嗫嚅着，端正地合起了手掌。

到佛光普照的拉萨去哟！哪怕石头的尖牙啃光了血肉。到佛光普照的拉萨去哟！哪怕荒滩接着雪山，雪山后面又是荒滩。

好像已经有不少人见过了。

但是并没有多少人随上她们，并不是人人心里都有一个佛光普照的拉萨。

通过河东河西的荒瘠石岭，沿着白骨斑驳的古道，穿过不毛的瀚海大漠，最后登上帕米尔万仞壁立的高峰，戴一顶白布号帽的回回农民在不言不语地跋涉。此一去途经几国，此一去不知归日。

他汗流浃背，脸盘上皮肤曝裂。在日升日没之间，他的长旅一去就是几年。遇到同类他把期望寄托在一声“萨俩姆”上；遇到外人他缄口低眉，默默地背过身走自己的路。

但这条路实在太远啦。

他的信心十足。他不相信护照签证，不相信异乡异语，不相信天险的传说，不相信盘缠的穷尽。他五时举礼，终日风尘，到天房去呵，完成一生的念愿！到麦加去呵，达到哈智的境界！他对自己的这件功课感情深重，他已经走上了道路，他自己清楚：前方纵有千难万险他也绝不可能回头。

同样没有多少人理解他们。

中国之幸也许就因为有了他们。尤其是因为他们不仅是一些苦行的圣人，而是两腿泥巴一身褴褛的农民。亚洲东部的大陆，是一个拥有民众性圣徒的神奇地带。

你不骄傲么？

你还如同往日那样带着偏见蔑视么？

你已经应该懂得这些了。

金钱会生锈烂掉。

功业会被淘汰忘光——当伟人逝去以后你见过谁伤心得也去死了吗？

我们污浊。但我们为圣徒深深感动了。

M

骆驼倌红鼻头死了。

越男见到我们的时候，两眼直勾勾的，接着就一头从马鞍上倒栽下来。她那颗包着天蓝色围巾的头嗤地插进变硬的白雪，那一瞬我觉得她也是在自杀。蓝猫在那一瞬间失声喊起来，我还没有看清他就已经翻身下马，发疯般搂住越男把她拖起来。我的两眼和心里闪过雪白和淡蓝还有耀眼的别的颜色，这时蓝猫朝我投来一道目光——我突然明白了：蓝猫居然瞒着我爱上了越男。

狗东西，我只骂了一句，就和他们一起慌慌张张地上马了。红鼻头桑结自杀了！有一道阴沉沉的铁幕突然间扯开了！蓝猫，等着我和你算账，我瞟着蓝猫在越男旁边那殷勤的骑姿，心里恨恨的。大地上的雪已经硬了，结着发蓝的薄冰碴。红鼻头自杀了，那骆驼倌自杀了！

皮带上黯淡地闪着一层湿湿的光亮。它挟着一股狠狠的风，“呼呼”地撕开钝重的空气。这条皮带和那些带挂环和双排扣眼的铜头武装带不同。它灵捷快速。清脆的啪啪声中藏着一丝颤抖，我甩甩头，我蔑视这种颤抖。这皮带坠着的时候湿淋淋的，分量像重了一倍。那颤抖是心中愤怒的火焰的颤跳。那种肮脏的湿淋淋的东西滴下来了，我见大海的眼睛和我碰击了一下。原来这么容易，我喘吁之中想。手掌总握着一根湿淋淋的皮带人会觉得别扭。我觉得我恨死了地上这摊烂泥。在上游，黑络腮胡子告诉我们这摊烂泥是仇人。现在他变成烂泥了可是想当年他敢毒打一个红军。耳际那种“呼！呼！”的声音在交织迭奏。我觉得在恨的刹那间我跨越了一道关隘。“呼！呼！呼！”我满腔仇恨而满心痛快。那颤抖渐渐熄灭下去了，我逾越了一道人鬼不知的关隘。人要爱憎强烈，人也要有无畏勇敢的恨。我抡圆了皮带，我看见大海也抡圆了皮带，我们俩的眼睛又一次相碰。我的心突然剧烈地颤抖起来，我咬紧了牙关。现在我连自己一块恨，这恶狗曾经把那黑络腮胡子——他曾把原红四方面军的副连长打得吐了血。他有一只又黑又粗的拳头长毛的拳头他嚷嚷说黑络腮胡子红军占了他的地他对准胸口就是重重一拳！我突然暴怒起来，我把湿透了的皮带抡得呼呼作响。大海也在暴跳怒骂，也在闪闪发光地抡着他那一根。关隘就这样度过了，简单而残酷。我开了这辈子的打戒。第一次我就打得这么狠。那堆稀泥慢慢不再蠕动。大海走出屋子，浴进外面强烈的阳光里。大海的样子多么英武，我想道。我吁了一口长长的气，我稍稍觉得这声喘息中还有一点点颤抖。

路上，越男平静了下来。她说红鼻头桑结昨天赶回了骆驼，临睡前她注意到红鼻头出去尿了一泡尿，她在门外的雪地上发现他尿的是血。放骆驼的人最轻松，越男说她困了，于是就早早睡了。夜里她听见老头推开包门出去了，她说她以为老头去照看骆驼。她说话的调子已经很冷静，我听着，我觉得她说话的腔调已经很冷漠。“真没想到他们老牧那么有招儿，”越男说道，“真没想到三尺高的蒙古包也能上吊，真有招儿，”她说得已经满不在乎。“有招儿呀，使马笼头往脖子上一套，再盘住腿蹲稳，挺一会儿就得。”越男说。我听着，觉得她像个凶恶的巫婆。

红鼻头桑结垂着头，两只手可笑地揣在袖筒里盘腿坐着。我在看见桑结的时候甚至呛了一大口气，差点不以为然地喊他起来，可是我立即看见了他脖颈上拴着的马笼头。盘着腿吊死，真有招儿。

蒙古包被坠得偏斜了。盖毡和顶毡挤在一堆，弄出了几道黑脏的皱褶。桑结安安稳稳地盘腿坐着，像是喇嘛庙里的一个佛像泥胎在打坐。蓝猫突然抽风般扯转了马头，撞得我的亚干后蹄打了滑。我慌忙夹紧马鞍坐稳，两匹马噗噗地踢起白雾般的雪粒。这时安睡的红鼻头桑结忽然微微地晃动起来，像是我们的马惊动了他。我吓得抽了一口冰牙的凉气：在凛冽的寒气中，桑结像一个悬挂的假人，像一个钟摆，像一只吊在驼毛绳上的牛腿骨纺锤，正在轻轻地悠晃着。吊着他的马笼头勒得蒙古包的墙架咔咔作响，盖毡和顶毡挤出的黑褶子更深了。

他坐着的双腿并没有挨着积雪，这个骆驼倌在不足三尺高的蒙古包毡墙上吊死了。

我死死盯着他身子下面的厚雪，拉着马缰的手已经冻得麻木了。在这骆驼倌的屁股和雪地之间有一丝看不出的缝隙。我死死地盯着那儿，我排不开一个如果桑结落在那雪地上会怎么样的怪念头。如果不是冬天，如果下边是硬土地——那当然死定了。我咬紧牙咒着自己，竭力排开这个鬼念头；可是这么厚的雪，下面有这么厚的雪呀，我顽固地想着。雪毕竟是雪呀——我说不出话来，只能也承认他有招儿，只能呆呆望着这幅凛冽的雪地上的难看图画。

牧人们默默地从哈纳墙上解下了桑结。桑结仰面躺在雪地上，紫红的圆鼻头可笑地朝天翘着。那副盘坐的腿，还有那副揣着的手也可笑地原样僵僵地盘着抱着，好像他正跷着脚死死搂定一个看不见的什么。牧人们放下桑结以后，又站开来围着，人群里议论纷纷。女生们都来了，围着痴呆的越男在叽叽喳喳。雪原冷淡地在四野静静铺着，在大地的这一点上嵌着这座不祥的破旧毡包。

死亡，我忘记了下马，默默地跨在白马鞍上陷入遐思。死，我想着。忽然我记起了一件事，就朝死去的骆驼倌脸上望去——

他没有眼珠。在冻硬的那个红鼻头上面，我看见一对翻成空空的白色的眼睛。那对白凸的眼像球一样鼓凸出来，突出在额眉之下，可是没有眼珠，没有一点生命的黑色。和那石雕像一样。我正想着，牧民们拿来一块烂毡头，罩住了翻着白眼的死者。

快到腊子峡的时候，我们遇上了两个北京学生。他们一男一女，那女孩才十三岁。看见我们的八角帽以后，那女孩就惊奇地大叫起来。

“呵，真威风呀！红军帽！”

我们一块休息，神吹了一顿。五个人都觉得挺对脾气的。远处壁立着陡峭峥嵘的岩山石崖，腊子峡入口处的黑黑树木已经能望见了。

“我们吗？我们从越南来！”男生叫志伟，他一边嚼着干粮，一边大模大样地说。

“越南？！”大海惊喊起来，“从越南来？”

“是呀。我们扒军列，混过了友谊关。嘿，当兵的真够意思，他们帮我们跟连长嚷。他们说红卫兵和解放军应该一块埋葬帝国主义，后来，嘿，我们就裹上他们的军装——”

“有帽徽领章？”大海的眼睛灼灼发光。

“没有！抗美援越部队不佩带帽徽领章。我们一下子就过了友谊关！”志伟猛一挥手，“嘿，战场！那里遍地焦土！美国飞机就在我头顶上俯冲！……”

我问：“后来呢？”

“你们怎么回来啦？”小毛已经听迷了。

志伟说：“本来，高炮部队的一个首长已经说同意啦，哼，不知怎么回事又把我们轰了回来！说是有他们保卫我们，让我们回来等着党中央的命令！反正，不管三七二十一，把我们关进铁闷子车，一站就拉到了广西！”

小毛捅捅那个十三岁的女孩：“你呢，你也去过越南？”

她点点头，咽下一口馒头：“去过两次。”

小毛呆了。“真——的？！”她喊叫着，不相信地瞪着那个初一的小女孩。

“两次都让解放军轰回来啦。我说我要当救护队，他们不干。可是我开了一炮。”

这次我们三个一块惊叫起来：“什么？还开了一炮？！”我们简直被彻底打垮了。

那小女孩点点头，两只小刷子在头上一昂：“嗯。开了一炮。

美国飞机来空袭了，我使劲往高射炮那儿跑。他们叫我我没听，一直跑到炮旁边。”她不好意思地笑了笑，接着说：“不过那一炮，那一炮是在敌机飞走那会儿才打上的。敌机嗡嗡地叫着飞远啦，炮长说，快，快来过个瘾！他把我抱过去坐在炮椅上，我狠狠地就是一脚。”

小毛问：“一脚？”

小女孩骄傲地解释道：“高射炮用脚踏击发板打。一踩，砰砰砰砰！”

鸦雀无声。我们都变哑巴了。

静了好一阵，小毛才干巴巴地补问了一句：

“那，打着没有？”

小女孩说：“不知道，可能没。敌机已经飞远啦。可能没。”她的两只小抓髻左右摇晃着。

强劲的长风在头顶上摇撼着树林子的梢条，夹岸的绿竹丛呼地掀起一阵潮。我们默默地坐着，谁也没有再说话。远处腊子峡的峡口树影黑黝黝的。靠近那片树影的山坡上，阳光正照射着一个稀疏的村寨。后来小毛和那个女孩聊了起来，我听见小毛在讲述我们怎么发现了一些长征时流落下来的红军，那些红军怎么给我们唱当年他们唱的歌，后来怎么给我们一人缝了一顶灰布红星的八角帽，还给我们编了蓝布条的草鞋。我和大海一直沉默着，没有搭腔给小毛补充。我看见大海宽宽的胸脯一下一下地起伏着，我心里也一样，我也是在勉强忍着心里的激动。

我们合了。小队变成了五个人，继续向腊子口前进。没商量一下让谁当头儿。

我们帮着越男搬进了马倌乔里玛的包。马群去远处吃硝去了，蒙古包里只有乔里玛家的一个不知是舅舅还是伯伯的亲戚老头在角落里吸烟。越男进了包门就变得宛如别人。她把袖口挽起一道，一边不住嘴地说着，一边收拾乱七八糟的蒙古包。

我望着越男的时候，心里总是禁不住一股惊异。越男是个皮肤白细、眼睛严厉的姑娘。她身上洋溢着一种成熟的女人气息。她好像什么都不在乎，我暗自琢磨着，她干起家务活来有一股活像打架的气概。看着她干活人心里觉得踏实安稳，也觉得惊异。因为她其实还是个小姑娘；她比我小一岁，比蓝猫小两岁。她长得也许还能说是挺不赖，不过更主要的是她长得像个大姐姐，让人隐隐地在心底潜生出一种依赖。所以他妈的蓝猫就——我想道，蓝猫居然对我保着密，就和她“乱爱”上了！我觉得怒冲冲的，又觉得甜丝丝的。我已经偷空揍了蓝猫一顿，勒令他交出瞒着我写的情诗底稿。

越男麻利地拾掇着，圆眼睛一扫一扫地亮过闪亮逼人的视线。红鼻头也冻成黑铁球啦！真是想不开，她说。其实急什么呢？非死不行的话，到了晚一分钟不行的时候再去挂笼头嘛。黑虎可真阴哪，踢得我们家老头尿了那么一大摊血。她急急地说着，把煮好的茶给我们斟进碗里。没奶，凑合喝碗黑茶吧，她对我和蓝猫说道，这马倌家还比不上骆驼倌，桶里一滴奶子也没有。她把茶碗递给蓝猫的时候，我看见她的凶眼睛柔和了，“嘿！喝呀。”她对蓝猫说。

早晨我披着袍子想推开门时，咦，我觉得今天这门怎么这么涩！越男讲述着。我使劲撞了一下才推开那门，哈，原来我家老头靠在包上打盹呢！我上去推了他一把，嘿他妈的跟荡秋千似的，——

“越男，你怎么——”我忍不住打断了她。这家伙使的词儿太恶毒了。你怎么像个他妈的巫婆！我生气地想，好像就活脱脱是她把红鼻头桑结吊上那块毡墙的。“人刚刚他妈死了——”我斥责地说她。

人刚刚死？嘿！让我看老头死得漂亮！越男激烈地朝我扫过一道闪电光般的一眼。黑虎最喜欢干的是什么你知道吗？杀马、杀牛、杀骆驼！他妈的那黑家伙最喜欢宰大的！……我们家桑结挨了那阵踢就明白了，连我都明白了，你还在这儿犯幼儿园的病！……越男骂着我。她提起茶壶给我续了茶，又提着壶去给蓝猫倒茶，“喝呀，喝呀你！”她对蓝猫说话的声音有股子甜柔。这是一种别人听不出来可是我一听就听出的、带着点邪味的女人的甜柔。“你纯粹是个幼儿园。”她又对我重复说。

“那蓝猫呢？”我愤愤地问。

越男哈哈大笑起来，她笑得浑身迸射出诱惑的火花，笑得前仰后翻地露出白白的脖颈和被袍子遮着的皮裤。“要改成军垦兵团啦，要脱了蒙古袍子穿黄皮啦。”她笑着又说起来，刚说出半句她突然严肃了。我们家阿爸（我第一次听见她叫红鼻头骆驼倌“阿爸”）我们家阿爸说过一句话，她沉吟着说道。蓝猫在一边盯着她，让我看蓝猫的两眼里“贼光闪闪”。越男接着说：我们家阿爸前两天说过：走吧，走吧，到阿勒坦•努特格去吧……

我的心里猛地一震。

可是他去了阴曹地府啦，那老头。我真佩服他那一手，越男又像个巫婆了。将来等我自己活不下去那天，我也使他这一手。把马笼头挂在哈纳墙的叉子上，系个拴马扣。把脖子伸进那根平常系住马脑袋的横皮条里，再盘起腿一坐。把屁股绷紧了，别坐在雪地上。现在的雪已经硬啦。不说话，默默地，咬紧牙。别对人家哀告央求，别说自己不是特务。真没想到，我阿爸……越男的声音哽住了。我那红鼻头阿爸这么……这么有血性！……越男哇地大声号啕起来，她在肮脏的毡子上爬了两步，对着蓝猫吼叫起来：

“你有这血性吗！……”

蓝猫紧张地盯着她，嘴唇哆嗦着，像在默诵一首酸诗。越男突然奋力跃起，在那一瞬她的身体像一只受惊的水鸟。她一下扑进了蓝猫的怀里，紧紧搂着蓝猫的脖子，哇哇地嚎哭起来。角落里那个不明身份的老人还在低着头，吧嗒吧嗒地咂着烟袋。我惊惶地望望门外，沉默的雪原突然晃荡起来，在极远处变成了一条颤抖不安的银弓弦。

走到这一带以后，群山和四野突然失去了那种冬日的翠绿。在秃黄的黄土大山里，凛冽的空气震抖着，我们马上又感到了冬天的本色。

通往西大寨的山道上，尘土轻轻地、疾疾地卷扬着。当尘土澄静的时候，我们总是看见前面有一个蜷曲着的黑色人影。

上山路陡峭得很，我们背着行李，汗透的身子被冷风激得又烫又凉。

那个黑黑的人在前面蠕动着。除了他之外，目光能及的四野里空阔苍凉，没有一息生物的声响。

土路被风吹得坚硬光滑。我看见路上有撒落的一些煤渣末，漆黑漆黑的。我猜出来前面的那个黑色人影可能是个背煤的。

刺骨的寒气在荒山里侵漫。手冻僵了，但脚却愈来愈烫。好一架高山啊。

小队在那架黄土山的秃顶上追上了那个背煤的农民。

他满脸漆黑。脖子和裸着的肩膀胸脯也被煤粉染得黑黄污脏。

他笑的时候，一团黑的圆脸上现出两排雪白的牙。走哪搭哩，那好着哩嘛，一搭浪着走吧。他说着粗硬的西北话。早哩，吃罢晌午就起身哩。山大么？是大了些哩，上下有个八十里路哩。他答一句就笑一下，露出那口雪白的牙。两块素白的补丁在他左右两膝上匀称地动着，来去的大山都是茫茫一片。“背这么重的大背篓爬山您累吧？”小毛问道。他又笑了。是重了些哩，这炭把人压下的走不快哩。他说着又侧过身子，忙着给小毛让路。在大山野岭里，背着这么重的煤，居然还惦着给人让路，我暗暗想道。大海又问了：“你背这煤，背这炭，——给谁用呢？”西大寨，公家的烧头哩，他又侧过身子给大海让路。咱这是背脚哩。

我拍拍那竹条编的大背篓。满装着煤块的竹篓纹丝不动。“走八十里，翻一架山，就送这么一筐炭吗？”我觉得惊讶。但我已经不说“煤”，而是说“炭”了。

他又笑了。对着哩。从公家那搭讨下的是两个月的合同哩。我忙拦住他那让路的姿势。他让路时扭转身子，那时背上的煤块和竹篓就沉沉地吱扭一声，像是拧断了竹条的筋一样。“太辛苦啦！”我说。

是着哩，他笑着，这活计是孽障着哩，他快活地答着话，露着那口雪白的牙齿笑着。

志伟赶上一步：“老乡，干这么重的活儿，一天能挣多少钱呀？”

他赶紧扭转身子给志伟让路。大背篓可怕地发出咯吧的一声。美着哩，他对志伟说，两篓炭就把一个元拿上手哩。

我回过头来。在冻人的山风中，我看见上面的盘山道上晃动着一个黑糊糊的影子。我猜不出那篓煤的重量，心里不知为什么有种空悠悠的感觉。吭唷！嘿哟！空寂的山道上单调地响着他闷重的哼声。我停在原地听了一会儿，然后就跑着追上了小队。

查家族一共八骑马蜂拥着来到我家门前。我站在包门口盯着他们神色凶恶地在营盘上快步绕了半圈，然后纷纷把马拴在我家的松木车上。老黑狗平躺在草地上呼呼大睡，丹巴哥哥随着羊群到戈壁吃硝去了。

查•黑虎今天穿着一领簇新的蓝缎袍子，照例敞着怀露着黑胶皮的胸脯。他左手走着弟弟查•黄虎；右手走着哥哥查•白虎。我最嫌恶的查•太平依然躲在后面，我看见他正在松木车那儿支着猴子般的尖腮，朝着我不出声地笑。

八个骑手中还有马倌查•巴牙和民兵连长查•巴达玛。另外两个是知识青年——戈切和假李逵"达不苏"。他们八人狼行虎步，大摇大摆地走过来，像一群凶神踏得雪地吱喳地响。门前的雪地立即被踏成了污泥。

"咴咴！"黑虎吆喝着我额吉，用他的胖脖子撞开了我。"丹巴在家吗？"他声如雷鸣。

我抢着说："不在。你们有事吗？"

戈切把手往腰上一叉，上下打量着我："有事，哥们儿，听说昨天夜里，从这儿蹿上去一颗信号弹。红的，看见没有？"

李小葵幸灾乐祸地跟着嚷："嗨嗨！信号弹！有特务！"

我额吉默默地一言不发。她把驼毛团捻出一个线头，挂在牛骨纺锤上，嗡嗡地纺着。嫂子早已被来客的气势吓坏了，她伏在灶后，一股劲地添牛粪烧火。但额吉只是平静地捻着驼毛线。包里突然静了。八个汉子挤在一个半圆里，忽然间都乖乖地规矩了，像是腼腆的哑巴。我心乱如麻，骑坐在门槛上，盼盼丹巴，又盼盼蓝猫。来者不善，我非常清楚这伙人绝非来串包喝茶。红鼻头驼倌吊死后，有一根无形的矛就对准了我家。我已经感觉到它刃尖那股冰冷了。但是丹巴哥是个胆小的老实人，我知道他不敢惹这势大人多的查家族。蓝猫近来天天缠在越男那里，早他妈把我这朋友给忘啦。怎么办呢？我焦急得冒出了汗。如果只有戈切和李小葵之流，我倒还不在乎；可是，我紧张地想，今天来到的是查姓的全部壮汉哪，他们又清一色全是贫苦牧民。我慌乱中又瞥瞥额吉，而额吉仍在稳稳地跪坐着纺线。她神情安详，又神情冷峻。驼毛线在那柄磨得光滑的牛腿骨上均匀地嗡嗡响着，维持着也调和着蒙古包里死寂的气氛。

八名不速之客呆呆地静坐着，眼巴巴地盯着嫂子把烧好的山羊奶茶倒进一只只盛着炒米的玲珑碗。

额吉放下驼毛和纺锤。额吉起身用左手挡住袍襟。额吉从南斯拉嫂子手里接过茶碗，又转过身来绕过牛粪箱。额吉端着第一碗茶，俯身缓缓递了过去。查•黑虎慌了，有些措手不及似的伸出他那双野熊掌来。但是额吉没有理睬他，额吉仍在把那碗乳黄色的奶茶缓缓地递过去。查•太平的尖脸上飞过一丝得意或是失算的抽动，大模大样地蹭前一些。额吉的茶仍然默默地，稳稳地向前递过去，一直举到缩在查•太平背后的老马倌查•巴牙面前。查•巴牙慌慌张张地接过碗。我惊奇地想起额吉讲过的一家家牧民的谱系。额吉又稳稳地端起一碗茶，这碗茶停在这伙人中排行老二的查•白虎面前。两个捧着碗的人讪讪地，不知是喝还是不喝呢，额吉又把第三碗茶举到凶神般的黑虎脸前。黑虎涨红着脸，气汹汹地像要反抗自己在我额吉眼中的位置。可是他的手抖了，他笨拙地托住碗底，奶茶泼了出来。额吉仍然默默地一语不发。她的第四碗茶又一次经过太平，我惊呆了：这第四碗停到了臭骚狗戈切的面前！额吉是怎么知道的呢？我记得我也只是隐约记得戈切是老高三的，他比太平大两岁！民兵连长查•巴达玛已经自动跪坐起来，恭恭敬敬地接过第五碗茶。额吉把第六碗茶端到阴险的查•太平面前时，我看见太平挑衅地朝额吉眯起了眼睛。他的瘦脖子上有几根凸起的青筋正在上下乱跳。额吉一动不动地端着碗，慢慢地抬起眼皮。太平和我额吉对视了一会儿。额吉铜铸铁打般就那样稍稍弯着腰立着。她白发遮蔽的脸庞上，那神情哀伤又滞呆。太平的嘴角抽搐起来，两手抓住了碗。第七碗茶端上了额吉的手，额吉停了一下，从怀里摸出了两块冰糖，吹了吹浮土，放进碗里后端到年轻的查•黄虎面前。在那一瞬，蒙古包里鸦雀无声。我一直到很久后才知道，原来那一年是查•黄虎的本命年；而且一直到下雪后，查•黄虎还没有到我家来过。按照蒙古风俗，过本命年的人串包，主人是要给他东西礼物的。

最后一碗茶她递给了李小葵。额吉把茶碗放在这个假李逵手里以后，说了她的第一句话：

“我的孩子，喝吧。”

李小葵像是被施了魔法。他显然是来打架闹腾的。他自从听说西乌旗有个野种开卡车撞了牧民的蒙古包，就兴奋得天天嚷叫要“开荤”。他说在北京他早把海军大院司政后三部的全部小车都“玩”遍了，他扬言要是弄着一辆大解放就先拿我们丹巴家试试放生了的手艺。可是无论戈切还是黑虎都在老老实实地喝茶，他就失了章法。额吉的蒙语他多半没有听懂，我看见他立时晕了；像一条狼挨了一针冬眠灵。他猛一仰脖，咚咚地捧着碗灌起来。

额吉没有递给我茶。我因此觉得非常高兴。我、额吉、嫂子三个人不喝茶也不说话，默默地盯着他们，盯着他们狼狈不堪地挤在一团，低头闷喝。我们是一家人，我兴奋地想，额吉认为我是自己的家里人，我甚至得意了。在这默默的一小会儿工夫里，我不知为什么只顾着琢磨这喝茶与不喝茶的意味。

“啪啪啪啪！哐哐哐哐！……”我揉着黏黏的眼皮，终于清醒过来了。我在清醒过来这会儿还是软塌塌的，我紧张不起来。我好像在焦急地推着喊着自己身体芯里的那个懒虫，那个贪睡的警觉。“啪啪啪啪！咔咔咔咔！哐哐哐哐！——”打门声狂暴而放肆，门框子和玻璃好像立即就要震破了。我死命一咬牙，终于睁开了黏黏的眼睛。

我看见一片漆黑漆黑的黑暗。

我起身披衣。里间屋传来母亲轻微的鼾声。快一点！我着急地穿上裤子。“哐哐哐哐！砰砰砰砰！”门被砸得马上就要碎了。别惊醒她，我来不及穿鞋了。我打开了门，看见了四个警察正在暗夜里站着。我心里猛地升起一片悲愤和无畏的浪潮。他们一拥而入，分别“占领”了我家的四角。里屋的鼾声轻微而匀沉。

“我有什么罪？”我冷冷地压低声问。

“妈的，要办手续吗？”一个高大粗壮的黑沉脸朝我冷笑一声。于是一把冰凉的手铐咔一声铐住了我的手。里屋的鼾声好像听不见了。快点走，别吵醒她，我想。两个警察抓住我的肩膀，推着我朝门口走去。

敞开的门外一片漆黑，已是下半夜了。

“孩子——”

我突然听见一声尖叫，又是一声。母亲醒了！我泄了气，真是的，我想。母亲尖声锐叫着，狂喊着我的名字。在黑夜里，她的尖叫像刀子一般撕着我的五脏六腑。

“我去跟她说一声。”我停住脚说。我想告诉她说，同学来找我去办点急事。

“走！他妈的！”那个身躯巨大的黑脸警察猛地抽了我一耳光。一声怒喝，我被推出了门。

漆黑的夜静寂、温暖又无限。我什么都看不见。树木、路灯、街道、楼群，我什么都看不见。我在这黑夜中朝那辆吉普车走去。我觉得我的心已经被这黑夜浸透了。

傍晚的白梁前后，大草滩上残雪斑驳。马群在饮完水以后，有一块冻得结着一层冰壳的牛犊皮罩住了这片牧场唯一的一口不冻井。马群踏着雪纷纷散开吃草，用前蹄重重地刨着，用柔软多毛的嘴唇撕咬着。附近的山坡上雪层已经被马群蹚破，一道道金黄的草带和白雪交错着，在暮色中渐渐变得黯淡。

牧人们围在井台上修理马竿子。有人换马，有人闲逛，乌珠穆沁草地上的成人游戏——摔儿马，随着初雪的融化，随着因为红鼻头桑结的死而缓和了的气氛正在白梁的草滩上发泄般地酝酿着。

十个旗的营地里——走一趟哟
一千个马群里——那驹子好看

星·忽伦惊慌地冲了出来。星·忽伦的额心上有一颗星。星·忽伦的长鬃从二岁起就没有修剪。星·忽伦的名声传开以后，有名的老红儿马就失去了威名。星·忽伦是匹远近闻名的红骏马。星·忽伦惊慌凶狠地冲过来了！它的额心有一簇雪白的毛，像一团红红的火焰在烧炼着一颗雪亮的星。星•忽伦猛地甩起了沉重的大鬃，雪地上扬起了一面燃烧的大旗。一根根乌珠穆沁的长长马竿竖起来了，牧人们像狼一样弯着腰站在口袋阵上。星•忽伦瞪圆了眼睛，它警觉地看着前面的竿子手，它拼尽全力地高高嘶了一声，雪原上立即传走起一股悲壮。

二十个旗的帐篷里——走一趟哟
两千个女人里——那姑娘好看

星•忽伦无路可走了。它疯狂地低下头，那面红旗一样的厚鬃呼地朝天扬起，它疯狂地冲过来了。除开我额吉外，全大队现在有七个人都在受着暗中审查，草原上传说着一个比特务更可怕的名字——内人党。听说在城镇，在不远的邻社，政治的暴风雪已经摧毁一切。我听说，我的白骏马亚干和这匹骄横健美的红鬃儿马乃是一母所生。星•忽伦驰近的时候浑身红彩照人。星•忽伦在奋力冲向第一根甩来的马竿时真是美丽绝伦。雪块被铁蹄抛向高高的半空，粗野的吆骂短促地在套马手们中间爆裂。星•忽伦逼近的眼神恐怖又美丽，星•忽伦跑得风驰电掣，像一道穿破浓云的红霞光。小遐昨天来到我家串门，我觉得额吉她们待她像对待下凡的仙女一般。她一扭腰一转脸都迸射出一片迷人的光彩，她张口随便说句什么都那么似娇似嗔。我还从来没有这么近地接触一个女人——饮马时我们的马镫互相卡住了，她那香香的身体紧贴着我的右臂。星•忽伦是一切动物的美神。这匹红骏马闪电般映红了一条长长的雪地。套马竿的绳圈准准地、逆着时间切割着空间划破着空气正巧在星•忽伦冲到的位置上钩住了它的下颚。星•忽伦蔑视地嘲笑地蹂躏般地不费吹灰之力地骄傲自信地抢关而过，毫不减速地把那吓傻了的牧人甩到背后。我看见星•忽伦的宽胸上挂上了第一根夺来的套马竿。

军垦兵团划进了这一带草原。但是我们的家乡在阿勒坦•努特格。上级已经批准我们队迁回旧地，通知北京知识青年自选前途。大迁徙啊！……星•忽伦被第二根套马竿套住时，它的前蹄磕绊了一下，但是星•忽伦暴烈地跳起来，让那绳圈从下颚滑落到它的壮健前胸上。我听见口袋阵上齐齐地响起一声喊："丢啦！"星•忽伦昂首拖鬃，掳走了第二根套马竿。马群都激动了；有的在坡上坡下疾驰，有的痴呆地盯着这边的大游戏场。改成兵团就可以拿工资不再挣工分，可是改成兵团人人都一身军装生命就不自由了。小遐她的主意我摸不透；但是蓝猫、越男和我三人已经决心去阿勒坦•努特格。我已经看了文件，文件上说："因为阿勒坦•努特格生产大队属于走场避灾来此久住的客队因此阿勒坦•努特格生产大队的去留及所有制由该队人民自己决定。"星•忽伦笔直地沿着口袋阵奔驰，像一发红色的鬼一般的信号弹。它残忍地瞄准了甩来的又一根马竿子，我觉得它是想把这根长竿干脆咬断。它蹄音脆重，方向果决，密密的红鬃在它颈上悲壮地飘扬。前几天队里传说着"达不苏"李小葵的笑话，说他迷了路，半夜里一个人在伊和塔拉上晃悠，一边转一边叫魂般地喊："阿勒坦•努特格在哪儿？阿勒坦•努特格在哪儿呀？"牧民们都说亏他还记得大队的名字。星•忽伦额上的白星闪烁了一下。那个牧民在对峙中胆怯了，他不顾可耻地丢人了，呼地竖起了马竿，放过了星•忽伦。星•忽伦毫不理睬。它根本不理睬这种无能之辈。星•忽伦冲激起一团团烟粉般的雪雾，不顾死活地飞驰着，驰向下一个持竿捕捉它的人。我和蓝猫也积极卷入了挖肃"内人党"的调查，我们俩调查的主要目标有两个人：一个是我额吉，一个是查·太平。入冬以来已经风雪不断，草原上的雪厚了，也硬了，老人们说今年冬天是场白灾。查·太平立即变得老实多了，我心里漾着一丝快意。星·忽伦在一撞之间夺走马竿，把牧人摔在雪坑里。星·忽伦在冲决捕捉的牛筋圈套的刹那间，牧人们在灵巧地甩起马竿梢头的牛筋圈套的刹那间，在乌珠穆沁的这种游戏中、被套得摔翻并摔断前腿的儿马子在那惨败的刹那间，被拖在草地上滑行的、衣服手脸被拖得血痕模糊的男人在那可耻的刹那间——这种瞬间充满了残酷。星·忽伦深知这一切，它笔直地燃烧着冲来了。

站在口袋阵底上的人是个陌生人。

我的心猛地抽紧了。牧人们在议论纷纷。听说那个陌生人套翻过无数厉害儿马，他今天来时扬言要摔断星·忽伦的前腿。星·忽伦此刻已挂着满颈夺来的马竿子。星·忽伦一边狂奔一边暴怒地把那些马竿踢得粉碎。星·忽伦像一道耀眼的鲜红的火苗朝那人喷射而去。

说时迟那时快，那人甩竿了。牛筋圈划了一个弧在空中与红骏马的下颚相遇。我听见星·忽伦竭尽生命的一声长嘶。我听见那竿子手拼尽全部野性的一声狂喊。鲜红的火焰笔直地、美丽地飞了过去。那人惊愕地举着断了牛筋套的马竿。星·忽伦神奇地冲决了阴谋般的口袋阵。烈火风驰电掣地消逝了，消逝在白雪覆盖的山坡的侧背之后。

第五章

J

大都会东京的上空飘起了大雪。

清晨，登上后乐会馆的平台一望，鳞次栉比的密密高楼变成了一片银妆的白雪沟壑。为了看看《贫民窟布鲁斯》的诞生地，他专程去了一次挥泪桥。在挥泪桥的小店里，他买了一件可以当工装穿的滑雪服。小林一雄像是个隐士，他查不出小林一雄的住址。在大雪盖住东京的几天里，他留心在书店和街道图书馆里查找有关小林的资料。平田帮助他借来了十几张小林的唱片，全部复制成了磁带。他顿时觉得自己获得了一大批财富。《黄金牧地》的研究进展缓慢，原文写本显然在这里残缺了几页。平田皱着眉头，调动了各式各样的词典，仍然攻不下难点。清理干净的屋角又堆起了空酒瓶，因为小林的歌使他陷入了不息的激动。小林一雄的歌子突然着了魔，发疯发狂地终日在录音机里又喊又闹，他查了词书后懂了：小林的这一期歌曲进入了 Rock，即摇滚乐。

元月初，他发现地铁车站前在叫卖一些新的周刊和画册，那些书种类繁多，但共同的特征是，封面上都印着一个新鲜的名词：全共斗。

一月十八日，星期三。

他坐在东京大学主楼——安田讲堂前的石阶上，等着平田。校园内雪已融尽，大雪洗过的蓝天清澄万里。讲堂前的草坪上湿润地吹着一股清风，四周安静极了。他一边等平田，一边听着录音机耳机里小林一雄连敲带砸的乱吼。大家一块唱 / 嗨嘞噜呀 / 使出劲来唱 / 嗨嘞噜呀 / 姑娘们唱男的别唱 / 嗨嘞噜呀 / 喂戴眼镜的 / 嗨嘞噜呀 / 嘿炸着毛的 / 嗨嘞噜呀 / 大家和我一块唱啊 / 嗨嘞噜呀——他紧张地听着，忍住耳膜的刺疼，企图从小林胡闹的嗓音里听出他寻找的什么来。你为什么这样唱呢？为什么吱溜一下就栽到一个马蜂窝里呢？这就是 Rock，这就是摇滚，这就是“民谣之神”小林一雄的音乐会吗？

“东京大学主楼——安田讲堂是一座欧式建筑的钟楼，铜窗狭直，赤瓦坚硬，四周舒缓的小丘上绿草如茵。东京大学以第一流的国际型最高学府而闻名，饮誉天下。安田讲堂钟楼则是东大的标识，是日本近代以来教育文明的庄严象征。

——但是，上述观念不适于六十年代。”

平田英男来了，照例背着他的那个又薄又韧的尼龙布大口袋。平田把一堆词典和活页资料摊在草坪上，神色严肃地把昨夜的译文递给他。

“四名勇士……”

他和平田会意地对视了一下，默默地放下那页日语译文。在残缺的那几页里，他想，在那几页里一定发生了什么，有一个勇士失踪啦。

“死了。”平田干脆地说。他也点了点头。当然，既然我俩此时此刻才发现这个失踪，那还有什么必要称它为失踪呢？死啦。他想。穿裤子的人哪／嗨嘞噜呀／穿毛裤的人呀／嗨嘞噜呀／场子中间那位美人呀／嗨嘞噜呀／那位觉得今天门票便宜的兄弟呀／嗨嘞噜呀／谁嫌贵呀／嗨嘞噜呀／小林一雄长得究竟是什么样呢？以前听他的《向自由的长旅》时，我觉得他像一位孤胆战士。听他的《第二十六个秋天》时，又觉得他像一位多感的青年。而现在，耳机里摇滚的石块霹雳炸响成一片，架子鼓已经敲成一锅乱冒泡的粥。听众也疯了，拍着掌跳着脚，随着小林一雄的怪声怪调在音乐会场子里大闹。这是你的歌吗？小林一雄！

“一九六八年初冬，东京大学与日本大学的学生冲破警察封锁，在安田讲堂之前集会并占领安田讲堂。在学生控制的钟楼广播台的节目中，这座建筑被改名为解放讲堂。与此相前后，全日本约十五所大学也在街垒封锁中度过新年。日本左翼学生运动——‘全共斗’与国家机器间短暂而壮烈的堡垒战拉开了重幕。安田——解放讲堂被学生们用木料、铁管、桌椅构筑成一座要塞；它在当时和日后变成了席卷全日本百余所大学、高校学生运动的旗帜，变成了一代日本青年精神与理想的紫寨金城。”

想结婚急得发疯的人呀／嗨嘞噜呀／可是还找不着对象的人哪／嗨嘞噜呀／现在，只由结了婚的唱／嗨嘞噜呀／有法子就想离

婚的人哪 / 嗨嘞噜呀 / 大家唱啊，大家一块唱 / 嗨嘞噜呀 / 咱们一起唱—— / 嗨，嘞，噜，呀——这种歌让人听得莫名其妙地高兴，说不出来的痛快。他边听边觉得喉咙发痒。耳机里人声鼎沸如地震时的逃亡。人人争抢着乱吼，特别是在轮到“想结婚急得发疯的人”的时候。号子般的副歌则在哄会场中间的哪位美人时最响：“嗨嘞噜呀！！！”啊，小林，小林，我一定要见到你！

“一九六九年一月十八日，星期六。日本警视厅根据东京大学校方请求，派遣机动队警察八千五百名，从晨七时起，向安田——解放讲堂发起了攻击。大镇压开始了。”

学生们出了门呀，像是去逛大街 / 溜溜达达地走着，一个劲说笑话 / 我推门进来一看，里面乱喳喳 / 小伙子戴着安全帽呀，手里把棒抓 / 姑娘们忙着做饭团呀，娇声把小伙夸——

平田，你能讲讲你为什么干这种工作吗？

平田显然正在全力思索着那份古文献。他知道平田已经发现了他对这一节缺乏信心。原文缺残，无法读通。跳过去就算了呗，他知道平田已经猜出了他这个念头。平田慢慢地涨红了脸孔，像是忽然间恼怒了。

“在日本，请不要讲想干什么，为什么干什么，”平田生硬地顶回了他的问题。“在日本，要讲你正在干什么！”

他第一次看见平田生气。

“警察以大型警车、喷水车列成包围的铁阵，他们手中的铝盾砌拼成一道道白墙。决战于上午九时开始正式展开。”

昨天晚上有内讧，他们砸了咱 / 吃了饭团喝了酱汤，一齐出了门 / 学生们朝着金泽大学，一齐出了门——架子鼓震得人头晕眼花。这首歌是模仿说书艺人的，但小林却使用了超速的摇滚乐伴奏。他已经横不讲理，在雨点般的鼓响声中疯魔般地大嚷大叫。乐队的几个弟兄捣乱助威，又尖叫又咳嗽。

“警察机动队手持催泪枪，在密如网织的高压水龙以及直升机的掩护下扑城。学生们头戴安全盔，蒙着防瓦斯的毛巾，以自制火焰瓶、石块和木棍应战。”

“四名勇士继续……苦杏叶……以绸缎罩住了……狼族……牛皮水袋……”看来平田昨夜通宵没有合眼。平田熬了一夜，瞪着这几个残存的单词和词组。北京一定刮起了要命的寒风，大树在狂风中呜呜叫着摇撼。从甘肃到土耳其，所有的现代语我都懂。平田是一个真正严肃的学习家；除了母语之外能读英、法、德、俄、汉、土耳其、古突厥、阿拉伯、波斯一共九种文字，当然最得意的是英语和土耳其语。而《黄金牧地》他妈的是天书。

朋友呵
在黎明之前
的黑暗中——

小林一雄的《朋友呵》没有伴奏，唱片中录入了嗡嗡的回声。资料中说小林一雄是全共斗学生最喜爱的民谣之神，是新左翼的超级明星。为了让自由之风长拂过他们的心的人们能读到它——那位著书立说的老人一定有银发皓目，一定在滔滔的巨川里洗濯他的芦草笔。我属于中国“只许生一个孩子的一代”，我会用蒙古语骂人、说黑话和绕口令。“喝吧，balam，雨把牛粪淋湿啦。”也许我只懂这么一句哈语，但是这一句像一部圣美的交响乐一样把我席卷而去，我差点哭出来。小林一雄是他妈的哪一路“民谣之神”？他小子用架子鼓和摇滚乐队代替三弦，速度癫狂地说书，纯日本式的说书。一月十八日，今天是一九八四年一月十八日，十五年光阴像个贼一样溜过去啦。穿黑条绒棉袄的人又买来了一只煮羊头，拎回来用肮脏的塑料桶盛着的薯干酒。坐下来吧咱们一块纪念吧为着那道长达二十公里的蔚蓝色冰川为着我流血的妻子为着我的没有降生人世的英俊可爱的儿子咱们喝吧喝吧喝个痛快。肥胖的大汤近几天神气活现，打着一条令人恶心的粉红色，不，应该说是血红色的花领带。活活一个“美人 ing”。可是我不敢告诉平田我给大汤起的这个外号。小林一雄这么狂吼着过生涯，一定有益于健康。他简直不是歌手而是巫神，他狂喊乱叫，他有张唱片题为《Graffiti》，即“胡涂乱抹”。

朋友呵

把斗争的火焰

点燃——

你那时唱得多深沉。你那时的嗓子浑重喑哑，从你的呼吸和发音中，人们把你想象成一个痛苦纯洁的美男子。《朋友呵》在全共斗学生中流行了很久，然而今天你唱的却走火入魔，今天你的歌里充满了恶毒和亵渎。

“九时三十分。直升机开始向安田讲堂发射催泪弹轰击。校园中学生们高喊‘警察滚蛋’，在校园内与警察冲突。”

“九时三十分，警察向安田讲堂侧翼的另一建筑——工学部陈列馆放射催泪瓦斯，同时开始猛攻。陈列馆楼顶飘扬着‘毛泽东思想万岁’的大旗。”

大街上没有人呀路上没有车 / 到处是黑白照片似的一片怪景色 / 姑娘们说真没想到呀小林您也来啦 / 我们一定把那最大的饭团呀留留呀给您 / 我心里一乐连忙呀扣上了安全帽 / 回头看见她

们在挥手，心里酸溜溜 / 就这样小林我呀扛起了暴力棒 / 吹着口哨两腿生风，奔了金泽大学——

他听见小林突然说了一句："听得辛苦啦！"他吓了一跳。耳机里又爆响起小林和伴奏乐队那几个家伙会意的嘎嘎怪笑。疯傻的 Rock 节奏又卷地而起，轰然响成一片噪音。真有你的，小林。他听得呆呆地想。

"安田讲堂上的喇叭里怒吼着：'我们决不投降！警察滚回去！'直升机开始向讲堂顶上的守城学生放射粉末瓦斯。呛人的毒气在整个校园里弥漫。侧翼的战事已经白热。"

"十一时，工学部陈列品馆被攻陷。全共斗学生企图在堡垒内纵火一拼，未遂。警察顶着铝盾攻上楼顶，印着'毛泽东思想万岁'的红旗被扯落并践踏。守城学生全体被捕。"其实呀老子不想去呀对面是繁华街 / 但是口哨一吹派一端呀反正要干一场 / 血在心里翻呀心在怀里跳呀看见了校门 / 正在这时嗖地窜来了一个贼 / 仔细一瞧呀是个红领带的雷子老转 / 看见我呀那家伙呀扯开了大嗓门 / 求求您啦快救救我呀那边那个人——

校园里宁寂平和。积雪融后，冬树仿佛又舒展着生出了一层新绿。隔着讲堂端庄坚固的赭褐色石基，三四郎池的湖水仿佛就在耳际悄声地荡漾。

没有人影。没有喧闹的学生走去吃饭的洪流。但是东大仍然饮誉四海，吸引着各种肤色各种国籍的学生。东大的校园是神秘的。他静静地陷在自己的沉思里，忘记了膝头摊开的艰深的功课。

平田不满地瞥过一眼。他觉得在他俩目光相遇的一瞬间，他们交流了又避开了一个什么。

讲堂庄重地默默矗立着。真静呵，他想。

你找我帮忙不害臊吗瞧瞧我是谁 / 我伸腿绊了他个马趴举起了暴力棒 / 那家伙一边摔着马趴一边还很奇怪 / 我迈腿骑住了他呀抡起了我的棒 / 心里想真高兴呀还是来对啦 / 我正得意哪那小子呀拔出了手枪 / 不偏不斜那小子的枪呀正对着我心脏——

小林一雄是在故意捣乱；他听着猛地吃了一惊。

“下午三时左右，另一翼城——法学部研究室亦被攻陷。东京大学决战的战场只剩下高耸在硝烟中的安田——解放讲堂了。激战在烈火与强力水柱的交织中，在窒息的爆炸的瓦斯中，在低飞的直升机的轰鸣中，在警察与左翼学生的怒声对骂中，于傍晚五时二十分暂告停歇。”

“一九六九年一月十八日的夜晚是休战之夜。一只黑色的恐怖大鸟和一只红色的热情小鸟在这个漫长的冬夜里对峙着。”

只有小林一雄独自声嘶力竭地狂吼乱唱着。他仔细地听着。入魔的 Rock 在滚滚的筋斗中翻腾。平田埋头在《黄金牧地》的写本中，理也不理他。无论在酒馆里还是在草地上，平田到处可以摆摊就干，他惊讶地想着。不过我也有高招，我能想象着音乐并且听。

平田好像和这歌手有一种相似，他心里琢磨着。他们日本人善于具体地干。不露声色，藏起真心，一个人倔牛般地干。

我大吼着真混蛋呀人家帮你你反而要杀人家 / 手枪的子弹是出来了呀还是没出来 / 往后的故事是热闹呀还是没意思 / 我口发干呀舌发燥快要变哑巴 / 唱到这里算一段呀时间也正好到点啦——……

停。

他好像看见了小林做出的鬼脸。

这样的修饰文体简直就是一种暗杀。他恨恨地把活页夹子啪地合上，他恼怒地正想把夹子摔在地上，可是看见了平田。平田是温和坚韧的日本性格的化身，他在草坪上摊开各种书本用功的架势简直是举世无双。在那里自月亮至鱼虫上下两界的万物都深含神性；安拉主宰着诞生与死灭的暗中道路，主宰着寻求所爱之物的旅客在沙漠中的一口生命之水。这种不可思议的修饰简直是呓语！他咬着牙抬起头来。

秋风已经肃杀逼人，冬天真的快要到了。安田讲堂在纯净的蓝色晴空下默默无语，枯硬的银杏叶子在钟楼下面的棕砖地上旋舞。一切都沉醉在清纯的秋日恬静中。

哦，真宁静呵。

平田推推他，举起手里的辞典。“喂，查到啦，‘从月亮至鱼虫’，或者可以译为‘从月至鱼’，这是一种中世纪伊斯兰教徒的观念；认为大地处于一条巨鱼背上。波斯语读为 az māh tā māhī，你瞧这个。”平田说着递过一页活页纸来。西海固，你这无鱼的死海，你这黄土如波荒山如浪的苍苍莽莽的凝固的惊涛。你毅然咬死了牙关，在硬裂崩塌中完成了沧桑之变。让水分散尽，让海洋干枯，让鱼虫绝迹，让绿色的植被褪尽消失。你用滴水不存棵草不生的赤贫守卫自己，你用无法生存的绝境挡住了黑暗的进袭和盘踞。于是——他悲哀地仰起头来，在沙沙摇曳的蒿子草的密墙之上，晴空上隐现着一牙浅淡的月亮。——于是你胜利了，你守住了你的信仰和你的心。平田读这句 az māh tā māhī 的时候像许多日本人一样，发音清晰又准确；但是有些僵硬，缺少一种熟练的含混和轻灵。但是他们的认真中有一股隐藏的脾气，这是一种不露声色的强者之气。平田平静地望着他。他觉得平田和善的眼睛洞穿了他的胸膛。这里是安田讲堂，是十五年前你们为理想决战的地方，他觉得自己在心里喃喃争辩着。平田说："这一句弄清啦，咱们往下读吧。"平田的声音平淡又稳当；但是他觉得平田经常这样平淡又稳当地朝他发布命令。他偷偷叹了口气，抓起活页夹子，绞着脑汁朝那花团锦簇的修饰文体句子钻将过去。

安田讲堂四周绿得发假，绿叶在秋天的阳光下耀眼地僵着。一条小路窃笑般绕过讲堂的建筑，通向校园深处的三四郎池。讲堂前的草坪上静寂得令人若有所失，有几个穿套头衫的学生在挤作一堆傻笑，但是没有声音。秋风长长地拂来，无声地摇着满树的浓叶。校园里人影稀疏，偶尔驰过的汽车悄无声响。讲堂顶台上，那古老的巨钟仿佛停住了。

——好一个巨大的"O"啊。

他默默地凝视着蓝空下的这座建筑。小林一雄用嗓音给他留下了一个难忘的形象。是的，他想，一张扭着拧着的鬼脸。

平田正在疾疾写着译文。

他叹了口气，也翻开了活页夹。当唯一的神终于操纵着一只枯槁的紧握芦笔的手，他烦躁得真想把这份《黄金牧地》扔到火炉里。或者现在就把它扔到三四郎池里，他想。如果是可信的史料，就不该这么云山雾罩，"从月到鱼"，这么满纸"az māh tā māhī"。可是又确实有真实的内容："大雪冰"还有"三角城"。他深深相信平田和他已经捕捉住了那五名勇士的踪迹，因为"大雪冰"和"三角城"的位置已经考证得准确无误。四名勇士于是踏上了黄漫漫的沙漠，继续寻找……文献在这里中断。平田毫不犹豫地在动词"寻找"旁边加上了"天国"两字。他同意地点点头，望着平田一笔一画地把那两个字写完。平田抬头时正遇上他的目光，他觉得平田迅速地闪开了。

平田又附身去翻辞典。你可真沉得住气，他觉得这个宽肩的日本男人正在冷静地和他对抗。秋风静静地在他俩身边拂吹着，他暗中抖擞了一下精神，也埋头读下去。第一次看见如此美丽的山峦，他深深地倒吸了一口长气。峰峦上的冰雪千年不融，雪白中幻射着醉人的蔚蓝。阳光把鹅绿的天山前麓照得一片明亮，那明艳的鲜绿色顺着人的心在滴淌。这里和内蒙古草原的景观完全不同，他兴奋地、他觉得自己简直是狂喜地想。这里密密地生着野葡萄、黑醋栗和一些紫红晶亮的小野果。在一个毡房里，那位懂得汉语的哈萨克民间歌手给他朗诵了一首关于黑醋栗的诗："当我还年在孩提还举手不到鞍桥时 / 我记得你的眼睛好像一双黑醋栗 / 当我打马离开故乡看见你在泉边汲水时 / 我觉得你的眼睛好像一双黑醋栗 / 后来我流落异乡每每独自歌唱 / 歌声中你的眼睛好像一双黑醋栗……"他听得如醉如痴。他眼中忍不住涌出了泪水。呵，新疆，他觉得自己仿佛在默默地宣布着满心的爱情。新疆，我要——他不知道自己要什么。他只是觉得自己终于找到了仿佛一直在找的什么，在一刹之间他觉得自己血液中的一个什么精灵突然复活了。

平田突然打断了他："你看这里——"

他吃惊地张大了嘴巴。文献上写着："三名勇士只剩下了两匹骆驼，愿真主以明月指示于他们的方向永远清晰；因为他们已经穿越了那片不毛之地，那片黄土、黄沙和黄石的无水区"。

"剩下三个人啦。"他望着平田喃喃着。

平田直视着他，没有回答。

《黄金牧地》已经处处残缺。太阳急速地西沉了，他和平田两人已经精疲力竭。能够肯定的只有一点，他想——五个勇士中有两个死了。

“明天再干。”平田说。

他觉得平田还应该再说点什么。“走吧。”平田站起身来，径自朝东京大学正门走去，把他扔在背后。他也站了起来，你不愿意告诉我，平田。

平田正朝大门快步走着，宽宽的背影执倔又古怪。他觉得不能理解平田。妈的，我理解不了你们，日本人。他心里嘟哝着，不情愿地跟着平田朝校门走去。来东大校园研究是他的建议，而他的本意是想听东大毕业的平田讲讲安田保卫战。你给我录了《朋友呵》，但是你一句也不讲，他心里埋怨着。你这书呆子。他在跨出校门时，忍不住又回头望了望安田讲堂。

在苍茫的晚秋暮色中，那铜色的建筑朦胧地蹲踞着，一言不发。

一月十九日，星期四。

夏目真弓代表她父亲夏目教授，招待他去山形县参观。山形是夏目家的故乡。夏目驾驶着一台银灰色的车，冲出东京的高楼大厦之林，沿着无雪的东北汽车公路，飞速疾驰。

看见了日本的崇山和原野，离开了东京的楼群，他非常兴奋。

在新疆的辽阔大地上，人常常会产生错觉。无论是搭一辆运煤或运瓜的卡车，还是坐上一辆风尘仆仆的吉普车，一种关于骑马的记忆就会油然浮现。四野空旷如天，道路通向神秘，铁色的戈壁和蓝郁的天山在挑逗人的自由。于是下坡路上一脚加大了油门，钢铁的车变成了血肉的马。风在凶猛地阻截冲撞，心在苏醒般六欲横生。一切都消失了，道路和目标都消失了，只剩下骑手和马儿的奔驰在永生……

“一九六九年一月十九日，星期天。”

“上午七时，在一夜休战以后，机动队警察从清晨开始了凶猛的进攻。火焰和高压水龙的大网再度罩住了东大安田——解放讲堂。”

变音器把小林的嗓子改造成了尖细的女嗓。我是一只没毛的猴/我是一只没毛的猴/为什么，把我生在这个球儿上/为什么，让我看见这个球儿/我呀我，我是一只没毛的猴……

他捂住嘴，强忍着没有笑出来。他偷偷瞥了一下真弓，见她正全神贯注地驾驶。她的柔发在脑后飘泻，黑亮的眼睛上浮着一星朝晖。她驾车的姿态使他想起了哪部侦探片里的美国女枪手。她的心已经到了山形啦，山形是她们夏目家的故乡。

“上午八时，安田——解放讲堂一层的窗户被击碎，警察蜂拥而入，同时直升机一次次地降下，向讲堂顶上的学生喷洒瓦斯液。一层楼失守，——这是一个严重的转折。”

变音器又把声音变成黑猩猩般的低吼。我是一只没毛的猴/创造我的神仙真伟大/我的身份是没毛的猴/玩玩具一样地玩地球/哎呀呀，多可怕/咽了气也是没毛的猴……他调小了耳机里的音量。他不知为什么不愿让真弓听见这样又混又野的歌。架子鼓发邪般揍着他的耳膜。银灰色的跑车在晴朗的冬天里风驰电掣。他摸出一支纸烟。他觉得浑身痛快舒服。

真弓奇怪地瞧了他一眼。

“上午十时起，全共斗学生调整火力，开始用火焰瓶反击。同时，盘旋的直升机立即开始放射催泪瓦斯弹。楼顶学生拾起一切可以投掷的东西打向机动队警察。十时半许，警察一度企图以装甲车冲击正面，但被激烈的火焰瓶反击打退。熊熊的火苗在蔓延。白亮亮的水网在猛扑。广播中有人演讲，但暴风般的喧嚣声淹没了一切声音。”

在另一张唱片中小林在嘶哑地嚎叫。他的著名伙伴——Rock乐队“Happy End”即“快乐玩完”把伴奏折腾成了一片疯狂毁坏的飓风。喝了空气／才能活着！！吃了干饭／才能活着！！拉了大小便／才真正痛快！！／要想干“那个”／就要使“那个”！／要想看清楚／就要睁大眼！／要想饱肚子／就要张大嘴！……

他听得目瞪口呆，满头虚汗。再也没有比这更简朴的歌词啦，再也没有比这更放肆的野蛮啦。他感到莫名的亢奋，不觉地坐在助手席上就随着那入了魔的节奏晃起来。

“你在听什么？”真弓好奇地问道。

“小林一雄。”他说。

“摘下耳机，一块听呀。”夏目转着方向盘。

他嘟哝着没动。“等会儿，先别听这个。”他不愿意在她面前让小林一雄丢脸。她活像个好莱坞的摩登女枪手，他想。她能理解和同情全共斗吗？真他妈的，他骂了自己一句，好像全共斗是你这中国穷鬼的东西！

“上午十一时以后，战事稍呈松弛态。曾有一名敢死的警察机动队员从正面靠近讲堂要塞，但立即被火焰瓶和石块打跑。十一时四十分左右，警方一度停止喷水和攻击。”

他又把音量拧小了些。估计在这种发高烧般的Rock唱法中，不仅小林，连“快乐之玩完”的那几个兄弟也疯了。他不能摘下耳机，释放出这震耳的噪音来。这家伙，他无可奈何地想，确实像真弓批评的一样，这家伙总爱唱厕所或者……大便。警察老转／我有话要对你讲／您拼命干的那个工作／像个抽水马桶——他简直毫无办法。对这样任性的歌手，他想，恐怕玉皇大帝带兵来也毫无办法。车正在群马县东侧的崇山掩护下疾驰，他恍惚觉得车外的景色很秀丽。列车进城啦不许拉／可是憋不住了／还是一定要拉／警察

老转 / 我有话要对你讲 / 您专门逮那些憋不住的好人 / 大人物一扳马桶的阀 / 你们就—— / 哗啦啦啦—— / 专给大人物当狗腿儿 / 哗啦啦啦—— / 说透了您想吃甜头 / 哗啦啦啦——

他憋不住了，哧哧地笑了起来。

真弓一松油门，伸手来揪他头上的耳机。“不行！一块听！什么歌呀，你听得这么快活，快快！”真弓的声音好听得像银铃。但是隔着耳机里的熊吼，那铃声像只蚊子叫。

“等一下！”他急得护住头，捂紧耳机。“下一个再一块听。”他简直想立即报名去参加那支“快乐之玩完”。架子鼓，他喘不上气来地想道，我要学学敲那个架子鼓。他怔了一下——

我懂了，他竭力用理智思索着。我懂了，这就是 Rock 诞生的过程和根源。

他们的轿车驶进了山形县境内的一片银世界。

厚雪在路旁静静铺着。秀美的雪国冬景在眼前幻梦般徐徐展开了。白雪平地五尺。白茫茫中的星点村落呈着幽暗的蓝。最上川，一条清澈的温柔的河，在茫茫苍苍的雪原上蜿蜒。雪国，日本的雪国，他的心一寸一分地向那湿润的白雪沉下去。这么松软，这么深厚的白雪，他睁大了眼睛。一种捉摸不透的含蓄，一种宛如童话的真纯，一种用微笑和柔美掩饰装扮了的银白的美，静静地涌进了他内心的世界。

美丽的雪，你是要来安慰我们么？

当他意识到这又是一次神奇的召唤的时候，他觉得自己被震动了。他卷烟的时候烟末撒了。他扔掉那条报纸裁的烟票，用颤抖的手抓住了头。不可思议啊，他在默默中对自己说，他觉得自己的声音很大。四周是干旱焦黄的黄土秃山，那滚滚无边的黄山头在震旦纪或者二叠纪一定是一片汹涌的大海。第二次啦，他觉得自己心情愈来愈紧张。他独自坐在杨阿訇窑洞外面的土崖坎上，心像一面咚咚的乱鼓。

黄土的波涛一直漫到天边。

在这天地之间也许真的有……他不敢放过自己的这种状态，又不敢放纵自己遐想。也许真的有……有一位凝视着我的神。否则我为什么那时会万里不辞地奔向新疆呢？否则我为什么今天会不畏艰苦地进入陇东呢？那时我刚刚毕业，在天安门广场上的博物馆里上班。我的办公室也许是全国最漂亮的办公室，五米高的玻璃巨窗里阳光明丽。罕世珍宝每天在那间办公室里如过眼之云。但是我不知为什么就爱上了新疆。我还没有去过新疆就爱上了新疆，爱得一往情深。于是我跑遍了天山北麓，踏遍了准噶尔两缘的全部古城。我在新疆用十年时光读了一本辽阔的大陆之书。新疆向我敞开了天山和阿勒泰的道道峡口；让雪山上的蓝色松林和嫩绿的山前草原迎接我、让哈萨克人喊我 balam、让厄鲁特人灌我整桶的奶酒。新疆让我攀上了它冰雪皑皑的肩顶，让我的双眼看见了二十公里长的蓝冰川。那时我像今天一样意识到过，我记得自己曾隐约意识到冥冥之中有一声神异的召唤。那呼唤发于中部亚洲的茫茫大陆，也发于我自己身体里流淌的鲜血之中。十年之后我突然觉得自己又走到了一个岔口，这岔口上用唯我能读的文字写着“中年”。于是我匆匆上路，毫无选择地来到了这里，伊斯兰的黄土高原。当我穿行在这贫瘠得难以想象的荒山里时，我应当感到忧心忡忡和陌生的恐惧。但是我没有。我曾经感到忐忑不安，但我更满怀着希望。希望，还有热烈的活力。我忘了我在这里不识一人，似乎我已经断定我只要到达，就会“举目皆亲”。我走向那座土寺时步伐坚定，像一条鱼正游向它住惯的大海。难道这不是因为有一个暗中的召唤么？难道这不是因为血液在魔性地催动么？我遇见的第一个人就是枣红脸膛的杨阿訇。

黄黄的荒山炫耀地反射着夕阳，村庄和山野在暮色中已经沉寂了。他感动地凝望着黄沌沌的世界，舐了舐焦裂的嘴唇。你更真实，他在心里说道，你甚至摒弃了一抹绿色的粉饰。黄色的浪涛缓缓涌着，倾听着他的心音。好一片焦渴的严酷的海呵，好一片男人的海。那黄色的波涛层次无尽，深浅浓淡清晰可数的种种黄色围着这块土崖在沉重地涌。接受我吧，海。黄色的海钝重地慢慢涌着，没有回答。我是你的，海，我成熟了。我知道你一直在等待着我，把你深藏着的一切告诉我吧。

真弓家的两位老人白发苍苍，他们在木造的日本式农舍门口迎接他们。

真弓快活地介绍说：

“爷爷奶奶！这位是父亲的学生，是中国人，从中国来的！”

两位老人深深地跪伏下去，双手扶住席面，久久没有起来。他惊讶得不知如何是好，不知究竟是该去扶起二老，还是该也学他们的样就地跪下，匍匐在积雪里。他慌张地指着两位老人的银发蓬蓬的头，忙着喊真弓：“快来，快，这……”

夏目老爷爷稍稍撑起身子致词。

“从中国那么远的地方来到我们这偏僻的小村，实在是太感谢啦。我们夏目家能接待一位从中国大陆来的贵客，村里的邻居们是会羡慕我们的。真太感谢了。欢迎您啊，请务必多住几天，看看我们这儿的雪。”

老奶奶也微微欠身接着说：

“对我们这些被雪困锁的村人来说，中国好像还是小时候听说过的一个童话……啊，你瞧，想不到这么漂亮的一位中国青年居然站在我老婆子的眼前啦。哦，澡盆已经烧好，坐了那么久车，请先洗个澡吧！……”

早朝时醒来忆残梦，天色尚早
静悄悄天地早明亮，满室流银
轻推窗清冷迎面来，四野白雪
望原野闪烁一片海，雪海无船

小林一雄幸而还有几支这样的抒情风景歌。他记住了录音机上的计数器，反复地播这首演歌调的《载春雪海》。他拉开原木色无漆的拉门，山形的雪原静静地出现在眼前。清冷沁人心脾，柔和的雪光令人舒服。他迎着雪原上拂来的清寒，深深吸了一口气。

“正午十二时左右，警察机动队在激烈的高压水与瓦斯弹掩护下，使用切铁锯和钢缆开始破坏堡垒构筑。学生们奋力用火焰瓶和石块又击退了警察的一次攻击。但是，十二时三十分，混战中警察终于冲上了二层，并逮捕了约二十名守城学生。落城的阴影逼近了。”

真弓打扮得宛如别人。她换掉了全部东京都市的洋式装束，穿着一件白缎子的耀眼闪光的和服。那银白色和服上染印着几朵鲜红鲜红的红花。红花，你懂么，山形的特产之一就是这种素朴鲜红的花，她给他讲解着。所以有一句著名的话，叫做“山形红花路”。自古以来，雪国山形的女人们喜欢这种家乡的红花。要亲手在这种雪白和服上绣印些红花，就成了山形美人的心情和一种独有的祈念。

真弓拿起一顶淡白斗笠，把几朵红花缀在那斗笠上。拉门一道道地全都打开了，朝着雪原的一面板墙倏然消失了，潮凉和清润溢满这间十铺席的空室。真弓轻轻地把红花斗笠举起来，罩住了她黑瀑布一般的秀发。白缎的裙裾在雪原的背景上开始了轻微的闪烁。几朵红艳的小花在一派纯洁的素白之中斗转星移。

小林一雄的《载春雪海》似乎恰成伴奏。

白雪地小村在雪下，冬无春讯
屈指数四季如巡回，难渡苦寂
雪如海应有一叶帆，直航彼岸
花开日雪融如潮落，才是新春

“下午，一时三十分。四周环阵上的喷水车一齐停止射水。战事骤然白热化。警察机动队倾全力扑城。学生使用土制火焰喷射器、硫酸液拼死抵抗。熊熊烈火拔地腾空，坚硬的讲堂的石基石壁在橘黄的烈火中如同熔炼。在白晶晶的水网消失的瞬间里，好像出现了一个神话：一个洪水克火的传统已经覆灭的神话。”

白雪地小村在雪下，冬无春讯
屈指数四季如巡回，难渡苦寂
…………

银白的缎和服袖裾窸窣。年经岁久变成暗铜色的木地板光滑如蜡。那白衣女人轻盈如梦，踏着悠扬的旋律似舞似思。银缎的裙角刷地滑过地板，雪原的白茫茫中突然束勒出一个久藏未露的苗条腰身。清寒从白茫茫的雪海上生出，稳稳地持久地扑襟而来，心灵意念在这薰拂中一刻比一刻更单纯。夏目真弓在专心致意地舞着，她银白的身影在素白的雪原上时隐时现，好像是山形雪国的莽原上新生的一个精灵。雪白的布袜子起落有致地滑踏着地板，忽而左右，忽而前后，如同跟随着节奏。那几朵鲜艳的红花耀眼夺目，但是已经飘闪不定；不知是雪地上的几只红蝴蝶，还是白衣女人身上的活泼和俏美。

真弓沉醉在她的“元祖花笠舞”中。她顾盼自己的舞姿，惊喜的目光追赶着白衣上欢飞的红花。雪海在小林一雄纯美的男声中徐徐移近，她觉得素袜的足尖上战栗着凉意。白色的和服向着雪国的原野溶入，木造屋和门框窗棂已经隐去。铜色幽暗的光滑地板浮上了雪海，成了一只载着一位白衣红花的姑娘的小舟。

“下午三时许，警察在激战中拥上了四层，战事骤然倾斜着走向尾声。

“三时五十五分，钟楼顶台上的全共斗学生停止了投石，他们在安田讲堂顶层平台上列队整齐。四时零二分，在硝烟火光中，悲愤的学生们开始合唱《国际歌》。拥挤在警察的硬铝盾墙外的无数学生、教师以及市民，在此刻潸然泪下。”

在山形县无止无休的大雪中，在白茫茫的银白化妆中，风静了，时间停了。柔和起伏的白雪之野上，有几星鲜红的小星在轻灵闪跳。红艳的小星又变成了燃红的花瓣，在平滑的雪面上犹豫不落。太平洋上流来的寒冷和日本海上飘去的温暖在这片岛屿上空默默地融会了，化成了温柔湿润的白雪纷纷撒下。那几瓣鲜红洗沐着天空中的暖雪，吮取着岛屿下的咸水，终于长成熟了，长成了几枝醉人的红花。它们在雪国的水土中熏风沾土，终于捕来了自己的形影，采得了自己的风韵，获得了自己独有的花魂。于是无论谁只要来到山形就要看看“元祖花笠”；于是——雪国的洁白中出现了一个白色和服上印着鲜红小花的美丽的女人。

他恍如隔界地望着白衣红花的真弓。

录音机里小林一雄的歌子也放完了。

他悄悄拿起杂志，读完了那篇关于全共斗运动的简介。

“五时三十七分。怒骂着的警察机动队扯下透明的玻璃钢面罩，洪水一般拥上安田——解放讲堂顶层。守城学生全体被捕。警察朝天空疯狂地发射着催泪瓦斯弹，示威并庆贺胜利。

“整五时四十四分。东京大学安田——解放讲堂顶上的红旗被日本警察扯落。但是——

“从此，全日本处处烧起了学生反叛的烽火。”

杂志上几次引用了东大安田讲堂广播台的最后播音。他读了几遍，把那一页折了一个角。

“我们的斗争胜利了！全国的学生、市民、工人们，我们的斗争绝没有完结！直到代替我们而战的同志们再次从解放讲堂播出他们的声音之前，现在，谨暂时结束我们的广播。”

杂志上的资料中还有一条有趣的小统计：在安田城保卫战中被捕的学生为六百三十一名。十八日和十九日两天，东京各电视台对东大之战的特别转播节目，以 NHK 的十一小时为纪录；其次者：TBS 为九小时，NET 为六小时，NTV 为五小时五十分，富士为二小时四十分。

原野依然一望纯白。

他觉得不可思议。多洁白啊，他想道。举目茫茫满眼都是纯而又纯的洁白。他胸怀里充盈着冷静的激动。白雪，你掩盖着多少人情世相，你深埋着多少痛苦和狂欢啊。

真弓慢慢地收住了轻盈如花瓣的动作，轻轻地挺直了胸脯双足，朝着他转过脸庞。

她浑身银白的裹束在朦胧的白雪天地里清晰地亮着。那银色的闪烁似乎响着金属碰击般的鸣音。鲜红的花朵渐渐地在她身上安静停稳，又恢复成一袭白和服上的染饰。两颗黑眸子在她姣美的脸庞上熠熠闪耀，他在夏目这两颗黑眸之中，看见了一种从未泄露的古老秘密。

他觉得自己熟悉了日本。不，他是觉得自己已经在日本抓住了他该抓住的一个东西。现在，他的日语已经变得顶事，他的身边已经有了朋友，他工作紧张这工作又有意义，他对那工业香味的弥漫和电气燃起的五彩之河已经习以为常。对小林一雄的歌他听得愈来愈多；他已经复制了几十盘小林歌曲的磁带，包括在不同时间、不同音乐会上唱过的同一支歌。他总在想象着小林一雄的模样，猜测着小林一雄内心最深处的内容。他觉得那歌声在冥冥之中为他点着一个火把；好像有一位兄长，一位和他相像至极的孪生兄长正在黑夜中擎着那一炬火在为他引路。在日本研究的时间像水一样流逝着，《黄金牧地》的研究进展得艰难而使他感动。现代，世界，他总是咀嚼着这两个词。他觉得兴奋；因为他意识到：他正在代表着自己古老的大陆真正地认识现代和世界。这是不容易的，他觉得紧张，这已经不是个人的机缘啦，这是一种深刻的责任。咬牙干吧，他心里想，只有你找到了这个角度，只有你有这种可能。

他默默地、但是猛然地开足了马力。他开始日夜不分地干起来。时间继续在他身边流逝不停。

走进这片大陆并不是件多难的事。

原野上村落如烟，冬日里小河汊上结着一层灰蒙蒙的薄冰。去年你走进的那个小村也是这样的；去年那个小村四周长满了枣树。前年你去的是个山庄；那个山庄里的住民讲一种奇怪的语言。他们说求你代他们反映——他们想划成一个单独的民族。你踩着河汊上的冰走进去了，这多风沙的北方小村喜欢在卵石上夯土墙。房子是斜顶的，院门是夯土墙上挖个尖尖洞。

于是你又听见了一方的土语，又听见了语音的差异。这个村子里没有去年那位瞎眼奶奶；也没有前年山庄里那种黑布衫上镶一条红布边的鹰眼男子。你把背包扔在土炕上。土炕角上叠着一床缎面被。你匆匆舀起一盆水洗脸，洗去了脸上的风尘。你靠着那床新缎被坐在热炕头，这时一碗酸烫酸烫的煮面端上来了。

夜里你躺在缎面被子里，这满脸胡子的汉子已经随和了。你没有问他这床缎被子；你知道这是他家唯有的待客物。你和那汉子一直聊到深夜，后来你在热乎乎的炕上睡熟了。梦里你梦见了那条灰蒙蒙的冰河汊，你在梦里想明天你要随着孩子去那河汊饮牛。

第二天你闯进灶屋里。你不管这庄子多封建你对女人说“不许宰鸡”。晚上你见了一个老汉，人们说这老汉苦大得很。你请老汉上炕上座，那老汉摇手说哪能这么没有礼性！接着男子把手伸出布帘子，端过热腾腾的盘子。接着一个个热腾腾的馍馍被掰碎了，中间被簇拥的是那盘小鸡。你瞪着眼瞟了男人一眼男人一边笑一边催着你“吃！吃！”你突然有点讨厌老汉你不想听他那大得很的苦了。你下次有了经验，下一次你到了另一省另一县的村里时，你劈手夺下媳妇的勺你把鸡肉塞给娃们。娃们一哄而散嚼着鸡骨头不理睬娘的怒骂。

十几二十来天过去了。你告辞这小村庄时娃娃嘻嘻笑着围着你跑。那媳妇子没露面可是男人家呜呜哭了一阵子。八年十来年过去了，你告辞了那个村落你要回北京时，你突然间心里一震——

呵，我已经走遍了一个大陆……你在归途中执倔地这样想。你姿态随便眼神随和但你心里涌翻着一道道铁石般沉重的浪。你觉察到你在这十年时光里有了知识，你发现你此刻已经醒悟了。你说不出这一切可是你知道这一切有多宝贵。你惊奇的是那遥远的开始，那时究竟是谁把我引上了这大陆呢？

这时，你想面对着这亲爱的大陆大声致意了，你想象一个儿子对严父那样表示成熟的感激。你在归路尽头，在家门之前，转过身来——

莽莽绵延的大陆，稳稳压住了世界重心的大陆，孕养文明改换风流的大陆，它正屏息凝神地望着你。雄浑浩大的它正注视着你。

强烈的深重的感情冲撞着你。你无法自制，你激动难忍，你不顾一切地又朝着它扑过去了。你把结束当成了开头，把生命交付给了道路，你又走进了你的大陆，你长别了你的休息和安宁。

你是大陆的骄子……

M

黑锈的、被猛硬的牛粪火烧得又脆又漏的烟筒被拔下来了。

积着厚厚的细灰土的弯弯的黑顶毡被拉下来了，网笼般的包里立即泻满阳光了。

冻坏的，被雪压实的，下摆已经成了一条碎絮片的白围毡松下来了。

解开“奥龙”——马鬃编成的粗刺扎手的大绳，蒙古包的哈纳墙发出了咔嚓一响，垮下来了。

留恋着硝土戈壁的犍牛被赶回来了。

搭成栅栏圈阵的一辆辆木轮子车被推过来了。

女人的针线布头和“好勒该”金银布；男人的备用的楠木条和旧靴子；打黄油的木箍奶桶和压马竿的“儿马”木头；老人们偷偷压在毡子下面的佛珠和孩子们揣在怀里的羊拐；白毡和绣毯，炉子和粪箱，皮被和小刀，红皮的语录本和蓝皮的边境证，黑油油的黄羊角皮锥子，刻着一颗马头的木摇篮；——所有什物，一切东西，都被牢牢地捆在木轮车上了。

骑马人的鞍子上挂着马鞭和皮绊。

空空的水缸里塞着粮食和肉。

大迁徙；啊，古老的迁徙，牧人的迁徙，严冬中的迁徙，叶落归根向着阿勒坦•努特格草原的长途迁徙，就这样开始了。……

我家是个六车之家。六辆木轮车头尾相连，在雪地上变成一条蠕动的线。首车当然是那辆有名字的硬松木大车，它是只有双辕横杠的运货“杭盖”车。额吉目光炯炯，姿态强硬地坐在它的前杠上，低声吆令着头牛。当车队行进的时候，她头上的银发总是一飘一飘。第二辆车是箱车。第三辆车是水缸车。第四辆又是一辆“杭盖”，它的辕杠上高高绑着支棍已被绑成四束的蒙古包的圆天窗，它和额吉的松木大车平分了整整一座毡包的重载。第五辆车上用木栅板装着满满一车干牛粪，它的牛是我家最坏的牛，一头总在企图挣断角绳的粉红牛。尾车第六个驶过来，这是白毡的棚车，嫂子抱着两个小孩，在这辆车上压阵。

六辆歪七扭八的破木轮车缓重地、吱吱扭扭地转着十二个不圆不扁的怪圈子，单调又耐心地碾破光滑如玉的雪面，沙沙嗤嗤地在雪原上刻下了一些深窄的沟痕。

向着无涯无尽的雪原，我们拔营走上长途。

十道有石头的大坂弄不坏的
是硬榆木的根节打成的杭盖

十只长翅膀的小鸟飞不过的
是黑褐马的驹子降生的草地

额吉驾着松木车，她的身影高高地晃闪在勒勒车队前面。坚硬的松木轮子轧碎雪皮，发出死重的沙的一声。这辆松木高轮车不是那种常见的六瓣八瓣弯木头一拼、劈上几锛凿上两三个孔就成的牧户的杭盖。它是我家六辆车中唯一一辆箍了一个熟铁箍的硬木车。它的两轮虽然扁不扁圆不圆，但却被那黑铁条束得又牢又硬。当它跌跌撞撞地驶过坑坑洼洼的戈壁碱滩时，那熟铁条的黑糙边棱有时铮铮鸣响，在石头上击出闪闪的火星。

迁徙途中的雪原像是处女地等候着犁头，晶莹雪白地、崇拜地迎视着它的两轮碾压而来；静静地、温顺地在它坚决的滚动下第一次破碎了。额吉操纵着它，没有一分犹豫，没有一分留恋和停顿。就这样，在两个木弯瓣拼成的古怪的圆轮之下，草原打开了襟怀，任我们粗鲁地闯进了她的深处。

从踏上奔向阿勒坦·努特格家乡的道路那天起，额吉不再沉默寡言。在日复一日的颠簸中，她在松木车上，我在白骏马上，我们漫无边际的悄悄话开始了。

唉，巴姆，巴姆就是你那——蓝猫儿的额吉嘛。那一年她出嫁啦。她是和我同岁的丫头。她骑上娶亲的马走啦，嫁给了吧吧。哪有嫁人那天不打着马飞跑的媳妇呢？可是巴姆就是不行。唔，她一直是那样，她怕骑马。额吉汗涔涔的额头像打磨亮了的古铜，有几根银丝样的细头发粘到那古铜的皱纹里了。我呢，我那个冬天正在去查干庙的路上，坐着这辆车。路不好哟，雪厚厚地盖着山道上的深坑。多亏了这辆车，亏了这辆松木打的包铁的车……娶亲的马队那时候踢着雪跑过来了，他们踢起的雪像灾年里的白毛风。巴姆在马上吓得像死人一样，脸上的泪冻成了两条冰。巴姆跑过去的时候看见了我，我看见她又哇哇地哭了……唉，可怜哪，嫁给吧吧那样好的人你还哭么？长着能穿靴子、能骑在快马背上的好腿你还哭么？我那时候正朝查干庙赶路。你丹巴哥哥病了，我把他包在一块山羊皮里，他隔着山羊皮还烫得像一块烧红的铁。去查干庙路上的大坂高啊，车轮子被雪淹了半扇。马队过去以后雪地里又剩下了我一个人，我忽然间觉得非常害怕。我心里念着：车轮上的神哪，路上显灵的神哪，——吐木勒，你看额吉，额吉——“迷信”呢？

她瞟了我一眼，凄惨地一笑。

额吉，我也迷信呢：喂喂！老天呀老地呀！佛爷呀妖怪呀！达赖喇嘛呀！快快来把我们家搬到阿勒坦·努特格去呀！……

额吉捂住了我的嘴。

我闭了一小会儿眼。我用脸偷偷享受了一会儿她手掌中那粗糙的温暖。

别胡说。别对额吉胡闹。迷信不迷信，反正，你知道吗小吐木勒，后来灵验啦。我想那是车轴上的一位神佛爷灵验啦，你没看见蒙古人总是用肥肥的獭子油喂车上的轴么？那就是在敬车轴里的神。

我不信！额吉你迷信！

你不信可是车爬上大坂的时候怎么愈走愈快呢？在平原上我的车一共三次陷在坑里；可是爬上大坂时它像在冰湖上滑。我抱着烧得烫手的丹巴。你知道吗丹巴包在一块整羊皮里，隔着羊皮他烧得还烫手。我又不能下车。我一个孤老女人只能哭只能一遍遍地喊神求神。

额吉，咱们现在也求求神吧，让它把咱们一下子搬到阿勒坦•努特格去。

住嘴，小吐木勒。你想想看，难道你长成了个骑马的男人就没有一次感应么？难道你半辈子从来没有觉得曾经有只看不见的手在暗中推了你一把么？！……

我愣住了。

额吉瞪着血红的眼睛盯着我。

额吉呀，你刚才说，你不能下车。

你不知道么？额吉那时是个瘫子。不知道？膝盖坏啦，没有腿。额吉多少年跪着走。铺垫着一块没有熟鞣过的牛犊子皮。哦，你还没有听队里的人闲扯过么？

没有。我心里发冷。

挤奶的时候，我先扯一下那块生牛犊皮，再使两手扶住地，挪一下身子。趁身子还没有压住那块皮子，我再扯一下。就这样一爬一蹭。喏，十五年，不，十五年零一春天哟。

瘫子……我的脑子在嗡嗡地响。

查·太平咬准了要把我额吉定成特务。他在开会时念过："——上中牧丹巴之母。曾在外蒙古后杭爱省、库伦等地活动。后居住于阿勒坦·努特格边境。半生行踪不定，迁徙无常。全面揭开她的盖子，对肃清本队内人党叛国特务集团有重大意义。"

瘫子……

松木车是我从一个叫阿拉杭盖的地方带来的。那里打车都用纯松木。我求一个铁匠给它箍上了这两根厚厚的熟黑铁条子。唉，你瞧这铁包条已经磨得薄啦。有神性的车哟……自从那次它滑冰湖一般上了大坂，我就给它起了个名字。对，小吐木勒，叫它达瓦。别害怕，小吐木勒，达瓦不会坏，咱们一定能太平地走到阿勒坦·努特格。

大海失踪了。我知道他去了哪里。昨天走近腊子的时候，我的八角帽檐上渗着一层薄沙般的汗水结成的细盐，我看见前面的大海的脊梁上也灰白地渗着一层汗碱。峡谷的石壁刀削般矗立在两手之外，沟水冲腾着吼喊不息。大海一定是在打着一个主意，我想着又预感到一种危险。从走近腊子之前，我就觉察出了大海的异常。那已经是好几天以前的事了；傍晚我总看见大海独自坐在暮色里，起劲地写着什么。有时候他不写，只是一个人远远地溜达，那时我看见过他眉宇间的那股神情，那是一种热情得靠近了危险边缘的果决神情。

果然，今天早晨，大海失踪了。

腊子口刚刚被留在背后。在这里还能看见腊子一线的峻岭崇山。我们东喊西找，可是只有我知道——也许小毛也知道？——大海是远走高飞了。小队剩下了四个人，我觉得却像是少了大半。大海，我心里不知是想骂他还是怀念他。你这家伙，你真的走啦。

大海留下的字条塞在小毛的挎包里。

大海写的是一首不押韵的抒情诗：《献给牺牲在亲手埋藏帝国主义的战斗中的你》。这题目又长又拗口，我看见他涂抹掉的题目像是“牺牲……战友……”什么的。

冲进硝烟弥漫的白宫
光复耻辱背叛的红场
让弹洞的战旗前进吧——
听号角正在前方吹响
像先烈一样牺牲
让鲜血热情流淌
三山五岳正高举着送别的手臂
五洲四海早等待着最后的曙光
红卫兵整装出发了
大风在长空猎猎歌唱
再见吧祖国
永别了妈妈
马革裹尸还是男儿的志愿
解放全人类是我们的理想……

大海在末尾写道：“再见了，伙伴们，我出山以后立即前往越南战场。自从我见到志伟俩以后我一直压抑不住这个愿望。让我去吧，你们继续长征。原谅我这样一人不辞而别。我忍不住了，我觉得也许越南就是最最重要的战场。我的诗没有写完。我想，如果我

牺牲了，你们会替我把它接下去写完；使它成为一首好诗的。紧紧握你们的手

大海 18 日草

除了六辆车，还有马。

我家现在是带两马迁徙上路。丹巴哥骑他那匹铁青马，我骑着额吉给我的出身星·忽伦儿马群的白骏马亚干。

丹巴哥的铁青马主要干赶牛买粮、开会办事，或者是追沙狐打狐狸之类的事；放羊全靠我的白马亚干。

入冬以来，亚干的毛皮显出了一种银闪闪的纯白色，愈来愈干燥，愈来愈匀净雪白。它永远不变地小跑着吃草；当它看准一丛叶子肥肥的马镰而我扯着嚼子时，它就凶狠地一甩头抢掉我的缰绳。我的手指就是被它抢缰时拉伤的，伤后再也不能弯曲。亚干每天都在劳碌中争分夺秒地把肚子吃圆；望着它粗滚滚的肚子和屁股上条条耸起的硬肉棱子，人当然会感到安心。

但是白马亚干并不懒。只要我的靴尖在它两肋上轻轻一点，或是我用牙缝和舌尖发出一声“嗤——”；它就在闪电般的瞬间猛地甩鬃昂首，在信号发出的同时一跃而出。那时它的形象简直娇美难言。在艰苦的雪路长途上，当它负着我纵性飞驰，踢溅起长长的雪尘时，我总是顿时感到力大无穷了。

大迁徙对于这匹白骏马来说毫不可怕。

我看透了：亚干对世间的一切毫不在乎。

原来如此，草原上的牧人们所以勇猛剽悍，草原上的男人们所以自由散漫，原因不在他们自己而在于他们的骏马。马是人的信心。

二十道有石棱的山岭弄不坏的
是菩提树的枝节打成的杭盖

二十只长白牙的大象走不过的
是银嘴马的驹子降生的草地

在随队迁往阿勒坦·努特格的知识青年中间，有两个新内容突然蔓延起来。它们简直有着无法控制的疯狂魔力，使我们的生活骤然一变。穷困和欲望，金钱和男女，经济和青春，第一件穿烂了补上羊皮补丁的皮袍子和第一次发现周围有异性的激动……

当时我们总觉得委屈。

后来我们总觉得留恋。

年终决算公布了。每个劳动日值七毛八分钱。插包入户接受贫下中牧的再教育同时也在和贫下中牧抢劳动抢工分。劳动了半年只有最多三个月工分，劳动了半年没有挣到能还清半年里吃粮买茶宰羊和偶尔买几块水果糖老白干酒的那几个钱。我们全体欠账。没有钱买几张新羊皮缝件新皮袍子。把磨漏的毡靴缝上一块带毛的黑狗皮。把北京带来的绒衣撕成厚裹脚布。我是男人我不吃那见鬼的糖。兽医来啦抢他小子的兽用酒精咱们干一杯。会计你记住从下月起我的借支从十五块改成十二。蓝猫我有一块羊皮你叫越男铰开钉在你那破狗皮帽子上。不我不铰开我叫她缝在帽子后头挂着拦后脖子上的风。额吉我去开会通知我们知识青年听忆苦大会呢。孩子呵忆苦的人不就是穷人吗你知道吗过去的穷人也比你穿得好些！……

假李逵达不苏买了一箱子罐头。这个达不苏叫北京寄来一百块钱买了一箱子罐头。戈切昨天对越男说“你要不答应爷们可别怪爷们下手太重”。假李逵听见了也去找徐莎莎说“嘿姐们咱俩干脆一帮一一对红得啦”。徐莎莎骂道“去去去臭流氓瞧你那臭德性”。假李逵回答说“师大女附四大漂儿我全见过你狂什么你要跟我好我给你这箱子罐头”。蓝猫告诉我白音淖尔公社有一个男的俩女的全是知识青年睡在一条炕上时被人抓了。查·太平跟我们胡扯时愈说愈荤说他把队长老婆干了七次。在陕北在山西插队的同学来信讲谁和谁好了谁和谁坏了谁因为他女朋友甩了他一气把那女的用刀捅了。蓝猫现在一有空就往越男住的马倌家跑他每天激动得满脸通红有空就偷偷地捧着小本写酸诗。而大队在走场。雪盖的大草原在从两侧退开。一条条黑虫般的勒勒车队在辽阔的白雪中蠕动。我们在进行着大迁徙。一个个六车的、七车的、甚至九车的勒勒车队在寒风中扭动。一个个黑黑的、不用哈纳墙和围毡的简易套包在暗暮中搭起再冒出温暖的炊烟。雪原上那股股升起的晚炊是温柔又暖热的，它们古怪地逗弄起年轻人心里的一种躁乱。

哎你看呀，你看我这儿呀。

（你不像个人间的女孩子，你只是一个舞。说实话我至今还没有把你当成一个真的女孩子来看呢。你不是一个舞么，那回咱们刚来到不久遇上六群马的大合群时，你不是跳过那样的一个舞么。）

你看，（她用这种沉思的声调说话时我好像顿时觉得四周并不是人世）多光滑啊，舞台。

看见啦。我知道你又修你的芭蕾舞台。

芭蕾舞不好吗？哎，你看过真正的芭蕾舞吗？哎，人家问你呢。

没有。

哟——真的呀！我从小就爱芭蕾舞。

我可没那么高雅的教养，你少跟我吹你们家阔。我小时候穿的都是大人的旧衣服，姥姥纳出来的鞋。我只看过五分钱一场的露天电影。

没关系——你现在可以看芭蕾舞啦，（她又用这种让人听着像做梦的声调啦）——我跳给你看。

滚，你跳给别人看吧！（这是我在说话么？这愤愤的激动的粗嗓子！）

不！不！她扬起高声喊道。就给你看！

我使劲闭上了战栗的眼皮。我被她喊叫得胸中炸起了惊涛骇浪。我觉得心咚咚跳得连手指都发麻了。我想挣一口劲说些什么可是我的舌头僵硬了。

小遐站起来。臃肿破旧的老羊皮大袍子没能消灭她的韵采，她那截细润的白脖颈在黑污的羊毛领口探出来，灵巧地转动了一下。她快活地又说又笑，用靴尖磨修着她弄平的一块光滑的雪面。堆着围着拥在她腰间的老羊皮袍也一旋一动，好像完全失去了笨重和腥膻。知识青年分手了。渴望挣上工资的伙伴们报名加入了军垦兵团。在随队迁移的知识青年当中，小遐家的车队一直走在我家附近。

注意！唉哟，这该死的毡疙瘩。她娇声叫嚷着，踉跄了一下。但那臃肿的皮袍子却奇妙地旋出了一个婀娜的弧。——注意！开始啦！她清脆地笑着，突然把两道摄人的目光朝我扫来。

我觉得自己要呻吟了。

哎，漂亮吗？——哎，这就是《天鹅之死》。哎，你闪开一点！——哎哟，该死的毡疙瘩！——

（该走啦该起身跳上马。羊群在山坡下吃草呢我最好马上跳到羊群那里去。快走，我的头晕了我忍受不住了我不能再看她哪怕一眼！……）

但我挣扎不动。

哎，你听着吗？明天我给你看我的舞鞋。我有一双白缎子芭蕾舞鞋，我一直把它藏在箱子里呢。明天放羊时我带来给你看好吗？

（我不能再和你一块放羊了）

你怎么不说话呀？

小遐停下来，注意地望了我一眼。有两条黑灵的鱼，闪电般一下子钻进了我的心里。我疼得心抽搐了一下。

说什么呀，你跳吧，我用尽力气说。

她娇嗔地一撇嘴，又摆好了姿势。

好——注意！开始啦——哎哟！

她猛地滑了一跤，身体扑过来，慌乱的手抓住了我的肩膀。

天地旋转了。心不再跳了。羊群停止了吃草，寒冷的风屏住了气。我的白骏马亚干目不转睛地注视着我。我终于疯狂了。在草原上我早学会了勇敢，走上迁徙长途以后我渐渐变得像头猛兽。她浑身可怕的温馨和柔软正向我残酷地挑战。我的血沸腾起来，我猛地一跃身，拼尽全部生命的力量，死命地把她搂进怀里！……

白骏马昂起头来，长长地嘶了一声。

雪原悄然无声。

她轻柔地吻着我。她的嘴唇那么柔软。我闭着眼睛默不出声。我的帽子掉在雪里，冷风割着我的耳朵和脖颈。但那软软的热唇滑过来了，融化着我一寸寸冻僵的肌肤。我的心也一分分地融了；我有生以来初次尝到了这醇美的滋味。

阳光泻出了冬云。白骏马浴着一面阳光，宛如一匹银缎般高贵和健美。我轻轻扶着她坐在雪地里，心里充满了纯净的感受。她默默大睁着一双黑眼睛，深不可测地凝视着我。时间庄严地流逝着，白骏马仍然独自一动不动地伫立。这就是爱情吗？我费力地问自己。我不知道。我觉察到了雪原上刺骨的寒冷一丝未退。我甚至不知道这一切究竟是喜还是悲，究竟是爱恋还是深罪。我只觉得庄严和圣洁；我想起了额吉关于神的那些话，我觉得神就在这里。

神啊……

她站在临街的一根水泥电线杆旁边，没事可干地倒换着脚。一条雪白的三角巾吊着她的左臂。我觉得满天闪烁着明晃晃的蓝光，我觉得这蓝空太耀眼太广阔了。“自由。”我不禁念出了声。我心里漾着又酸又热的滋味。你瞧，我对自己默默说着，你已经真正知道了自由的滋味啦。她站在那里不知眺望什么，人流像浪潮一样从她身边涌过去。我心里闪了一道亮光，雪亮的光。小毛，我觉得我正在重新掂量着这个名字。我已经有预感，我这样想着可是还是觉得激动正在周身掀起。真像在哪本书里读过的一样，我心里觉得有一点好笑。这一瞬间我好像意识到我们都很冷酷——她在监狱外面等着我出来，可是我却有一点想笑，而且我知道我要是犯小资，比如说一句“感谢你战友”或者紧紧握住她的手不放的话，小毛立即会骂“操你妈”。我倚着监狱——其实他妈的是个游泳池更衣室——的墙，盯了她几秒钟。我的脑子里闪了一下是不是该像革命先烈那样“狂”一下。小毛好像等得寂寞了，她低下头去玩自己的手指或衣角。我心里一热，我觉得她死死守住监狱大门，竖着两支黑小辫的样子真是——真是太忠诚了。我大喊一声：“小毛！”

她像挨了雷击一样，猛地一转身。她险些摔倒在那根电线杆下。可是那天晚上你站在三司的大轿车顶上，你站得多么稳啊。三司的大轿车开得像闪电一样飞快，长安街的人海上空只有你的身影高高立着。你穿着一件洗白的军上衣，佩着鲜红的袖章，像一株急速滑行的小白杨树滑过长安街。我和无数愤怒的弟兄疯狂地登上自行车追你。我们的自行车成了淹没长安大街的一片滚滚漫过的怒潮。你站得那么稳，在风驰电掣般急驶的轿子车顶上像一株无畏的小白杨树。在公安部门口你奋力一跳，从急速冲刺的车顶上倒栽下来。我们的疯狂大潮立刻飞转成一个巨大的漩涡，把你卫护在浪涛的中央。那是十一天前的事情啦，因为我在监狱里用一根蓝色的线记日子，坐一天牢就系一个小疙瘩。

小毛瞪着我。我看见她的大眼睛惊愕地一点点睁开了。“你！……你出来啦——”她突然大叫大嚷地朝我跑来。我满意地觉得自己完全是在重复着革命先烈的英勇活剧。我看见她的圆眼睛里那受惊的表情模糊了，泪水顺着她胖乎乎的红脸蛋流淌下来。“小毛。”我好像琢磨般地想，她实在是个最可靠的战友。我们俩使劲地握着手，我们的手互相握着使劲地摇。我们脸对着脸一个劲地傻笑，好像我们“赚了”。

“骨劈！”小毛指指左臂，得意地说。“不是骨折！”她的脸蛋简直像个大红苹果。

我问：“你怎么知道我今天出来？”

“我天天找他们闹一顿！”小毛骄傲地说。

除了车、马之外，原来牧人迁移中最重要的另一个东西是——是毡包？包，也就是家么？

家。一个家就是一顶六个哈纳、五个哈纳、最小四个半哈纳组成的蒙古包么？一个家就是当哈纳木墙拼好后围上白毡、天窗半盖半开、勒着马鬃绳交叉叠系扎立起的一个圆形毡房么？一个家就是拆散开来绑在几辆勒勒车上支在哪里也无所谓在哪里也可以建立起来的睡觉之所么？

我家（只有这一次这样写着我感到异样）是个五块哈纳墙之家。搬迁时，全部哈纳和它的围毡都装在松木车上。额吉赶车时，有时为了瞭望就高高地坐在上面。但是在这次大迁徙里，五块哈纳从来没有打开过——我们一直用天窗和俄尼棍——也就是蒙古包的圆顶架子——一撑，胡乱蒙上两块黑毡，搭一个三角锥般的光屁股小“套包”过夜。

晚暮的、将黑还亮的伊和塔拉大雪原上，远远近近地出现了一些丑陋的黑三角堆。在那一瞬这里简直不像是蒙古草原，而像块印第安人或是什么族人的世界了。接着，炊烟出现了。一柱柱灰白色的炊烟袅袅徐升，冷漠的雪地上升起了一支支无声的音乐。几十支或上百支轻盈的白烟升旋着，在凛冽的空间彼此默默地并立。那时我赶着羊回来了，我勒住马不由得站了好久。那些黑三角包，那些树林般的炊烟使我感到震动和惊讶。只要这样就没有什么可怕，我想。只要这样就能烤暖身子，吃饱肚子，就能歇息，就能养老生幼，就能一日日一天天地生活。

后来，天黑了。

黑暗淹没了黑三角包，淹没了一切一切。

第二天清晨，黑三角包被拆散了，营盘上架着一辆辆满载的车。牛的犄角上套上了鬃绳，牛被吆着退进车辕——牛绳被拴牢了，勒勒车队出现在这一天的早晨。

车队沉重地启动了。

漫漫的长旅又开始了。

三十片有碱滩的戈壁弄不坏的
是黄河柳的关节打成的杭盖

三十只长黑角的黄羊跑不过的
是黑走马的驹子降生的草地

额吉我问你一件事行吗？

嗯。

咱们这个家，是什么时候……嗯，买下的这个白毡包呢？（额吉其实我想问的是：您的丈夫是谁呢？他是一个剽悍漂亮的骑手么？）

这顶包买了——唔，刚刚满了十年。那年刚刚置下这顶包，就因为灾荒离开了阿勒坦•努特格。

噢，是在阿勒坦•努特格置的家！

家么，要说家更早啦，只是以前没有这样五个哈纳的蒙古包。那时我们住的是一个小套包，汉人们喊它“讨巴狗”，只能挤下我们两个。

（两个……是你和谁呢额吉？是你和丹巴哥呢还是你和那个自由英武的骑手呢）

我默默地控马走着。

再往前数——额吉开口说。

再往前？是比住小套包更早的时候吗额吉？

嗯，那时候，在这上面也住过呢。

她瞟了我一眼。拍了拍松木高车磨得暗亮的横杆。她笑着又瞟了我一眼。我不知为什么觉得她笑得复杂又晦涩，甚至有些可怖。

住在达瓦上面？我惊奇地叫道。

那时达瓦的辕上架着一个白毡棚。

住棚车？

嗯，——雪白的白毡子棚车。

（你别看我不敢再问额吉，我敢打赌保证你住在白毡棚车里的时候住在松木车上的时候，你身边有个全乌珠穆沁最漂亮的小伙子！）

唉——在哪儿呀？我没精打采地问道。

阿拉杭盖。

哪儿呀？这个地名我听了几次了。

额吉怀疑地看了看我，她的神情冷峻起来。

哪儿呀你说的阿拉杭盖？

外蒙古。

我心里一震。我想那份查家族手里的材料：“在外蒙古后阿爱省……”原来阿拉杭盖就是汉文中的后杭爱省。（不，额吉，你不用担心我吐木勒，我可以信任。额吉我也一定相信你，我死也不会相信那狼窝一般的查家族的话）

额吉，你真的曾是个瘫子吗？

瘫了十五年零一个春天。

真的吗？

额吉笑了起来。

没法子想象额吉！

额吉伸过手来，揉弄了一下我的头。

后来是治好的吗？

治好的，孩子。那年正办合作社人民公社，有个神一样的银头发老奶奶来到了阿勒坦•努特格，她治好了我那罪孽的坏腿。她用白酒白面，用活着的羊腿肉治了三次，腿上的罪债就消啦。阿勒坦•努特格，唉，我这罪孽缠身的老婆子为什么要离开它啊！

闹灾荒么。

你懂什么吐木勒，活着就是灾荒！

她生气了。我吓得不敢再多嘴胡说。雪压的伊和塔拉原野上，一小队一小队的黑色勒勒车在蠕动着，像是一些小船在浩莽的海里正拼命地划着行驶。

刚刚治好了腿，又办起了公社。唉，小吐木勒，额吉不该离开阿勒坦•努特格呀！

（一离十年，十年后我们从北京来啦。十年后我来跟随你回家去）

额吉！我忽然喊，也许是神叫你来接我！神打发我来你的毡包里找你，做你的第二个儿子！对吗？你现在正接我回家呢！

她的眼睛猛地一亮。

她嘴角颤抖起来，半晌，一颗浑浊的泪珠子噗地溅下来。

小吐木勒，也许真是这样！……如果是这样事事都能想得通啦。神哪，除了这还有什么缘故呢？神哪……

额吉，你是怎么瘫了的呢？

是病，哦，也许不是病。是怎么瘫的，额吉也记不清啦。反正那个刮棕红色的风的春天，我不能骑马啦。巴姆，哦，就是你那蓝猫的额吉，她笑着骑着一匹老马，她一边笑一边用鞭子打我。拉蹦子呀，从山顶往下放呀，她就是这么叫唤着打我来着。因为她胆小，以前我们俩合骑一匹马去玩的时候，我一拉蹦子她就揪住我后背呜呜哭。我说，巴姆，快别用鞭子打我啦，下马来扶我一把吧。巴姆扶了三把也扶不起我。她那人身子弱得没有一点力气。我说，巴姆我也许快要死了，我这两只膝盖以下已经死了，巴姆你去寻个人扶我一把吧。巴姆哭了，她哭着跑了，可是她回了家了，她没有替我寻个人来。我想，怎么办呢？乳牛的奶子胀得那么高，牛犊子还眼睁睁地拴着呢。就是那一天我摸来一块皮子，把它垫到了这膝盖下。一垫……就整整垫了十五年多啊。那天我还是挤了奶。我记得那天我挤了三头乳牛的奶。

那是在哪儿呀，额吉？

阿拉杭盖。

我突然想到一个问题：咦，额吉！咱们队里难道不只是你一人去了阿拉杭盖吗？你刚才说巴姆额吉——

当然，有十几家人呢。死鬼桑结，喏，就是红鼻头骆驼倌，你朋友蓝猫家的吧吧老头；查家老汉和他大儿子——有十几家子呢。

我愤怒地猛一扯马嚼！

白马亚干惊得跳了起来，原地打了一个旋。无耻！我不知自己在骂谁。查·太平一心把我额吉打成特务，无非是因为她去过阿拉杭盖。可是不仅查家，全大队十几家人，十几个家族都缄口不说一句公道话，没有一家人对我们提起过阿拉杭盖这个地名！……人啊，我愤怒地想。人啊，你们心中有数地看着红鼻头骆驼倌被逼上了死路！大队里已经没有那座毡包了。骆驼倌上吊以后，他的家——那只蒙古包收进了大队仓库。搬迁开始以后，大队把那包卖掉了。

我想起那老人留下的一句话来：

“走吧，走吧，回阿勒坦·努特格去吧！”

铐住的手腕一定是破了，我感到冰凉的金属在皮肤下面的鲜肉里一锯一磨。我真想看一眼，我心里委屈得受不了。我觉得委屈不是因为“六冲公安部”的人海人潮里单单我们几个被捕，也不是因为挨了那黑大个的一个耳光。我想看看这副手铐。它冰凉润滑地反铐着我的双手，我压抑不住地想看看它。我猜它一定造得非常精致，我总觉得它灵巧又漂亮。可是屋里静悄悄的，一秒一分地这么熬着，实在是要命透了。铐就铐呗，我愤愤地想，干吗非把人反着铐。等放出去那天，等出狱获得自由那天，要是连戴过的手铐是什么样都讲不出来，那多不好意思。时间仍旧在这个阴暗的方方空间里稳稳地磨洋工。一秒，两秒。一、二、三。一分钟。天哪要熬多久才算完哪。

小毛肯定被他们送进了医院。那伙学生像是东城或者西城区的。我们互相根本不认识可是典狱长非逼我交代组织。嘿，他妈的什么都有就是没有组织。石油附中那四个不要命的站在台子上齐声朗读“中央文革的某些人不要太狂了”的时候，他们也只是不要命但是没有组织。大海独自走上了抗美援越的战场，他更没有组织。我跟小毛、志伟刚回北京一个星期，我们心里只有腊子峡的景色和红军的流落人员，而没有你典狱长的组织。我烦了就嚷嚷说：“典狱长，我代表人民逮捕你！”我又添了一句：“缓期执行！”嚷完我就忍不住哈哈笑了。

那个被撕了帽徽领章的大个雷子真是顽强顽固。他缩在屋角一声不吭已经三天了。他那个角落黑漆漆的，他那身警蓝在那黑角落里变成了一种说不清楚的颜色。

他就是一言不发。

“喂，难友！”我喊他，“开饭啦！”

他犹豫着转过身来端饭。他顺便地瞟了我一眼，我觉得他的眼神怪得很，好像他觉得我可怕，好像我会给他带来一场杀头大祸似的。

我只好自己一个人待着。待急了的时候我就又叫又闹，冲着窗户唱《长征组歌》，大声朗诵《黑牢诗篇》里的那首“带镣长街行，告别众乡亲”。

第十一天我被释放了。典狱长告诉我要回到毛主席的革命路线上来。我说你还我袖章。典狱长又说他觉得我这个小伙子挺有朝气的，要是干好了能成块材料。我说你让我再看看那手铐。他不肯，背着手把铐子藏着，轰我走。

我回到屋里拿衣服。突然角落里穿警蓝的大个雷子低低地唤了我一声。我转过脸，他正瞪圆眼睛死死盯着我，那表情简直像个鬼。

“听着，学生，”他说，“逃吧，快逃吧，你听我一句：你要懂得逃跑。快，逃吧！”

前方看见了额吉和丹巴哥昨晚议论过的那个青色的羊粪盘——该扎营安歇了。

我跨在白马亚干的鞍上，在一片雪软的山坡上等着羊群吃收牧前的最后一顿草。这是个宁静得温柔的冬日黄昏。残月已经显出，淡淡的落日却还没有消没。

勒勒车队远远地停在那块青盘上，像一队小小的黑甲虫。

一个三角影子出现了。接着那三角变成了厚实的黑色。我扯着马缰一动不动地望着它。这是个无风的温暖的冬日。终于——有一股乳色的淡烟轻悠悠地升起来了！

家，我喃喃地出了声，家啊。

你是我的家么？虽然你千真万确地是我额吉的家。我的家里应该有小遐，应该有一个醉人的姑娘点燃那乳白的炊烟。小遐说，她的家在一块光洁滑净的芭蕾舞台上。蓝猫的父亲被隔离关进了黑屋，蓝猫说他无家可归。你是什么，是我的家么是我在草原上的家么？额吉说，草原上只有阿勒坦•努特格才是我们的家。

白骏马焦急地嘶叫起来。

我不知为什么微笑了一下。我觉出自己脸上的冻疤在这一笑中裂开了，但我又觉得这一丝痛楚使我心里舒服了些。明天黎明时还要起身赶路呢。我想着，催马朝那座黑黑的三角小包走去。黯暮中的雪原低伏着，已经先我沉入了安歇。

我无法逐天逐日地复述那个移动的冬季。而且应该提前说一句——

我们并没有达到目的地。

迁出伊和塔拉以后，畜群已经瘦弱不堪。途中的一个名叫召•淖尔的公社接受了我们在他们的草场里借住——结果一住就是两年。我们没能走到目的地。

两年；酷寒恶暑中的，终日颠簸马背之上的整整两年……

我们变成“老插青”了。

可能我们就是在那两年里衰老了？

或者我们正是在那两年里成熟了？

要不，那两年漫长的牧人生涯反而使我们蜕皮脱骨；反而使我们变成了一群小孩？不，不，那两年的时光是不可能尽数记忆的。客游天涯的知识青年又客居在邻社邻队，那滋味和体验不是外人、不是后人、不是缺少那种境遇和社会地位的人所能够想象的。它简直如梦如烟。它好像根本没有在世间发生过。干脆不承认它也没什么。

到了今日，人们开始把命苦呵、劫难呵、锻炼呵、回忆呵挂在嘴上了。人们都变成了总结的天才，说教的能手，历史的干净货，罪人的讨伐者。而我，如果一定要我在这半本书里，对那两年时光宣言表态的话，我该如何是好呢？

不，我无法回答。

我一句话也说不出来。

我只是记得在那两年里我劳动过。我只是牢牢地记得：活在底层的人是多么艰难。

在召•淖尔的牧场上我们东流西浪。没有土建的仓库，没有定居点和棚圈，没有洗羊池、打草机和配种站。我们人人一身褴褛，我们追逐水草而居。我们靠我们的乘马维持生产，我们靠我们的羊毛和皮张、靠我们七百天如一日的辛勤劳动挣来的几个钱活着。

政治和草原一起显出了本相。在喜怒无常的政治风暴中，第二个死鬼不是我额吉，而是阴险的查•太平。现在已经没有几个人还记得他了。

两年的流浪也是两年身心的大改大变。在那漫长的两年里，我们仿佛忘了一切什么城市什么大学，忘了人还会因为太饱太暖看戏太多而烦恼。我彻底变了。

不是粗鲁；其实我沾染了另一套礼貌。

但是心野了，我惯于想到哪里就跨上马朝哪里跑。我骑马骑成了癖。

我们每天都干活卖力气，晚上吃完了人立即乏困得想睡。我们——至少我自己忘了一件大事，忘了我们前方的目标。我们顶多只是依稀记得还有个地方叫阿勒坦•努特格。

金牧场

下篇

一

第六章

M

越男的头发蓬蓬着，像一大片撕下来粘在头皮上的烂毡片。烂毡毛一缕粘着一缕散着地遮着她的额眉，我只能看见那灰黄的毡絮下露出的一双恶狠狠的圆眼。我 × 你祖宗！……这狗娘养的臭杂种！……她嘶哑着沙嗓门吼着。后来干脆抡起铜勺，敲梆子般地敲那两个孩子的头。“梆！梆！”成天折腾！就欠把你们扔野地里喂狼去！真他妈的不是好玩意儿！……

我懒散散地靠着她家的皮被垛子，一面瞧着越男叫骂一面昏昏欲睡。她骂得……我心里漫然想道，骂得还真痛快。我伸直腿，想再躺得舒服些。我觉得困意一阵阵正凶起来，我想睡上一小觉。

“呀啊……”婴儿也嚎起来了。越男给马倌乔里玛生的这个婴儿像条剥了皮的、红红嫩嫩的小狗。我每次看见这个娃娃心里就烦。我一翻身，把捆着娃娃的羊皮卷拽了过来。

“嘿，喂，啊——呜——，别哭啦小兔崽子。”我抱着羊皮卷哄孩子。“快他妈长大点吧，呜——啊——快长好看点吧乖侄子——呜——呀——快别跟条狗崽似的嚎啦——”

越男踢开包门，一低头进来了。她进包门时和乌珠穆沁不扎腰带的女人们一样：一边迈过门槛一边踢开绊脚的袍襟。越男把一簸箕干牛粪和干马粪蛋轰地倒进粪箱，顺手一撩头发。她顺手一撩头发时简直和草地上的大嫂子们一丝一毫不差。“俄勒吉克！（驴）”她疯了般朝那两个来她们家白吃白住的亲戚孩子喊起来：“京肯俄勒吉克！（真真是驴！）你奶奶一天到晚忙到死供不上你们两个吃！供不上你们俩杂种混！”她突然变了一个可怕的尖嗓嚎起来：

“俄勒吉克！——都哈拉怪哟！”

（驴！——不看着弟弟么！）

那两个懒虫慌忙抱起越男的儿子。两个小懒虫合抱着羊皮捆，慌慌张张地朝包外搬运。有一个小懒虫突然在门槛上绊翻了，羊皮捆里的娃娃立即悲痛欲绝地大嚎起来。越男气得一把抄起了菜刀，嗓子里低沉地咕噜着“阿利呀，阿利呀（宰了呀宰了呀）”。两个小崽子见状马上撇下孩子，拔腿就跑。看样子，他俩对这一套早已应付自如了。

越男抱起孩子，叹了口气。包里安静下来了，包里也显得更零乱。我重新在皮被垛上躺得舒服些，一心想趁羊群还没走远睡上一小觉。在召·淖尔畜群很挤，放羊的一天到晚总得陪着羊群。我总是觉得困。

“喝茶。”我听见一个沙哑的女声。我的眼皮正沉沉地朝下坠着，我昏昏沉沉地又伸了伸腿，我觉得自己马上就要睡熟了。

“你喝茶呀。”

我怔了一下。我明白过来以后打了个大呵欠，一挺身坐直了身子。越男给我的奶茶碗里放着一角月饼，我心里闪了一个“到底是咱们知识青年”的念头，头脑开始清醒了。我端起茶碗，抬眼看了看越男。

越男正敞着怀给孩子喂奶。她毫不在乎地对着我袒露着她的两个乳房。她用手扶着一个，帮着娃娃吮咬得更舒服些；另一个被天窗缝里投下的一道阳光照射着，显得雪白炫目。我的心突然乱撞起来。我心慌神乱地一下子联想到小遐。小遐……小遐怎么样，也许更好？越男没有理睬我，她好像只有在这么一个短短的瞬间里安静了。她在心在意地瞧着她儿子吮吸着她，眉梢在那头撕薄的烂毡絮下一耸一耸。

她早把蓝猫忘啦，我想。蓝猫早叫人家忘得他妈的一干二净啦。我喝了一口茶，这茶又咸又甜。我喝惯了自己家的茶，喝人家的总觉得滋味不正。

“唉，小狗崽，小光屁股猫，剥了皮的小羊羔。”越男说起话来，把乳房从娃娃嘴里抽出来。她托着另一个乳房往孩子嘴边递的时候瞟了我一眼。我赶紧低头喝茶。

“哈哈哈哈！……咯咯咯咯！……”越男爆发出一阵放纵的大笑。“还不好意思哪！……哈哈哈哈！……怎么，你那个大美人，咯咯咯！……你们小遐怎么……”她笑得喘不过气来，笑得粗野又放荡。“怎么？小遐……还没让你吃她口奶？”

“去你妈的！”我勃然大怒。

“哟，哟，哟，——啊哈哈哈哈！……”她嘲笑地朝我又是怪叫又是怪笑，她胸前的那两个可怕的东西随着她的怪笑也在让人发疯地又颤又晃。“不过我告诉你，你那位，啊哈哈哈哈！……她呀，恐怕还没长熟哪！哈——”

她笑得呛住了。笑声戛然停住，我看见她呛得难受地揉着胸脯。她眼睛里不知是笑的还是呛的，挤出来两滴泪花。

“你呀，你和蓝猫一样，唉！”她叹息道。

“你呢？你还有脸提蓝猫？”我冷冷地反驳道，“蓝猫对你多好。”我不愿再说了。

“蓝猫对我好？”她低声反问道，眼睛在毡片头发下凶狠地盯着我。突然她嗓门一提，尖声嚎叫起来：

“可是我对你好！……”她嚎得活像条母狗。她两只圆眼瞪得也跟疯狗一样。

我呆了。

“你想听，我就说！从刚刚来插队那会儿我就喜欢上了你。可是你还是臭孩子呢，你哪儿懂得这个！再后来，你就给小遐那个狐狸精给迷掉了魂啦。算啦，不说你了。蓝猫……唉，提起蓝猫我就烦，他凭哪一条整天诌那些瞎诗呀！那些诗要是叫我诌准比他强。我想，他们家是花五类，花五类总比黑五类强，就跟了他算个球了吧——嘿！他老子偏偏又他妈的自绝于人民啦！您瞧，女的老子是让人民崩了的；男的老子又妈的自绝于人民——这叫他奶奶的什么家呀？那不成了反革命黑窝大本营啦？生个孩子下来——”

越男猛地把手里的娃娃一举。

“这孩子就成了我操他祖宗的黑骨头啦！不亏心吗？对孩子不亏心吗？……我一辈子恨死我爸爸。我觉得我爸爸埋在黄土底下也该觉得亏心！因为他那杂种，我——”

越男哽住了。我呆坐着，觉得她就要痛嚎。可是越男只哽咽了一瞬，她又猛地扬起头来，两颗血红的眼珠疯狂地瞪着我，活像一头野兽。

“那天下午我叫住蓝猫，我说草地里没人你快干吧！我不能嫁给你可是我这会儿报答你，你还戳着干什么快过来干哪！可是他没出息，他不要脸的臭货他哭了。你想想这么软的货还敢建立黑色小家庭吗？还能把自己那黑骨头儿子拉扯大吗？我，我，操你祖宗的我全跟你说——我当天夜里脱得光光的，一咬牙就钻了乔里玛的皮被窝！……”

“昼夜兼程二百四”的战斗计划在第一天就失败了。我恼怒地瞪着他们七扭八歪的鼾声阵阵的姿态，心里怒不可遏。

“起床！起床！出发了！”我踢了小毛一脚。

小毛惊叫了一声，蹦了起来。

“真该死！”她低声骂道，“睡死过去啦！”

“快！快出发！”我气透了。

大海走了以后，队伍一直有些失魂丧魄。我们想起《长征组歌》里有一句：“昼夜兼程二百四，猛打猛追夺泸定。”就决定来一次强行军，一直冲到腊子之外再休息。昨天从清晨七点出发，六十里抵达长征接待站时，刚刚下午两点。我们连喘口气的工夫都没有停，立刻就登上了那座大山。天擦黑时下山到河边，休息吃干粮。夜行军大约是晚上七点开始的；在夜行军开始之前我们都挑了脚上的水泡。

昨夜有暖暖的夜风。记得大步走着，汗水湿透的脊背被那暖风一抚，心里熨帖帖的。后来，脚丫缝里的那个血泡涨起来了，好像也就忘了那股黑乎乎的暖风。后来我只能光想着那个可恶的血泡。它生在右脚的脚丫缝里，生得可憎又可恶。昨夜四外都黑洞洞的；后来我们走上的那条路很奇怪，没有泛出那种硬硬的白亮。好像我们不断地互相喊名字来着，我们互相低声唤着“小毛”，“志伟”，“哎”……我想我们要是都有一条白毛巾就好了，我可以下令小队把白毛巾捆在左臂上，那就活像是红军夜老虎的尖刀班啦。昨夜黑得均匀，黑得温暖，后来我终于踩碎了那个可恶的血泡，夜就显得又黑又柔软。

“小丫！”我唤道。

“小毛！”小丫唤道。

“志伟！”小毛唤道。

“——大海！”志伟的声音有些颤抖。

“……”都沉默了。一切又成了黑暗。

大海走了。也许大海已经偷越了友谊关。越南前线打得已是白热化，大海也许已经到了越南。黑夜一刻比一刻软绵绵地瘫着塌着，两腿迈出走好像踩着一片黑棉花。我的脑子也又浑浊又瘫软，我觉得我走得愈来愈慢了。

我一头撞在一面墙上。

“哎哟！是个大院子！”我听见小毛在黑暗中喊。我摸摸额头，觉得手上抹了一把干土。

“村子！”志伟喊道。真隐蔽呀，我想着，我觉得自己已经忍不住了。黑夜里的黑村子，我觉得自己的脑子黑沉沉地朝那黑暗滑过去。

“休息一小时。”我说完靠着墙坐下来。我觉得自己像一条潜入黑湖的鱼，立即睡熟在一派黑黑的波浪里了。

天色大亮了。小队闷闷不乐地赶着路，谁也不说一句话。我羞得慌。昨夜只走了一半就丢人地睡死过去啦，昨夜是耻辱的失败。休息一小时，我闷闷地想，哼，整整睡了五个小时半，睡到天快亮！……“昼夜兼程二百四”吹啦，我想起了大海，心里抑制不住歉疚和害臊的感觉。我故意不挑脚丫缝里那个小泡，让它火辣辣地疼着，我心里好受多了。

李小葵浑身泥水淋漓，脸上鼻子上也满是泥巴。他从井口爬了上来，顺手抹了把脸，那些泥巴就横横竖竖地把他的脸打扮花哨了。他用一根胶皮电线勒着腰，把破布条一样的蒙古袍子前襟掖在那电线里。他爬上井口以后谁也不理，踩着粘了两块“热补”的胶靴，咕叽咕叽地朝他自己的窝棚走去。

黑虎挺着大锅般的肥肚子，突然截住了李小葵。

“嘿！达不苏！”

假李逵一直怕黑虎。他从黑虎家搬出来的时候就说过：黑虎是个活畜生。他一挣，从黑虎的巨掌下挣脱了身子。

“咦！——”黑虎威胁地发出个怪声。“你这达不苏！我问你：你的井，”黑虎故意把“井”这个词说得重重的。我知道这是因为蒙古话的“井”和另一个最不能提的词儿很像。“你的井，出水了吗？”

周围饶有兴致地站着几个老牧和知识青年。都等着开怀大笑一场。

“你的井，井！出水了吗？达不苏？”黑虎用肥大的熊掌轻轻捏住假李逵的肩头。我在一边看着，渐渐有些看不下去了。黑虎正在“玩”可怜的假李逵呢，我想着，给蓝猫使了个眼色。

"没出水。"李小葵可怜巴巴地回答。

黑虎微笑了，又问下一句："没出水？打井么，井么，怎么能不出水？——你，你有问题吧？"

人群里哄地笑了起来。

黑虎捏着李小葵瘦窄的肩胛骨，把李小葵扳过来拧过去地戏弄。我和蓝猫正打算出马干涉，可是我们在一那瞬间都呆了：应当说，黑虎算是假李逵的哥哥呢……假李逵绝望地半张着嘴，黑瘦的脸羞臊得渐渐涨红。我知道这个达不苏只会几句蒙古话，他听不懂黑虎那下流的双关语。围着看热闹的人群愈笑愈开心。黑虎换了换手，用大肚皮顶住李小葵黑瘦的窄肩膀，开始使劲捏李小葵的脸。

李小葵死命一挣。

半个袍袖刺啦一声裂了下来。李小葵那撕掉了半扇的烂污袍子里头，露出了皱巴的海军灰皮和一截脏脖子。黑虎的胖手里攥着李小葵那半条黄褐色的烂袍袖。草地上的人群忽然寂静了。李小葵红涨着脸，吱吱地踏着破胶靴，朝自己的窝棚走去，把人们甩在背后。

我和蓝猫朝黑虎走过去。黑虎目瞪口呆地抓着那半截撕下来的袖子站着，不知是羞还是怒。蓝猫走到黑虎跟前，劈手夺下那半条袖子。我们转身走回来，掀开门上的草帘子，钻进了李小葵的黑窝棚。

李小葵正握着根肉骨头。嘴里使劲地嚼着，脸上却泪水纵横。

我们俩坐下，默默地说不出一句话来。

李小葵用牙又咬下一口肉。两汪泪水还汹涌地淌上他的黑瘦脸，把那张脸冲成一道道横竖交流的泥沟。

"别他妈哭了！"我烦乱地喊了一声。

李小葵使劲抹了一阵脸，不再流泪了。窝棚里又潮又暗，挖了两锹深的地穴上抹了些白胶泥。不知是因为返潮还是因为刷锅水泼在地上，那层白胶泥又稀又黏。我咕叽一声从地上拔起靴子，到碗架那儿刨了刨：只有半盆啃过几遭的手抓肉骨头。看来只剩下一块挂着点肉的，李小葵正抱着啃呢。李小葵又抹了抹脸，伸过手里那根腿把子骨来：

“喏，你吃吧。”他说。

我恶心地扭过脸去，又打量他这间狗窝。地上卷着一领毡，里头裹着一床被头黑油油的脏棉被。木架上支着一口铁锅，炉架上架着一个旧铝壶，牛粪箱子旁边扔着两只白瓷碗，还有一本没封皮儿的《三侠五义》，——这就是他的全部家当。还有一盘鞍子，一个和我那个一模一样的钢板纸箱子。我扒拉了一下他那盘鞍，发现鞍上没有镫子。

“咦，假李逵，你那雕花镫呢？”

李小葵立起身来，提起铝壶晃荡了几下，里头哗哗的。他咕叽叽地踩着白稀泥，到粪箱里抓了几块干粪，打算点火烧茶。

“镫子？早他奶奶的卖啦。”他低声说。

我可惜地喊起来：“卖啦？干吗卖？”李小葵的雕花镫远近闻名。一对镫上，一只镂着头骆驼，一只刻着匹马，漂亮极了。

“换钱。买粮。”他说。

我们都没话好说了。火苗和浓烟蹿冒起来，半壶水在火苗上嗞嗞地响。我和蓝猫默默地盯着假李逵，看着他又蠢又笨的每一个动作。他先噌地甩掉一筒鼻涕，再抓起一把“达不苏”投入水中。他又抄起个斧头，拉过鞍鞯垫着，把砖茶劈砸得碎块横飞。劈下的碎茶抛进壶里，他一脚把鞍子踢回角落。我看了看那鞍架上挂着的鞯，只见上头净是横七竖八的白痕道。水汽砰地撞开壶盖，黑黑的茶沫子溢了满壶壳子。我和蓝猫盘起腿来：该喝茶啦。

门上的芨芨草帘子被人掀开来，低头钻进一个女人的长头发脑袋。是徐莎莎。

“喝！海军少将的儿子怎么住了个狗窝呀，听说刚才你这将门之子还让人欺负啦？你怎么不打电报给海军大院呀？”徐莎莎又像犯狂又像撒娇似的嚷个不停。“打电报呀！叫你那海军少将的老爹派军舰来呀！……”

“徐莎莎，嘿，徐莎莎！”我叫她。

“哎！干吗呀？”她高兴地应着。

“滚你妈的。”我说。

“你干什么骂人？臭德性！”她尖声叫道。

她在回北京的时候，发现了假李逵的家庭真相。假李逵的老K是个蹬平板三轮的老胡同子，那件海军装是假李逵他哥的。他哥原来当海军，假李逵来插队，他哥就送了弟弟这么件兵服。可是我们全体知识青年都被假李逵伪造的家庭神话唬住了，直到徐莎莎在北京找假李逵玩时偶然发现了一切。徐莎莎是个正牌的三八式将门子弟，所以她一发现李小葵这么个臭胡同串子、这么个臭蹬三轮儿的土鳖居然敢蒙我们，而且居然敢以少将之子的身份调戏她，就特别觉得气不过。徐莎莎只要见着假李逵就翻这本账；而假李逵一听见这个就蔫了。好像，现在已经轮到徐莎莎天天调戏李小葵了。

“瞧你那野相儿！臭德性！”她瞥我一眼。

“你要敢再说我一句臭德性我就抽你！”我狠狠地警告说。

蓝猫一把把那半截袖子扔过去：“喂，我说，你帮着小葵把这件破他妈袍子给补上。”

徐莎莎“哼”地一拧身子：“拿针线来！哼，撕成这样啦，怎么补呀？”她气悻悻地缝了起来。她不敢不缝，她要是不缝我立刻啐她的脸。

李小葵闷着头，把茶碗一个个地摆在我们面前。他又揣起双手，退到屋角蹲下。他蹲得又稳重又憨实，活像个世代走口外干泥水活儿的黑瘦的老贫农。

从山顶望去，那里有一条淡淡的红水河一般的红颜色。那里是盆地的槽底，好像有一道沟壑或者崖壁在那里横着摆开着。那道沟壑或者崖壁是浅红色的，在大地上蒸发着的白汽背后隐隐发光。

“那是什么呀？”小丫皱着眉毛使劲瞭望。

志伟也站住了。“像是……赤铁矿露头。”

我猜不出来。

小队顺着山道下到山脚下。盆地三面的荒山都映入了眼帘。这大西北的荒凉山岭黄亮亮的，黄得发渴，黄得静寂。蒸发的白汽升高了，那道远远的低洼处的红色开始变得鲜明醒目。

我们顺着硬实的大道走着。队伍走久了，腿脚都习惯了，我觉得这么千里长征尽管不轻松但是也不算累。我们每人穿两条单裤，膝盖那儿，在两层单裤之间衬着缝进了一层羊毛。刚出来时在干粮袋里灌进的白糖拌炒面早就吃干净了，现在我们的干粮袋里塞的是豆面馍馍和咸菜。球鞋在蹚河的时候湿透了，现在两根鞋带头上晃坠着两个小冰球。我喘吁吁地走着。前方环形展开的两道秃黄山梁静静地靠近过来。远处那道红线渐渐在视野里变得粗厚、变得清晰了，像是浅浅的黄色的干旱盆地里积了一洼红渣末。

“县城！”小毛惊叫了一声。

真的。一座被漆红的城池浮现在眼前。可以辨出那漆红了的长长院墙、漆红了的城中的小楼、漆红了的水泥塔和漆红的电杆。一座被鲜红的油漆彻底漆过一遍的城。一排排红漆标语和一些飘抖的红旗横竖贯穿着，红盒子般的排排红屋简直像假的红壳玩具一般。

我们都惊奇地张大了嘴巴。

“真有邪的——”志伟开口了，“这帮子外地人，真有他们的！”

我们迟疑着，不觉放慢了步伐。

走到城关的时候，炫目的红色简直晃得我睁不开眼睛。眼睛被红色晃得发涩。呼吸中呛着一股火热的红色的味。我觉得心里满是一股说不清的亢奋。临街的墙壁完全抹上了一层红油漆，在阳光下亮闪闪的，红得摧目，红得浓重，红得像刷成一层的火，显得比熙熙攘攘的人群更热烈。我们从一间间一排排红红的房子院子前走过，人们好奇地在红艳艳的马路边围看着我们。这些人土里土气，又憨厚得可爱。一律佩着红袖章。在刚刚走上柏油马路的道口上，有几个人从漆红的岗楼里走出来，迎着我们走了过来。

“站住！”他们喝道。

我们奇怪地站住了。

“你们是红卫兵吗？”有一个人问道。

“当然是。”我回答，心里觉得很可笑。

“是红卫兵为什么不戴红袖章？！”他又问。

小毛嚷道：“形式主义！凭什么红卫兵就非得戴红袖章？我们是——”

“你说什么？毛主席都戴上我们的红袖章啦！——你敢说是形式主义？！”

我们突然无言可对。半晌，我想起挎包里的介绍信来，就掏出来递给了他们。

他们看完介绍信以后，宣布要检查下这封信的真假。小毛火了，跳起来大叫道：“你们凭什么检查我们？要排起辈来，我们是你们的红祖宗！”而我却突然联想到一个古怪的念头：大海，我突然想，如果大海在路上也碰上这个，那……那算什么事呢？我的心咯噔一沉。我觉得好像还不光是因为大海没带介绍信；我觉得这事的里头好像还藏着个什么别扭东西。

检查以后，县级“土兵”（这是志伟给他们起的外号）满脸都是憨憨的笑容。我觉得这伙人简直分不出到底是农民还是县城居民。他们又朴实又土鳖。他们都穿着大裆的黑棉裤，紧鼓鼓的黑小袄，头上顶着个黄不黄绿不绿的“屎军黄”解放帽。他们又认真又犟气地给我们讲着他们这儿的形势，眼中满是严肃和激动的神气。他们兴高采烈地搂住我们，抢去了我们的背包和干粮袋，兴奋地陪我们走着。我们被这群黑袄黑裤的“土兵”簇拥着，他们的假军帽和红袖章在我们四周乱晃。我渐渐感到一股古怪的滋味儿。刚才的不愉快消失了。

我问:“哎，这是什么呀？”我指着一排排漆红的房屋院墙。

“红海洋。”他们回答。

小遐你睡了。

小遐你每天来到这座石人雕像以后你就累乏得酣酣睡去了。

夏天的牧场多热啊热得死静死寂热得大草原上没有一根出声的野草。这酷热使你疲倦啦这召•淖尔公社草地上灼人的酷暑把牧人折磨得疲软啦。你睡吧你睡吧你睡吧。

你总喊我“漂亮的黑袍白马的青年”那么你睡吧你的黑袍白马青年在守着你。

可恨的云影它还不移过来。

为什么召·淖尔也有这种石人雕像呢。

你真美丽呵！

一身褴褛遮不住你的美丽大小补丁蓬乱如毡的头发碎烂了前襟的蓝布袍子遮不住你的美丽穷困潦倒为一块钱干最凶险的劳动每天每月每年地喝着黑茶吃着两小碗饭遮不住你的美丽。

冻疤又被阳光灼裂但是你更美了。

我满心的喜悦你知道么我独自获得的那说不清楚的感动你知道么好像白骏马亚干一跃就飞过了戈壁尽头的那条断沟我在吻了你的瞬间突破的天险你知道么。

你知道我在感激和温柔的时候是多么纯洁呵我为自己而久久惊奇。

酷夏的绿草地凝固着呢草原也在卫护。

千里宁寂这安宁是我们的。

这座有石人雕像的小丘叫做“浑太·套布格”意思是人之丘。

人就是你和我而我因为你变成人了。

我倚着草滩歪躺着。我屏住呼吸凝视着眼前这位不知为什么竟然属于我的姑娘。我其实那么想狠狠地搂抱她使劲地亲吻她一遍遍地证实她完全是属于我的但是我没有那样做。我心疼地久久望着她。多么神奇啊。这个酣睡在草原柔软胸脯上的憔悴褴褛但是绝美动人的姑娘是我的。青春的祭典是为了我诞生的。你使我骄傲。

青春之美，生命的美丽瞬间呵！

直至今日我想直至我人生的末日我都不会忘。在我的心走过的颠簸路程上，这样的美丽瞬间给了我多么紧要而宝贵的推力呵。虽然我的这颗心在奔走中一天天变得冷硬如铁，但是我不会忘记。我不是在向谁保证，是我自己太懂得这一切的宝贵了。

小遐醒了。

她疲惫地叹了口气，痴痴地望着草原。

我不愿意在这会儿去惊惹小遐。我摸了一把自己的脸，手指间沙沙地落下晒干的皮屑和汗水晒成的盐粉。春天接羔的时候她从马上摔了下来，我赶到她家的时候她已经不哭了。那天夜里没有月亮，可是她哥哥队长索米亚还是摸黑在山坡上套住了那匹能套车的黄骒马。我在黑暗中扶着马竿给黄骒马戴笼头的时候我觉得手里扶着的那根马竿有些颤抖。就因为这个我改变了对索米亚的看法。那天后半夜队长索米亚和我赶着轻便马车上了夜路。我打算把马赶得小跑着走可是索米亚直接用藤马棒打马使马哗哗地拉开一溜蹦子。我虽然在黑夜里也没有搂着小遐让她在我的怀里不受颠簸，因为我知道牧民们都讨厌“这个”。我默默地坐在索米亚大叔旁边，看着那惯于驾车的黄马在黑夜的大道上踢出一串又一串的火星。我在颠簸中看见黑黑的山影黑幢幢地向后闪去向后移去时，我想我不能抱着你像个酸货一样。你忍住吧你自己忍着这颠簸吧卫生院就要到了。天蒙蒙亮的时候我们的单马车来到了召•淖尔公社卫生院，太阳刚刚升起来的时候你的右脚打上了石膏。你的右脚断了。骨折的地方是右小腿的胫骨也就是“顶门棍”。你哥哥一贯阴阳怪气一贯没个笑脸的队长索米亚笑了。他说这太好啦“牙莫勒赛汗莫勒根挨期借呗”摔得多好啊摔得多巧摔坏这根骨头没关系。队里的牧人们也都笑了，他们纷纷说这根骨头根本没用处，顶门棍骨和肋叉子骨都是人身上的废物草原上有谁谁谁摔断了顶门棍摔断了肋骨从来不去治。我那时听见广阔的草原也呼地松了一口气。我不知道是该感动还是该无可奈何。

你的右腿骨断了。

是啊，我想着，默默地望着休憩的姑娘。草原，连草原都舍不得让这么美的女孩子在它怀里落下残疾。天生美丽的小遐原来天生就是草原的宠女娇儿。草原确实清晰有声地舒了一口气。也许只有我听见了那个声音；那个声音使我觉得我们和这片草原之间已经长上了密密的、像草皮下面的根须一样的血脉。

从那以后，小遐微微有些瘸了。

小遐上马时动作缓慢。转身时失去了那充满诱惑的轻灵。她走来的时候似乎总带着一丝疲惫。她在朝人笑的时候仿佛笑容中有一点歉意。她不再像以前那么光彩照人，那么明眸皓齿令人炫目。她淡淡地藏着一丝自嘲般的韵味儿。她不紧不慢地要使人仔细看才能辨出那点瘸地、从草地上走过来。惊吓和怜惜的一瞬很快过去了。我们、人们、草原又都恢复了日复一日的生涯。工分值很低，我们把预支的生活费又压到每月九块钱。不知哪一天小遐那件绣缎袍子的胸部也出现了磨烂的索索。

小遐现在的形象是一身褴褛。

毒阳下的绿草地静静伏着。

小遐靠着石人雕像，费劲地挣动着身子要坐直些。“羊群，没事吧？”她说话的时候拖着一点乏倦的哑声。“你瞧，坐了会儿就像是睡着啦。”她说着慢慢地把目光朝我扫过来。

她蹬着一双开了线的靴子。她因为以前总跳舞，靴子穿得比我少，所以我已经在穿第三双靴子而她这第一双才刚刚磨坏。那双失了光泽的马靴难看地张着一条黑黑的大嘴般的缝，露出了里面的包脚布。可能是注意到了我的眼光，小遐轻轻地翘了翘那双破靴子。大嘴般的黑裂口张得更大了。她叹了口气，用左脚蹬住右脚跟，脱下这只马靴来。天上熔化着一轮白日，她踩着的绿草都枯干焦脆。她的额头沁出一层细汗，她喘着又用右脚抵住左脚后跟，脱下了另一只。她把两块包脚布抛到石人雕像背后的时候伸直脖颈望了望羊群。白羊群和绿草地仍然在毒阳灼烤下静静凝固着。她自语般地哑声说：“真好，都在那儿卧着哪。”接着她那白嫩的脖颈又回到了翻缝过的衬衣领子里。她顺便撩了撩蓬松的头发，把长发掖在耳朵后面，露出了晒脱了皮的红红的脸颊。她忘了我就在她对面，忘了我也正倚着一座石人雕像在凝视着她。她把一只光裸的右脚伸进绿草，晒焦的绿草轻轻地咯巴断碎着。她凝神屏息地盯着自己伤残的右脚，盯了好久好久。她慢慢弯过身子，用手去触自己伸直的脚尖，在绿碧碧的青草梢里那只白象牙般的赤脚在颤抖。小遐聚精会神地触到了那白色的脚尖，像做着一个舞蹈中天鹅在卧着梳理自己雪白的羽毛似的动作。

她突然抬起头来。

我看见她急忙想做出一个掩饰的神情。可是我已经看见了那凄惨的神态。我的心里爆炸了痛苦的烈火。我难受地把她拉进怀里，默默地揉搓着她，用胡子拉碴的脸轻轻地磨擦她颊上的那两块紫伤。枯脆的青草叶子簌簌地抖落下细细的尘粉。她挣扎了一阵。她在我的怀里疼得呻吟着叫着。但这使我更无法忍受也更粗野痴狂。云影倏地移开了，白炽的银液般的毒日光狠狠地泻下，刺着灼着我们。她突然瘫软在我的怀里。一颗疲倦的头拖着长长秀发垂在我的膝上，那条白嫩的长脖颈又露了出来。耀眼的阳光淹着烧着灼着那一截白玉。我的牙齿咯咯作响。我在难过和迷醉中默默地吻着。她紧闭的漂亮睫毛在微微颤抖着，从那睫毛间有两颗清亮的大泪珠噗地滚落下来。这两颗泪悄然一滑，经过那干燥的脸颊，咸咸地流进我焦裂的嘴唇里。

大海来了一封信。幸亏我们一直用中心邮局当通讯处的办法和家里、和学校联系。我们一到邮局，我一摸出学生证，就看见了信封上大海那硬硬的字迹。

我很快就要越境了。我计算你们已经胜利地越过了天险腊子口，因为越境之后不可能再通信（关于我的越境方法我不能写了，请原谅我向你们保密。因为谁知道你们能不能见到这封信呢），所以在这里请接受一个战友最后的革命敬礼吧！

在路上，我被扣留了三次。有一次差点被枪崩。那回是镇压一个外号张飞的坏头头，听说他使两把盒子枪，已经有十几条人命。我看了布告（这布告是张飞他们的对立派贴的），布告上写着这个张飞私设公堂，拷打贫下中农，有一个贫协主席被他用电线捆住两脚，然后拉开开关通电，把那贫协主席烧焦了。布告上还说他××妇女。我通过那镇子的时候，正赶上枪毙张飞，处处戒严，所以把我也抓了，不过只扣留了我一天。

可是我更讨厌这一派。因为他们戒严的时候（也就是抓我的时候），有一个人拿着一把手枪（不是盒子枪而是真正的五四式军用手枪）骂骂咧咧地走过来，他一边骂“干什么？挤什么？”一面朝着围观的普通群众当当就是两枪！我亲眼看见一个围着看热闹的妇女慢慢地蹲下去，最后躺在地上，血流了满满半条马路。那血一会儿就干了，凝了，卷起一个又厚又黏的边。人群吓得散开了，我当时一句话也说不出来。这样的事儿咱们在北京、在甘肃从来没有见过。我猜你们保险不能想象！……我没有看见那个“张飞”，也不知道那个人的情况，可是我看这个拿手枪的倒是该枪毙，他太坏了！他是不折不扣地在破坏主席发动的文化大革命！我想，要是我们的队伍在这里，我们决不允许这些坏蛋胡作非为的！……

还有一次被扣留是在广西，那次也挺危险。那次我被他们审问得火了，就骂了他们。我说老子跟着红司令毛主席造反的时候，你们他妈的还是一群臭保皇哪！结果，那群人，好大的一群人哪——就喊：打！打！！打！！！我听着他们咬牙切齿地喊的时候，我突然觉得可能我就要这么完啦。因为他们气得红涨着眼睛，他们使劲地朝前挤，打！打！！打！！！那声音里清清楚楚地响着一片咬牙的咯咯声。那喊声像雷吼，我觉得那打打打的咬牙切齿的声音里充满了杀人犯的味儿。石头啪啪地扔过来砸在我身边，别笑话——尤其是小毛别笑话——当时我真有点怕了。我怕就这么不明不白地死在这一大群乌合之众的手里。那些人拼命朝前挤，如果那天他们挤过来我就成一摊肉泥啦。那么多人……后来我一想起那么多人，那么一大片黑压压的人嗷嗷吼着喊打，我就难受和恶心。

后来我在路上经常读毛主席著作。因为我觉得自从被扣了两次，我的思想需要清理一下。我好像讨厌人。真的，讨厌人。我的思想深处出现一种要不得的错误思想：那就是觉得人们有时也会变得残忍凶恶，变得毫无阶级感情。现在已经好多了，我反复读了《湖南农民运动考察报告》，又变得坚定了。

第三次被扣留很简单，问了一会儿就放了。

现在，我亲爱的战友们，我已经到了祖国的南大门。我觉得心里冲腾着革命的豪情。我觉得，有一种战火纷飞年代里，手擎红旗冲在连队前面的那种旗手的感觉。让旗手倒下，让红旗前进！我一想起这两句话就热泪盈眶。让埋葬帝国主义的战斗前沿，也出现红卫兵的身影吧！让世界上三十亿人民抗美援越的伟大战场上，也抛下我们的热血吧！

亲爱的同志们，明天我就要越过国境，到达炮声隆隆火光闪闪的越南了。你们理解我激动的心情吗？再见吧，光荣和胜利属于我们的红司令毛主席，光荣和胜利属于我们毛主席的红卫兵！！

再见

大海

12月26日

额吉，你歇息一会儿吧。

好吧好吧，歇歇这把老骨头呀。

真热呀。

青草晒焦啦。再不下雨就是灾年啦，小吐木勒。再不下雨冬天会下大雪。

噢。

（可是额吉，我已经知道了好多你的事情。蓝猫家额吉那天给我讲了查干庙，讲了你们俩又见了兵又见了匪的事情。）

趁天好，睡一会儿呀小吐木勒。

哎。

（我知道你见过兵，也见过匪，额吉。）

一九四五年，苏军进攻东北一线。坦克纵队分成六路，冲过外蒙古的戈壁草原，隆隆地轧着大坂上的碎石和野草，浩浩荡荡地南下了。额尔登山一线至今留着六条宽宽的红草带；当骑马蹚过那些扎脚的半木本灌木丛和高高的红黑色蒿草时，仍然可以闻到一股隐隐的铁锈的味道。绿色的大草原被铜铁染得变了色，从深埋在土壤里的草根那儿变了色，从那以后，额尔登山出现了六条宽阔的、从山顶蜿蜒而下、浩荡而来的红草地带。

同时，草地上的豺狼也开始白日横行，锡林郭勒北部有一个杀人如麻的恶魔出现了。他奇怪地有个满洲人或是汉人的拗口名字：大疙瘩；但他的喽啰们却宣扬他是成吉思汗的嫡孙。他黑夜潜来，先砍断蒙古包的棕绳，再在塌趴的毡包上纵火。当被烧得半死的牧民挣扎着掀开毡子冲出来时，他就用一支带脚叉架的三八式步枪不慌不忙地屠杀。惯匪大疙瘩的队伍赶着一个马群掠杀，听说他一天一夜要换八匹乘马保持神速。他像狼一样只吃羊的肥尾巴和肠子。草原上传说他曾经学习做狼，把一个女人按倒后先咬断了她的喉管，然后又咬碎了她的下部。因此他得了一个绰号叫：花狼。

所以，我估算额吉在查干庙住的时候，应当是在一九四五年以前。

那些兵个子高，咱们队的加登巴不是被人喊作高个子加登巴么？那些兵要比加登巴还高一两个头。那些兵绿眼睛黄头发，（不对吧额吉，他们该是灰眼睛，要不就是蓝眼睛）不不；绿眼睛！像奥云太山上的绿石头。黄头发像你以前那匹马的毛。他们身上背着铁盒子，有方的有圆的。肩头上缝着红布块。他们的“机器”轰隆隆地响，那些机器走过额尔登山的时候，我们还以为是天上响着雷。后来“轰隆！轰隆！”那些机器进了查干庙，我的土屋顶像流水一样往下流下细黄土。吐木勒，你没有见过，那机器真大呀！（我见过，额吉。别管什么都叫“机器”，那叫坦克车）不，坦……“坦格勒”？不，我们蒙古话管它叫“机器”。它可真凶哟。那机器轰地一撞，轰地又一撞，查干庙门前的旗杆子就给撞碎啦。接着机器张开嘴，钻出一些高个子绿眼睛的兵来，都抱着一个黑铁的炮。轰轰轰，东打一顿炮，轰轰轰，西打一顿炮，查干庙窗子上镶的五彩玻璃给打碎啦。

（那是正义战争额吉）

“亚洪！亚洪！”绿眼兵怪呢总这么喊。

（亚洪是什么）

绿眼兵一脚踢碎了一扇门：“亚洪！”绿眼兵又轰一脚又碎了一扇门：“亚洪！”绿眼兵揪住喇嘛的紫袍子刺啦撕破了：“亚洪！”绿眼兵捉住女人往那大铁机器里填：“亚洪亚洪！”吐木勒你读过书你知道什么是亚洪吗？

（可能是小日本儿）

唉唉，不说啦。真是没意思的事不说啦。

（额吉你那时两腿瘫着你怎么办呢）

我爬

（那是战争呀你瘫着爬能爬多远呢）

我爬

（额吉你满眼都是恐怖的血丝你怕么）

我爬，孩子

突然，“轰隆轰隆”，我一回头，有一个房子那么大的机器追上来了！它轰隆轰隆地吼着，轧得石渣子朝两边乱崩乱溅。我的劲儿一下子泄了。它死追着我不饶。要轧死我啦，我吓得哇哇哭了。我的小丹巴吓得一时没了气。我想你轧吧你杀吧。那大绿铁房子猛一站：铁牙齿压住了我的后袍襟。

那机器停了。有一个绿眼兵从机器嘴里出来了。他可能是，可能没有见过你额吉这样的爬着走的怪物吧，我看见他瞪了我好一阵。接着那绿眼兵就吼："亚洪！"吐木勒，"亚洪"是什么呀？这么多年我一直想，"亚洪"是什么呀？

（是日本人）

亚洪亚洪亚洪！绿眼兵在天上吼叫。我已经吓得半死啦小吐木勒。你知道那大铁房子机器已经碾住了我的后袍襟。那绿铁房子大机器真高真吓人哪。可是轰隆隆，它又轰隆隆地开回去了。只可怜了丹巴，他吓晕啦。

（巴姆额吉呢）

她么？她倒没有什么。绿眼兵给她毁掉的只是个半岁大的羔子。那不能算数。巴姆只是流了一身血。甩了孩子那血丢得太多啦。

（甩孩子是什么意思）

你一个羊倌没见到母山羊流产甩羔子吗？

（额吉，幸亏那坦克走啦）

糖……壳？"坦格勒"过去了，可花狼第二天就来啦。那次我真真地看见了花狼大疙瘩本人。我卧在查干庙背后的敖包下面，看见他们的马队像一阵黄土旋风一般冲过来。有牵马的，左右两手牵着八匹马。有扛旗的，扛着一面黑旗子，一面黑油油的缎子旗。花狼那恶魔骑一匹黑马，嚼子笼头全是耀眼的白银。我搂着你丹巴哥哥趴着，气也不敢出。（额吉，前一天您不是一个人爬出来了么）我去看巴姆。黑夜里我给巴姆找了些破衣服穿上，巴姆光裸着哭她不叫我走。我狠心地推翻了她，带着五岁的丹巴就爬开了。巴姆哭得惨呢。我爬到门框那儿，回过头来我说：巴姆呀，佛爷若是叫你死，你早该死了几遭了。佛爷若是不叫你死，你就自己舐干你那满身血吧！丹巴骑在我背上。我跪在牛犊子皮上。夜漆黑黑的，那样的黑夜正好逃命哪。

（你怎么知道第二天土匪要来呢）

我知道，我知道，我浑身上下每根毫毛每块皮肉都唤着我。我知道大难临头了。我知道事情不会甩个孩子就算完。我只想逃，我只想逃，我不吃不喝没有关系我要逃出去！……

花狼大疙瘩进了可怜的查干庙不到一碗茶工夫，我看见整个镇子就蹿起了疯子般的大火。那火苗上卷着的黑烟把天都染黑啦，又红又亮的火舌头一舐一舐地，山顶上的石头敖包堆慢慢变烫了。啊，吐木勒，那是有罪的大火呵！在风里，那火“呼——呼——”地一抖一响，像是有一群魔鬼在齐齐地吹气，像是一大匹红闪闪的火布在使劲地扑甩。

（火）

有罪的火。它把我那么喜欢的查干庙毁啦。现在的查干庙已经不是真的。你要是骑马去旗里玩的时候，从汽车路拐弯的地方，就是在有一个湖的那个拐弯，从那拐弯的地方斜斜走下去，你能看见一座敖包山。额吉那时候抱着你丹巴哥哥就趴在那个经石敖包背后。从那山朝南看，唉，小吐木勒，你自己去看吧，那洼地里的一堆烂瓦坯坍坯头，那泥水坑坑，就是额吉住过的查干庙……

（额吉，刚才你说——有罪的火）

孩子，烧了佛爷住的庙宇难道不是罪孽么你若是看见了那场火啊！

（罪火）

我的小吐木勒懂了。那真是一场罪火它烧了巴姆身上肮脏的血又烧了佛爷的经旗。你不知道它烧死了一个浑身烂疮的丑鬼又去烧庙门上涂的金八宝，罪孽啊！

（额吉后来呢那火熄了没有）

不，它不肯熄！

（你呢，额吉，你怎么办呢）

那花狼的黑旗子不见了。查干庙一连几天还是火光冲天。草地一颤一颤地，随着那火苗在发抖，地上的石头块块都变烫了。背朝这罪孽的火，大家开始逃命了。我找回了咱们的松木车。那么大的火，那么罪大的火可是没有能烧着它。巴姆帮我抱着丹巴；可怜她挨了那么狠的折磨还帮我抱着丹巴。我们累了就躺在车辕上睡一会儿，逃啊，我心里只是那么想。

查干庙那里黑烟吞掉了半面天，黑暗里一闪一闪的红火苗像是烧化了的铁。大道上牛车、马车还有骆驼车一天不知过多少辆。草地上骑马的、骑牛的还有步行的满地都是人。我和巴姆走走停停，遇上好心的人家就拿上几块奶豆腐，遇上清亮的井就让丹巴多喝几口。我愈走心愈……硬，吐木勒，额吉那时候心硬呢。巴姆只要见着一个住处就哀求我住下来，可是我不准，我说巴姆呀你的罪受得还不够么？巴姆哭哭啼啼地就又跟上我走啦。我们一直走到了——

（阿勒坦•努特格。额吉，对吗？）

吐木勒可真像是我的孩子。呶，吐木勒，给你糖。是呀，我们一直到了阿勒坦•努特格，到了那里才住了下来。哦，阿勒坦•努特格是个多好的地方呵。那里草不高，但总是青青绿绿的，轻悠悠地随着风摇晃。阿勒坦•努特格从来没有过兵灾匪灾，连冬天也只落一层又薄又软的细雪。吃吧，把那块糖剥了吃掉吧，你这额吉的小儿子。那一次，那次在阿勒坦•努特格住过的十几年，是多么宽心的日子啊。咱们真不该住在这儿，这召•淖尔不是咱们的家，现在想起来，离开查干庙带来了我的福气。现在又该离开啦。歇息够啦。走吧，哪怕走上它一辈子，也没有什么了不起啦……

（休息够了）

我噙着块硬硬的水果糖，在门口的草地上随心所欲地伸直了腿。额吉已经起身去帮助南斯拉嫂子卸粪烧茶去了，我独自一人躺着，自由自在地遐想联翩。真是的，我想，休息。虽然又苦又累，可是我也觉得自己是在歇息着，因为我也讨厌半途而废；我也觉得我应该到那神秘的阿勒坦•努特格去。

温森特·凡·高（Vincent van Gogh）是艺术家人格和个性的美之极致，也是艺术史上最辉煌的胜利者和大师。

他有一幅画——

四个巨大的火球，四团熊熊燃烧的烈火，四个挣扎着热情和痛苦之瓣的向日葵花盘，在一片梦一般的鲜红、蔚蓝、铅黑的战栗的火苗中光彩夺目地燃烧着。粗野而失控的笔触如吼如哭。细部重硬且不耐烦。有些涂抹上去的浓厚色道漫不经心又饱含真挚。油彩划伤画布，像几道割破的流血的伤口。离远些，那四团火焰在不顾一切地朝你呼唤；靠近些，那纠缠挣扭的花瓣使你不忍目睹。画幅长一米，宽六十公分，作于一八八七年夏秋之交的巴黎。——四株向日葵花盘的茎统统被割断了，翘起的断口对着你的眼睛。

这是被砍断了头的向日葵么？

然而那些花盘色彩沉重而深沉，丰满的花盘微微凹起，盘里的种子颗颗成熟。读这幅画时最初的冲动又突然被冷却了，几乎要夺眶而出的泪水又被你的思索止住。是的，仍然是一片不可遏止的永不熄灭的烈火，但那烈火的红焰中有一层埋藏的蓝黑色的理性。爱仍然在明艳的红火苗里向你闪跳，苦仍然从那斩断的伤口和摧你肺腑的鲜红中向你流淌；但是，不觉之间你已经感到了崇高的笼罩。你觉得自己已经变得坚定，你觉得你已经得到了战胜困境的力量和信仰。

伟大的花啊，你默默地想。

向日葵是平民之花。在莫奈倾心于荷兰美丽的蔷薇园的时候，凡·高选择了农民们用以榨油、喂马的向日葵。

当凡·高割下自己的耳朵，体验了“死”的可悲历程以后，他对生命的源泉、对太阳又充满了强烈的祈愿。他曾满怀崇拜和虔诚地画过一个金碧辉煌的太阳。现在他企图表现自己，向日葵是他的自画像。

自十七世纪以来，西欧世界和美术界就一直对向日葵寄托了一种神圣的情思，“向日葵”的含义中有“对崇高者的爱”。在基督教美术中，这种花表示圣徒和天使，是“爱”的固定象征，是对天国的憧憬。它是拥有神性的花。

向日葵有着神秘的生命力，有着只能神领心会的爱情，但是向日葵被斩断了脖颈。

但那火焰永生。我常常久久凝视着这幅画。我觉得在那时自己得到了力量、净化和再生。那不屈服的活泼闪耀的红火苗渐渐地也烤暖了、映亮了我的心。我怀念着我的这位伟大导师。我想，像他那样去创造吧，作品就是一切。

J

大汤常喜腆着他的巨肚子，额头上像是密密的沁出一层油亮的汗珠。可是那两个女人正在捂着嘴，不停地笑得又弯腰又后退的。她们笑的时候有一方雪白的手绢遮住红唇，手绢上面露出的明亮眸子却在水银般灵活地闪转。同时她们佯做要倒下似的向后轻移莲步，华贵的银色高跟鞋在地板上优雅地一滑。大汤急得不知如何是好，他看见大汤手里擎着的威士忌酒在晃荡。可是大汤常喜兴奋得面孔绯红，软软的肥肉在腮上甩动。正在那时，穿荷色连衣裙的女人正好把眼睛瞟到了大汤脸上，于是大汤趁势向她行了个绅士式的撅屁股礼。银闪闪的高跟鞋在黯亮的地板上轻盈地一滑，他看见大汤的肥肚子挺着挤了过来。大汤兴奋又慌乱，绯红的脸上油光闪闪。大汤的西服上别着一朵鲜红的绸花，颤颤蠕动的厚嘴唇随时随地朝每一个瞟他一眼的人挤出一个绅士风度的笑。他看见大汤笔直地朝他走过来了，于是他端起自己的酒打算走开。大汤不畏艰难地运着肥肚子截住了他，气喘吁吁地说不出话来，先用厚嘴唇嘬了一口酒。

果然，大汤开始"贱招"了。

怎么样？

什么怎么样呀是说您戴的这朵花么？为什么不送上去呢，缺乏勇气吗大汤先生？

什么什么什么？

给那位夫人献花呀。我见您绕着她转。

不——是。

那您问什么，什么怎么样？

派对。

什么。

就是 Party，就是现在的酒会，派对。

（真他妈的能糟蹋汉语）——哦，派对。

在中国这不多见吧？

（"贱招"上了。你这肥得冒油的美人 ing，我不理你）不多见。中国人靠吃草过日子。

嘻嘻嘻，你看你你看你！

失礼。我得去加油再吃点，牛肉盖饭，不然回了国只有草吃啦。

请等一下！

（我真想扇你这个王八蛋，）怎么？

求您为我介绍个人！

谁？

那打红领带的中国先生。求您！拜托啦！

那是周先生，北京母校的教授。

周先生德高望重而且一贯思想自由。周先生拥有让东京最欣赏最同情的苦难经历，周先生能说外语，能用英语镇得日本人摇头晃脑人人称羡个个叹服。周先生骨秀神清，炯炯有神。周先生在party上慢慢抿着橘子水。周先生决不像以前有一个陈先生和另外一个麦先生，那位陈先生每看见一座楼就啧啧地说一声“嘿瞧人家这楼”。每看见一个女的就啧啧地说一声“嘿瞧人家这美”。麦先生是国内的日本问题专家，其实是个汉奸。东三省松花江上抗日红军蓝军花军土匪红胡子老杆子都跟日本人血战的时候，麦先生考了满洲国立大学臭名昭著的建国大学的第一名。所以现在麦先生是国内日本问题权威。陈先生跟麦先生为了省钱托他联系住在后乐会馆，他们说他们要“后天下之乐而乐”。不，周先生不是他们，周先生仪态雍容，不卑不亢，回答大汤的刁钻问题时常有惊人之语。周先生一出现在这金碧辉煌的酒会大厅里，人们应该就想到真正的、中华历史上著名的“士”出现了。

周先生您能谈谈您从日本得到的启示吗宏观而概括地谈谈我想只有您能宏观地谈谈——

日本是个经济巨人。

它好吗？

经济巨人也是美丽的，这一点人们刚懂。

周先生听说您的经历很曲折？

个人不足论。

您愿意谈，中国和今天的世界吗？

愿人类懂得珍惜二字。

周先生您受的苦世界都知道真太残酷了！

时代疯了。

什么时代会疯吗？

不仅时代会疯人也会疯。青年最容易疯。中国整整一代青年就曾经集体染上疯病。

周先生气度轩昂。周先生彬彬有礼地叉起一块西红柿，闭上嘴嚼着。周先生就是不同于陈、麦二先生，陈在那次欢迎他和麦的酒会上哇哇号啕哭得鼻涕眼泪纵横乱流。因为陈住过三年牛棚两年干校一年学习班；后来教工农兵学员日语时住的是和两家教师伙住的一个单元伙住了四年。陈在号啕痛哭时座间的日本人有的叹气有的摇头有的给他捶背有的目瞪口呆。而在陈大声地纵情扬哭时，麦喝醉了，开始一支接一支地唱歌。麦用有些显得旧式的日语唱了《樱花谣》唱了《红蜻蜓》唱了——唱了他妈的汉奸唱的《建国大学校歌》。麦唱那支满洲国钦定的校园歌曲的时候席间的日本人们有的傻了有的毛了有的往后退有的兴奋得面红耳赤。陈和麦是周先生在他的系列论文中论证过的中国劣根性；是封建主义遗留的悲剧、是志士们——是周先生那样的志士们为之唉声叹气的官僚主义的“知识性土壤”。而周先生不。周先生痛砭时弊。周先生忧国忧民。周先生一生坎坷。周先生不畏逆境。大汤在周先生面前不得不服；而当连大汤这号杂种都服了以后，周先生当然要誉满四海，周先生是国际舞台上的中国之精魂。

突然间——

周先生哽咽了。

稍过了几秒钟周先生抽泣起来。

满厅愕然。

他锁起了眉头，心里出现了一个古怪至极的预感。大汤举着一只肥手僵住不动，僵在一个安慰同情的姿势上。

周先生突然呜呜大哭起来了！

（你对着日本人哭什么是你遇上知音啦还是你在这儿装洋蒜——你哭可以回家以后对着你老婆哭个够嘛。）

“决不能让悲剧重演啦——呜呜呜！”

（你的哭腔连同你的领带都挑动着我那个预感我不知为什么厌恶你的红领带。也许我错了但是更可能是你错了。一生坎坷并没有使你变成个有悟性的人。你和陈先生麦先生原来一样你们没一根自由的骨头。）

大汤握住周先生的手使劲摇。周先生猛地站起来一把搂住了大汤，哭得更悲伤了。

“要保卫……要斗争……朋友呵！”

（不知道小林一雄听见有位中国教授搂着大汤唱“朋友呵”他会怎么想。您会不会去搂着日本机动大队警察哭呢）

周先生是个有自制力的人。周先生不哭了。周先生风度翩翩地举起酒杯环顾满场：

“为日本朋友的深情厚谊，干杯！”

（你为什么打着一根红领带我终于明白了你打着一根日本警察

爱打的红领带为什么呢你知道那是血的颜色么）

他只瞥见了那么一眼，护士就走过去了。

他心里还没有转过来。他不知道是该害羞还是该高兴。他只觉得自己如果开口说话一定语无伦次，他不知道自己是不是该追上那女护士，她径直地沿着走廊走着，她把他的孩子抱走了。于是他赶紧回忆，他的视野和脑海里只有一团模模糊糊的粉红色的肉。那团粉红色的肉举着两只精致的小手抓，举在眯着的两眼旁边。好像在挡着强烈的光，他猜着，好像在防御着这个尘世人间。他心里漾着一股奇妙的感觉，他觉得这种感觉像触摸一样清晰和令人不安。他想抬头找一个挂钟看看，他想记住这个时间；他又苦笑着摇了摇头，他知道接生的产房会给婴儿登记出生时间。他手足无措地在医院走廊里团团转，他觉得一切简直不可置信。太突然了，太不可思议了，他激动又混乱地想道。怎么能相信，这怎么能相信呢？居然是我，居然我也创造了一个活灵灵的生命！……他想记忆下来。但他头脑迟钝，似晕似眩地不能记忆。这是重要的，他想提醒自己，他想努力使劲记住，他担心那一瞬间出现的伟大而神圣的感觉会贴着迟钝的大脑溜走。创造，他只能勉强记住这个词。真正神奇的创造，这是一件多么鼓舞人心的、多么伟大的事情啊。他又想起了那两只精巧的、五指清清楚楚历历可数的小手。他正激动地一个人胡思乱想呢，看见妻子被平放在一辆亮闪闪的金属车上推出来了。

妻子疲惫地、目不转睛地望着他。

他觉得心里的一切都无法表达。十几年来，她一直追随着我，她就是我的历史。每当我看着她就像看着我自己的历史，就像看见了甘南、内蒙草原和天山的冰大坂。但是他无法表达，他盯着妻子的眼睛一句话也说不出来。

他默默地随着那辆金属车回到了病房。

女儿生出的第八天生了场大病。

鹅口疮，他觉得可能应该叫颚口疮。刚生下来八天的婴儿声嘶力竭地哭着，张开的小嘴里长满了雪白一层茧。

我不会放弃你的，我的好女儿。他抱着孩子在漆黑的街上快步疾走。他觉得自己的念头非常可笑，可是他没有嘲笑一下自己、让自己放松的兴致。那万恶的医院如果不答应急诊我就砸它的玻璃，他盘算着又觉得自己可笑。你不用这么紧张，你这是太缺少经验。以后抱孩子上医院的事还多着呢，今天不过是个开头。我会保护你，我的可爱的小女儿，别哭了，有你的父亲在你还有什么必要非哭呢？父亲纵使杀人放火也会保护你。大街上已经漆黑宁寂，空荡荡的路上没有人车。他冲上医院的台阶时他觉得心里腾起一股杀气，但是他在挂号时对那护士却文质彬彬。

值班医生打开襁褓时动作粗野蛮横。他正想插手帮忙时，那娘们儿一把掰开了婴儿的嘴。女儿的哭声立即哑灭了，他的眼前一黑。他的下意识阻止了他没有扇过去。他忍住心里的惊涛险浪沉住气给那娘们儿解释孩子的病情。医生好像不屑于再碰这个病孩子，坐下气冲冲地写方子。他松了一口气，轻轻地把自己的女儿又包了起来。最后那黑脸娘们儿把方子一撇，转过脸不再搭理这对父女。他俯身拾那张处方笺时不知为什么突然平静了。不值得，孩子，这不值得。他抱起孩子走出值班诊室去取药，等着抓药的时间他小心地亲吻着孩子，并且小心不让自己的胡子刺痛她。你会长成一个温柔而坚毅的姑娘一个优美善良的女医生一个真正具有高贵气质的女人可是今天你先要治好你的鹅口疮。走吧，我们回家，他觉得自己心平气和满怀温情。寒冷的夜风猛地拥进大门，他用一面宽肩膀抵住门扇，用自己的胸脯和脸给女儿挡住了风。他抱着八天的婴儿迈入了冬夜的寒冷。他忽然想起一本描写土匪的小说，那小说里的匪首有一句话突然震撼着他。“人可以干坏事；但要对孩子负责。一个对亲生孩子不负责的人不可能是个真正的人。”他默默地念道。

他慢慢地骑着自行车，沿着人行道慢慢地往回走。东京的夜已经深了，一直掺揉在夜幕中的那一层燥热的紫色正在悄悄撤去。他蹬着张小星的自行车。像他们那样笑吗，我不愿意。他想起来一句小林一雄的歌词，但他没有心思哼。以前当他在夜晚骑着自行车回家时，他总是自我陶醉地哼着小林一雄的歌。哼到得意之处时他的耳际就响起轰响如雷的鼓声和乐队的喧嚣；他的眼前也活生生地浮现出一片如疯如痴的听众。但是今天夜里他不愿意想那些歌，他的心情已经够恶劣了，他不愿意让小林一雄再来添上几倍。他慢吞吞地蹬着小轮子的日式自行车，渐次熄灭的东京夜火在他前方和两侧的黑暗里闪烁。他不知为什么感到伤感。其实来到日本将近一年，像大汤那样的人他已经见惯了。他觉得心里空荡荡的，无边无际的黑暗向他包围过来。他觉得自己的车子正驶进这黑海，自己的心正在这暖暖的黑暗中渐渐平静下来。

“骑自行车的人。骑自行车的人。”

他听见广播的时候心神恍惚，他根本没有听懂那电池话筒里的日语广播。后来才感到一怔，因为有一辆东京警视厅的黑白色汽车悄悄贴着他站住了。

一个全副披挂的日本警察朝他走过来。他在一刹那明白了：自己的自行车没有点灯。那警察敷衍了事地把手往帽檐上举了举，像是给他敬了个礼，接着就问：

“这是你的自行车吗？”

“不是。”他回答，自行车是张小星的。

“那么，是谁的自行车呢？”警察又问。

“朋友的，朋友借来的，你要我朋友的电话号码吗？”他弄弄那车灯，车灯是坏的。

“证件。”

他摸出外国人登录证递过去。

警察把头钻进警车，用车内的通话设备调查自行车号码。他摸出一支烟点燃，打量警察屁股上挂着的左轮手枪。查得真够细的，他漫不经心地听着那警察一遍又一遍地念他那辆破自行车的号码。张小星肯定正在宿舍里睡大觉呢。这车是张小星公司的一个日本人借给张小星的，张小星已经用它为后乐会馆的各国穷学生们拉回来十几台扔在垃圾点的电视机。撅着屁股钻在车里调查的警察还在没完没了，他想这会儿我要是抽出他的左轮没准能缴获一辆警车。他朝那屁股说：“要不要车主人的电话号码？打个电话马上可以查清楚。”可是那插着左轮枪的屁股还在耐心地撅着。于是他开始用量马屁股膘的办法，伸出三根手指头量那个挂左轮枪的屁股。警车后座上下来一个小个子警察，他看见那警察时差点惊叫出“二比一”来。果然是经常在会馆出口的十字路口站岗的短腿二比一。可是二比一没有认出他来。

“啊哈原来是中国人哪。”二比一招呼说。

他只好朝这腿长等于身长一半的家伙点点头。

撅屁股警察终于完事了，从车窗里爬出来，把外国人登录证还给了他。“要点车灯啊，不亮灯危险。”说罢那警察钻进了车。

二比一还恋恋不舍地想再聊几句。

“中国有面条吗？有豆腐吗？”二比一边开车门边问道。

他骑上车继续走。

他开始留心暗夜里有没有潜伏的雷子。

自行车刚刚拐上白山路，他远远地看见远处有一个路口警察亭，黑暗中只有那儿灯光雪亮。隐约有一个黑黑的雷子身影正在那片灯光中站着，不知在干什么。

他慢慢骑着，可别让那家伙又截住，他想。他故意蹬得慢慢腾腾的，注意着那个人。

突然，他看见那个人影一跳，朝灯光雪亮的警亭奔去。唉，他苦笑了一下。那人影争分夺秒地推出一辆大自行车，他看见那车后架在灯光中闪出一道白。来啦，马上就会过马路，他想。宽宽的白山大道上没有人影，人行道上的信号灯变红了。那警察上了车，飞快地朝前蹬去。要在前边截我呢，我要不要跟那小子玩个藏猫？他瞥了一眼路左静寂的住宅黑影，依样慢吞吞地蹬着。那老转这会儿就要过马路啦，这会儿白山大道上所有的人行横道上都是绿灯，他算计着。信号灯又恢复了红色，夜行的出租车疾疾驰过。老转绕过来啦，他一面想一面下了车，掏出外国人登录证，停在一处亮地上等着。他觉得又好笑又好玩。

一辆自行车从正对面骑过来了，一扭一扭地避着灯光。他又点上一枝烟，手里玩着那个小塑料本。那车骑到了离他二十米的地方突然减速，他看见车上的日本雷子一手扶着后屁股。他脸上露出了一丝微笑，他又吸了一口烟。可是那辆自行车像在和他对峙，那尽职尽责的老转不敢再过来了。他看见那是个身躯高瘦的警察，低压着的帽檐遮着面孔。

他扬扬手里的外国人登录证，大声朝十几步以外的那家伙喊道：

“我的自行车灯坏啦！”

由于心里窝囊，这个警察对他的破车查得贼狠。他怎么也解释不清为什么车上的号码牌上有一个数字不清楚。他听着警察在步话机里使用对他不利的词儿汇报时，心里已经做好了去局子里参观一次的准备。也许是因为我这么个大个子，他想。大个骑小车，又是深夜。也许是因为我发现了他，这小子面子上过不去啦。他断了念，不再要求这瘦警察打电话给张小星，他又叼上了一根烟。警察用步话机和上方交涉了半天，最后还是悻悻地把他放了。

他继续骑上车赶路。

他吹着小林一雄的《献给警察老转之歌》，口哨声轻轻地在东京之夜里回荡。他不慌不忙地蹬着自行车，离家已经不远了。

突然“吱”地一声怪响。

他猛一回头，又是“吱”地一声响，两辆警车刹在他的脑袋后面。他恨恨地把自行车一支，掏出外国人登录证，朝正往外钻的警察走去，边走边嚷：

“我的自行车灯坏啦！我的外国人登录证在这儿！我的自行车是朝我朋友张小星借的！张小星是朝他的日本朋友借的！我一晚上已经挨了三次截！我已经被截住三次啦！……”

刚钻出警车的是个老雷子。他还没站稳就接过了那个外国人登录证。他昏头昏脑地好像原来挺明白突然又糊涂了，他捏着那小本本，愣愣地瞪着他问：

“什么三次？谁截了你三次？”

“警察老转”他顺口唱了一句。小林一雄的唱法酷似自言自语；

他觉得自己这一句唱得不仅恰到好处而且滋味十足。

那老雷子像着了魔似的立刻扔回小本，钻进警车，一眨眼两辆警车全开跑了。

当那几个人发出一声喊“哥们——儿！捅——呀”的时候，他在人群里挤得喘不过气来。接着他听见齐齐的一声叫，一声故意的怪叫。“哥们儿！捅呀！”面包车轰地一声翻了个四轮朝天。当那些哥们儿们乐得呵呵大笑时，他正好挤到了前面。那是几个歪眉斜眼的北京胡同串子，一个个姿势又流又痞。“哥们儿再来点劲再拔它一份烧了丫挺的烧了丫挺的！这车号哥们儿知道这他妈车是公安局的一点没错烧丫挺的快烧呀！哥们儿！我打大清早就他妈跑这儿来陪着周总理来啦，可他们丫挺的镇压咱们哥们儿！还有车给丫挺的们送饭我操他妈的！烧呀哥们给它一大哄呀噢——”他看见有一个人摸出火柴的时候他觉得又开心又好玩，因为刚才盯他的那个穿风衣的人没敢跟着挤过来。他看见那人用一根细细的火柴点的时候，他心里掠过一丝好笑的嘲讽；可是当他看见那人伸手去拧油箱盖的时候，他愣了。

真要烧么？在天安门广场？烧汽车？他本能地感到警惕。这些人是什么人呢？工人？流氓？群众？便衣？他觉得自己在紧张地想。也许是不能想象的阴谋。他觉得头脑僵硬而迟钝。他正想睁大眼睛再看仔细些呢——

轰的一声，一股呛人的红焰冲顶着一团黑油烟窜上半空。他在那火光冲起的一刹那甚至想：完啦，现在怎么镇压也合理啦。可是那熊熊烈火呛得他随着人潮，呼地一下退了开来。

天安门广场上，一辆汽车在猛烈燃烧。

隔着灼人的火焰和浓烟，纪念碑上五彩缤纷的花山花海在微微颤抖。周恩来总理的塑像显得严肃沉重。

又一辆汽车起火。又是一辆，又有一辆汽车被推翻点燃。接着，天安门广场东南角的小灰楼也被纵火点燃。红红的火光和黑烟开始弥漫。他看得目瞪口呆。他心里满是不安和激动。镇压就这样开始么？革命就这样爆发么？前途就这样开拓么？天安门广场上的火啊……

也许小痞子、愣头青、小胡同串子们就这样粗野地撕下了历史的旧一页。他突然觉得从来没有过的一股感情从心底涌起，他觉得他从此和北京痞子之间建立了不能割断的情谊。那一页又霉又烂，可是从来没有人敢掀它，更不用说撕了它。即使周总理给这座首都提供了一个可能性，一个决不会再有的可能性，可是人们——他想，可是你只敢用小里小气的伤感来发泄。你只敢用“爱周”当笔名写首小诗。然而痞子们是伟大的；痞子们说着粗话骂骂咧咧地一把就扯掉了那张烂日历。

革命运动是什么？人民是什么？历史是什么？他开始思想了。

他忽然渴望见到一个人。他经常有意在后乐会馆附近的那条小街上，穿上中山装独自徜徉。他盼着能见到那个四十年前的老皇军。他想起了那天淅沥的梅雨，想起了那柄泡在雨洼里的雨伞和那枯槁瘦削的诡影。为什么你要见那个老兵呢？他有些轻蔑地暗自问着自己。那个老兵也许参加过卢沟桥事变？不，一定是直接参加过南京屠杀。一定是真正地背着罪孽。那沉重的罪孽压得他精衰心碎，所以他甩掉雨伞，扑通一声跪倒在街心的水洼里。雨伞像个断线的风筝在欲飘不飘。梅雨像密织的线似落似无。他枯干的躯体像一具披着西服的骨架。那西服很快湿淋淋地软塌了，垮下来粘在那架跪着的嶙峋的人骨架上。我想念你，我想念你，他踱着步不住地自语着。也许在东京只有你才能够给我温暖。我需要一个感到自己罪孽深重的人作我的挚友。我已经发现了：只有那种真正感到自己罪孽深重的人才值得信赖。

他又开始喝酒。平田他们约他去喝的时候他有约必应，回到自己孤寂的小屋他又偷偷一个人接着喝。他渐渐选定了自己的酒：那种蓝字的“纯”。他幻想着和那赎罪的老兵喝一次，可是那个老兵再也没有出现，他耐心地穿上中山服，耐心地在和那个雨天一样的早晨站在那个街口也无济于事。这也是一种失之交臂，他想。也许那个雨天我拒绝了一颗最诚恳的心，我得到的惩罚是我也得不到真正的安慰。小林呢，小林一雄在这种时候是怎样坚持的呢？他捉摸着，猜测着想象中的小林一雄的样子。和日本人接触的时候，他已经三句话不离本行，总要提到“小林一雄”这个名字。可是没有人理睬，有些人奇怪地盯着他，像盯着一条断了尾巴的恐龙。有的女人捂着嘴笑起来，她们说你这人真奇怪。日本女人笑的时候总是捂着嘴，不知道她们为什么觉得捂上嘴才笑得优美。我真想……他咬牙切齿地想着，他觉得自己全身烧着一股火，那火中情欲混合着仇恨。你们这伙日本娘们儿，你们这伙幸福得享受得舒服得浑身发痒的骚娘们儿，他恨不得抓过一个来把她撕碎吃掉。

他有时晚上溜达到了那种窄窄的欢乐街。他双手插在裤袋里走走停停，研究着那些贴在门口的女人照片。拉客的小乌龟们个个打着绸领结，穿着紧绷绷的黑长裤。“啊，来啦！经理！”这边喊道。“您来啦，小哥哥！”他起了一身鸡皮疙瘩。“经理！经理！”一个放肆些的抓住了他的衬衣不放。“经理！只要……两万就玩一回。”

那小瘦乌龟压低声音说，一个半小时！

“两万？太贵。”他故意说得粗野些。

一群拉客的黑领结红领结蜂拥而上。“我家便宜！课长！”“两万，可是，稍微看看嘛！”“部长！我家的姑娘——”朝他打了个榧子。“经理！别走呀经理！”“这边请！小哥，这是新鲜的！”有一个门里干脆冲出两个女人来，死力捉住他的胳膊：“哥——，别让我哭呀！”他发觉自己走不了了。他转过脸来，学着电视剧里的流氓腔：

“等等。——多少？”

“只要三万哟，求求您啦——”她们晃着屁股娇声说。

“白干！嗯？”他狠狠地说。

两个抹满脂粉的女人撒开了手。他刹那间感到一股恶毒的快乐，又感到一点歉意。她们也不过是谋生，她们谋生的办法和你那些耍笔杆的同事差不太多。你不玩就走但别欺负人。但是我们每时每刻每秒都在挨他们有钱人的欺负，每个中国留学生每个亚洲人在东京都觉得自己在挨着欺负和侮辱。我们的自尊心在这个都会里每天都给划个口擦个印。他大踏步地走了，一直走出了红灯摩碰的这条欢乐街。他斜眼看着路口的性病医院的广告，心里觉得又恶心又怅惘。

是呵，不管怎样这都是一种失败。在战后四十年，我们又像是一群战败的散兵。报纸上说美军基地里的女大兵，山姆大婶正在基地附近卖淫。报纸上的那段叙述语言中充满了一种胜者的语感。四十年后，小日本的目标是打败美国。山姆大婶和山姆大姐在横须贺美军基地卖淫，说明太平洋上有一个岛屿已被日军收复。中国呢，中国更他妈的一样，周先生和周先生教出来的臭鱼在东京多得如虫如虱。大汤他们根本不用使红灯街的“肉弹”，大汤只要上碗米汤他们就乖啦。只有你，只有你又臭又硬像个打输了又不服输的败兵，靠着两盘小林一雄打发日子。

他走出欢乐街时突然想起一句小林的歌来，敲着吉他，叼着烟卷／老子不是个愉快的家伙。他回忆着那耳际飘着的声音。他比我更痛苦，他比我痛苦和艰难十倍。我还有平田，有真弓，他们都把我当成弟弟。他们没有把我当成败兵但也没有把我当成先锋和神。他们总要惦着怎么保护我照顾我，而不是向我寻求援助。而小林一雄被称为“民谣之神”，听小林一雄的歌的人全企图得到援助。他突然觉得自己体会到了小林的心境。他更难，他的前面没有人了。他永远是孤独的前锋。他想去找家酒馆喝点，摸了摸衣袋，里面有三千日元。正好够喝一顿，他犹豫着，就在这时他看到路对面的剧院广告。

《异乡人》，他的心里一动。接着他就看见了下面一行小字：入场券每人三千日元。

反正酒也不一定非是液体。

有一个古怪的袋子。一个口袋，一个尼龙的或者是橡皮的或者是又紧绷着又弹性十足的袋子，在漆黑的黑暗中涂着一道亮。那个袋子蠕动着、扭曲着、撕咬着、哑巴着、怒吼着、在黑暗中时而闪电般打来一道雪亮的光。他觉得满意。看舞蹈用不着学外语。那袋子顶端有一颗头颅，他在黑暗中看了许久才看出来那是一颗活生生的人头。就在这时伴奏在黑暗中浮现了。他险些失声喊出来：伴奏的音乐是一个嘶哑的女人的呻吟。他毛骨悚然，脊背刷地变得冰凉。那个被死死裹住勒紧在一个尼龙袋中的女人在竭尽全力地挣扎。朋友呵，天亮已经近了——哇哇的哑声揪着他的心肺，他觉得胸口疼得难忍。可怕的音响效果，那声音不仅带血带泪，那声音让人活活地感到那女人的嗓子、脖颈、胸膛、裸体、心脏和血液。每当和往日的温暖……裹在尼龙袋中的妇女开始疯狂挣扎，那勒出的、那死命勒出的一道人体的曲线在惨白地闪光在危险地折弯。西海固，你这无鱼的死海，你这黄土如波荒山如浪的贫穷惊涛！音箱里的女人呻吟声变成了尖叫，他觉得一个人在被十条大蟒缠住只能又撕又咬地与那十条蟒蛇战斗时才会这样可怕地叫喊。那包在万恶的袋子里的人体又奋勇地朝后一折，他啊地喊出了声，他觉得那根腰骨一定断了。三名勇士只剩下了两匹骆驼。你用无法生存的绝境挡住了黑暗。黑暗浸泡的观众席上有人也尖叫起来。一道蔚蓝的光扫射在那个被裹紧的肉体上，使那尼龙布背后的女人线条鲜明毫无掩饰。他觉得那蔚蓝色的曲线在向他宣布着绝对的圣洁。后来我流落异乡每每独自歌唱 / 歌声中你的眼睛好像一双黑醋栗 / ……观众席在黑暗中涌荡着激动，身边的两个观众哭了。音箱中的女声呻吟嘶喊似乎喘息了一瞬，此刻那困锁在尼龙口袋里的女人又开始了一赌。她撕、她咬、她挣、她挑，她用身体的每一个部位和每一块皮肤每一个细胞在和那可怖的弹力十足的口袋决战。蔚蓝的灯光幻成了血溶进水一样的淡红。淡红的血光映出一个个触目惊心的造型。他猛地跳了起来，站直身子呆呆地看着。观众们依然鸦雀无声，场内静极了。音箱里的伴奏女声已经哭了。像他们那样笑么，我不愿意。滚你妈的，老周和大汤，你们的双簧太恶心了。高大茂密的蒿子草悲怆地摇着。雷鸣般的架子鼓突然响起。小林，你决不孤独，你挺住唱吧。在那鲜血淋漓的肉柱上面，那颗头还在喊着：阿拉乎艾克别尔！……那个女人一声怒吼，随着惊雷般的一声鼓和一道突然劈来的电光，她挣出了那万恶的口袋。

突然飘起了柔美的音乐。她疲惫地垂着一条裸着的、美丽的胳臂。雪亮的强光照着她脸上喘息着的一丝笑容。于是你胜利了，你守住了你的信仰和你的心。“异乡人”救出了自己。

他没有随着观众鼓掌。我们遍布于这个世界，尽管我们互不相识。大汤和老周们在我们面前如同一抔黄土。那累极了的女人垂着那条雪白的美丽手臂，疲惫得没有力气谢幕，那个禁锢过她的尼龙口袋现在斜斜地披在她肩上，变成了一袭雪白的长袍。她的战斗胜利了。他紧紧咬住了牙关，忍着没有落下泪来。他急速地挤过观众，瞟了一眼墙上《异乡人》的广告，就快步走出了剧场。

接近大坂顶点的时候，并没有感到空气稀薄。只是冷。他觉得寒冷像掺在空气里一样，粗拉拉地割着脸颊。在斯坦因地图上，这里等高线密得像线团。马子费劲地一步踩着一步往上蹬着，骑在鞍上能觉得出鞍子下面的马背在汗涔涔地一耸一耸。马真是有劲儿，他老练地感觉着马子的蕴藏，像这样再有两个小时就可以登上坂顶。冰冻的空气透明地、刀割般地掠过身边，他数着马子的步伐，每数一下他觉得自己就登上了几寸。这就是等高线，他新鲜地体会着。现在我已经用肌肤用整个身心体会了地图上那些狰狞的等高线。前方的坂顶铺着一层薄薄的雪白的冰碴。并没有吓人的厚雪，他听着锐厉的风啸想。这样高的大坂上留不住雪，只留得住冻人的寒冷。一九一四年斯坦因的骆驼队通过的时候，有几头骆驼上驮着给养，全体探险队员都背着步枪。当时中国政府对这位洋人毕恭毕敬，有一支服务的毛驴队为他们运来礼物。在上山之前，在南疆的焉耆和库尔勒，他两次和日本拍摄《丝绸之路》的小汽车相遇了，那几辆漆得花哨漂亮的越野车上描着一对握在一块的手。不，还不是握手的时候，他冷冷地想道。当你们住在那个招待所的时候，我们中国旅客连在院里散步都挨盘查。不必握手，我们可以在新疆这块大地上赛一赛；你们的汽车可以在平地上跑，我的骏马却能往大坂上爬。大坂正在肃穆地渐渐靠近过来，马子剧烈地喘息着。“大叔！下马，下马牵着走吧！”他高声喊道，他听见自己的喊声在峻峭的天山之巅激起着一浪叠过一浪的巨大回音。

海拔只有三千多米，所以斯坦因对这道大坂并没有大肆吹嘘。他只觉得冷，只是两肩和胸部觉得冷，下身穿着那回族毛驴客的棉裤，所以下身并不太冷。他抬头望望前面的毛驴客和老向导，那两个汉子也在默默走着。他们在大坂上也停止了闲谈。山谷里静得惊人，四面都是薄薄带着一层雪白冰碴的铁色山坡。强风时熄时起，风起时冻僵的空气便猛地抖出一声响。大坂，他仰头望着那道鞍状的白色山坡，这一回不再是一道横岭，这一回是真的登上了大坂。NHK的小汽车漆着两只握紧的手，可是那两只手握得毫无感情。越野车也登不上这样的高海拔，这里连马匹也不能骑用了。大坂上有一道阳光在闪烁，雪白的冰粒在幻出美丽的虹彩。你就这样静静地近了，你就这样静静地朝着我走近我，我的大坂。他感动地摇摇头，牵着马，使劲地向上攀去。

如果那辆漆得花里胡哨的小越野车里出来一个日本人，如果他能像赶毛驴的回回一样和我分穿破棉裤，如果他能不嫌弃这座大坂的荒凉而爱这座大坂，那么我就和他握手。等我翻过去到了吐鲁番，等我把考察报告发表出来，连混蛋也会喝彩的，可是那又有什么呢？你拼命赌气地冲向这座大坂又是为了什么呢？写那么一篇狗屁论文的意义究竟是什么呢？让自己的妻子呻吟在血泊里让自己初次迎来的小生命夭折究竟有什么意义呢？天山有三百三十三座大坂最危险的大坂并不是这一道你赌上一条命翻这道三千来米的大坂能得到些什么呢？

不，我不能为那些而奋斗。他想着使劲扯直了手里的马笼头。我登上这座大坂是为了乞求收容，乞求这座圣灵居住的亚洲最美的山脉的承认。我牺牲了一个女人的盼望和一个孩子的性命来朝拜它。直到此刻，直到我已经接近了坂顶我才明白了自己的初衷。为我晴朗吧，为我展开你襟麓下的世界吧！

就在这时他登上了坂顶，一眼看见了茫茫的南疆。

他怎么也看不清那人的眼睛。时间就在身边，在手里翻动的活页纸的哗哗声中，在睫毛轻微的耸动中和钥匙锁住锁孔里的暗簧时的咔嗒声中流逝。那个人摇摇晃晃地朝他走来，镀亮的支架卡在领颈之间，挑着一支短短的西部口琴。那个人总是垂着眼皮，那个人总是垂着眼睛好像他害怕强光好像他怕与人目光相遇好像他是个瞎子。时间就这样无情地流逝了，空间却在宽容一般地大大展开。已经精心录制了两篇分成上下集的选曲盘，是用两盒昂贵的金属磁带转录的；平田说他来录，于是第二天平田就送来了。那个人斜斜地把胳臂架在吉他上，他那柄吉他像是特制的，琴身显得特别大。那柄吉他的背带环上拴着厚厚一叠旧登机牌，看来它曾随着它的主人乘过千百次飞机。平田肯定守着唱机和磁带熬了一个通宵，但平田什么也没有说。平田只是递过那两盒录好的金属带，接着就打开了夹子翻出了《黄金牧地》。他盯着那个人，可是复印的旧海报不清晰，他看不清那人的眼睛。在日本新音乐出版社几年前印的一本书上，他做出在琴上找和弦的神态，又躲开了照相机。他垂着眼皮仿佛他觉得羞涩，他吼得天昏地暗可是他从不睁开一双和吼声匹配的眼睛。这是为什么呢？

他叹了一口气。

他把那盒上集金属磁带拿在手里，摩挲了一会儿磁带亮晶晶的镀边，然后又把磁带填进机器。小小的火柴盒般的屋子里刚刚换过床罩和枕套，雪白的床上弥漫着一股静听着的味儿。糊墙布流畅地扭动着枯黄的波浪，随着吉他和架子鼓打出的一支同样扭动的旋律。这样的论文是非常难写的，你总不能长篇大幅地写一双低垂的眼睛，写一种你非要觉得痛苦只有你觉得痛苦觉得撼人心魂觉得充满奇异的男性美觉得潜流着一种绝对纯净的——嗓音。你要打算那么写还不如把磁带粘在稿纸上让读者们听听。没人听！他妈的正是因为没人听老子才要写！他恨恨地反驳道。没人听那活生生沙拉拉带着口臭带着热乎乎的哈气的嗓音，倒有人看（？）听（？）你用一根秃铅笔写在研究中心三百字一枚的稿纸上的“嗓音”么？！

但是老子偏要写。

有种你就写，写十万字一百万字一千万字才好。写得你耽误了在日本剩下的这几天才好。

因为没有别的人会写，所以我要写。

您有种您高明您比日本人还懂日本问题！日本不该叫您留学叫您当访问学者日本该他妈的请您来当国师！

我要让小林一雄知道：这片大陆上有人理解他。

理吧解吧快快写吧你和你那个小林一雄是一对讨厌鬼是一对神经病！

住嘴，不然我开大音量了。

等等！等一下——有句话来着：菩提本无树，明镜亦非台。还有，生有涯知无涯以有涯随无涯者殆——你不懂保身全生养亲尽年……

去你妈的。

你应该懂得辩证主义，多面分析、左右验证、上下补充、心平气和、一日三餐、二律背反、大便莫干、智者千虑，懒驴上磨……

疯雷魔电一顿轰。小林一雄的 Rock 在唱开几句以后，简直就像是呼云唤雨的一个魔鬼。火柴盒般的宿舍一下子变成了一只音箱。真痛快，轰丫挺的。他觉得心里满是快意。在日本的日子没有多久了，他想。但是这件事情和译注《黄金牧地》一样重要。小林哥们儿，我要叫人们知道你。我不能为你扬名但是我能给你出气，《水浒》上叫“出一口鸟气”。要快快抓紧，要全力调查一切和小林一雄有关的人、事、资料。要给真弓打个电话，求她帮助我调查。同时要抓紧《黄金牧地》的工作。平田默默不语可是平田期待着我。平田熬通宵为我复制那么多磁带，又为我复制了这两盒上下集的“小林最佳曲选集”，是为了让我能把《黄金牧地》的事情干好。那么抓紧时间吧，因为广阔的空间已经为了我，为了一个在护城河边的灰堆里捡过煤渣的少年，为了一个在草地和雪地上穿着一袭破羊皮袍子挣工分养活自己的青年敞开啦。

那一天，天空流着可怕的黄色
然后，最后的暗杀结束了
就在你住的广场一角
全部只是一把斧，还有一颗头

那一天，小城充满甜美的蓝色
于是，最后的叛卖结束了

就在你住的市场四周

一切只是一块钱，买了一颗头

不，没有任何不解。我用预感破译了他的晦涩，我凭着同类的嗅觉深深地踏进了他的心。小林一雄最深的苦痛也许就在这里，是的，暗杀和叛卖。为什么？

不知道。我只凭我坚信的同类的直觉。

他感到被暗杀的恐惧？他感到威胁？

是的，男子气概的深处从来是恐惧。

那么叛卖呢？

不知道。

他独自一人。他是民谣之神。谁叛卖他？

也许正相反。

你说什么？你这不害羞的日本国师！

他是叛变者。

住嘴！

谢谢你，我为你这一声怒骂永远谢谢你。这证明了我热爱的小林一雄也震撼了你。但是，我只能说，也许前卫、先锋、追求、执著、创造、扭转历史——这一切本身就包含着背叛。他勇敢地前进了，世人却看见他彻底地背叛了。他爱世人，他爱人爱得一往情深；因此他痛苦，痛苦得不能自拔。他只能背叛，然后只能痛苦。

你这是——真弓的宗教分析！

哦！

他惊愕地手一抖。好一双锐利的眼睛呵，他想起了一双黑亮逼人的黑眼睛。但是同一个刹那他觉察到自己倏地垂下了眼皮。你怎么啦，难道你和小林一雄真是同类吗？我比他走得更远。我虽然还没有起步但我明白：我在本质上比他走得更远。那么你案上的稿纸你手里的两件工作就是……你所谓的起步吗？不，也许只是一个告别。你懂了吗，也许这只是一次背叛。我也要像那个挂着吉他、咬着一支钢架支起的西部口琴、低垂着双目的人一样，向着把我养育成人的世界郑重道别，踏上旅程。

这个道别不用宣布。但是也许会有一个辉煌的仪式。别用你锐利的黑眼睛揭露我，请允许我——允许我默默地开始吧。

第七章

M

又要搬家了。因为召•淖尔提出逐客，我们也觉得在这儿再住下去已经无聊。

为了准备再转场到一块鬼知道好坏的地方去，我们开始筹集一点钱。男人们几乎都下了召•淖尔的芦苇荡，用芟镰打苇子挣钱。

戈切窜过去的时候，我没有看清楚。他那两块眼镜片和冰河上的反光混在一起，我每天都在这种闪烁晃眼的冰河汊子上干活，没有看出那一闪是戈切的眼镜片在闪光。我抡开手里的芟镰，左右开弓，狠狠地揍那些黄苇子。我的芟镰钝了，砍不利索，所以只能把那参差不齐的枯黄芦苇揍倒。我没有看清楚，我只是恍惚觉得戈切像个披着破烂布条的恶鬼，哗哗地蹚着苇捆子窜过去了。

李小葵蹲下来，默不出声地重新捆那些苇捆子。我头脑里稍稍清醒了一点，我问李小葵说：“喂，达不苏，戈切跟条母狗似的窜什么哪。”李小葵不说话，使劲勒着那些黄灿灿硬挺挺的苇捆。翘起来的苇子干巴巴地扎着抽着他的脸，在他那绷紧的脸上断了。李小葵捆好被戈切踢散的苇子，立起来把腰间的电线勒了勒紧，然后抄起了他的芟镰。刷——刷——金灿的枯苇墙在他的镰下齐齐倒下。臭小子，达不苏，我想，磨镰刀还磨得真地道。

接着一个娘们儿冲过来了。她瞪着眼嚷嚷着找戈切，可是冰河汉子里没有戈切的影儿。她使着一口张家口那边的口音嚷得气急败坏；后来她看见了个女的，看见徐莎莎一扭一扭地过来了就揪住她开始哭。

徐莎莎使劲甩着：“干吗呀哭什么呀干吗呀你揪着人家干吗呀——”

那娘们儿索性咚地坐在苇碴子密麻麻的冰河上，哇地号啕起来。一面哭一面使劲地蹬腿，一双黑布棉鞋在金黄的苇茬子上磨着蹭着。她穿着一件红绿花的小袄，一条大裤裆的黑褶子棉裤，长得又傻又憨，一张黄脸上泪水鼻涕纵横乱流。“哇哇——不能活啦！——呜呜——寻个死吧！……”苇场边上拴着的马都不安地跺着蹄子，人们都收住了手里的芟镰。

徐莎莎小心地绕开她，在旁边站着。

“黑心的戈……黑心烂肺的四眼子狗哟。”那娘们捶着冰河面，她不会说“戈切”这个蒙古外号。她折腾得那一块冰面光滑明亮，短短的苇茬子都断光了。“把人糟蹋了半年整哟……把人糟害了半年糟蹋了六个月哟……哇哇——再活不成啦！……四眼子狼四眼子狗哟！你这畜生不如个狼不如个狗哟！……哇哇——”

人们都直直立着，拄着手里的芟镰。只有李小葵还在闷头抡着镰，向金黄的苇帐慢慢进攻着。召·淖尔草地上有条小河串着上百个水泡子，小河里的芦苇能卖大钱。像这娘们儿这样的盲流冬夏不分地住在苇丛里，有时候盲流多得成堆成团。戈切赶车运苇子拉脚，我们知识青年都听说戈切在苇荡里厮混了一个盲流到草地谋生的阳原女人。原来是她，我想着打量着这蓬头垢面的娘们儿。戈切那杂种可真是饥不择食啦。

突然，那娘们儿一把抹了满脸眼泪鼻涕，举起双手狂喊起来：

“大哥！大姐！……各位大哥大姐！给个公道！天理良心啊，他戈……他四眼狗不能把我这么糟蹋够了就走！大哥大姐，别嫌难看你们瞧瞧——”

那娘们儿一把掀起花袄，又使劲把黑棉裤往下一拽，露出一个鼓鼓的光肚皮来。那光溜溜的圆肚子正对着李小葵。

李小葵铁黑着脸，不言语地躲开两步，继续挥镰打着。刷——刷——金黄灿灿的芦苇抖了一下，然后一根根划成一个扇形倒下，倒成齐齐的一堆。李小葵抬起袖口，“吐噜”一声吸了下鼻涕，然后又刷刷地挥镰打去。他一言不发，佝偻着身，一件用胶皮电线勒住的破蒙古袍子没有下襟，可笑地露着海军灰兵裤屁股上的两块蓝补丁。

那娘们儿愣了一下。李小葵的样子像是给她头上揍了一拳。接着她真的伤心了，痛苦地歪躺在冰上抽泣起来。只有那两只手不死心地举着掀着袄襟，向我们露着那个怀了孩子的光肚皮。她抽搐着在混浊的冰上扭动，刚才号啕的粗嗓门突然哑了。

“娃娃在肚里……呜呜……四个多月啦！呜呜……四个月的

娃，呜呜——”

忽然响起戈切凶狠的沙嗓门。我听见戈切讲的是一口北京话时，心里猛地恶心了一下。

“滚你姥姥的！你这臭破鞋！你这臭不要脸的烂货！”戈切边骂边从芦苇墙后走出来，边走边抿紧着他身上那件黑油油的蓝棉袄。“你是千人骑万人压的破鞋！甭他妈的露着你那浪肚皮吓唬老子！谁他妈知道那是驴操出来的还是狗操出来的！”戈切骂人的时候满脸杀气，他骂着，一张瘦脸慢慢地变成一种青绿青绿的怪色。

“你——”那娘们儿尖叫一声扑过去，死命抱住了戈切的腿。她先倒了几把手，把戈切的一条腿抱牢，接着才哭出声来：“你——太恶啦呜呜呜……那夏天，头一次碰上你，你就递给了个月饼，月饼还刚咬了几口，你……你就说……说……说你是知识青年，呜呜……”她泣不成声了，可是一双手仍死命地揪住戈切的裤腿。

“撒手，你丫挺的，”戈切怒喝道，“撒手！”

娘们儿疯狂地瞪着戈切：“不！不！不！有种的你把姑奶奶宰了！……你许了娶的！呜呜——你说单身一个娘们儿又不是拖老挂小，你说单身一个娘们儿正合适！……”她揪死戈切的腿，猛地往上一跃，面对我们大伙吼道：“大哥大姐！——”

“松手，”戈切青脸绷得硬硬的，“不松手我踢死你个丫挺养的。松手！”他命令着。

那娘们儿一声怪叫，抱住了戈切的大腿。她不哭了；突然又像头母兽，粗嗓门大吼起来：

“你那个月饼刚咬了几口，你就把人家给掀啦！……你这属狼的你不让人啃上半个月饼你就把人日啦！大哥大姐！——”她不顾一切地狂叫着，半跪的身子一窜一窜地撕扯着戈切。

戈切一脚踢在她肚子上。

“大哥大姐！——给个公道！他……他这条四眼子狼！……他走三天来五天！他把人美美地糟蹋了六个月哪！……这会儿他说要搬家啦要走啦！他把人肚子里填上个狼崽子他就要跑呀！大哥大姐！——”

戈切又恶狠狠地抬起脚来。

李小葵猛地跳过来，一拳揍在戈切的青脸上。戈切一怔，随即迅速地一拧身，抽出一把明晃晃的刀子。“小丫挺的！”他恶狠狠地盯着李小葵。李小葵像施了魔法似的，呆呆地立在冰面上一动不动了。

我醒了过来。我用右手一推，让芟镰的长长木把子从左手虎口里伸出去，芟镰的铁刃嗖地贴上了戈切的眼镜。“戈切，”我的声音奇怪地颤着，“你敢动一动，我就花了你的狗脸。”我注视着戈切，心里像铁一样坚定。反正咱们活得都没劲，我想，你敢动老子保险敢下手。

蓝猫慢条斯理地走近过来，不慌不忙地也举起芟镰。蓝猫的芟镰尖对准了戈切的嗓子，一道冰冷雪白的光嗖地晃了我一下。

蓝猫说：“戈切，你丫挺的。”

戈切慌了。我看见这个老高三的团支书、几年前开口闭口祝毛主席万寿无疆的车老板眼睛里一会儿是恐惧，一会儿是仇恨，一会儿又是狡猾。我和蓝猫两人直直地举着芟镰的长木把，和戈切站在一个三角形上。戈切的脸上一阵红一阵青。抱着他腿的那个盲流草地的娘们儿吓得面如土色。戈切突然看见了她，眼睛滴溜溜地转了起来，接着戈切藏起了刀子：

“哥们儿！别玩真的哥们儿，”他小心地躲着芟镰的铁刃，摸住了那娘们的肩膀：“起来起来，别给他妈老子现眼啦。老子认啦，跟你这条母驴结婚。起来起来！认啦，了不起这辈子就是跟你这骚破鞋干啦。”

那娘们儿满脸还是鼻涕眼泪呢，就一下子绽出了笑容。后来那娘们儿跟着戈切走了，消失在金黄灿灿的芦苇帐后，我知道这傻娘们儿又给戈切骗了。

我转过身来，和蓝猫对视了一下。蓝猫无奈地摇摇头。真是傻得出奇，戈切怎么可能引上她去走那没有头的雪路呢？出发已经近在眼前了！

李小葵在默不出声地打苇子。胶皮电线紧紧勒杀出他的瘦腰。他上身的袍子上已经没有几条布丝，光板的羊皮里上满是破口子，翻出白白的羊毛。李小葵皱着黑眉毛，像是要把刚才耽误的工夫补回来似的，一镰紧过一镰地打着芦苇。看着小葵打苇子的样，我感到大迁徙真的又逼近了。李小葵已经争分夺秒。他使我模糊地想起两年前走出来时，那个贫穷的冬天。细长的芟镰把子呼呼地带着风，金黄干脆的芦苇被切断了，划着弧线一根根挨着倒下，堆成齐齐的一堆。李小葵弯下腰来，闷声吭哧着，三下两把地把那黄苇子捆成一个结结实实的苇个子。

腊子口，我轻轻地在心里唤道。

当年红军攀登过的峭壁此刻就在我身右。小毛和志伟他们正叽叽喳喳地商量怎么爬上去。那峭壁不是想象中的那种万丈绝壁，它不太高而且长着野草灌木，但是它确实是峭壁。我久久地望着那道青黑色的峭壁。没有这青绿色的悬崖峭壁腊子口就不算天险，我心里想，没有这道峭壁红军也就突破不了腊子口天险。

腊子峡扭曲着在一片葱茏中被截断了，现在已经看不见那高高的腊子乡。现在是青翠的腊子的十二月，松涛峡水在悦耳地，在和平地奏着一曲音乐。在清澈的峡水上架着一座独木桥，抵达腊子口以后我们已经在这座威名远扬的独木桥上奔跑了多少遍。小队久久地逗留在这里，我们舍不得马上出发离开。红军，你们知道吗？三十年后又有几个戴八角帽的红军到达了腊子口。我们是多么想知道你们心里的一切啊，你们知道我们心里的一切吗？

我们默默地在腊子口散步，溜达，东找找西看看。我们都没有互相说出心里的激动。自从制定了长征腊子口的计划以来，我们在南部甘肃的山野中奔走了那么久，每天走得精疲力尽，好像在跋涉中我们已经忘了腊子口。

我没办法下命令出发。大家都在恋恋不舍地想在腊子口多停一会儿。我干脆卸下了行李，在那座独木桥上坐了下来。

小毛也走了过来。她学着我的样，也在窄窄的木桥上坐下，把两腿垂向桥下奔腾的河水。

志伟和小丫也走过来坐下了。

我们四个人坐在独木桥上，默默地看着轰鸣宣泄的碧绿峡水冲腾而来，在我们的脚下激起白雪般的浪花泡沫。

青蒙的峡谷里再无别人，腊子口今天是我们的。天险好像也通晓人意；我坐在高悬河上的独木桥上，不知为什么觉得满心都是安全的感觉。

大海还是应该先来这儿，我忽然想，他如果能这样在腊子口坐一会儿，他就能闯遍天下。

雄峻的甘南大山叠叠嶂嶂，山形险峭但山色秀丽。静寂从腊子水的轰鸣中飘游出来，在青茏中弥漫，在迷蒙中沉浮，好像在苍茫无边地静静地卫护着我们。

大迁徙真的又临近了！

落雪以后，这个冬天马上显出一副不吉利的恶相。天一热一冷，于是雪下得没有了间断。入冬以后不久，好像——好像羊群里刚刚放进种羊扒子以后不久，大地上的雪就结了硬壳！

召·淖尔倒是不逼命了；听说他们也慌啦，正在商议走场的事。他们甚至不如我们，我们抓住了秋末打了一茬芦苇，现在每家的小箱子里都有几个压箱底的钱了。

丹巴哥日复一日地紧张修车。嫂子把秋末丹巴打来的旱獭油弄出来，挖空心思地想驯我们的犍牛吃。我每天都开始喂我的白马亚干一碗料——或是小米饭，或是肉面条，或是向苇塘里的阳原盲流要来的苞谷渣子。

但是额吉病了。

我吹着口哨，歪坐在亚干鞍上，一边捉摸着亚干在我胯下的精神和气力，一边探出手给它拔鬃里叮着的血包虫。

越男家——马倌乔里玛家最近挪过来了，我想去看看越男，也顺便给额吉讨些药。

只觉着白马亚干把屁股上的几大块硬肉一绷，我就登上了坡顶。有一骑马正好从蒙古包的对面走来。我停了一下，认出了那是徐莎莎的“褐勒”。我没有理睬她，径直下马，把亚干拴在车上，掀帘进了包。

好滋润的小日子，我心里暗暗喝了声彩。黑粗憨厚的乔里玛正兴致勃勃地赤着膊炸“粑粑”。他把两条袖子捆在腰间，肩头和大臂上黑油油的硬肌肉一鼓一滚。我飞快地联想到我的白马亚干，真壮啊这小子，我想着用蒙语向乔里玛问了好：

“马群还行？噢。我家额吉感冒啦，来找你们老婆讨些药。”

乔里玛兴冲冲地从咕噜噜滚翻着的羊油锅里捞出一条黄油油的长条粑粑：“马肚带！哈哈！”那条油炸的白面肚带编得又粗又大，油珠在上面嗞嗞地响着。“吃！吃！吐木勒！”乔里玛举着。他那黑油油的亮皮肤下面，两丛浓密的黑毛长得吓人。我用马鞭子捅了捅他的那团黑腋毛，笑着说：

“乔里玛，该打马鬃啦。”

越男在一边咯咯地笑了。我听见她笑还是有点别扭，她总是不掩饰自己那股子“浪”。果然，她啧啧地亲着她那儿子的小屁股，叨叨开了。我听得出她是朝我显她的突飞猛进的蒙语：

“噢——噢——爸爸是有鬃的。噢——噢——妈妈是有奶的。哈哈哈——”

这个包里乱七八糟。羊皮、马杆梢条、烂布头、屎席子、稀牛粪、黑雪块混着堆作一团。越男刚和乔里玛结婚时，她的蒙语说得二百五，有一回打架正碰上我串门，两口子就一边骂一边等我翻译。现在不同啦，我想着叹了口气。现在越男讲得又轻松又随便，口气尾音处处都丝丝入扣地和个蒙古大嫂子一模一样。

“你有什么呀？爸爸有鬃，妈妈有奶，你有——滴铃铃铃！……”她把头发乱蓬蓬的脸埋在那小崽的小雀子上，又咬又舐地闹。

小孩清脆地、奶声奶气地笑了。乔里玛也抬起头来，朝着我哈哈大笑起来。

“喂！快给找药。”我催她说，使的汉话。

越男马上扔了孩子，在那堆破烂山里乱刨起来：“这就找，马上找，”她不系腰带，跪在毡子上爬着乱刨。小孩鞋、毡袜子、牛皮条被她扔着满包乱飞。“有磺胺，可是老牧说那是毒药。有 APC，怎么他妈的找不着啊。你等着，我还有一包四环素——”

“越男！”徐莎莎喊道。我一转头，才发现徐莎莎已经在门槛上蹲了好久了。

越男的脸突然沉了下来。她撩撩头发，抓住孩子的腿，把孩子拉过来抱起，半晌才阴阳怪气地答话：

“瞧，今天太阳可是打哪边升起来的呀。快请坐吧。唉，请坐请坐。可我们这屋里赛猪窝，你刨块地儿自己坐吧。”

我觉得越男对徐莎莎怀着深深的怨毒。她简直一点不掩饰自己这种恶意，这使我这个男生在她们面前总感到一股说不出的滋味。

徐莎莎局促不安地搓着手，小心翼翼地坐在牛粪箱的边边上。乔里玛快活地又举起那根油炸马肚带：“吃！吃！”我觉得乔里玛可真是个不折不扣的老实好人。

徐莎莎轻轻掰下一小块嚼着，松了口气，在粪箱边上坐得更稳些，“我是——”她开口说。

越男突然尖叫起来：“哎哟！我说您快别毁我们家那个烂粪箱子行吧？买一个这号破铁皮箱子得要他妈十二块哪！——那毡子不太脏！”

徐莎莎差点哭出来。她涨红着脸，赶紧躲开那个铁皮箱，想在乱糟糟的毡子上寻块地方坐下，可是又犹豫着没有坐。我说不出话来，一时只能愣愣地看着她们。徐莎莎鼓足勇气，红着脸又要开口，但是越男刻薄地接着嚷：

“坐吧坐吧！我们家毡子那么脏呀连屁股都不愿意沾一沾呀！”

徐莎莎眼里盈满了泪，可是她也下定决心似的干脆不坐了。她一仰脸，瞥了我一眼：

“我不……麻烦啦，我是——来告个别。我明天，嗯，明天就要——”我看徐莎莎的脸上也浮出一点硬气，“我明天要走了。”她说完了，舒了一口气。

“走了？”越男痴愣愣地问。

徐莎莎点了点头。

越男怀里的孩子突然嗷嗷大嚎起来。越男啪啪两巴掌扇在小孩屁股上，用不堪入耳的蒙语大骂起来。兴致勃勃地炸果子的乔里玛直勾勾地盯着越男，显然他对老婆开始动怒了。我还想知道个究竟，就又问徐莎莎“走哪儿去”，徐莎莎说：“参军。”我也不愿意再问了。越男骂得开始下流得可怕，我听得坐不住了。乔里玛怒冲冲地瞪着老婆，浑身大块大块的黑腱子肉在呼呼扇动。越男疯子般喊着，一巴掌接一巴掌地猛揍怀里的小孩。她的眼睛血红，头发蓬乱扎煞着像一个女鬼。徐莎莎想走了，我看得出来她想马上离开可是还想等个“台阶”。这时乔里玛突然像一头强健的熊一般一跃而起，膀手把越男搡开。越男的头咚地撞在靠木墙的红漆箱子上，那咚的一声响得又闷又响，我吓得浑身一哆嗦。“嗷——”越男凄厉地尖叫起来，把靴子、木头、牛粪块、铁饭勺朝丈夫凶猛地砸去。有一块什么破毡块噗地溅在油锅里，滚烫的油星溅上了半空。小孩被扔在毡子上乱踹乱哭，我一下子扑过去，把那小崽子搂到我怀里，然后把锅盖抄起来，扣住了那口可怕的油锅。“别他妈打啦！”我愤怒地大吼道。乔里玛已经大败，蹲缩成一团紧紧抱住头。雨点般的靴子、枕头、鞍具、剪子一个劲地砸在他黑橡胶般的厚脊背上。越男哭嚎着，疯狂地乱扔乱打着，突然，她朝着徐莎莎嘶哑地吼起来，我觉得那嘶哑的声音里像是沾着咽喉里的血一样：

“走呀！你他妈的可是走呀！参你的军！入你的党！当你的

官！……我操你妈的走你的阳关道去呀！你们家官大路子大你跟我显什么呀！你他妈的狐狸精你跟我告他妈的哪门子别呀！……”她陡然怒喝起来：“走！滚！快滚！……”

徐莎莎哇地大哭起来。她猛地一扭身，冲出了包门。随即有一阵马蹄声骤然远去了。

包里突然静了下来。

只剩下我抱着的小崽在继续有气无力地哭。

越男痴痴地坐在毡子中央，死鱼般的两颗眼珠盯着包中央的炉子。她两腿弯着拖在身侧，挺着肚子一动不动。那肚子——我暗暗惊叫起来：那又是一个怀了孩子的肚子。

乔里玛愤愤地站起来，穿上两根袖子，推门到包外去了。越男痴痴地盯着他，目不转睛地一直目送着他走到门外，“日你姥姥的乔里玛，你这公狗熊，”她低声咒骂着，“今天夜里你休想，”她自言自语地骂道。她已经忘了我在一边。“今天夜里，你姑奶奶不让你上。”她咬着牙说。

我厌恶地望着她。我要等她给我找药。

小丫过了一刻钟，来到了传达室。

她欢蹦乱跳地拉住我的手。那一分钟我觉得头眩晕了一下。那道灰灰的高墙像魔术师使了法一样已经在我背后了。

顺着一条窄窄的水泥小路，我看见一幢奶黄色的小楼。不知为什么那奶黄色小楼好像悄然在我脑海里打上了“朴素”两个字。耳边小丫像只腊子口松林里的鸟儿，清脆地叽叽喳喳着什么。我没有听见，声音都被柔软的大红地毯吸净了。那地毯是静悄无声的，小丫说的话也就静悄无声了。

“嘿！”小丫使劲推了我一下。我一振作，头脑不那么混沌了。“我爸爸想见见你。”她说话的声音有些怪。怎么不像在甘南；我捉摸了一下。她的声音——那时像只快活的小鸭子。而现在，我看见一个矮小的老头正朝我旋过黑皮转椅。我该命令她马上出发。我发觉自己有些烦恼。她父亲先问了问我父亲的情况。

“噢噢。那么，你母亲呢？她在——”

我不该生气。虽然这么问太不客气了。

“噢噢。那——是搞哪方面工作呢？”

我记得在《钢铁是怎样炼成的》里，保尔曾经回答：“开垃圾车！”但是我没能说出来。

“噢噢。一般工作。那么，是哪一种一般工作呢？小丫，你给倒杯开水嘛。哪一种一般工作呢？”

小丫是我的红军战士。在那片大海一样的黄土山地里，在天险腊子口，我没有被人盯住问过这么多问题。那些大山——

“不用说，是党员啰？哪一年入的党呢？”

那些大山对我绝对信任。在监狱里，“典狱长”也没有这样问过。我突然难过了，不是因为被——不，我不是为自己难过！

“小丫你插什么嘴！随便聊聊有什么？那么说你的家里——”

可是我发觉自己是能够忍受侮辱的这一点不能戳穿可这一点是真的我原来并不像在典狱长的临时班房里那么硬我刚刚知道原来我也可以把自尊心放在第二位我得快走快走快走。

“听小丫说，你要让她和你们去外地？还有个女孩子？噢噢，她家里做什么——”

我忍受不住了。我说：

“伯伯，我们没有同意小丫去。是我们自己去，我们要沿着红军的路走一段。”

小丫惊叫起来：“你说什么！不带我去？你别瞎说！”

“噢噢。你不在我们家吃饭么？噢噢，我们家十一点半开饭。”

这幢房子太大了。我觉得我的脚总是陷在那柔软的红地毯中走不快。在右一间房子左一个过道里我昏眩得气急败坏。那楼梯上的油漆也又柔又亮。门厅里摆着的夹竹桃像是蜡的。你不看看我的屋子吗你干吗非要走呢小丫急得很。她脸上的神情是莫名其妙。这是我的琴房可是弹的都是资产阶级那一套我已经不弹啦你干吗那么急我们家一会儿到十一点半就开饭啦。

在大门里侧，能看见另一座门洞里停着的一辆黑色的汽车。抬起头来，从那灰色的高墙里侧也能看见一圈嵌着白瓷瓶的电网。

我不知为什么回了一下头，那座小楼已经被绿阴遮住了，我喘了一口气。

“吃饭吧。”小丫央求地望着我。

“不啦。”我说。我觉得我心不在焉。

我好像有点想说一句狠狠的狂话？或者我觉得心软觉得有点对不起小丫？我不知道。我只是觉得慌乱，觉得看见了不该看的东西。只是让人戳了一下心里头自己没发现的另一个自己。我没有心思再和小丫说什么了。我又重重地吁了口气，现在心里舒服些了，我如释重负地想。

迈出那道铁门时我没有再看看那道灰色的高墙。我慌慌张张地和小丫嚷了声再见就走了。我好像忙着快把这个宅院忘掉。我才十七岁。我不愿意再想这院子一秒钟。我强烈地想马上见到小毛还有……大海。我忽然觉得自己太年轻，年轻而弱小。沿着门口的路，我不回头地走了。

我喊没有用，推也没有用，蓝猫就是死死赖着睡。蓝猫从今年秋天起就把写诗的毛病改成了睡觉。他先是在放羊的时候睡，一口气昏睡到太阳下山，然后慌慌张张地打着红马小忽伦（他也换了一匹马；还是匹红马）去满山找羊。放种羊入群那天羊群里乱哄哄的，他照样枕着鞍子在山上大睡，结果有一只掉队的母羊被狼扒了。我陪着他找羊的时候我把他臭骂了一顿，后来看见那只被狼咬烂了喉咙和屁股的死羊架时他也愣了。但是——第二天他把马笼头拴在靴子上，不顾死活地又呼呼酣睡。

后来他们家吧吧老头被他睡怕了。河汉封冻以后，吧吧老头派他也上了苇塘打苇子筹备搬家远迁的钱。蓝猫每天打一百捆；多一捆不打。一百捆刚对付完，他抱着芟镰卧到苇子堆上便睡。我实在不明白他的猫脑子里在想什么。大迁徙已经迫在眉头啦！我对他喊叫。可是他嗯呀哼地又睡着了。收工回家时，我一看见他那副睡眼惺忪的猫相就恨不得砍他一镰。

我想了想，转身出了包门。吧吧老头笑眯眯地目送着我。巴姆额吉紧挨着蓝猫，娘儿俩个正比赛般一粗一细地拉着呼噜。在门口我看见蓝猫的小忽伦在远远的山坡上吃草呢，斑驳的初雪中那匹马像一颗小红炭粒。狗东西，臭懒猫，连马还没去抓呢。我恨恨地想着，伸手在雪地上抓了一把雪。我进了包，吧吧老汉还在笑眯眯地盯着我。我不理老头，一把扯开蓝猫的脖领，把雪填了进去，然后捏住他那黑油油的脏袍领。吧吧老汉叹了口气。

蓝猫哑声呻吟着，猛地蹦了起来，一边哈哈地抽着冷气，一边闭着眼睛又跳又抖。我紧紧捏住他的领口，不让那雪被他抖擞出来。还睡着哪，我看着他那双眼屎糊满的猫眼暗暗称奇，这家伙是下死决心做完他的梦呢。我用空着的手捏他的鼻子，才好不容易算把他弄醒了。

“干什么呀？”蓝猫不满地掏着后脖沟里的雪渣，恋恋不舍地看着睡得又香又酣的巴姆额吉，像是无限遗憾似的。

“起来，写首诗。”我说。

蓝猫软歪歪地又要往毡子上倒。另一边，吧吧老汉的细眯缝眼也随着一颤一颤地陪着他往下倒。我揪住蓝猫，恨得不知怎么办才好，干脆又捏住他的鼻子。

蓝猫醒了。“闹什么呀。”他嘟哝着。

“喝酒去，”我告诉他，“召·淖尔的知识青年请客。他们说要送送咱们，也慰劳一下自己。假李逵正在打井包那儿等咱俩呢。小遐脚疼，越男不愿意去，只有咱们三个，咱们仨一块去。”

蓝猫系腰带时又瞟着他额吉；看来喝酒和睡觉这两件事在他还真不好挑拣。

我们仨骑马来到了一座泥坯盖的小土房。

里头已经喝得天翻地覆。“来啦来啦，先敬他们阿勒坦·努特格队的人一碗！”有人立即端过三只茶碗来。“此一别不知是死是活，喝吧兄弟！”主人喊道。我看见里头晃荡着白酒时心里抽了一口凉气，蓝猫却坦然地把碗接过一饮而尽，然后笑着向主人们致意。我喝了一半，李小葵舐了一口。“不行不行！见面酒不干了不行！”黑影里十几条嗓子叫成一片。蓝猫微笑着，把我的酒碗端过去又是一饮而尽，黑影里爆响起一片掌声。

炕上炕下摆满了饭盆、脸盆和铝锅铁锅。有羊肉丸子、饺子、炒羊肝、炖牛蹄、大饼、旱獭肉、黄羊肉和一盆几年没见过的、绿油油的炒白菜。顺着炕沿，几十只酒瓶子威风凛凛地站成一排，每喝干一只就掀开后窗户当手榴弹扔出去。几个女生挤在炕角细嚼慢咽，男的全敞开肚子猛喝大吃。有一个人从里屋牵出一只羊来，咩咩叫着在屋里转，说要为我们再宰一个。炕上的人马上一阵乱骂又把他和那只羊赶回了里屋。里间屋里叮当锅勺乱响着，他们说正菜还没上席呢，召·淖尔水泡子多讲究吃野鸭、灰鹤。他们说，今天除了送我们去盲流逃荒之外，还送一个知识青年回北京；今晚的酒全是那回北京的幸福小子买的。那个小伙子已经喝得醉眼迷离，一个劲地嚷嚷“赚啦，全队就我一个是可教子女，又正好来了个可教子女的大学生名额”。大伙儿都非常开心，说发明这政策的哥们儿一定是条傻鱼。红油油的烧野鸭子端上来了，把桌上的羊肉盘子赶下了台。全体看着烧鸭子快活得无法表达，于是乱哄哄唱起了歌。《红河村》我以前从来没听过，可是听了一遍我就会了于是也跟着唱。那几个女的假装不害羞地听着，可是都故意吃菜，而且不抬眼睛。接着又唱《大坂城的姑娘》。轮着把每个人的名字安上去。大坂城的石路硬又平呀，西瓜哟大又圆呀。那里来的姑娘辫子长呀，两只眼睛真漂亮——你要是嫁人不要嫁给别人，你就嫁给王小亮——于是王小亮一个跟斗翻进了黑影。你要是嫁人不要嫁给别人，你就嫁给老倭瓜——于是外号老倭瓜的捂住了脸。你要是嫁人不要嫁给别人，你就嫁给老——驴！那老驴羞红了脸蹦起来打他旁边的谁。你要是嫁人不要嫁给别人，你就嫁给可、教、子女——要上大学的可教子女呵呵大笑，乐得闭不上嘴。女生们已经笑得喘做一团，扭在一堆互相捶背咳嗽。我们这三个客队的知识青年也被他们问了名字，挨个唱了一遍。烈性的白酒哗哗地倒进瓷茶碗。滚烫的火一股股淌进肚腹。那胖胖的可教子女喝得烂醉；东一下摔在肉盆子上，西一下摔在女生堆里，可是他突然挣扎着跳了起来，怪吼着："静！安静！我要独唱！"没有人理他，大伙儿正起劲地高唱《地道战》："老头——快跑——鬼子就要进村了——"然后鼓着腮帮子学那段著名的胡琴伴奏。可是当可教子女突然唱起来以后，屋里突然嗖地寂静无声了：

跟着太阳起呀赶着月儿回
终日地陪着羊群——是我的命呀
修理着地球呀放牧着牛羊
我们这里的日子呀路一样长
可是呀无论天长地久我永远不会忘
有草原——这样好的地方
……

我心里涌着一浪又一浪的酸酸的潮，这是蓝猫写的歌啊。我觉得我得心里臭骂着自己才能忍住泪。炕角上那几个姑娘搂在一块，随着歌摇晃着，可教子女还在用他的男中音不伦不类地唱着，脸上泪水纵横。他总是反复唱那一句结尾，他总是没完没了地唱蓝猫这一句最酸的破诗，唱得满屋人的心都像被撕扯似的。有几个人抓起空酒瓶喊要酒，我才发现二十几瓶五颜六色的酒都喝光了。我一扭身，看见了蓝猫正独自背着大家，一个人面对着墙在自斟自饮着什么，像是在喝茶。

可是呀无论天长地久我永远不会忘
有草原——这样好的地方

……

蓝猫用大铁壶斟上小半碗，不出声地一口吸干。他又提壶斟上小半碗，端到唇边一口喝净。我怀疑地看着他。我一连看见他喝了四碗时才醒悟过来：那不是茶，蓝猫在酗酒呢！我扑过去大吼一声：“蓝猫！你——”蓝猫抬起眼睛，但没有认出我来。他又哗哗地把那透明的液体倒进小茶碗，端起来，转脸对着墙壁。我扳住蓝猫的肩头：“别喝了，蓝猫！”我想对他说：蓝猫你听听，你写的歌已经在草原上传开啦。可是我说不出来，蓝猫已经不省人事了。他使劲地朝我睁开眼睛，仍然没有认出我来。他客客气气地朝我挤着脸上的肌肉，挤了好几下才挤出一个微笑来。他慢慢端起那只茶碗，轻轻地吸着。屋里太乱了，我背后乱唱乱喊乱哭的声浪轰响成一片。那碗里的透明液体迅速地落下去，最后又露出一个干干的碗底。我吓得不知所措，只顾抓着他的肩头。蓝猫还是认不出我来。他脸上的肌肉又在抽动，可是抽动了几次也没有出现那个微笑。我看见蓝猫的眼眸里神采正一丝丝抽去，他的嘴唇嚅动了一下。我听见了：

“回家。”他说。

我难受地松开了手。我的手指刚刚离开他的肩，蓝猫就颓然瘫倒在地上，不省人事地睡熟了。他睡得还是那么又酣又沉，脸贴着那只空了的酒碗。

天快亮时，一共有五个人醉得如同烂泥。有一个女生跳窗子出去，喊来了一辆千里马牌的朝鲜造拖拉机。没醉倒的人抬着醉成泥的家伙的手脚，“一二——三”地一悠一扔，把他们像扔口袋或者扔死狗一般地扔进拖拉机拖斗。他们的头咚咚地砸着拖斗底板，依然幸福地醉睡着。我和李小葵牵着蓝猫骑来的小忽伦，在黑暗中领着拖拉机，在天亮时回到了驻营地。

监狱是个奇异的容器。这间屋子里的几个人像是几个化学元素，几个应该水火不容的完全不能共处的化学元素。靠窗户的瘦条个是纠察队的看守所长，他指挥着一伙人把一个老头活活打死了。靠尿桶的大学生是个自杀分子，他连哭带闹地跪着求着把他自己抓起来；一口咬定自己内心深处反了林副主席。背着大伙面朝墙的胖子才初中二年级，这小胖子在抄家时偷了几十块手表戴满了两条胳膊。从头至尾默不作声独自坐着的大个儿是警察，不过领章帽徽已经给扒了。穿大衣的湖南佬每天夜里疯子一般高声唱湖南小调，和其他牢房里的湖南老乡用土话串联，听说他是个黑理论家。还有一个粉嫩粉嫩的大白胖子只关了一天就出去了，他那天是被他家里的厨子、司机、保姆给扭送来的，那保姆哇哇哭着撕他的粉耳朵可是被典狱长拉开了。最后一个是我。

一共有七个人在这间监狱里关过。不，应该说我在那儿“留学”的时候，一共和六个人、加上我一共七个人在那里坐过牢。七个人好像全那么不一样，所以说像不同的化学元素给灌进了一个容器里。

是我交代我彻底触及灵魂我打那个老头最后打得那老头头朝下跳了厕所的坑那时候我什么也没想只觉得痛快打得顺手极啦痛快极啦所以我笑啦我一笑纠察队打得更凶啦我错了我服从对我的审查我知道我坐的是社会主义的牢。

俺内心充满对党的无限深情俺家世世代代是贫农俺吃着党给俺的助学金上大学可是俺对不住党啊俺内心深处丑恶肮脏俺不光

是对中央文革小组的首长同志有过不满的闪念俺还对最最敬爱的林副主席闪过怀疑的反革命闪念俺怕俺怕俺怕自己俺保证坚决接受监狱看守所的正确改造另外俺要求退回住在这呢还领着的助学金十六元。

哇呜呜我偷了二十三块表哇哇哇呜我也不知道怎回事哇呜我不啦我不啦真的是二十三块我保险只偷了二十三块哇哇呜呜呜。

（被用细铁丝捆成粽子的大个儿警蓝服的大个儿决死决斗般一言不发）

滚滚怕你个么妹枪毙好啰砍头好啰毛主席万岁中国共产党万岁你个么妹革命的理论是杀不死的怕你么妹老子就跳湘江来杀头哟你个么妹怕你没得这一把刀。

无法无天简直是无法无天去去给中组部打电话我的情况中组部知道岂有此理无法无天。

带镣长街行告别众乡亲典狱长我代表人民逮捕你缓期执行典狱长我是腊子口上的红军我们的红军决不容许你铐着我红卫兵万岁。

额吉急急地跑过来，双手鲜血淋漓地捧着那条活羊肉。她神色紧急又认真，双手小心翼翼地捧着，像捧着一掬水。“快！快！”她喊着，我赶快闪到一边。

小遐疲倦地撩了撩头发，无可奈何地摇摇头，憔悴的面庞上现出了一个没精打采的笑容，那笑容把她的颊上旋出了一对深酒涡。“快！快！凉了就不行啦！”额吉严厉地吆喝道，一颤一颤地跑到了我们面前。额吉扑通一声跪在门槛外的地上，她手里那片刚割下来的羊前腿肉腱子真地还在蠕动弹跳。她不顾双手淋淋的血，就那样一边跪下来一边捂住了小遐白瘦光裸的脚踝。红红的血马上染得那截白色的皮肤狼藉斑斑。但额吉顾不上说话，她急促地喘着，紧紧捂严血糊糊的枯手，像是怕漏了哪怕一丝丝热气。她喘得又粗又重，那双血污的手在颤抖着慢慢揉动，我知道她是在把羊肉的筋理揉得和小遐那残骨头贴直。“吐木勒，快——唉呀你这个吐木勒，快！”她厉声吆喝着我；我从来没听到过她的声音如此严厉。我愣了一愣，额吉立即骂起来：“你这——牲口！……”我吓了一跳，“皮条！快呀那铜盆里的皮条！”她愤怒地朝我吼着。我扑过去，抓住那盆酒气冲天的湿皮条，一下子把它拉了过来。盆里的黄羊皮条已经用烈性的白酒泡了整整半天，我估计若是咬一口皮条人也会醉的。额吉已经忘了我。她突然——

额吉突然念起一些古怪的话来。哎宝勒罕太山上的神一百个湖里的神达赖喇嘛的宝马腿上的神……哎有劲的羊小腿骨里的力量黄羊硬硬的黑角里的尖利活佛庙前的结实犍牛……哎黑酒里头的火黑酒里头的热黑酒里头那有灵气的年轻的神哟……哎哟哟……

随着她嘴里这些念念叨叨的话，一根泡得湿淋淋的黄羊皮条在灵巧地缠着。额吉的一只枯瘦血污的大手紧紧捂着擦着小遐的细脚腕，我觉得小遐准觉得额吉的那只手非常热乎。她的另一只手嗖嗖地绕着皮条，把刚割下来的活羊腿肉严严实实地绑上小遐的伤处。小遐已经出了神，她那美丽又憔悴的脸蛋在额吉的咒语中一点点地松弛了，好像溶进了一片音乐中。

额吉仍旧紧张又严肃地干着她的，嘴里仍然一刻不停一口气不喘地念着：哎——阿勒坦·努特格那个春天来到丹巴家的神哟……哎那位在热热的春天里可怜了我家丹巴可怜了我老婆子的法力无边的神哟……哎丹巴的弟弟是个名叫北京·吐木勒的好孩子哎您再来显灵吧来给她的媳妇分一点福气……哎阿勒坦·努特格的神哟我知道您是我慈祥的额吉让我的儿媳妇再有条好腿吧让她像只黄羊像只小鹿……

缠完了。密密的黄羊皮条束出一个好看的、弯曲的姑娘小腿的曲线。那条鲜活的羊腿腱不见了，被严严地封在酒和皮条里面。

小遐一声不响，痴痴地盯着我家额吉。我心神慌乱局促不安，额吉满嘴叨叨的媳妇儿媳之类的词儿把我的心全搅乱了。

额吉累垮了似的，闭上了眼睛。

小遐一瘸一拐地走到车边，解下缰绳，费劲地爬上马回家了。

我沉重地挨着额吉坐了下来，也把头靠在门框上，闭住了眼睛。

“怕不行啊，吐木勒。”我听见额吉说。

我睁眼一看，她仍然闭着眼睛，像是在自言自语。给小遐治了一场，额吉像是累极了。

“这地方怕不行呢，”我又听见她说。“那一年春天，银发奶奶她给我用黑酒鲜肉治膝盖的时候，”她沉吟了好久才接着说道：“那是在——那地方是阿勒坦•努特格呀……”

“你迷信，额吉。”我闭着眼答道。

我听见她疲惫地笑了一下：“嗯，真是的。”

听她的声音像在认错。我笑了：“放心吧额吉，如果真有神，那就哪里都有。”

“不不，你不懂，”她的声音很固执，“人不是有家乡么？神也一样。……阿勒坦•努特格，那是神的家乡啊。”

我抬起头，睁开眼看着她。草原上拂来的长风轻轻掀着她枯干皮肤上的乱发，那乱发填着她脸上沟壑纵横的皱纹。我突然觉得她这闭着眼睛的侧影非常漂亮。

我愣愣地问出了口：

“额吉，你年轻时非常漂亮吧？”

“傻瓜。”

我不管不顾地胡说八道起来：

“额吉，丹巴哥的……我阿爸——他肯定也非常漂亮吧？他套马棒吧？是摔跤手？”

我一定把额吉惹恼了。我后悔地闭上了眼睛。额吉静静地在我旁边沉默着，连呼吸的声音也听不见。

“他是个瞎子。”

我一时好像没有听懂，我傻子般地问：

“瞎子？”

他说：姑娘呵，也许你怀里只掖着这一块奶豆腐。你若是把你这一块奶豆腐让我吃了，你怎么熬过这长长的一天呢？我说：吃吧你是个瞎子你还可怜别人什么呢。他就蹲下来咬了一口。我到今天也记得，他只咬了一口就咬掉了那奶豆腐的一半。他说：姑娘呵，我只能听见你的嗓子可是四周黑漆漆的我看不见你，你好像一直骑在马上。我说：是呵我在放羊呢，你不用留着那半块奶豆腐你不用一个劲地摸着它不吃。你吃吧，我全给你啦！他就又咬了一口。他这第二口就把那块奶豆腐全咽下去啦。我说：大哥，你饿得多可怜哪。他说：姑娘，你为什么总骑在马上？你不能在草地上坐一会儿吗？我听见草在喳喳响，你的羊群不正在喳喳地嚼着草吗？

（那时我额吉一定是个美丽的牧女她那苗条的身子上一定裹着一件我没见过的古时候的蒙古袍子她骑在马鞍上她的腰肢一定像柳条一样轻盈地摆着）

我说：大哥哥你摸一把就知道啦，你摸一下我腿上有些什么。

他说：姑娘是谁把你绑在鞍子上？是谁把鞍梢条系了个死扣子让你不能下马呢？我说：没有什么大哥哥，我记得我从八岁那年就被捆在鞍上放羊啦。

（额吉你第一次向我讲到了你的童年额吉那一年你有多大岁数啦）

十八岁。他说：姑娘呵，你若是有胆量我就解开这个死扣子。你整天从早到晚骑在鞍子上，你的腿不疼么？我说：真的呢，我的腿好像已经有了毛病了，挤奶的时候我拼命跪可是跪不下去。他就摸着我的腿，摸到了皮梢条系成的那个死疙瘩。我说：我怕！你千万可别真解开它呀。他说：姑娘，你太可怜啦，我现在就解开它。他的手巧极了，太阳下山时他又帮我把那个疙瘩系上了，系得和原来一模一样。那天晚上我挤乳牛时，跪下去的时候膝盖没有咯吧咯吧地响，因为下午我在草地里躺着晒了太阳。

（他是个心好的人额吉一定是立即就爱上他啦可惜他看不见爱上他的姑娘有多美）

他对我父亲说：我会用生驼皮钉子给您修理哈纳和栅栏，我会用一截松树干给您雕一个好看的木桶，我会整夜围着您的羊群转给您下夜，我会把您马群里打下的马鬃全搓成耐磨的绳子——请您留下我吧！我父亲就让他睡在门外的棚车里下夜。

（父亲可是额吉我不敢再问了查家族唱的那个有金柱子和三个老婆的人是你父亲吗）

我说：我偷来盆里的肉再去偷箱子里的黄甜甜的奶皮子，你不用担心挨饿他们饿不着你。他说：姑娘呵，你答应我千万不要去偷那肉！一只煮熟的羊骨架有两个前腿两个后腿，肋杈骨不是劈成六片就是劈成八片。你动了哪怕一块骨头，人们也会看出来的！我说：我不怕，你不能啃一块生了绿霉的奶豆腐就在黑夜里转一夜。那么我去偷甜奶皮子。他说：姑娘呵，我一个瞎眼人还管什么白天和黑夜呢。你答应我千万不要去偷那奶皮子！一锅奶只能剥下薄薄一层甜甜的奶皮子，再富的人家也不会有一顿单吃奶皮子的饭食。你撕下哪怕一个角角，人们也会看出来的！我说：我不怕，我不怕，真的哥哥我的胆子怎么大起来啦？自从那天在太阳满满的绿山坡上你解了我腿上绑的皮条疙瘩，我就什么也不怕啦。当天夜里我偷了一块有三层红白肉的胸骨，又偷了一块有手掌那么大的厚奶皮子，趁着夜黑给他送进了棚车。

（额吉一定在那漆黑的棚车里给过他最温柔的光明额吉你饶恕我的胡思乱想吧额吉一定在那美丽的十八岁的夜里温柔地抚摸了他那双枯干的眼窝）

不，吐木勒，他根本不会挥着长长的马竿子玩儿马。他一辈子也没有穿过摔跤手那种缝着银钉的“角得格”。他只是个老实人，他只是个心好的人。他一圈接一圈地绕着羊群转；他虽然看不见可是他能准准地贴着卧满羊子的营盘转着走。羊群有了响动他会“哦，哦”地小声吆喝；远处狼来了他就尖着嗓子“噢噢——”地吓狼。晚上我赶着羊群骑着马回盘的时候，我看见他直愣愣地立在草原上，他那样子就像一截插在草地上的木头。我知道他是在可怜我，我知道他因为我又是一整天被绑在马上没个歇息心里难受。他睁着一对空空的眼眶子直愣愣地朝着我站着。那时候吐木勒你知道吗，我心里高兴极了，高兴得一个劲儿地想哭。

（可是那羊肉呢那奶皮子呢没有被人发现吗额吉一只羊可是只有一块那样的胸骨啊）

在《紫红快马》有一句：“黄羊的硬角若是断了，又有谁能接得上呢？命里的苦难若是来了，又有谁能躲得开呢？”……那块有三层红白肥肉的胸骨杈——第二天就给我父亲发现啦。

（我知道额吉你挨打了）

瞧，我的吐木勒是个心疼额吉的孩子。别难受，过去四十年的事啦你难受什么。可是我拼命跑到了山背后；你知道我先跑到了山背后才停下来挨了那顿打。我想隔着这座小山坡，他就听不见父亲的吼叫和我的哭声啦。可是奇怪的是我没哭。我一声也没哭，心里还疯癫癫地满是快活。后来，那棍子揍我这两个膝盖的时候，我虽然疼得出了汗但还是没有哭。而且，只过了一天，我又撕了一大块甜奶皮子。

（天哪额吉那样的日子可怎么熬呢）

我不熬。第二年我就跟上他逃啦，一下子逃得好远。所以，吐木勒，命里的苦难里，有时也有命定的福分呢。手狠的父亲若不是那样打我——

（额吉你们逃到了哪里呢出了乌珠穆沁么）

阿拉杭盖——外蒙古北面的山里。在那里认识了巴姆、查·太平的阿爸和红鼻头桑结；那两个可怜的死鬼！也是在那里，生了你哥哥丹巴。

艾丁湖面的海拔是 –154 米，是东亚陆地的最低点。

唐、津、京断裂构造是一道潜在岩层以下的暗沟，隐隐然通向一个无人知晓的深处。

其实以艾丁湖面为入口，以唐津京断裂带为出口，大陆的表层之下有一个地下国，一个又狭又窄又低的蚯蚓洞般的地下国。地球人人不知道它的名字叫“小乐园国”。

小乐园国的国民快乐幸福幽默。他们无性别，靠湿热的环境和国土上的霉菌而繁殖。人人面目相似；日日挤撞搂抱。他们身躯矮小，比常见的侏儒约矮一厘米，头顶一律生着一层黏软的弹性组织；所以在蚯蚓洞般的环境里磕碰不着。他们的嗓音酷似蝉鸣，国内终日响彻着他们嘹亮快活的喧嚣声。

小乐园国里还有一个少数民族，名为嬉皮族。不用说，嬉皮族的体质人类学特征与普通的小乐园人完全不同。

嬉皮人显得身材高大而古怪。因为他们在小乐园的地质地理环境中，以一种强烈扭曲的姿势生活。或者把脊骨对折，或者把头夹在裤裆里，或者把手和脚捆在一块用屁股着地，或者抱头缩身如刺猬状。由于他们的头皮又硬又薄；为避免碰破计，他们的姿势虽然因人而异，但总的原则是顾头不顾腚——通常他们喜欢用屁股对付环境。

嬉皮族另外几大特征是：

酗酒、吸毒、胡涂乱抹、自残自嘲、乱喊乱唱、讨厌语言艺术而追求性行为中的神秘交流、亵渎宗教而又制造宗教。

不用说在小乐园他们这一套很难行得通。

小乐园国鉴于嬉皮族的异端行为恶劣影响，决定出兵征服这批混蛋。于是在一个炎热潮湿的日子里，闹哄哄的战争开始了。

嬉皮族人少势弱寡不敌众。几个回合之后，他们出于无奈采取了流氓战术：一律撅起屁股对准国民军放屁。

小乐园国军愤怒了。全军以排山倒海之势冲上前沿，用各种火器对准那些屁股猛揍。

嬉皮们咬紧牙硬挺着。

国军愈战愈勇，狼烟熊熊地在漫长的战线上冲腾。两军都在呐喊；尖锐的蝉声和滚石乐声搅成一团。国军的射击愈来愈准，终于把那一溜可恨的屁股打得蹿出了火苗。

突然，嬉皮阵上发出一声凄厉的哀鸣，接着响起了一支歌。因为这支歌，嬉皮人扒住了崩溃的阵地边缘，使战争转变为持久战。

这支歌的题目叫做：

《嬉皮的屁股着火了》。

J

疯狂的、不顾一切的归国前奋斗开始了。他只用了几秒钟就为自己决定了余下的日本生活的计划。研究古文献《黄金牧地》的工作已经接近尾声，平田和他都陷入了神秘的激动：这份一个世纪以来大名鼎鼎的古文献在平田精湛的语言学能力和他十几年浪迹中国北方的体验下，像是第一次被揭开了真实的严幕。这已经不是“工作”了，他从平田安详的脸庞上读到了这样的话。“这是和真理的遭遇。”平田无声地对他说。两个人在研究室、在图书馆的书库、在酒馆、在旅行的火车上全神贯注地打开活页夹和克劳森词典。他总想激动地大喊大叫，然而平田那永恒的稳静和不动声色又制服了他。研究在极度疲乏和紧张中艰难地前进着；发表研究成果的第九十六届国际中亚文化学术讨论会正遥遥地等待着他们，遥遥地闪烁着一片辉煌的光彩。然而另一项工作更紧张——《献给今世的礼物——论小林一雄的歌》也已经正式开始写作。他跑遍了国会大厦旁边的资料馆、音乐图书馆、金犬唱片公司资料室和一家私人开设的旧杂志有费阅览中心，复印了大量有关小林一雄的资料。他以比较研究的心情听了一些红极一时的歌手的音乐会，在夜深时分忍住困倦读着一本厚厚的艺术和音乐的理论大著《心情的声学》。他连续吃了一个月方便面条，节约下来的伙食费变成了一台音质极好的立体声录音机。小林一雄的歌声日夜在宿舍里轰鸣吼叫。他听得入了迷，他逐渐感到了一种自信：听懂这种外语歌曲的关键不在于外语基础，而在于听者的素质。他倾听着音箱里那些沉重的呼吸声、嗓子撕裂时尖锐地响起的沙沙声、那因为自己剥露真情而自己又感到害臊时的含混句尾的轻声、清晰地勾勒着一副英俊艰忍的美男子形象的狂暴和轻柔的男声——他感到激动难忍。歌声中的勇敢、真诚、孤独像阵阵扑来的热风，冲撞起他心里一股难以名状的、战友般的欲望。“路见不平，拔刀相助。”他混乱地想道。不，不是相助，是我找到了人生道路上的兄长。我已经找了好久啦，他又痴痴地想。

两件工作，两件于他简直是命脉相系的大事猛然拔地而起。他觉得自己的生命中突然掀起了两股烽烟。他感到兴奋和充实，又觉得惴惴不安。他在东京的高楼大厦的山峡间急步匆匆，紧张的忙碌一下子驱走了一直像鬼魂般缠着他的孤寂。

从一份杂志（这杂志是大名鼎鼎的《花花公子》，关于小林的一小块消息嵌在一个黄灿灿的彻底脱光的女人像的脚丫子旁边）上他发现了一个题目：《明星实录——小林一雄资料全集》。可是这本书似乎是自费出版物，他跑遍了神田的全部书店，后来又在东京站八重洲书籍中心泡了半天整，也没有找到这本书。

一连几天他怏怏不乐。

偏偏《黄金牧地》又进了一段天书鬼符。苦杏叶，苦杏叶，世间最苦的就是苦杏叶。……那紫红锦缎迎风飘扬，那荷绿锦缎迎风飘扬。……哭一阵哭一阵，后来哭和笑成了一个声音。……五城如梅瓣，梅花形的五个……宛如神手所筑。此城的名字妇孺尽知，它就是著名的……

他暴怒地把卡片纸一摔。恰恰在这里文献残了！正好碰上最要紧的地名时这天书断了！“不干啦！没法干啦！”他嚷嚷起来。他气得要命，猛然间想到那本对他至关紧要的《明星实录——小林一雄资料全集》，他的心情更恶劣了。

“平田，”他气冲冲地对平田嚷道，“这一段没办法注释，算了吧，跳过这一段！”

平田静静地放下铅笔，然后朝他慢慢地抬起眼皮。

咖啡屋里人影稀疏。装饰得像条海船一样的室内，只有几对客人在拥着饮料悄声交谈。女招待无声无息地在帆缆间飘行着，用温柔纤细的声音重复着客人的要求。

平田瞟了他一眼。他突然感到一阵害臊，嘴里的嚷嚷变得有气无力了。他妈的，平田不会放你溜，他心里嘀咕着。快一年啦，平田对付你早有一套啦。他撅着嘴，悻悻地又抓起来那些散乱的卡片纸。瞧着，平田马上就会说：累了吧？先喝杯冰咖啡吧？

可是平田没有再要咖啡。平田从透明的塑料夹里取出一页纸，递给他说：

“请稍微读一下。”

他们两人涉着那黏稠的〔血河。——平田注〕老人戴上了眼罩。孩子蒙上了眼睛。血河不深，但是很〔黏稠——平田注〕。他们不愿再看这世界。但此刻他们的〔视野中——平田注〕出现了瑰美的〔原文是“清洁的”，此译妥否？——平田注〕一片黄金〔牧地！——平田注〕两位〔勇士——平田注〕于是在黑暗中继续前进，越过血河，奔向渺渺之中的、真主指定的〔黄！金！牧！地！——平田注——原文献残此四字，但我坚信残处一定是这四个字！请原谅使用了惊叹号。——平田附记。〕

他的眼睛湿了。他抬起头来朝平田望去，平田垂下眼睫，低声地说：

“请原谅！随意增添了标点符号。”

他呆呆地望着平田，一时无言可对。

他愣了半晌，然后说：“啊，干吧。”话吐出口他突然意识到：他用了一句平田的口头禅，连语气词、口气和那股亲切味儿都完全像平田一样。

“干吧。”平田应道。安详的表情里简直看不出一丝感情，好像根本没有过刚才他任性的吵嚷，也根本没有过那些没能抑制住的惊叹号。

他们埋头研究起来。一个词一个词地推敲着准确的译法，在决定了的译语后面仔细地注明引用的书目、页数和行数。他一面干一面心中称奇：因为平田其实已经把工作事先全做完了，各种辞典里的有关词条和解释都已经被平田工整地抄在卡片上，他只是接过那些卡片，点点头同意而已。平田完全可以自己独自干，他暗想道，平田的学问底子太硬啦。而且——他惊奇地想，平田简直把这工作当成了命。数不清的小卡片上密密地排列着蝇头小楷，他感觉到了那密麻麻的字迹中的感情和一种坚毅。平田对《黄金牧地》简直是以命相托，他边想边干着，心里愈来愈觉得不可思议。

“我有个想法，可能是错误的，”平田轻声地说。他赶紧抬起头来听。

“你看，‘五城如梅瓣’，而且，‘此城的名字妇孺皆知’，那一定是座……我们应该知道的历史古城。”接着平田静静地说：“这是一座城。一座由五个小城组成的名城。你不是在一九八〇年曾经调查过它么？它不正巧该是古城——”

他失声喊了起来：“别失八里！……”

平田笑了，同时朝柜台旁那女招待投去一个抱歉的手势。“对，是 bexbalik，中亚最著名的中心都市。再加上咱俩已经确定了的‘大雪冰’和那座‘三角城’的位置来分析——”

他激动地在地图上刷刷几笔画出了一条路线：“这就是道路。”他颤声说。

平田补充道：“通向黄金牧地的道路。”

刹那间，寂静吞没了一切。

两人在静默中相对无言，坐了很久。

他一把捉住了平田的手。在刚刚要喊出声前一瞬，他勉强压低了嗓音：

“平田！……我知道了！我……想起来了，那条……那条血河！”

他觉得脸颊一下子变得滚烫，可是话语却在喉头哽住了。他求助般地盯住了平田。

平田站起身来，用一种哥哥般的和蔼口吻说道：

“今天太辛苦了。明天，还有明天呢。”

他像傻子一样也站了起来，眼睁睁地望着平田向那姑娘付款，又眼睁睁地望着平田向那姑娘道歉说：“对不起，打搅太久啦。”

两人在水道桥国铁车站入口前分手。东京已经披上了五彩缤纷的美丽夜色，道路上疾驰的车流亮着红莹莹的尾灯，像一条流淌不息的红色的河。

平田刚离开几步又转身跑回来，急匆匆地从皮包里掏出一本书来。

“对不起，”平田说着递过那本书来。“也不知道有用没有用，送给你。”

他瞟了一眼书的封面。

《明星实录——小林一雄资料全集》！他惊叫起来——“平田兄！……”他听见自己的调门古怪地扭歪了。

平田已经转身朝车站走去。

他目送着平田坚强的背影一直消失在那彩河之中。“他全知道，但是他不说。”他像咀嚼一样地想着。

人们说，红河滩滩这地名已经年深日久啦。在新疆，这样宽阔的干砾石河滩处处皆是，但那些河滩都是一川一川铁青的冷色。在骄阳曝晒下那一川铁色也许会显得又烫又灼眼，但毕竟是坚毅沉静的铁黑色。而红河滩滩——却满盛着一川吓人的暗红；像是一道愤怒的燃烧着的暗火，像是一条尚未熄灭的起火的矿脉。

瞎眼老阿奶说话操着一口难懂的甘肃口音。老阿奶哇啦啦地讲上半天，他只能听懂几句概要。老阿奶枯枯的两只干瘪眼眶里空空如也，但是他觉得老阿奶一直在恐怖地瞪着她不存在的眼睛。“那搭河坝……那红石头河坝高兴……主啊，可惨煞咧……唔个河里头……”她说着。

唔个（那个）河坝高头（岸上）齐齐——地跪给了一溜溜。凉水浸下的麻绳绳捆给。一色屈死的乡老阿訇，老人家也唔个章程——麻绳绳浸了水捆给。捆了个团团。河滩里么？满河滩满平川跪下着回回，妇人家抱着娃也混着跪在当间。高头唔个红旗黄旗——呼啦啦、哗啦啦地飘给响给。龙旗下头坐给的是中堂。唔？唔个中堂？谁球知道唔个中堂，听人说的是中堂中堂的。红河滩滩黑压压——黑煞的地密密的回回跪给，再就是些抓着来了的维族哈萨。哈萨能着呢，妇人娃娃钻了山咧，再不愁这个孽障。跪给的妇人一漫是些回回、维族。

尕！尕娃！你再没见过那些个黑压压密麻麻的人哪！一川人多过今日里一川石头。官军架着红旗旗绿旗旗顺高头跑马，把条河川围了个水风不透。再说给么？说给就说给。那时节正是礼邦达的时辰了，跪下的百姓满川满滩地念开了礼开了——那时辰“嘣！嘣！嘣！”响给了三下子大炮。我真真看见那河坝高头起了三炷子黄烟。主啊……高头那一溜溜……那老人家殉了教门……那一溜溜人头就滚呀滚地，顺着河崖崖朝滩里滚给！……那十几颗人头不屈服呢，跳着滚着横竖左右地喷着血。“邦达”时辰呢。俺九十三岁了，那个邦达惨得太狠啦。人头顺崖坎滚下来了，百姓们舍了命窜上夺那人头。为求人头河滩里炸开啦，啊，主啊，那千万人跪给的河滩里轰地炸开啦。

接着么？接着也行呐。还说给？俺看这位老师也知道教门里的解数；俺一个疯瞎老婆子说错了哈羞得很呢。说给，说给就说给。……都说给了不是么！再没个说头咧。接着再没有个说头，只是个血。河一般的血。黏着淌着淌得艰难还淌给的血。中堂甩给了黄龙旗；中堂甩给黄龙旗就是为了咱穆民不听话，夺人头。两河坝高头就轰轰地点了大炮。炸给了一顿才下来的马军——啊，俺老糊涂忘给了：咱是反了又输给的，刀呀斧呀都叫官军下了。骑大马的官军下了滩里，拿咱们回回当了要刀的瓜菜。就这。再没有。

是么？还是这位老师知道得明白。噢，那个邦达时辰残害了咱……多少！噢，一万六千八百零六人。一万……是多么少？对着哪，一万六千……就是一道河滩滩的数。

那血河是日头没了才涨出来的呐。官军办罢了事情了，河滩也不再闹腾。静静——的静。再后，“泊，泊”，血淌得顺当了，滩里才涨出了条血河。天黑那一刻间涨得最是满，听得见咕噜咕噜的动静。就这。

地名字么？这不，看得真真的：那一日的血浸了石髓，从那一日滩里的石头就红下啦。百姓么，起不成个文名儿，混乱着就喊给了个“红河滩滩。”

我么？问的是我老婆子么？……不不，罪孽大的妇人就数个俺罗。那日月吃的是草根根树皮皮。再后树皮皮剥净了就寻上苦杏树，捋那苦杏叶子吃啊。儿娃子精着身子捂着球，妇人家遮上块烂毡毡草帘。那个时辰是礼邦达的时辰，满川满滩的人们都盼着死给呢，那时辰殉了教门能甩手直直地进天堂！……我罪大哟，官军都嫌着厌着不砍给一刀。旁的妇人们惨么？下身……嘿：马伊四儿家妇人；丁忠良家丫头的下身，官军拾个滩里的死牛角钉给；可人家甩手进了天堂！

我……那一日里闭着眼，闭得狠啦。后来把个眼瞎给下。两眼黑黑，“都尼亚”（人间）黑黑，我不能殉了主道，我只有守在红河滩滩边上受苦……主啊！

喏，汤饭，穷庄稼人有甚好饭！……汤饭，吃上些！坐，坐，这是盐，这是辣子！……明日上河坝高头给殉了教门的老人家走坟？好好。听说啰。阿訇说：明日有北京来的老师上坟哩要把紫红缎缎的浅绿绸绸的苫单苫在坟上。吃吵！

他变化得太快了。

所以，反传统的抒情民谣阶段过去了；疯魔发狂的 Rock 阶段过去了；向传统寻求的演歌阶段也过去了。那些像《载春雪海》一般单纯宁静的演歌旋律在小林的磁带堆里只是如同一股风，一股优美得不协调的清风，转瞬又无影无踪地消失了。

他神情松弛地呆坐着，脑海中却紧张得如同一张绷紧的网。

现在——眼前这些歌曲才属于现在——这些古怪的歌算是什么呢？这些不伦不类又魅力无限的一支支歌里蕴含着什么呢？

根据《明星实录》，威震日本的歌神也消失了；小林一雄隐居在某个最偏僻的农村，除了几年间抛出一张唱片之外，完全销声匿迹，隐姓埋名。

他已经试了不知多少次；但是根本不可能找到那昔日歌神的踪影。见面是不可能了。

我只有靠这些歌，他默默地想道。

老狼老狼没有来／男人就是这么可怜／刚想去骗却受了骗／一条太阳下面晒干的鱼／啊，啊，SOS！／啊，SOS！……我要做什么呢？只是研究一篇接一篇的北亚古文献么？或者像条猎犬般边闻边跑地追踪小林一雄、为他写一篇声援檄文、应和他的呼救信号吗？那块青蒙蒙的舒缓草原意味着什么？那道冰川上方的天山大坂意味着什么？那个被黄土高原的蒿子草丛掩蔽的圣徒墓意味着什么？

小林一雄蒙上了面具，他默默想道。

咦那女人是一个飞翔的超级贵妇／咦那女人两手戴着一共十个宝石戒指／咦那女人的牌儿亮条儿份赛过了玛雅文明／咦那女

人是个人人见了人人爱的可爱妖精／超级，超级，超级！／贵、贵、贵、贵、贵妇人／／只是您不知道农村没有抽水马桶——像我这块料，难道应该当个历史学家知识分子大学者么？周先生被大汤誉为“中国知识分子的良心”，可是那天我替周先生做了个梦，我梦见总系一根红领带的周先生换了一身雷子制服，拎着一副亮晶晶的手铐逮人。周先生那天听见了这首《空中超级贵妇人》，我问他的感受。他说：“腐朽垮掉的音乐！”我没有反驳。我关上了收录机。不，小林一雄的歌用不着您这超级时髦学者来理解；但我猜，您准以为随着您的活跃，蒙古草原、甘肃农村还有天山大坂都已修好了白瓷的抽水马桶。是的，别客气，别反驳，您是那样认为的，您坚信天山顶峰有抽水马桶。

再见吧学者。

唱歌的小妞扭呀扭／发青的红嘴唇上有把锁／哎哟哟，发音吐字娇滴滴／一副专业唱家的熟练派／嘴里哼的是别人的歌。／／SOS／什么也听不着的音乐会／SOS／什么也听不着的音乐会！！我的人生早已开始，在我还远远不理解那就是自己的人生时，我的生命已经被抛在北部亚洲最壮阔的舞台上。差不多二十年了，我虽然没有意识到；但我走过了一条难得的路线。我的心里唱的是自己的歌。我要像小林一雄那样，唱出真正的、我自己的生命之歌。小林，你是我的兄长。西海固的回民、蒙古草原的牧人、蒿草丛中的坟墓、天山大坂上的蓝冰川、别失八里城郊的血浸大河是我的导师。我只有像你一样也站上我自己的舞台我才能成功地写出关于你的论文，我也要寻求，寻求我的那内涵深厚的音乐会。

这些歌词一旦写下来就失了光泽。

可是我听见了你嗓音中的隐语。你一面嘲弄着自己折磨着自己，一面向你的同类发出了 SOS 呼救信号。

我的内心深处，在我这颗不安宁的心脏深处仿佛也响着一个信号。也是一种 SOS 吗？在这独自一人的时分，在这一片嘈杂的小林一雄的音乐世界中，我正倾听着自己心灵里震响的那个信号。我要干什么？我要去哪里？我要做个什么人？ SOS！

然而我在寻求。今日又有了小林一雄的歌声在前方指引。当我揭开了历史的化妆，当我不可思议地触着了历史的真实——我就变了，变成了一名牧人，一个骑手，一个锄地的农民，一个叛乱的义军。

有一个精灵，有一个神性——

她正悄然地朝我走近，她走近了。

招贴广告撕成了碎片／在漆黑的夜风中跳舞／从远处传来了一阵狗吠／听声音那是条软弱的狗／啊今夜！——／啊流血！——你的歌声中已经汇溶种种流派唱法为一支。你的歌声已经无法分类。理想是条痛苦的狗，真诚是条哀嚎的狗，纯洁是条流血的狗。为小林一雄写一篇论文决不是放弃历史研究，这支描写流血的狗的歌子题目正叫《血河》。其实人人都是孤独者／都苦苦找着温柔的母亲／不错人就是刚出世的婴孩／一切都为着妈妈的鼓掌／啊今夜！——／啊流血！——你选择了音乐我可能选择画；我可能画上几张以后再去写诗。等我写好了诗以后我也要把它们谱上曲子弹着吉他唱。那个精灵，那个神性，她朝我静静地走来啦。

我正等待着你，他感动地想，我不怕浑身鲜血淋淋。我等你走到，我等你使我升华。

我的两手空空如也／身上没有一丝褴褛／只是冬雨中的一羽之雀／迎着风在轻声地哭／和昨天已经道过再见／像孤儿一样无

处置足／在这温暖的长夜之前／记得黄昏曾染红道路／在这温暖的长夜之前／黄昏曾染红道路

他在纵笔疾书着。一行行激动的文字在笔尖下汹涌地流成了一条小河。他觉得自己就要迫近一个中核，他觉得这小河正引导他逼近一个神圣辉煌的核心。那是什么呢？他惊奇地想了一瞬，而笔却只顾疾疾地向前冲去。

山雪默默落入了河川
河水不息流向了大海
海上升腾起云阵
云间闪烁着雨滴
生命变幻循环
声音留在我心
我把这声音又变成了歌
这是一件多么美丽的事

他突然扔开笔，凝神听着这支安详抒情的歌。在小林一雄的作品中，他发现，只要一唱到日本的风景和自然，那歌声就柔和了。

这一方风土也许就是小林一雄的源泉？

……

你呢？他猛地朝着那静悄悄地走来的影子问道，你也是来哺育我的一方风土吗？！但我只是个流浪汉。对了，我想唱歌，我想画画，我想写诗，但我最想的还是流浪。我匆匆忙忙地已经浪迹多年。我奔跑着在中国的北方，在蒙古草原、天山腹地、黄土高原，在那巨大的地图上，在一块块大陆上奔跑着浪迹了多年。它们就是我生身的母土么？它们就是有神性的启示的土地么？我不知道。但是，如果小林一雄是靠了日本灵奇的风土才获得了他的歌，那么我也是靠了我的大陆才获得了我这颗心。

不，不，不要想那么多啦。只有不多的一点时间了，还要和平田一起完成《黄金牧地》的研究，还要写出关于小林一雄的论文。等我几个月后回到中国，我放下行装就要去看看阔别的北方大陆。那时我会唱歌、写诗、绘画，那时我要纵情流浪。大步走上裸石嶙峋的山冈，大步走过树影如烟的村庄，大步地沿着北方坚硬而笔直的大路。在那里我会重逢到熟悉的亲切，会听见我喜爱的语言、方言和乡音。那些朴实得令人惊奇的庄稼汉和牧人会指点给我实在的知识，他们铜色的皮肤和渴旱的生涯会沉淀在我的心底。那时大自然会为我如同孔雀张屏一般宽阔地敞开，艰忍又绝美的景色会输血一般给予我强大的自信。

那时你会精疲力竭奄奄一息无人理睬。

我的目的正在那么一天。

我盼着在那一天能够回家。

那时候，小巷里就青蒙蒙地漫起了一派若灰若蓝的炊雾。那时候是小时候，多小呢？已经记不清了。只记得那时候刚刚弄懂了：姥姥是妈妈的妈妈。可是那股青灰青蓝的炊雾，那弥漫在节省着每一滴花生油的人家的灶底的炊雾，却一直在心底轻摇着没有消散。

姥姥烙饼时烧的是锯末。锯末火又柔又低，黑灰边上低燃着一圈蓝蓝的小火苗。姥姥用一根令箭般的铁条铲，翻饼的时候她总是那么神情专注。锯末火冒着那若灰若蓝的炊烟，孩子们跳着喊着“翻饼烙饼——”

那种锯末火上烙出的饼没有一丁点油。咬干硬的边儿的时候挺费牙。姥姥说这么撕着嚼着她烙的饼，孩子的牙齿就变得雪白漂亮。“不信，看你妈——”姥姥认真时就发急。

妈妈是姥姥的孩子。妈妈那时还是个真正的美人。妈妈那时紧闭着她那双垂着黑黑长长的睫毛的眼睛在休息。妈妈一个女人养六口之家，只挣五十来块钱。妈妈长着一口雪白的玉一般的牙齿。可是她累坏了，她在漏雨的屋里蜷着身子躺着。妈妈每天下班回来先要这么蜷起身子躺一会儿。

那锯末火上的蓝火苗柔柔地闪着，想起那火苗来，也就想起了姥姥专注紧张的神色和妈妈紧紧闭着的一双美目。

第一张烙好的薄面饼总是他的。

他用两排白净的小牙齿撕咬着那又韧又硬的饼，细细咀嚼出那饼里含着的一股甜味。他吃着，注视着顺着院墙，顺着小巷弥漫开去的那灰蓝的炊烟。

他那时候不知道这是山东贫民对付缺油少菜的生涯的一种办法。他那时候不知道、他根本没留心姥姥烙饼不用油。

但他记住了姥姥那一脸严肃紧急的神情。

他也记住了母亲曾怎样的美丽。

再就是那炊烟。他一直没有忘记那炊烟的又香又呛的浓味儿，还有那又灰又蓝的颜色。

后来姥姥回了山东，在山东去世了。

后来隔了三十年，他也去了山东一次。

在济南府杆石桥头，他曾凝视着桥前鳞次栉比的棚户区。他想回忆一位白发苍苍的老人，可是他忘了。他在那古老辛酸的桥头默默站了好久，但仍旧没能回忆起那老人的脸庞。

他只是记着有一副严肃紧急的神情。他觉得惊诧而不能，他的脑子又在思索一个三岁的问题：姥姥是母亲的妈妈么？

那些低矮的棚户小屋和他隔着一层朦胧的轻雾。有一股味道，有一道若隐若无的灰蓝炊烟从那些棚户中涌出来，把那些紧紧挤着的房屋罩进了一派永恒的安谧。

为什么有那种紧急的神情呢？

妈妈的儿子当中，唯有他活了下来。

他在街上疯跑着，衣衫被风吹得从两臂后面飘起，飘得哗啦啦地响。那时他多大呢？记不清了。他正跑着，看见妈妈下班回来了，妈妈那时身材瘦削，穿着一件洗白的列宁服。

妈妈进了门，累得没有说一句话。妈妈蜷起身子，躺在床上紧闭着眼。

后来他上了小学，迷上了画图画。傍晚当妈妈蜷起身子，躺在床上歇息的时候，他起劲加油地把每一块空白的墙全画上壁画。

后来他上了中学，爱上了唱歌，他参加了少年宫合唱队低音部；但是在十三四岁他“变音”的时候把嗓子喊坏了。妈妈叹了口气，没有多说什么。妈妈又紧紧闭上她的长睫毛，疲惫地靠在床上。

他插队离开北京那天，是瞒着妈妈逃走的，因为当时还没有动员学生上山下乡。他离开的那一刹那，他想推开家门迈出那一步的一刹那，他犹豫了一下。他轻轻转过身来，——

妈妈还睡着，紧紧地闭着她那双黑睫毛。他忽然发现：妈妈已经不再是那个漂亮得神奇的妈妈。他默默地站了一会儿，看着床上那位满脸皱纹鬓发斑白的女人。最后，他走了。

他走后，妈病了。

几年以后，知识青年们落潮般地返城，他又回来了。

到家时是凌晨。他走进屋子，屋里一片暗黑。他放轻了脚步，家里人还都睡着。

他看见了久别多年的妈妈。

他看见床上睡着一个白发如银、佝偻蜷曲的老妇人。随着呼吸的气流，那苍苍的白发似颤似摇。他的心头受了重重的一击。他一下子回忆起了无数张静静移动的画，无数支哗哗流响的歌，无数首沉重热烈的诗。但是——

他没有说什么。

他注意到，熟睡的母亲神情紧急。

生命在循回中发出了神秘的声响。人生在道路上显出了一种命定的轨迹。母亲已经一步一步地变成了她的妈妈。儿子已经在安身立命的选择中受着血的驱动。

他什么也没有说。第二天，当母亲拖着病重的身体起床，要为儿子做饭的时候，他突然要求道：

妈，我去找点锯末来，给我烙饼吃吧！

若灰若蓝的锯末火燃起来了。烧过的黑黑灰烬四周冒着又蓝又明亮的一圈火苗。在黑烬和蓝火之间，有一股浓郁的、又呛又烈的炊烟涌流出来，轻轻弥漫着，淹没了一切，淹没了儿子的脸庞。

夏目真弓的话吓了他一跳。这么尖锐？……他想着不禁抬起头来。

真弓在这样的时候又看不出年龄了。她一身雪白的素裙，左手腕上套着两只黑玉的细手镯。她正静静地凝视着他，两只黑眼睛里闪烁着像是能洞穿一切的光。

“毫无疑问，”她继续说了下去，“无疑，你那么喜爱小林一雄的歌，原因只有这么一点。”

“不！”他偏想抬杠。

真弓笑了。“对自己还缺乏判断呢。你和小林两个人，都受了相当强烈的宗教影响。他的歌，我第一次听时就发现了——他像基督一样背负着人的苦难。而你，”她用那双睫毛闪动的黑眸子打量着他，“一块谈得多了才知道，你显然受了中国伊斯兰教徒遭遇的刺激。”

他觉得难受。还不仅仅是被剥开，他愤愤地想着。他受不了被人一语道破将来；因为他发现自己还是喜欢这将来被今天的迷雾包着。

“在东京，”他恶意地反击了。此处正是繁华的银座，霓虹灯镂空了座座楼厦，微明将暗的西天上灯彩辉煌。“在东京，哦，在银座，宗教可是一种化妆品，女性化妆品。”他觉得自己的声音在颤抖。为什么呢？为了新疆那条名叫红河滩的干河床么？为了甘肃那座被蒿子草丛严严遮住的青砖小墓么？

真弓的脸涨红了。她放下手中的咖啡杯，气愤得一时无言应对。

他冷淡地一低头：“对不起。不过富国的人和穷国的人在一起时，穷国的人可以失礼。”

真弓喊道：“为什么？！……”

“因为我们每天都感到……自尊心在受伤。”他的声音哑住了，他突然心里难过起来。

昨天晚上，张小星跑来说：警察在后乐会馆门口拘留了两个没有携带外国人登录证的泰国女留学生；原因是最近发现有东南亚女学生在东京卖淫。张小星大骂道：他妈的他们倒成了孔老二正人君子啦！他们怎么不上新宿上涩谷上他奶奶的吉原抓人去！……

真弓平静了一些。她叹了口气，他看得出她是在尽量心平气和地说："唉，怎么说呢，你倒是个直爽的人！……这样吧，对不起，请把明天的时间留给我，我要带你去一个地方。"

"去哪儿？"他闷闷不乐地问。

"反正，哼——"真弓微微冷笑了一下。"那地方，和你的小林一雄的歌曲有关系！"

他的兴趣一下子来了。"真的？是哪儿？你要知道，我可是小林一雄的研究专家。我正写着一篇论文呢！……什么地方？嘿，不是吹牛，和小林一雄有关的一切地方我都知道！……"他不能自制地说着，嘴里讲的话异样亢奋。他恨不得蹦起来，拉上这日本姑娘马上就走，可是他瞥见窗外的银座已是一片夜色。他住了嘴，满心热病般的怅然。这一刹那，他发现真弓正在痴痴地盯着他。

"怎么了？"他奇怪地问。

"真像啊……"真弓惊奇地自语着。"哦，不，明天要领你去参观的地方，叫挥泪桥。"

"那贫民窟？！"他喊起来。《贫民窟布鲁斯》，小林一雄早期的名曲！今天的活儿真累啊——那嗓音里流动着沙沙作响的劳累，那曲调的旋律像是拖着人世的重车。独自一人对着自己的酒——回不来啦，那往日的亲切——他又发现真弓在惊奇地凝视着他。我有些像精神病，他突然感到自己太兴奋了。

"刚才的话……真对不起！"他说着嘻嘻笑了起来，他想起自己小时和别的小孩打架的一个什么影子。

"真像……"夏目真弓没有听见他道歉。

"像谁？像什么？"他问道。

真弓猛一甩头发。她的黑瀑布般的长发一扬而起，甩到了头后。

"像——我以前的恋人。"真弓说。

他惊愕地瞪圆了眼睛，盯着真弓那圆润如玉的白脖颈。

“他是个黑人，美国的黑人。”

真弓冷冷地把目光对准了他的眼睛，一字一字地、清晰地说：“他被杀死了。他被人挖掉了双眼，然后吊死在一棵树上。”

你还是依旧去听我父亲的课吗？

嗯，最近忙，有时没有坚持住。夏目先生的课对我很重要，你知道我正在搞《黄金牧地》的注释，但那文献是用古蒙古语写的……

可是我父亲搞过一个完全和蒙古语毫无关系的研究。不知道么？哦，当然，他对谁也不会说的。题目叫做《挥泪桥考》。

挥泪桥？就是这座小石板桥么？那桥栏上刻的话我不懂：“小冢原犬成群远盛群狼，弃命者惜命者就此相别”——这是什么意思？

挥泪桥是贫民街的中心。我们夏目家古时候是下贱的部落民。你听说过部落民这个词？太好了。不过若是具体地讲，夏目家属于“非人”。你不用记住这些日本词。只是，夏目教授也好，我也好，原来并不算人类呢……

真弓，昨天我——

但是这个秘密无人知道。父亲偷偷地研究了我们家族的脉络史事，他花了许多年时间，化了妆来到挥泪桥一带调查，又在夜深人静时独自写作。写写改改，大概是……五易其稿吧，在我十八岁那年他完成了这部《挥泪桥考》。不过，这是我们夏目家的绝对秘密。这件事，我只告诉过两个人；一个是我原来的那个恋人，他像马丁•路德•金先生一样被杀死了。有什么办法呢？可怜的黑人！

还有一个人？

你。

真弓用一种凛然的眼神看着他。

我懂了。我决不会泄露。哦，对了，谢谢你对我的信任。

你热爱的小林一雄的歌里，流动着对歧视部落民的憎恶。不，流动着一种不愿意再看一眼的那种情绪……他太纯洁了，纯洁得软弱了，他不愿意再看一眼。而你，你给我讲中国的北方时，特别是讲中国回民的可怕故事时，你的神情，你的语气，唉，你知道吗你不知不觉想用美一些的日本话来讲给我听！

他震惊得张口瞠目。

太像啦，我当时心里就在想，太像啦。我的那个黑种情人、我的父亲、小林一雄、还有你这中国人，——你们互相之间真是太像啦。……

他无言可对。他只能默默地沿着小沟上横跨着的那座挥泪桥，随着白蝴蝶般飘动的真弓的裙影若思若走。

我们夏目家流着被认为是“非人”的贱民的血。到了爷爷一代，夏目家的男人离开这一带谋生，隐埋了出身。父亲说，战争刚结束时生活很艰难，他不知被谁指引着，好像有一根无形的可怕的线牵着，他笔直地跑到挥泪桥来出卖劳动力。他说冥冥之中一定有个神在操纵着一切！……后来，我们夏目家就成了基督徒。

真弓，你能原谅我昨天的失礼么？

我喜欢你那样。你故意想伤害我的时候，我就知道：我找到理解了。

真弓指着桥对面的楼群。

据我父亲的考证，我家的一名祖先，从父亲上溯九代的祖先，在明和八年也就是一七七一年，在这桥对面一百五十米处的小冢原刑场上，被砍下了“非人头”。一般小冢原刑场处死的罪人几乎是不掩埋的。夜里野狗撕夺死尸的声音惊天动地，这就是桥上那句“小冢原犬成群远盛群狼”的由来。送别的家人不许再越过这道桥；从桥至前面的刑场之间这一百五十步是禁区。

我明白啦，他打断了真弓伤感的讲述，于是家族亲戚和赴死的罪人就在这桥头告别，流着眼泪，从此永别。

父亲考证出来，明和八年被处死的夏目家祖先没有被野狗啃掉，因为……因为……真弓突然不再讲了。她一转身，飞快地跑下了桥头。他赶忙追上去。在他的眼前，真弓一身的缟素里含着纯洁无瑕的抗议。

不！真弓挑战般望着他这副安慰式的表情。我还没有忘记你昨天的话！走吧——我领你去看一看，看看我们的宗教是不是女性化妆品！

真弓！他急得叫了起来。

父亲考证出来，明和八年被杀的我家祖先并没有被野狗吃掉。因为……我们夏目家卖了两个女孩，卖到不远的吉原妓院，用那笔钱贿赂了刽子手，把尸体——

埋葬了？他问的一瞬决定去扫墓。

不，把尸体提供给日本医生解剖。明和八年三月四日，日本医学史上的第一次人体解剖，用的尸体中就有我家的先祖……

夏目真弓忍不住了，终于号啕大哭起来。

两间四畳半的小木屋。拉门卸下后正好是九畳大小的教堂。白麻布覆盖的桌上点着粗大的蜡烛。在一张风琴的伴奏下响起了调门不准嗓音粗野的赞歌。室内光线昏暗。粗重的呼吸声在两耳旁静静地响着。白面包和红葡萄酒静静地摆在前面。他没有抬头看那圣像，他记着中国大西北是主张在心中想象神明的。他只想在这里寻找与小林一雄的歌有关的东西。他只想感受他需要的东西。真弓神情肃穆地紧挨在他左侧。他心里一阵阵漾起惊奇。真弓的白裙和神色使她显得像个女神般庄严绝美。人们陆续来齐了。汗臭和酒味弥漫得古怪。有两个凶恶的汉子不是跪而是躺在角落里。室内流荡的赞歌不但不够严肃而且像是嘲弄胡闹，但那歌声却使他战栗，那歌声是种使人灵魂战栗的声音。

宣教布道开始了。

他听不太懂，只顾陷入了自己的沉思。为了寻找天国。为了寻找天国。高大茂密的蒿子草悲怆地摇着，飒飒地把这一角世界遮藏得更隐密。有一个工人，他直起身来后先打了一个臭臭的酒嗝，他粗鲁地举起一只粗硬的大巴掌，肆无忌惮地喊起来：

“先生！不懂呀！耶稣说：不幸的人是幸福的，——咱不懂那算是什么意思呀！咱瞧呀，嘿，还是人家有钱的主儿那日子才叫幸福！先生，给讲讲吧！”

清真寺起火了。男女老幼举着梿枷草杈扑向官军。绑在寺门上的老人家胸口上插着四把尖刀；四把尖刀在喳喳有声地卸着四肢。回民们浑身褴褛，举着镢头铁锨朝官军冲去。

昏暗中传来了回答，他仔细地听着。那回答一字一字地说：

“记住，孩子：不幸也就是幸福。”

他欣喜地望着小女儿，不知说什么才好。

小女儿仍旧“叭——叭——”地叫着，起劲地摇晃着两根圆滚滚的小嫩胳膊。

“不是‘叭——叭——’，是‘爸爸’，叫呀，叫爸爸——”他热心地教着，启发着，引诱着。他的头上沁出了一层细汗。他觉得心里有一种奇怪的感觉。他觉得有一个巨大的转变，此刻正轻微又清晰地响着接近了顶点。

“叭——叭——，叭叭！”小女儿喊着。

他快活地一把抓起了女儿，把她紧紧抱在胸口前。在新疆塔城的巷子里，有一个塔塔尔族的老奶奶抱着一对双胞胎男孩。那对双胞胎生着淡黄色的卷发和真正蔚蓝色的眼睛。当那对蔚蓝如水的眼睛突然羞涩地一笑的时候，围观的人们齐齐地发出了一声低低的喝彩。简直太美了，他想，那简直是一对同时能使男人和姑娘都迷醉的蓝眼睛呵。他当时过去给那塔塔尔老奶奶施礼致敬，然后开玩笑说：求求您，让我抱一个走吧！……人群哄笑起来。

“叭！叭！”

在内蒙古草原，他起劲地和嫂子又说又道，一碗接一碗地喝茶。最后他突然想起来似的，突然问：嫂子，你怎么总坐在这儿呢？嫂子羞涩地笑了，他却百思不得其解。一直到傍晚，还是哥哥下决心告诉他以后，他才明白了：今天嫂子要生孩子了！他在黑夜里骑着马，去寻接生婆来接生。他在接生婆家门口勒着马嚼又喊又叫，急如雷火地催接生婆马上出发。那接生婆是谁的老婆？……是查干老婆还是意达木老婆？忘了。只记得她在毯包里慢条斯理地应道：不急不急，你嫂子已经闹了几天啦，难道因为你今夜回来了她就一定今夜生么？

“叭！——叭！——”

但是真的在那个夜晚，小乌尼琪降生了！这个小乌尼琪的名字是他起的。他在捏着圆珠笔起名字时，他不知道嫂子已经把他当成了神。嫂子难产已经好多天，但千真万确，他一回来孩子就生了下来！

“叭叭！叭叭！叭叭！”

三年后，嫂子又一次难产。托了无数人捎信，要在外面干活的他回家一次。当了“神”的他得意极了，立即打马回家。可是路上从马上摔了下来，所以没有灵验。

生命，你和我难道真的有缘么？

“爸！爸！——”

他浑身一震！他赶紧抱住小女儿。婴儿朝着父亲莫名其妙地笑了起来。你是在叫我吗？他激动地喊。你刚才叫的是——你再叫一遍好女儿！——“爸！爸！——”

他感动得搂紧了这个小小的血肉生命。在这一刹那，他觉得自己完成了一个质变。好像是一个一直在暗中进行的过程，在女儿的宣布下达到了庄严的顶峰。再向前，前方已经是真正雄壮而严峻的新人生。

生命……他感动地想，也许你才是我留给这世界的真正礼物。也许你才是我盼望得到的证明。也许你才是我没有失败的最关键的佑护。

“爸爸！爸爸！”

小女儿欢声叫嚷着。汹涌的大浪在他心里冲撞。

生命，你将要开始怎样的旅程呢？生命，你难道不怕这旅途上的艰难么？你难道不怕你的前方也出现一片美丽的梦；而使你在追寻中身心交瘁命处危难么？你难道不怕你最终也将牺牲、最终也将成为你理想的殉物么？

小女儿快活得手舞足蹈，起劲地大笑着。

他也笑了。他明白：女儿的意思是：假如爸爸是一只鸟，那么我就是一阵风！

第八章

M

大迁徙在恐怖的雪灾中终于开始了。

一队队勒勒车在沉默中离开了召·淖尔的冰天雪地。没有人指挥，没有一声号令。有一天清晨，一个勒勒车队离开了营盘。又有一天中午，几个勒勒车队驶过了这个冰壳子般的黑黑印迹。

为了生存的迁徙，别无他途的迁徙，乌珠穆沁有史以来无人传说过的冬季迁徙——开始了。

大走场，大迁徙啊！

雪灾在蒙语中叫“白灾”。但是，在这个驱赶无数牧民大迁徙的冬天，“白”不够味了。有一个恐怖的新词被创作出来；它像一个无形无状而又无处不在的白色的恶魔，在严寒中流行，在雪地上传播，在疯狂的白毛风中叫响。这个词我想只有乌珠穆沁人才懂——

铁灾。“吐木勒·召特”，——铁灾。

白雪冷酷地露着一丝狞笑，硬了，又硬了，结成了一层坚硬的冰壳。山沟默默地淡化着，浅了，模糊了，终于被大雪完全填平。马儿走不动了，四蹄在那硬硬的雪壳上一陷一陷地捣着黑洞洞的窟窿，最后扬起挂满污浊汗冰的头，悲惨地长嘶一声。远近的井连底冻实、连冻成冰的井水下头的土壤也冻实了五尺。清晨的羊盘结着灰黑的冰溜子，女人们哭着挂着木锨：盘上再也刮不出烧火的羊粪了。

粮食断了。去召·淖尔粮站的路上，雪原现在是越不过的白海。原来的山沟掩在雪下，随时准备吞没敢冒险的人和牲畜。

羊开始倒毙。弱牛开始倒毙。弱马开始倒毙。山羊开始甩掉肚里的胎儿。缺盐的牛敢一嘴扯住人的腰带，不顾死活地大嚼那缎布里的盐分。狗的眼睛渐渐发红，渐渐把原来那种凶猛的神色改成了残忍，它们在衰弱的羊群里踱来踱去，嗅着瘫摔在营盘里的羊子的味道。

一只肮脏的脸盆扔在包当中的毡子上，盆里盛着煮熟的瘦羊肉。女人们串亲戚时只记着揣上一小块砖茶，——茶原来在草原上远比粮食重要。不怕断粮怕断茶的北国啊！

平原和宽阔的盆地、山沟里已经看不见金黄黄的那种草尖。蒙古包被雪逼着，被稳稳上涨的雪层逼着，渐渐迁上了寒风破骨的高山之顶。在山顶上，在积不住雪的风硬的山脊线上，苟活着的羊群在争抢一小簇肥些的马镰。从那里用手遮住炫目的银光，试着向远处望去，混沌的白天白地静悄悄的，充斥着死灰的空气。

铁灾！……

在骨髓里、脑汁里、血液里、周身渐渐僵硬的痛苦里冷漠地实行着残酷杀伐的铁灾啊！

傍晚回盘收牧时，有几只羊卧在雪窝里，静静地变得梆硬。

清晨抱鞍备马时，有一头牛犊子和它一夜的屎尿冻成了一堆铁砣。

卑鄙的狼避开儿马，终日跟着一匹掉队的骒马。当儿马在远处刨出一蓬粗大的枯明格尔草，埋头大嚼时，狼逼近过来，一面奸笑着一面一口咬住了骒马的肛门。骒马流着泪跪了下来，它没有力气踢起那雷电般的后蹄了。狼撕出了它的直肠，无耻地把头深深地钻了进去。骒马的泪冻成两道冰链，它头一垂，倒下了。

当那七天七夜的白毛风狂吼着，把毡包在它的白色利爪中抓牢以后，连最剽悍的摔跤手也在角落里发抖了。女人解开袍襟，把吓哭的孩子贴在自己赤裸的乳房上，然后瞪着失神的枯眼，把劈碎的车辕木填进火炉里。

铁灾！不肯饶赦我们青春的、乌珠穆沁草原上百年一度的铁灾啊！……

白象的巨牙若是断了
又有谁能接得上呢

命里的苦难若是来了
又有谁能躲得开呢

我们开始逃亡。我懂了：迁徙就是逃亡。

召•淖尔的牧人们也启程了。

东西两个乌珠穆沁的所有人畜毡帐都匆匆启程了，逃向草好雪薄的异乡。

我们阿勒坦•努特格大队，我们这支客居人家草地的流浪牧人，我们这支本来就失去了家乡的苟活者，当然只能继续我们的迁徙。阿勒坦•努特格家乡此时已经不再是一个温暖神妙的想往，而是我们唯一的选择。没有商议，没有草原上那种不知什么时候传染上的争吵不休的会议，阿勒坦•努特格的所有人家都默默地拆散了蒙古包，把俄尼和哈纳在凛冽的寒风中绑牢，在一个白毛风呼啸的早晨，全队一言不发地出发了。

我们家的车队走在全队的最前头。

额吉的银发飘飘。那银发纷乱地打着她那一双严厉的目光。青牛艰难地在她手中的缰绳操纵下甩着重蹄，松木辕车达瓦吱吱地驶过坚硬的雪原。吐木勒，把牛犊子赶进车辙里！她威严地吆喝着我。入冬以来我没有见她笑过一次，在迁徙路上我已经忘了她的笑容。吐木勒！拾起那扇死羊骨头，那是干透了的，晚上浇些煤油烧茶用。我从白马背上一坠身子，捞起那副骨骸。额吉，不嫌车太沉么？我在风啸中喊道，大青牛一直在吐白沫哪。但额吉的回答是狠狠的一鞭。鞭子打在大青牛两只又滑又润的弯角之间，疲软的青牛疼得精神一振。

额吉穿着一件秋皮袍子，身材显得更加瘦削。我知道，我很清楚你心里其实有一分快乐。你虽然眼神严厉但我知道你心里苏生了那快乐。青牛在一块坑洼不平的雪地上泄劲了，愤怒的额吉用鞭子抽着它的耳梢尖。吐木勒，你用白马——不，你下马，给它踩出路来！我跳下马来，在深雪中扑通扑通地用力踏着。两条宽一尺深两尺的沟在我的毡靴子下面出现了。不，额吉，我知道你是那么盼着离开这儿，也许残酷的雪灾成全了你。我闪开路，额吉一声低喝，青牛挣着牲命，拖着沉重的达瓦大车冲了过去。四辆牛车，我们家的四辆牛车首尾揪扯着，吱吱碾着雪块，辕边上掠着风哨，从我的白马头前冲过去了。我不禁又瞟了瞟额吉那穿着薄皮袍的瘦削身影。

额吉的皮袍给了那盲流草地的阳原娘们。入冬不久的有天早上，那娘们儿在车老板的毡包门口，精光光一丝不挂地哭嚎着往雪里拱，往停在门口的戈切车底板下头的深雪里拱。“死给他哟——阎王爷门槛上等他个狗球揍的算账哟——光屁股冻死在这雪坑里哟——”她又扑腾又打滚，扬起一片乱飞的雪粉。原来戈切逃了。戈切从苇塘里被我们哥几个教训了一场以后，就把这外来的女人领进了他那个脏包。谁若是一问，戈切就从眼镜片后头一瞪狼眼：“管得着嘛？老子乐意！去看看《李双双》去——这叫先恋爱后结婚！”一个月以后，那女人流产了。戈切一手举个酒瓶子，一手举着点燃了火的那些血糊糊的东西乱扔。那天夜里，雪原上从很远都能听见戈切狼嗥狗叫般的闹声。

启程离开召•淖尔前一夜，戈切溜走了。没有一个人知道他的去向，他在天亮前骑了匹光背的大车马，趁黑一个人逃走了。

他逃走前抱走了这盲流娘们儿的全部衣物，为的是让那赤条条的女人无法追他。我额吉在旁边看了一阵，就把厚皮袍子脱下来，往那精光的屁股上一丢：

“住嘴，别哭了。”额吉低低地说。

那时我们正在拆包装车。额吉只说了那么一句就拉着我离开了，我们谁也没有再搭理那嚎得惊天动地的盲流娘们儿。额吉换上了这件二毛剪茬的薄皮袍；我知道从那以后她的心里便只剩下了一个目标——阿勒坦·努特格。

迁出十天以后，我们家的羊群只剩下四百来只了。在这个夏天还散满一山的一千三百多只的羊群，此刻黄溜溜脏乎乎地挤作一团，默默无声地拥挤着，踏着先被马群踏破、又被车队碾成一条硬路的车辙走着。

我的心沉重极了。我们现在是在不顾一切代价地朝着阿勒坦·努特格走。羊群每天都在死亡。狗已经吃腻了死羊肉。每头牛都像是一架蒙着皮毛的巨大骷髅。夜里狼群在不远处围成一圈嚎着，盼着我们的火光熄灭。绿莹莹的狼眼在漆黑中像一个套着我们脖颈的亮圈套。

下午，青牛垮了。

松木大车达瓦和满载的俄尼架压在青牛身上，我扔了马，和额吉一道走近它。额吉死命掰着轭木上的绳扣，但是那绳扣冻住了。大青牛安详地瘫卧着，两只琥珀般的大眼偶尔一眨。吐木勒！……掰开啦。两根高辕木翘了起来，额吉蹲下来，轻轻唤着大青牛：

“喂，起来。歇过啦，看太阳要下山。起来，喂！你不听我的话么？快，起来——喂！”

但是大青牛安详极了。它眨了一下那两块大琥珀，随即把头在雪堆里靠得更舒服些。

白蒙蒙的天空上辨不出太阳的方位。

额吉站了起来，有些慌乱地望了我一眼。你不要总是觉得我没用，额吉。她蹒跚地走了几步，咯吱咯吱地踩着秋雪。她又摇摇晃晃地走了回来，低垂着眼皮没有看我。你说吧，你要我做什么？她的银发在风中抽打着她的脸颊，“丹巴——”她不喊我。

她和丹巴把我们那头红斑点的黑紫皮犍牛套进松木车。吱地一声，车轮转动了一下，倒卧的青牛被留在了原来的车位上。额吉走过来，抓过我的马，把白马的笼头系在辕木头的插榫上，“吐木勒，上马！——”她厉声喊我。我纵身上了马。“吐木勒，打马——跑！”她的声音紧急而严厉。白马在我的胯下猛地一挣，车被拽出了深雪。我一眼瞥见那头静静卧着的青牛：“额吉，……”我的声音在尖厉的风中颤着。“吐木勒！不能停！让车轮一直转——快！打马呀吐木勒！——”我噙着眼泪，疯狂地踢着白马的两腹。强健的马儿暴怒地凿着四蹄，把我身下的硬雪踢成了一片飞溅的白雨。紫黑凶恶的犍牛瞪凸出了两只鼓眼，吭吭地喘着随上了白马的步点。额吉，难道我们真把青牛扔在雪里冻死么。我们的车队在这片深雪的陷阱里挣扎出来了，车队蜿蜒着爬向前方的山顶。

额吉严厉的目光像我的命运。我气急败坏地驱马冲突着，一直没能再回头望望那头青牛，甚至没能顾上抹掉已经冻在眼眶上的泪水。

当天夜里，丹巴剥回了青牛的皮。

过了半个月，在一个路过的抗灾售粮点那里，我们用那张青牛皮换来的钱买足了茶砖、粮食，还给我的大白马买了一块二十五公斤重的豆饼。

世界在我眼前疯狂地旋转起来了。

红的、绿的、花的、黑的在急速旋转，一个人的眼睛不可能分辨那闪电般的色彩了。大海已经到了越南战场，不知道他是加入了我们的高射炮部队还是加入了越南解放军，也不知他是牺牲了还是活着。志伟他们一伙又去了新疆；听说他正在那里指挥武斗，每天睡在炸药和手榴弹堆里。大标语说 ××× 是杀人凶手；第二天糊上的大标语却说 ××× 是革命战士。小报传单上的消息充满了血腥和恐怖。街上的行人精神抖擞目光炯炯。我们开始逍遥。有一天小丫到我们学校来找我，她裹着一件黄呢子，兜里故意露出一本“日语”。你怎么，学外语哪？操他妈，我爸爸昨天让卫戍区给抓走啦，你能招伙子人，帮我上卫戍区闹闹吗？学校里今天死了第二个人——从三十多米的烟筒顶跳下来了。他摔成了一摊泥。有人说从他宿舍里抄出一份蒋介石题字的变天账。有人说他 ×× 一个初三的女生被人看见了。我在人群里挤着撞着，我转着圈，转着三百六十度的圈往前走，我觉得头晕。戚本禹昨天跑到我们学校来讲话，说我们是小保皇党。小毛连夜糊了他一张，题目是《戚本禹，像你这样的人十个有十个要失败》。糊完小毛就溜出了北京。小毛，今天你在哪里？你一个黄毛丫头不要大意。街上有一条黑压压的长龙在游行，高喊着革命口号。十二校红卫兵把清华二校门给拉翻了，用卡车拉翻的。拉翻的二校门上打了一个大叉子，写着：“打倒庚子赔款！打倒八国联军！”我想离开北京，可是听说石家庄出了“狂人”，铁道不通了。

天旋地转了。世界在滚动，滚动，像一个转着的足球。我有时非常激动，我拼命地睁大了眼睛。但是我也旋转起来，随着那个滚动。

蓝猫使劲缩着脖子。他用一条拧得像麻花一样的蓝围巾把皮领子绑在脖子上，可是还是缩着脖子。雪渣白蒙蒙地，沙沙地打在他的脸上，我看见蓝猫冻成紫色的脸上挂着一块不透明的白色的冰。

"混蛋！——"我拼命喊着，拼命使自己的声音穿过我们俩之间的白色风墙。"蓝猫我跟你说——混蛋！——"我怒喊着，帽子的皮耳啪啪啪地抽着我的耳光。"该去——该去！你他妈的懂不懂？"白毛风嗷嗷尖叫着，一股斜立着竖着的白烟在眼前飞移。羊群也咩咩地叫起来了，羊群停止了顶风吃草，畏缩着咩咩叫起来了。"少废话！——"蓝猫对我喊着，"羊要顺风——顺风跑啦！——"这时那阴沉沉混蒙蒙的世界裂了一般，"呼哇——"一声，暴风从天上砸下来。我被一下子掀翻在雪里，冰碴雪粒猛地灌进了我的领口。羊群呼噜噜地骚乱了一声，随即掉转了头。

我吓傻了。蓝猫狂喊着"揍呀——揍呀——揍那羊头呀——"白雾吞了他又吐了他。我一滚身爬了起来，滚爬中腰里和袖管里也灌满了雪。我踉跄爬起来，抡起马竿子，没头没脸地对着那密集的羊头猛揍。雪昏天昏地朝我打过来，雪里的风使劲地钻着我的脸皮往我的深处冻。可是我和蓝猫疯了，一条马棒和一根马竿抡得又疯又狠。败退的羊群害怕了，踟蹰着又纷纷转过头。"使劲揍，蓝猫——"我声嘶力竭地吼。"拼啦，我 × 你祖宗的白毛风——"蓝猫在雪障里绝望地喊。

羊群又顶住了风；浑身肮脏的黄毛上沾满了雪块雪疙瘩。羊群把头埋下去，嘴唇触着了前一天用马群踏开的雪，触着了破雪中的枯草。在白毛风的惨烈奔袭中，开始听见了一片含混的羊牙嚼草的声音。我喘了口气，隔着白茫模糊的雪看了看蓝猫。我喊道：

"去吧，蓝猫！谁规定朋友就非得黏着？"

蓝猫缩在鼓鼓囊囊的皮袍子里，蜷着腿像一个脏了的雪人。他用膝盖和马棒尖顶着那些粘挂着雪块的羊尾巴，在雪里一蹚一滑地走。他不理我。他这懒猫装着不理我呢，我心里觉得怪可笑的。可是我们弟兄好了一场，还是眼看着要分手啦。白毛风弱了一分，但仍然一刻不停地源源扑来。只看见一片白茫茫在疾疾动着搅着扑近过来，脸上和鼻子尖却不知道冷。走吧我的猫，包钢可不是闹着玩儿的事。包钢是——包头钢铁公司；是工人阶级八大摇篮之一。羊群只剩下了三百九十只，他祖宗的。我回想起昨天有三只狼公然在雪坡上抢羊的情景。真他妈的反啦，大白天当着羊倌的面抢了一只羯羊。蓝猫要是走了，我瞄着一只又想顺风的山羊一马竿套抽过去。马群蹚乱的雪地上黄草金灿灿的，原来雪层盖住的干草不会变湿。蓬蓬扎扎地露出雪地的草金黄金黄地连着，一直连到背风的山窝南麓。那三条瘦得丢人的狼，我恨恨地咬了下牙；一条咬着羊咽喉走一条抡着粗尾巴抽，还有一条红杂毛的摽着我打后卫。卑鄙透了。全世界的牧民呀，你们谁在这种天气里搬家迁徙过？蓝猫如果当上包钢工人，就会遇上个温柔性子姑娘。蓝猫倒霉、窝囊、写不出诗来、睡觉还有酗酒都是因为他没遇上个性子柔柔的姑娘。这是小遐对我说的；小遐说他一头撞上的是越男，可那越男太泼太暴了。

“定啦，猫？”我又喊了一声。白茫茫白花花白蒙蒙的天地还在动着搅着转着逼近过来。白毛风狠抽我们的脸，狠抽笨呆的羊，好像抽不出滋味了。天哪这么干可怎么才能走到阿勒坦•努特格呢？我看见右面车道通过的那块平川里，远远望去，斜斜竖起的白色雪烟并排着，恐怖地一扫而过，又一扫而过。额吉的车队一定已经到达了宿地。我不敢相信但我逼着自己相信：额吉他们一定已经找到了一个隔年的青盘。蓝猫依然不搭理我，照旧撅着他那可笑的屁股，把脖子缩在皮领子里拼命往前轰羊。

“当上包钢的工人阶级——”我又喊道，我这一天总是想开玩笑。金灿灿的黄草在雪地里愈来愈密了，尖利的箭草的黄梢直愣愣地刺出了雪层。到底是两个人哪，我想，这么狂的白毛风里，若是我独自一人就糟了。昏天暗地里还是看不见靠近了的山的轮廓，只觉得前方的黄草丛在白白的混沌中步步升高。近了，我们的避风南坡，我们的“恩格勒”，我们的天晴时曾经向阳的山窝洼。

羊群站住了，先一齐回头看着我们。

我俩看了看天。团团飞雪正在上空疾飞，这南坡的“恩格勒”却很安静。我俩不约而同地嗵地一声坐在雪坑里。

羊群吁了一口气。羊群低下头，开始吃草。

蓝猫和我挤着。挤住的半面身子渐渐知觉了一丝温暖。我扛了蓝猫一膀子，等着他回话。蓝猫停了一阵，才说：“老子哪儿也不去。”

“混蛋！”我骂道，“那张招工表，他妈那张招工表是容易来的？！”我恶声恶气地吼。

蓝猫说：“那表，我给假李逵啦。”

我一拳把他打在雪坑里：“你讨厌！姥姥的！”

蓝猫从雪坑里拱了起来，不再说话。

你是要陪着我，你不忍心把我一个人留在这雪地上。我想着，尽力拂开那一丝招人厌的感动劲儿。可是两个人黏着缠着就算好吗？非死在一堆臭在一块才算好吗？你们家黑五类，一窝黑，你难道不懂得咱们得抓住这根钢铁工人的稻草才算个上策吗？瞧你这副酸相。额吉一定已经在哪里寻到了青盘。这个时候包已经搭起来啦。等一阵，我又望望高空中那肆虐逞凶的呼呼尖叫的流雪。再等一阵，我们就可以收牧。蓝猫今夜怕要早点回家。他白天没在家里放羊，夜里怕是要回去下夜。

我推推蓝猫，蓝猫转过脸来。

“我跟你说。你不走，”我恨恨地说着，心里惋惜着那张招工表，“下回有了我的事我也不走。咱们俩就一条绳子在这儿吊死。”我赌着气，发着狠说。

“吊就吊。”蓝猫气我最有本事了。

“滚，吊死也不跟条猫吊在一块。”

“对对对，”蓝猫哈哈笑道，“得跟个女的吊。”

我一听他说小遐，气得跳起来揪他。我们俩在避风的山南麓的暖窝里摔打，滚得浑身是雪。和风雪搏斗了半天的羊群被我们惊散了，它们不再吃草，呆痴痴地站在四周盯着我们。

学校里终于爆发了一场武斗。

夜里，他们把我们几个初中同学的宿舍砸了个稀巴烂。成桶的墨汁倒在棉被上，墙壁上涂满了不堪入目的标语，玻璃被全部打碎并捣成碎渣，一辆自行车被铅球哑铃砸成了扭歪的烂铁。其中有一个是女生宿舍，那女生宿舍倒是只被捣碎了门窗。

我们怎样开始报复的，我已经忘了。

查出了夜间行凶的人以后，我们派女生或者逍遥派把他们叫出来。在操场上我们开始愤怒地开打。这场报复太公开、太坚决、太凶猛了。我在疯迷中看到他们那一派的人没有敢加入。女生们在大声宣讲：冤有头，债有主……我们那面被他们用墨汁划了叉、用尿糟辱过的红旗摆在主楼门前，向全校宣布着报复的根据。同时，凶狠的暴打、我有生来第一次体会到的以牙还牙像狂飙一样向疯魔发展。

拳头、自行车链条、木棒像雨点。击打肉体的钝硬震着手掌。血溅起来了。心里的恐惧像鱼跃出水面又潜入水底。尖叫和愤怒在发泄着皮肤以内的一切一切。绝对不容侵犯的极限模糊成单纯至极的猛力。尖叫声出现了恐怖的闪闪亮光。心在碰上那闪光时痉挛过一瞬。猛击出去的刹那在批判着自己的软弱。受伤的一瞬意识到了一丁点结局的恐怖。报复同时是消灭自己的软弱和恐惧。人在搏斗中突然变了一个。哪怕恶也罢。哪怕恶、凶恶、残忍的恶、畜生的恶——。手慢和心软的一个瞬忽之间对手的恶、强大的恶、疯野嗜血的恶就劈头打来。只有打只有进攻只有消灭心里的柔软只有重而短促地爆发出力量只有凶狠凶猛凶恶——。原来我身上有如此凶恶的东西一直藏着。这恶也是我的一个本质么？在如此神圣保卫心灵的搏战中难道在最终——最终是以残忍和凶恶解决一切的么？哦，原来的那个我是多么幼稚多么软弱多么可笑呵。而现在的我是已经坚强已经成熟已经合理了么？然而只有打，混战已经扩大。他们喊来了援兵。那些人呼地扑到了我眼前。我一头撞在一个人胸上，他一把搡开了我。我举起自行车链条时我认出了他是我小学时的同班同学，但是我狠狠地把那链条劈下去了。我的心里一震。我们的队伍和他们的队伍混成一团。他们狂喊着，我听见他们喊道要血洗了我们要活剥了我们。我愈来愈亢奋手抡得链条像风轮。现在只有一个煮沸的海，拼杀的海。我抖擞精神冲突着。现在为了活也要冲突。

走近哈夏特公社那天，我家的车队和越男家的车队并排走在一起。通往哈夏特的大道上，秋雪已经被救灾的推土机铲过了，车队走在那硬冰壳般踏实的路上，几十只木轮子清脆地响了起来。

越男家比我们还惨，只剩下了三辆车。困在召·淖尔的时候，我家烧了两辆车：水缸车和一辆破烂的杭盖；可是越男这疯货，她真是个不顾死活的疯婆子——她劈了一共四辆车烧火煮茶。我骑在大白马背上，数着她家残存的那点家当。嘿，真有你的，真能毁家呀，我想道，水缸车烧啦，箱车烧啦，两辆杭盖也烧啦，若不是迁出了召•淖尔，你这个败家的巫婆真想鼓足干劲把你那穷家全烧个干净哪。

“喂！真漂亮呀！”她驾着棚车追上了我，刚刚并上肩，她就逗上了。“骑着这么胖的马，瞪着那么大的眼，你这是要去看谁呀？”

“看你们家犏牛。”我骂道。

她咯咯地大笑起来，捧着个大凸肚子。难为你挺着这么个大号的肚子，还有闲心耍贫嘴犯骚情。她那三辆车走得很轻快：她家在这铁灾里不但消灭了车，而且消灭了包——乔里玛让越男挑唆的，出发前把蒙古包也卖了，换了个狗棚似的小套包，“讨巴狗”窝棚。

越男得意地踢着牛，捧着肚子唱起来了：

白月里初三你骑着匹白骒马
白犏牛上骑着的是妹妹我……

她的蒙古话利索得惊人。她自己编的这些小调又俏皮又淫荡，可是合辙押韵惟妙惟肖。娘的，我听着想道，到底是当了蒙古人的媳妇啦，话学得这么漂亮。“你倒快活。”我骂她道。

“不快活又怎么办？自杀？喝敌百虫？脱光了钻白毛风？你那小遐真不是我的好姐妹，”她毫不在乎地瞟我一眼，“也不让这么个好小伙子快活快活。”

“喂，越男，”我唤她。近来我听她这种脏话已经听惯了，不再搭理她。“那个事怎么样啦？我是说，假李逵上包钢当工人的事？”

越男兴奋地嚷了起来：“钢铁工人？早吹了个屁的啦！你还不知道？假李逵还能有当工人阶级的命？那烂戏早散了场啦！不知

道？——你一天到晚除了揍羊屁股还干什么来着？不知道呀？是因为查·太平那死鬼的事！……查家说，假李逵有人命案子！有杀人嫌疑！呸，还美得他，还做梦当工人阶级呢。”

“噢——”我明白了。

在迁出我们原来的营盘——迁出划给军垦兵团的草原之后，那已经是两三年前的事啦，因为后来我们在召·淖尔当客队住了两年。——查家族整死了红鼻头骆驼倌以后，就把毒手伸向了我额吉。李小葵、戈切、徐莎莎他们全是查家族的知识青年，也在起劲地参加调查我额吉。李小葵那阵子正在和我较份儿呢，数这小子干得最卖命。

那个黑夜是查家的黑道日。查·太平领着李小葵，骑马奔了旗里“一打三反”办公室。查·太平举着一叠子蒙文检举信哇哩哇啦，可是那伙人听不懂蒙语。假李逵也说不清，只是嚷嚷一句话：“特务！外蒙特务！”那伙人问他“谁是特务”，假李逵说不清楚，于是一指查·太平说：“问他就知道啦！”——这句话招来了个杀人不眨眼的魔鬼，那魔鬼没有去吃我额吉，却黑云彩似的罩住了查·太平。

“那老婆子是特务？为什么？”翻译问。

“她一辈子黑串联！她在外蒙古入的特务！”查·太平决心置我额吉于死地。

翻译又翻过来了：“谁证明？谁说她在外蒙古入了特务啦？”

查·太平不知好歹：“我证明！”

人家奇怪了：“你证明？你在外蒙看见啦？”

“我爸爸……我爸爸那时在外蒙，”查·太平结巴起来。“我爸……和那老太婆在一块……”

这下引起警惕了：“喂喂，你爸爸——他是干什么的？”审问急转直下。那伙专门以审问拷打为职业的汉子给李小葵找了个铺，安排了这个知识青年的食宿，接着回来连夜“突击”查·太平。几个小时以后，那几个大汉拆下电话线，把铜丝绑在查·太平手指上，给他上了土电刑。

只有假李逵好像能救查·太平。可是假李逵正呼呼大睡呢。他骑马跑了半夜，他累坏了。

第二天清晨，查·太平趁打手们去喝早茶，冲出那房子，跳上马背就逃。可是晚了：一颗7•62步枪的子弹追上了他，把他从后心到胸口打了一个黑洞。

从那以后，查家族恨死了李小葵。几个月以后，李小葵搬出了查·黑虎家，开始了他漫长的打零工生涯的第一阶段。再不久，他自编自演的公子插队之戏被徐莎莎揭破。李小葵迅速破落下来，终于成了一个卖苦力的半叫花子。

到达哈夏特公社以后，我们把破烂的简易包支了起来，准备休息两天修车。阿勒坦·努特格还远着呢。我家和越男家挨着扎在一起，我们借她家乔里玛的马群破雪；她家靠帮我们下一半夜，挣几个工分。

傍晚的西天出现了晚霞，光滑的茫茫雪原被涂上了一层淡红色。那粉红的雪非常古怪。

越男在她家那“讨巴狗”门口直着嗓子喊我，说她们刚宰了那条走不动的小牛，又说假李逵趁太阳从西边出来，跑来串营子了。

我没精打采地躺在这黑狗窝里，蜷着伸不开的腿。越男把大肚子架在地上，忙着往炉火里塞木柴。她还烧木头哪，我想，她是决心把剩下的车也烧光了算。

李小葵呆呆坐在一块皮子上，黑瘦黑瘦的脸上结着一些黄不黄白不白的粑粑。这小子怕有一冬天没洗过脸啦。他鼓鼓囊囊地仍旧套着那件烂成布索索皮条条的羔皮袍子；后摆前襟早已撕光，里头裹着一件制服棉袄一件白狗皮坎肩。在皮袍领、制服袄领、狗皮坎肩里头，已经看不见那件海军兵服，只看见一截黑树皮般的脏脖子。

“等会儿，等一会儿，北京老乡——”越男快活地忙乎着，她男人乔里玛去马群还没回来。“一会儿就得：好吃的，最好吃的玩意儿。”她趴下吹火。火苗燎焦她蓬乱的头发，嗞嗞地发出一点爆响。锅盖下头，一阵香味混着腥气冒出来了。

李小葵突然干咳了两声。“吭，吭。”他又使劲地盘了盘腿。我看着他这副叫花子相。“吭，”他又干咳了一声。“说呀，咳什么。”我对他说。

李小葵又咳了两声，脸涨红了。“嘿，越男，”他说。“老子……老子想开啦，”他黑瘦的脸上一抽搐。“老子打算，打算跟你丫挺的学。”

越男奇怪地问：“跟我学？学什么？”

“嗯，学你。”李小葵闷声闷气地说。

越男放肆地笑了：“学啥呀？学生孩子？”

不想他说：“差不多。你——你给老子寻摸一个。大老牧也成。随便寻摸一个。你跟大老牧熟。你跟他们说说。”

我听得目瞪口呆。越男脸上却消失了笑容，她的神色变得冷酷起来：“那么——告诉你：漂亮的、阔气的可不一定愿意跟你配对！”

“母的就行！……”李小葵怒喊一声。“……”他又说了句脏得让我浑身一麻的话。

越男沉吟了半晌。

“成，我帮你办！”越男痛快地说。接着她一掀锅盖：“吃吧，真巧啦，吃吧！巧……啦！”越男突然爆发出一阵可怕的狂笑。“嘎哈哈哈！……”

锅里煮的是一对牛的睾丸，牛蛋。

当你从麻牙寺的板壁那里走开，从那熏成烟铜色的木梯那儿回过头来，突然看见你自己亲手写下的标语，看见你亲手写下的那一排“红军是穷人的队伍”的时候，你想到过什么？当你一脚踏空、摔倒在白龙江右岸峭壁上的栈道中间的时候，当你看见你手里的那支墨汁干硬的秃毛笔向下落去，当你看着那毛笔无声无息地朝着下面的深涧和绿浪坠落时，你想到过什么？

你想到过革命吗？

你想到过我们学校的武斗吗？你想到过外地想到过你的家乡四川的武斗吗？你想到过东方红牌拖拉机焊上了装甲板变成了坦克，冲锋的坦克冲上通了高压电的铁防御带时突然烧得通红吗？

你想到过帮着你提着墨汁桶，个子还没有一条马枪高，淌着鼻涕笑的那个红小鬼住进了豪华的二层小楼而楼外围着青砖高墙再外面是碎砖头抹泥砌成的鳞次栉比的城关贫民区吗？

你想到我们又戴上你们的八角帽，在严冬十二月里，朝着腊子口在进行我们的长征了吗？

当你的头颅歪倒在那一汪浓稠的血泊里，当你眼前闪乱的那五彩的火星熄灭在一片漆黑里的那一瞬，你是幸福呢还是痛苦呢？你是坚持相信革命会胜利呢还是以为革命也牺牲了呢？

我觉得你真美，你像英雄一样美。

而你在长征在腊子两侧青山一道白水的栈道上时，你知道有个十七岁的年轻学生这样缅怀过你么？

我想念你。我用我年轻的真情向你默默致敬。我也许太年轻。我不但不懂得世界不懂得历史不懂得人生，而且我根本不懂得什么叫做革命。我懂得的革命只有你，我懂得的革命就是你。

立正时，向右看齐动作要记清
排头的报数，数数数呀
一二三四五
在家中，受人压迫才来当红军
为我们穷人，谋解放呀
一齐闹革命

您呢，黑络腮胡子大叔，您在听着吗？

您住在洮河灌养的那片黄黄黑黑的荒山里。您住在一间四壁穿风门板破裂的空茅屋里。您粗嶙嶙的两只大手上沾着泥巴和油漆斑点，您的那套漆工家具和几个黑豆面的干馍馍堆在一个角落里。

您愿意对人们说——“我是红军”吗？

您呆若木鸡地瞪着我们听着我们唱。您那黑络腮胡子上粘着血一样的红漆。后来您听到我们一支接一支地唱红军歌时您好像糊涂了。再后来听到那支《亲爱的工农同志们呀》的时候您突然颤抖着蹲下了。您用粗硬的嗓子呜呜地哭着的时候我的心像被撕裂了。

您诅咒革命吗？您诅咒革命的无常与无情吗？

您在看到我们穿上蓝布条打成的草鞋，端正了头上的八角帽的时候；您在看见我们帽里上印着的“志勇坚定，排难创新，团结奋斗，不胜不休”四行红字的时候，您也打上了一副硬裹腿。当您和我们几个孩子走上洮河岸旁那又硬又直的冬天道路的时候，——

您知道柳条帽和钢管锯成的长矛您知道我一旦与您分手就被投入了监狱知道武斗的人们在挤成一团时那咯咯的牙咬和血红的眼神吗？

在血战中挨了一梭子机枪。那一串机枪弹把您打成了个血葫芦。漆黑的夜里您醒来了。您拖着血身子挨家敲门央求人家给口水。您在那些恐惧的眼光中看着木板门哐地一声在您眼前关上。您在漆黑的夜里爬着，最后被一个老漆匠收留下来。

您想到您其实是一位流落的将军了么？

今天你若是将军你还会送我们六十里么？还会听见那些红军歌就蹲在地上呜呜哭起来么？

请你告诉我。

因为，你和我还活着。

我们离开了哈夏特公社以后不久，就从北部一条雪薄些的山沟里，越过了旗所在地的镇子。为着怕惹新的麻烦，为着不被旗里的官老爷们阻挡住去阿勒坦•努特格的道路，车队没有靠近那个城镇。但我和小遐俩还是去了城里，在那儿逛荡了一天。

二月底，我家车队通过了查干庙废墟。

车队通过了查干庙的洼雪地以后，登上了通往阿勒坦•努特格的道路上最陡的一段上坡山道。在那道松木车得到了名字的陡峭雪坡上，小遐的残脚又冻伤了。迁徙中最严酷的日子来临了。三月初，我家羊群只剩下了二百零五只。

小遐，你哭什么呢？你不是不知道我最恨的就是哭。真的，别哭啦，来，踩住这镫子然后使劲——我的白马亚干是匹白色的老虎，它驮上咱们俩也不怕。快些上马，天要黑啦，再晚了在这雪地里咱们找不着家。

小遐盯着额吉的时候，她那双眨得让人心凄凉的大眼睛里盛着一种古怪的内容。小遐现在在皮袍子外面套着一件青色山羊皮缝成的、烂了一角的“打哈”。她的两只颧骨像蒙古人一样尖尖地凸现出来了，上面长着两块硬茧般的紫黑色的硬冻疤。她脱下那件翻毛朝外的山羊皮套褂，里面的袍子上钉缀着一块块皮补丁。她的头发干巴着粘成一片，头发已经焦黄了。“额吉，算啦。”她伤感地对额吉悄声说道，动了一下那只长满晶亮的水泡和烂脓疮的残脚。她又苦笑了一下，把那只光脚缩回皮袍襟下面。她脸上露出这种笑纹的时候，她显得疲软已极心事沉重。我望着她这憔悴的样子心里痛苦又吃惊。这个衣衫褴褛疲累不堪的女人，难道就是我的小遐吗？难道这个蓬头垢面、补丁满身、脚上长满水泡和脓疮的女人就是那个——那个在草原舞台上纵情舞蹈、证明着人世间青春的存在的美丽姑娘吗？

小遐费力地把冻坏的伤脚蹬进毡靴。小遐扶着包门，咬着牙慢慢站立起来。她在终于站直了身子以后撩了一下头发，然后对我露出了一丝惨笑。她在我的托扶下努力向鞍子爬着的时候不易觉察地对我说了声“唉，你呀”。我的白色老虎一样的亚干马鼓着肌块，踏上了通向小遐家驻地的雪路后，她在我的胸前似乎睡熟了。我的揽住她的手臂牵着缰绳，我的手臂觉得她的身躯冰凉衰弱。黑夜的雪路是亮的。人在这样的路上像长大着。小遐等我从她背后先跳下马背。我跳下来后觉得她在鞍上痴痴地望着我。我朝她喊“下来吧，小心点”的时候她一定又那样苦笑了。我知道她明白我的心思；她知道我不喜欢让牧民看着我抱她下马。小遐纵身一跃，她下马的动作美极了，哪怕穿着臃肿的皮衣。小遐在脚着地的那一瞬我迟了——她无声地摔翻在夜雪里。她那么无声无息地摔倒在雪地里摔得雪粉在黑夜里溅飞起来。她呻吟着挣扎。我咬紧牙没有抱她。她家索米亚队长过来扶起了她。小遐在我目送下朝她家的包门走去时，她的脸正被暗夜罩住。我听见她在那一块漆黑中对我说道：

“咱们……散了吧，这样不行啊。”

黄羊的硬角若是断了
又有谁能接得上呢
命里的磨难若是到了
又有谁能躲得开呢

只有赶快到阿勒坦•努特格去，吐木勒。你那姑娘没有别的办法，她好像遇上了当年那个来到额吉腿上的鬼。唉，神哪，您就放开条路，让这些离乡的孩子走到阿勒坦•努特格去吧。……可是额吉，小遐只是冻伤。上次我陪她去了旗里的医院，她那是二度冻伤。不是瘫痪。你懂什么，吐木勒。活鲜鲜的羊腿腱浇上火辣辣的酒，可是没能治好她那一块腿骨头。你懂得为什么吗？因为地方不对。我们那时候是在有罪的召•淖尔而不是在佛爷指点的阿勒坦•努特格。召•淖尔夏季里的泥潭洼地是有名的，瞧瞧今年冬天又降下了铁一样残狠的雪灾。你知道——我知道额吉瘫着跪着一共十五年零一春。额吉，那天咱们车队过那片洼地时，我看见了那片烧黑了的查干庙。可是额吉，小遐她可怎么办呢，额吉我为个姑娘着急你别笑话我。在额吉跟前你害什么羞呀，你看见过羊羔子牛犊子，喏，还有你的白马亚干在额吉跟前害过羞涩。你没忘掉么小吐木勒？丹巴他父亲——我那可怜的瞎子；他那时候在阿拉杭盖，就和声和气地给我揉过腿。他死了我才从外蒙古搬到查干庙。一共四年时光啊，他待我和气得就像绵羊待羊羔子。

走吧，小遐。扳住这鞍子再使劲，我从下面托着你。骑上我的白老虎般的亚干走呀。二度冻伤并不伤骨头。可是我那块骨头早摔坏了。你该明白：我拼命跟着你，可我害怕我要跟不上了。行啦，你对我心好，我知足了。你不要再扶着我用你的亚干驮着我，真的我求你别老这么挂念着我了。你又哭，你记住我最讨厌看人哭鼻子！别哭。你一哭，我就慌神了。咱们怎么这么苦呢？你说咱们的日子怎么这样苦呢？在这么厚这么硬的大雪地里，咱们干什么还要顶着白毛风走呢？不！你别劝我。你……你就允许我哭一次，你就——我求求你就答应我痛痛快快地哭一次吧！……小遐你要坚强，你应当记着你身边有我。咬住牙，咱们跟着大队到阿勒坦·努特格去。咱们不能像戈切那么丢脸。小遐你瞧人家蓝猫，蓝猫为了友谊把包钢工人都推掉啦。这会儿咱们得互相打气。一个人垮下来大伙就全要垮啦。上马走吧，小遐！你记住你是我的好姑娘！……走呀，到阿勒坦·努特格去，那儿是黄金一样的漂亮草原。只要咱们挺住，只要咱们迁进了那块金闪闪的草地，咱们就安稳了，就能住下来不再顶着白毛风一天天地在雪地里挣扎啦。别哄我，我不是听童话过日子的小女孩了。你看我浑身破衣烂衫，我的皮裤上烂得满是窟窿，我的毡靴子里头那马鬃团团像两块冰砣子。我这脚，它再也跳不成舞，它里面是碎骨头，外面是冻出的水泡——你是只雄鹰，我说心里话我因为知道你是只雄鹰我才爱上了你；可是——可是——你飞吧！别再管我——

额吉，丹巴哥哥的父亲死时，你多大了？

好像是……二十二岁。怎么，吐木勒？

小遐今年二十二岁。

可是你不是活得像匹儿马么，你又不像那苦命的瞎子。你在想什么？

额吉，小遐她……上次在旗里，人家说，如果她愿意，可以去文工团当跳舞的老师。当然她没答应。可是昨天她说，她走不动了，她对我说，你是鹰你就飞吧——

小吐木勒，你听着。咱们家在召·淖尔烧了一扇哈纳，现在这个四块哈纳墙的破包太小了。可是咱们家的棚车是新的，我是说，棚车上的毡棚是去年的新毡。你还不懂？唉——你再听着：丹巴的父亲在阿拉杭盖死了，他命多苦，也是在个白灾的冬天里死的。结果呢，紧接着春天我的腿就软了下来。还在他死以前，我的腿就不行啦；可是等他一死这腿就再也没了指望。它一天天软塌，一天天抽细，变了颜色，泄了油水，一个春天没过完我就变成了瘫子。——还不懂？唉小吐木勒今天怎么像块木头！……你和她的事，有神在天上看着呢！若是你像个鹰一般飞走了，额吉我懂啦，您迷信。您是担心她也变成瘫子，您觉得她这脚和以前您的腿是一回事——是一个命啊小吐木勒！完完全全一样的命又要降到你那姑娘身上了。可是，你再听着：额吉瘫了十五年零那个春天。后来，那是闹合作社那一年，我们阿勒坦·努特格的金草地里搬来了一个闪着金光芒的毡包。我知道，额吉，那是一个医生，一个银白头发的老奶奶住在那顶包里行医治病。银发奶奶用活鲜鲜的羊腿腱和热辣辣的烈性酒，治好了您的瘫腿。还不信吗？还不相信吗小吐木勒？你那姑娘的病，第一是不能离了你。离了，她就要遭大难。第二是要到阿勒坦·努特格去治，只有阿勒坦·努特格能治好她的残脚。小吐木勒，额吉在蒙古草原上迁呀迁呀奔波了一辈子，额吉盼你记住一句话：阿勒坦·努特格，那是神的家乡啊！

可是额吉，她走不动，她上不了马，她不能放羊不能干活，她要跟不上的。

——所以我才跟你说到咱们家的棚车。孩子，在阿拉杭盖的松树林子里，我和丹巴的父亲置下了这辆松木打的车。后来只要搬家上路，我俩就挤在松木车里住。那时候我们也有一顶好毡棚，我知道住在棚车里有多舒服。今天晚上你骑上马，去队长索米亚家把她接来。今天雪地上没有风，夜里虽然冷些可是一定晴朗。你接她来吧，带上她所有的东西。以后你们就睡在咱们的棚车里。如果起了风我再喊丹巴他们去睡棚车。棚车里多清爽啊，可以看见天上的银月亮。你把她接过来吧！我把那座白毡棚安在松木车达瓦的宽辕上，以后那漂亮的棚车就是我的小吐木勒的家！……去吧孩子，把你的姑娘接到家里来。等到了——阿勒坦·努特格，额吉要在那块金草地上，给你们置一座新包！

……

我听呆了。我也听迷了。

你真的存在吗？金色草原上的神！

J

其实一切选择都不是人为的。

他们喜欢说命运，喜欢唠叨命好命坏或者说神秘。

血和性。

而我只讲“类”的观点。

羊群中有五只成年母羊有羯羊二岁羔和当年新羔山羊是混在其间的。我的羊群在最多的时候有一千三百多只，新疆的一个哈萨克巴郎子不相信这一点。

然而我一说起黑马他就微笑了。

我再讲到那头黑山羊他的手颤抖了。

你懂了吗，这就是类。

我有二十件衣服，我有汉藏蒙哈回五种不同的装束，我有判若两人的两种形象。

可是你锐利的眼睛刺透了我，我没有办法。

你是同类。

往前走是什么，是友谊吗？

往前走是什么，是爱情吗？

向后退会怎样，会仇恨么？

向后退会怎样，会流血么？

我因你而活着因你我有了光彩。

我为你而奋斗。

他在自己孤寂的小屋里昏迷着。时间静静地消逝着，几个小时在燥热中过去了。

他昏迷着，思想沉沉地淹入了迟钝。但他在昏迷中有一丝意识仍在醒着：他知道房间里那灯并没有熄掉。那朦胧中顽强地亮着的灯像是茫茫夜海中的一个信号，严峻地提醒着他；使他的意识没有完全淹灭。

有一天夜里，他猛地往后一仰，抱住了头。窗玻璃上又浮起了那条光影诱人的彩河，东京之夜又开始了它脉搏一般的流动。全部调查和全部资料准备都结束啦，他默默地想着，顺手又合上了那本《明星实录——小林一雄资料全集》。他慢慢地拉过来一叠中亚研究中心印的稿纸。开始么？他迟疑地问着自己。窗玻璃上那光彩斑驳的彩带闪烁着迷人的、诱惑的光，像是一个美丽的妖精在向他挑战。开始吧，他决定了。他为自己取来一只杯子，但当他拿起咖啡筒时他又叹了一口气。他拧开一瓶蓝字“纯”牌烧酒，把透明的液体咚咚地注入杯中。

《献给今世的礼物》；他用重重的笔触写道。他不假思索地刷刷写了起来，流畅的字迹开始出现在洁白的稿纸上。而我，在一个月以后，当我在不久之后再踏上中国北方的陆地时，当我再踏上那片神示的奇异大陆时，我要为我寻找一种方式。他冷冷地写着，安静的小屋里响着一股单纯而又充满激情的刷刷声。那时，无论我是拿起画笔或是抱起吉他，无论我是行吟作诗还是径顾流浪，我的一切连同我的余生，都将是献给来世的礼物。我有不死的激情和愈燃愈烈的青春——他突然觉得头晕——我的年龄虽然日见衰老而我的青春却在不断地重复不停地开始；他头疼起来，笔尖颤抖了。我得天独厚地闯遍了三块大陆，我不仅熟悉这些大陆上的历史和人们使用的口语，——他的两只肩头像袭来了一丝冰凉的气流，他冷得哆嗦起来。——我还熟悉这些大陆的心情史和沉默中使用的隐语。小林一雄用他的兄长的歌引导了我，如果他倒下去我会英勇地站出来。“我病了吗？”他的脑海中闪过一个不祥的念头。他端起杯子，把半杯“纯”一饮而尽。链条要一环一环地承续，轮到谁该站出来谁就应当站出来——我浑身发冷。我的额头上怎么有一层细汗。我难道病了吗？我这不争气的东西，难道在天山大坂上三天只啃了些苞谷干馕和哈萨克人的酸奶却不会病，难道在西海固严寒的冬夜里和农民们只咬着炭火煨熟的洋芋却不会病——而在世界之都的东京，在东京吃着鲜美的金枪鱼片和半尺长的大虾吃着雪白的白面包片和三明治还有在铁板盘上滋滋响着的牛排——你却反而要生病么？

他生气了。他摔开笔站了起来，使劲跨了两大步走到窗前，猛地拉开了窗子。嘈乱的喧嚣混着呛人鼻孔的香水味儿，混着一种残酷的节奏和傲慢的紧张猛地扑到面前。遥遥闪烁的那条美丽妖精般的彩河也猛地扑到面前。他的身体剧烈地一晃。他想伸手扶住窗框，他的手指却在铝制的硬框上划破了。鲜红的血涌出来，一连串红得耀眼的血滴直直地朝榻榻米上摊开的《黄金牧地》溅去。“你这笨蛋！——”他愤怒地对自己，对肉体的自己大声骂了起来。一阵强烈的晕眩吞没了他，他在摔倒前的一瞬挣扎着保持了一个意识：让汩汩流血的手挪开了那本《黄金牧地》，让血流在自己的胸口上。

他丧失了知觉。一只手牢牢攥着另一只受伤的手，双手紧紧护住自己的心口。他在摔倒的时候脸颊擦掉了墙上的一张广告画，那是一张小林一雄正在疯狂歌唱的广告。原来钉着那画的图钉现在古怪地钉在他的颊上，遮住他大而无神的眼睛的那张画上有一行字：“让灵魂里掀起火热的风！”

他昏迷不醒地躺着。没有人知道会馆宿舍里发生的这件事。他昏沉地仰卧着，两只肩膀在阵阵刺骨的寒风中战栗。他的眉头原来因为愤怒而紧锁着，此刻因休憩而逐渐松弛了。他呼呼地熟睡着，折磨着他的脑髓和眼底的一股灼烫渐渐化成了强力的催眠剂。他的后脑深处和眼珠中心在疲惫地抵御着那烈火般的灼烫。于是，很快那烈火被阻止了，只能向外面裹着他的皮肉扩散。他发起了高烧。

他使劲地睁着眼皮。他努力了几次，最后他觉得冥冥之中有个什么力量支持着他睁开了这双黏重的眼皮。他睁开眼以后有好久一阵陷在一种回忆中；好像他又是那个少年，好像妈妈又在身边端着一碗热汤和锯末火烙的单饼。

那灯却在炽烈地晃着他的眼睛，严峻而无情。他和那盏灯对视了很久。

他沉重地喘息着，爬了起来。他忍住昏眩，迈稳步子，先关上了玻璃拉窗，然后用水冲净了手指上的血污。他脱掉了血迹斑斑的衬衫，裹上自己的毛毯。他在坐下时又重重摔了一跤，但他没有吭气。他只是苦笑了一下。他清醒地知道此刻他独自一人，没有人会听到他的呻吟。他撕了几张擦手纸裹住伤口，然后又拿起笔来。头上的热烧变成了一个外壳，一个紧紧包住他肌肤的灼烫外壳。现在他觉得那外壳与他本人毫不相关。他很想打开录音机；他知道如果那如醉如痴的音乐一旦在这音箱般的小屋里响起，他就不会再感到孤单。但是不行，他想道，现在可能是深夜。他开始在自己的心中想象那音乐，他想让自己的心中响起自己同类的歌。他又刷刷地写了起来，他看见自己的字迹虽然变得歪曲不堪但那字迹疾疾流动得像一条河。他写着，不时粗重地喘息着。他听见一支歌终于在自己的心里，在自己的胸腔里飞扬起来了，真奇怪，他凝神听了一会儿。

那不再是小林一雄的歌曲；那是他自己的，他自己的生命乐章。

把今世的都留给今世吧，他写着想。

生命在她伤残的那一瞬，如果这是一次有真正意义可寻的伤残的话；那么，那个瞬间就是美丽的。一个伟男子的人生，也许就是靠着这场伤残的一瞬才完成了他的美。

男儿之美

杨阿訇,您不疼么?……他望着杨阿訇头顶上那片可怕的、油光闪闪的漆皮般的伤疤。平时，当这位枣红脸膛、丹凤眼深酒窝的老人戴上他的白号帽时，谁也看不见他头顶上那块露出头骨的刀痕。

杨阿訇笑了，枣红脸上又旋出一对深深的酒窝。杨阿訇年轻时该多俊秀啊……

疼个甚哩，尕娃。老人家被官军剐了的那时辰，也没听说有谁提起个疼字。吓，五个官军刀手，一个一把刀。为头的那鬼日的立在高头，一刀就片了老人家的头皮。可是尕娃，你可知道么?

不，我不知道。怎么了?

他老人家笑咧。笑得那个美。我老杨活下了这把子年数，再没见过那么美的男子!

听说古突厥人在丧礼上自伤致哀

所以您也——他的心里抽了一口凉气。

到了前几年，喏，那是老人家甩手走了天堂的整第二百个年头，我……我独个一人跪在了这搭。尕娃，我心里凄惶得难过。我独个一人跪在这搭，这蒿子草哗啦啦——哗啦啦地唤着我呢。再后来我落下了泪。世道不公啊!……二百年，就这么个过走啦。他老人家殉了主道，一个人孤单单地睡在了这块穷土里头。那一日，我心里愈想愈凄惶，忍是再也忍不下咧——

您就——他惊叫起来。

我就拔出了刀子，倒抓住了头顶顶上的皮，贴严了顶门子骨，割！割下了这块头皮。割罢了，心平了，不再凄惶了。尕娃，你读书人可莫笑你杨阿訇哪，我，我只不过想陪陪他老人家。我废物，我瓤人，我也盼着像那么个男子般在这“都尼亚”上走给一遭！

听下吵尕娃，你读下书的人可莫要笑耍我。这事情我还从没有对人说给过。我是这么个想呢？从今往后我永世也不能再给旁人说给啦。

你一直沉默。

因为自从那一日过了以后，我老汉心平啦，不再凄惶啦，活得和稳啦。拿这一对眼再看这“都尼亚”时，不再是火烧火燎啦。

沉默。

他惊异得不能自制。他凝视着远近迤逦的沉默的黄土山，他忽然间懂得了这沉默。是这样的，一切都不要说，一切都不能说。走向牺牲之路的男人希望他的朋友能为了他而沉默。在伤残的一瞬，在牺牲的一瞬，那种人平衡了他心里对自己的苛责。这伤残和牺牲是那么美丽，但是同时又是那么容易害羞。苍凉的大西北，旱渴的黄土高原是这些为追求心灵自由而殉道的伟男子的真正朋友，因此它们为他们长久地沉默。

杨阿訇，谢谢你，你告诉了我一切真情，我也会为你沉默；因为在我年轻的生命里也已经新生出一种像你们那样的生命之芽，一种真正的反叛者的生命之芽……

平田肩膀上的肌肉非常发达，他扶着平田的肩，觉得那些硬硬的肉块在无声地滚动。平田开门锁的时候他只能倚着墙壁；他觉得身上和额头又冒出了一层虚汗，周身的皮肤还是隐隐地发烧。他心里没精打采地想：又烧起来啦，他妈的。进了房门以后，平田一眼看见煤气台上的两盒杨梅，他听见平田小声说："没有吃。唉，还是没有吃呵。"

一会儿工夫，他已经躺在被子里了。平田把那两盒杨梅洗净，端了过来。

"这是维他命，下决心，把它吃掉！"

他伸出手去。他觉得自己的手臂轻飘飘的像一只假手，像一只纸糊的手。他捏起一只杨梅，塞进嘴里。

可是他嚼不下去。牙齿似乎沉沉睡了，他没有咬一下那只晶莹红润的杨梅的力气。他含了很久。他不好意思看平田，于是侧过脸去。

"这是维他命，吃呀！"

平田急傻眼啦，他虚弱地想。平田书呆子这会儿只记着中学课本里讲过的维他命。"嗯！"他使劲一点头，同时咬碎了那个杨梅。酸甜的浆液向喉咙里淌去。可是维他命不是维我命；他躺得舒服些，嚼着口中的水果。维我的命需要另一种东西；需要两道金光闪烁的金霞，那就是我的作品。是的，是作品，《献给今世的礼物》是在我自己生命音乐的伴奏中写成的，我在高烧中在昏迷中在流血中写下了它。不是我而是我的这颗心是我的这条热烈的生命写下了它。它——它必须译成日文——

"平田兄。"他睁开了眼睛。

"怎么？又烧了？"平田的声音那么像一个和蔼的大哥哥。

"有件事，有事要求你……"他喘着，用手在旁边的书堆里乱刨乱翻。怎么找不到呢，他费劲地喘着，可是那堆书里没有。

“什么事？”平田问道。

“我求你，求你一件事……”他汗流浃背，眼前晃闪着金星。他觉得眼前在一阵阵地发黑，胸口喘得又紧促又沉重。他精疲力尽了，但他还是在找着。

平田俯下身来，按住了他。他看见平田的两只黑黑的眼睛。他联想到真弓那双黑玉般的眸子。平田小声说：

“是那篇小林一雄论么？你瞧——”

平田从自己的大尼龙包里掏出一沓纸。他用全力撑起半扇身体，把眼睛凑了过去。霎时间，他看见了一排排整齐娟秀的日文。我的作品，他心里喃喃着。那些印刷般肃穆又清洁的日文字迹正是他赌着命写出的那件作品。他的心里高高地喊了起来，他突然瘫软了，重重地栽倒在床铺上，他激动地凝视着平田。

“对不起！”平田跪坐起来，用认真的姿势向他鞠了一躬。“实在对不起！……前天，我来看你的时候，你正在昏睡。我读到了你的……我一面读着贵稿，一面想，这是我的事呵。所以，我就把它带走啦。没有得到你的允许，实在对不起！”

他感激地注视着平田，什么也说不出来。他张了几次嘴，但一些话语又被胸口急促的喘息淹没了。好久以后，他才回答道：

“平田，谢谢你。”

平田翻弄着那沓纸，垂下了眼皮：

“还只翻译了一半，”他小心地把稿纸放进一个硬硬的透明塑料夹中。“最迟明天晚上可以译出初稿。那时如果病好了，你得帮助我解决几个难点，——我对音乐歌曲完全是个零。——那时还请多多照顾！……”

“明天就译完？”他问道，“请问昨天夜里，你几点钟睡下的？”

平田羞涩地摇摇头："昨夜没睡。可是，你呢？你生着病还——"

他俩都沉默了。

闹钟的滴答声在后乐会馆这间小屋里均匀地响着。屋里静极了。明亮的玻璃拉门外，夏天的浓绿像被无形的水渲染过一样，浓淡不等又青翠宜人地涂抹着。他从那流淌的绿色中感到有一股宁静正缓缓朝他轻移，沁入了他灼烫的肌肤，沁入了他焦渴的心底，使他渐渐安详又平静了。他觉得自己被轻轻托扶起来，枕着软软的蒿子草，踏着蓝莹莹的冰川，沿着绿海般的大草原，正向一个深邃的梦境飘去。他酣酣地睡熟了。

他在睡梦中隐约感到：平田在他的病榻旁正在写着什么。他想睁开眼睛劝一句什么或是表示一句什么，可是他不愿意再去破坏笼罩着自己的那片流淌的翠绿色梦境。他静静地睡着，意识中充满了满足和安全。

好像，他第一次觉得累了。又好像他第一次觉得自己在充分地休息。病榻旁边有一个看不见的影子，那是一个已经和他相互理解了的日本的影子。这样的日本是可以信赖的，他在梦中悄悄地想。他睡得那么甜蜜，睡得那么酣沉，他正在尽情地享受着生涯中的这一次休息。

他失去了意识，但他似乎很清楚：有一道陌生的、有一道险峻的大坂又被他越过去了。

世界好像亮过。世界又黑了。

他好像一连睡了一夜一天。

他睁开眼。现在是哪一天、几点钟呢？

他看见了平田。平田仍然坐在他的床边，疲惫地朝他微笑。

"平田兄！……"他叫道，他叫出声的时候觉得自己的胸口和喉咙已经恢复了气力。“平田兄，你，你一直坐在这里么？……是一夜一天？”

平田打了个哈欠，站起来走到窗前，扯开橘黄条纹的窗帘，又拉开落地的玻璃拉窗。东京的夜风呼地冲了进来，把橘黄窗帘掀得摇舞不止。有几星雨点拂到了他的脸上。

“落雨了……”平田默默地望着夜色朦胧的东京。“又快要进入梅雨季节了，”平田说，“真快呀。一转眼，你已经在这里住了一年了……”

“是呵。”他感慨地应道。

平田大步走回来，从屋角抓起一个纸袋。“有三件事，说完我就该回家啦。”说着平田从纸袋里掏出了一大盒用塑料纸包着的杨梅。那红艳艳的杨梅大得惊人。平田又掏出一大盒来，还是杨梅。他有些想笑；平田准是认死了这种水果最有营养。平田把手臂又伸进纸袋，第三次掏出来的——仍是红润醉人、水珠晃闪的大杨梅。

“下决心，吃掉它！”平田认真地说。“真的，吃掉，这是维他命！……这是第一件事。”

平田又指了指另一个纸袋：“这个袋子有夹心面包、熟鱼、盒饭，还有北海道的奶酪，要是想吃了就吃。但是关键是维他命——”

他一把抓起盒子，撕开塑料纸，一颗接一颗地大嚼起那些红杨梅来。

平田笑着摇了摇头。

“当然，别忘了吃药——药在桌子上，”平田指了指桌子。他的眼睛一亮：在收拾得清洁整齐的桌面正中，端端正正地摆着两沓稿纸！他大喊起来，满嘴都是杨梅的汁液：

“你已经！——”

平田垂下眼皮：“请多照顾——译不出的地方，还有缺乏信心的地方，已经用红笔注出了。这是初稿。等你恢复以后，咱们再一块修改。”

酸酸的杨梅汁液浸着他的喉咙。他哽住了，一句话也说不出来。

“还有第三件事。”平田沉静的声调打断了他的感动。他使劲咽下口中的杨梅。他看见平田的双眼中有一种无情的、坚决而不惜一切的东西。

“病中这样说非常抱歉；但是，现在距离第九十六届国际中亚文化学术讨论会开幕已经没有多少天了。对不起，务必——哪怕是有病，务必请完成《黄金牧地》的工作！……而且，要准备使用敬语的讲稿提纲。宣读我们研究成果那天，请你上讲台。拜托了！”

平田的神情严峻如铁。他听见平田用一句不容商量的话消灭了他最后的任性和依赖心理：

“好好干，请像个战士一样好好干！”

……

平田告辞了。宿舍里只剩下了他一人。

在天山腹地里，尽管也能看见一片片的铁色戈壁，但是却不会有这样的灰黄相间、亦砂亦石的硬化沙漠。有谁说过这样的话，那人说得很对：在这种中亚细亚的赤裸荒漠中，一切都没有了，只有两件东西占据着一切包括人心里残存的最后一线意识。那就是热，那就是路。酷热和道路主宰了一切，主宰了时间和空间；包括人心里的时间和空间。

为了寻求一种连鬼也不知道的——中药；值得面对这样可怕的、旱灼得要把一切生物都烤死吃掉的、吐鲁番低地上的荒漠么？

何况不用说一匹马，连一头毛驴子也没有地方去找！……

可是我居然就进来了。我和我的向导里铁甫已经在这片杀人无声的火狱里走了七天了。

一连七天的可怕灼烤啊……

中药的名字叫“克铁砂”，中亚史上大名鼎鼎的西域贡物中一直有这个神秘的名字。老师说，只要你在吐鲁番能找到克铁砂土，就算大功告成。因为国际上有些学者认为吐鲁番没有这玩意儿。于是我就走进了这片烙人的毒烫阳光，于是我就孑然一身地走进了这片不毛之地和裸山秃漠。

他和里铁甫默默地走着。胶鞋底在咯咯吱吱地单调地响，他的脚掌渐渐感到了烙灼的疼痛。默默地走，他想，这样默默地走还不只是为了节省唾液和挽救嗓子；他侧目望望这个深目高鼻的英俊的维族汉子。我们一块在这戈壁硬砂上走了好几天，我们一直默默地并着肩走在火烫的阳光里，因为我们互相之间语言不通。我此生已经没有时间再来学习维语了。维吾尔音乐般散漫轻盈的语言已经和我无缘了。我们难以交流；但是我们默默地在这滚烫的戈壁沙漠上一块走。

他在吐鲁番北线的凶险的红色和银红的山里走着。山体间没有一块沃土或冲积扇，铺满山体之间的，是一片片宽阔而冷酷的黑戈壁。

他渐渐地忘了自己考察的目的。

我是来这里干什么的呢，他有时茫然地这样想过一想。但他马上就忘了自己的疑问。那发狂的凶恶的烈日已经烤干了脑汁，它使人只记住两点：一是灼热，一是道路。

在硬铁壳一般的干烤的戈壁滩上，有一条浅浅的、微微发白的路。像条白色的痕。

他和里铁甫喘着粗气，沿着那条白色的痕迹大步走着。天空中逼人地悬着一只白炽熔化的火球。远方一片蜃气和干旱中腾起的尘雾中，模糊不清地排着一线冒着烟的山影。

他无所谓地走着。毒阳的烙烫已经烧毁了他脸上、手上和脖颈上的皮肤。汗水凝成的咸碱腌得皮肤隐隐作痛。可是我心里很舒服，他想。不知为什么，肉体的伤痛而反使心灵熨帖。走哟，他大大咧咧地瞟着前方，那山影正笼罩在一派黄烟之中。走哟，不是从小就念叨么：好男儿志在四方，男儿当马革裹尸还。那就跟紧你的里铁甫朋友，走吧！

在天山南北，我已经走了那么多地方。吐鲁番也已经逛了几趟。可是我还没有——我还应该像今天这样，顶着水银般的阳光，踩着烤酥了的砾石，默不作声地走一走。

里铁甫晃着肩膀，不说话也不大喘，忧郁地左瞟瞟右看看地走着。

他扯开了胸怀。蜇人的阳光猛地烫了胸口一下。他舐了舐干裂的嘴唇，没有理睬自己的胸脯。那道山渐渐地近了。

那荒山真的冒着滚滚的黄烟。

他有些奇怪。可是他没有思索。他的脑汁已经僵了，他只记着这热和这路。

那道赤裸不毛的山上，处处冒着呛人的黄烟。有一个山褶缝里，黄烟滚滚地遮着一簇黄亮亮的火苗。他们两人默默走着，走着，渐渐地被弥漫的黄烟雾包围了。

到了宿营地。这是个小矿村。

他在地摊和棚户之间走着。村头对面的山沟里，一股浓得成了黄褐色的烟尘里，沿着山沟走势有一道熊熊的火焰在蹿跳。这山起火了吗？是那轮残酷的烈日点燃了地下的烈火吗？

他漫不经心地随着里铁甫走过热闹的地摊。他接连几次看见有的中药摊子上插着“克铁砂”的牌牌，但他视而不见。后来有个胡子老汉朝他喊“真正的东面山沟里的克铁砂呀！真正顶着火苗子钻到黄烟里刮下来的克铁砂呀”——的时候，他也只是怔了一下。

他只是看见了那冒着火焰的山脉。在弥漫在小矿村的阵阵黄烟中，他牢牢地盯着那条在褶沟里释放出火焰的苍凉而雄浑的山脉。

火焰山，他默默地朝那山脉呼喊着。

他拿起听筒，听出是夏目真弓的嗓音以后，有一瞬间不知说什么才好。真弓在一个遥远的地方正焦急地询问他的病情，而他却品味着那嗓音的甜美。

他手里捏着笔，膝头的被单上摊着《黄金牧地》和克劳森辞典。他讲话还是没有气力，电话筒凉冰冰的贴着耳颊非常舒服，他觉得自己还是在发着低烧。

“不用多说了，”真弓在那个遥远的地方说，“我马上就去！”

电话切断了。他沉思了一会儿，又聚集起精神，读起那份《黄金牧地》来。在那座烈焰熊熊的高山之麓，孩子埋葬了老人。因为神的指点和日程的紧迫，他把老人葬入了那烈火之山。〔蒙在老人〕batur眼上的黑罩首先熔化；奇迹使那长眠的老人突然目光如金。幸存者只有那孩子——而灵性不灭的真神使他在这一瞬间突然蜕变肌骨，长成了一个英俊的青年。低烧已经有十天之久了，他心里想。我哪怕对医药知识一点不懂，我也知道这病已经不是件小事。白天有时已经浑身轻快，好像已经彻底痊愈；可是每当傍晚，有时从下午开始，这一丝隐隐的灼烧就回来了。它耐心而阴险地攀住了我，毫不出声但也毫不掩饰它要吞噬我的动机。然而，他神情冷淡地刷刷写着，在意识中留着一分力量抵御着那股低烧；然而，五名出祭寻找黄金牧地的勇士只剩下一个人了。他逐字注释着，关于火焰山的踏查已经写成了一条言简意赅的注。真弓一会儿要来。她有一双黑玉石般的快活眸子。老人勇士在入葬的瞬间睁开了炯炯双眼，我猜他一定是在猛火的啮咬中看见了天国。否认神示和心灵的感知是不对的，那将终的老勇士一定突然看见了黄金牧地的影像。

当他勇敢地撕下眼罩，独自一人循着神示走上前途以后，他看见在一个三岔路口上竖着一座石头凿成的路标。路标上写着如下的词句——“经卑污之路至糜欲城邦，经死亡之路至黄金牧地。”

但是这三岔路口也许无法考证啦，他闷闷地想。他觉得手腕已经写得酸痛，他放下笔，闭上了眼睛。渐渐地，一股隐微而持久的疼痛漫淹了他的头颅。他闭紧眼睛，静静地休息着。他心里很明白：这场灾病迟早是会结束的；很快就会结束的，不会结束的是此刻正掠过心头的体验——这生命正从肉身中一丝丝地抽走的体验。他不动声色地静静靠着墙休息，他发觉自己并没有像往日那样激动。像那孩子一样，他稍稍惊异地想，我也一样，在突然的一瞬里，完成了一次关键的蜕变。

“叮——咚——”

门铃声像一个温柔得使人心酸的呼唤。

夏目真弓气喘吁吁地走了进来，两只手端着一只亮铮铮的大铝锅，怀里还搂着一束鲜嫩的鲜花。

真弓放下花，不由分说地抓走了他膝上的那些文献笔记。接着她又两手端过那只大锅来，把锅盖一掀。

一股热腾腾的白汽混着刺鼻的香味猛地朝他扑来。

“吃吧！我去取碗——我连碗和勺子也带来啦，”真弓急急地说道，“刚刚煮熟，我就端上来啦。你们这见鬼的后乐会馆里恐怕只有方便面条。呶，好啦，趁着热，先吃下这一大碗。剩下的晚上再吃。你们这里有自炊处吗？有煤气灶吗？明天我带新鲜的墨斗鱼来。你不是最爱吃酒馆里的整烧墨斗鱼么——”

他奇怪地问：“你怎么知道？”

真弓笑道：“以前听你说的。你说你只要往酒馆一坐，开口就喊整烧墨斗鱼。”真弓突然瞪起眼，喊起来了：“吃呀！这个火锅可比你们男人喜欢的酒菜好！这锅里的青菜、蘑菇、萝卜全是我开车到农村买来的；鱼肉是今天清晨在船桥鱼市上买的。新鲜极啦！……”

他犹豫了一下，默默地吃了起来。

真弓炖的火锅汤香极了。滚烫的汤舒服地流过他肿痛的咽喉。他想说些什么但却一句也说不出来。他只能默默地吃着。

室内又静了下来。真弓不再说话，他发觉真弓在不眨眼地注视着他。

他出汗了。但他还在大口大口地吃着。

真弓坐到桌旁。他看见真弓翻开了那一叠平田译好的稿子。他仍旧在咽着那又香又烫的鱼肉菜汤，仍然觉得自己说不出话来。我怎么了？是因为《黄金牧地》么？是因为在穿过了那世人不相信它真的冒着火焰的火焰山以后，孤身一人的年轻勇士已经踏上了死亡之路么？

真弓入神地读着。他吃完了，轻轻地把碗放在床前。他发觉真弓已经被自己的文章吸引住。他理了理被单，静躺着望着这日本姑娘。

青年勇士踏上最后旅途之前先刺瞎了自己的双目；为着不去看

那种种死灭之相。但他迈开第一步后，他的左手断了，他听见自己的母血在伤口涌溅。

小林一雄在他歌唱时，一定也听见了这种惊心动魄的涌溅声。小林一雄在人海挤撞的音乐会上低垂双目，一定也是为着不去看世间的丑相和自己那创口。但是真情是一种神秘；在小林一雄的歌词、旋律、嗓音和呼吸中，那真情完成了他与一切流行歌星的区别。那美丽的真情不是邪恶的动力，它越过海洋来到大陆，在我的心中击响了共鸣。而我的论文，他想，我的歌又燃烧着我的真情，此刻正潜入真弓的心中。这才是因果的循环，这才是圣洁壮美的回敬。啊，多么辉煌的人生历程啊。

他仍在这天路旅程上走着。虽然他已经伤痕累累。失明之后他只看见一片金霞闪耀的前景，他心如一泓净水一片皎洁透明的圆月。他每行一步就伤残一次，但他在这条路上悟出了隐遁神明的暗示：他已经永远不死。

真弓读完了，轻轻地把那沓纸合上，摆得整整齐齐。他看见真弓站了起来，真弓走向那簇鲜花时白裙窸窣，像是一个白色的精灵。他宁静地凝望着她，屏住了呼吸。

真弓取出一只雪白的瓷瓶，注入半瓶清水。他觉得真弓正在举行她自己的一个仪式；她此刻已经旁若无人。真弓洒开一袭白纱，像是她常披的肩巾。真弓在室中央蹲下，裙裾围着她的腰肢飘成了一朵白梅般的圆。真弓用那双黑玉石般的双目注视了一会儿那只净瓷瓶，然后把它轻轻掂起，轻轻地置于那片白纱正中。

“花道。”他心里在喃喃着。他知道自己也在这气氛中沉沉地堕下去。日本花道，他勉强用最后一丝意识想道。心要显露了。

真弓跪坐成一尊无声的雕像。轻轻地取过一支带绿叶的花枝。她静默片刻，又把那花轻轻地摆回丛中。他一动不动地望着她，他觉得在这纯洁得神异的气氛中，自己的身心已经浸入了彻底的休息。

真弓微微扭动腰肢。两只指尖又触到了一茎花枝。他看到她的两只黑眸子里悄然亮起了一种希望的微光。真弓移动着手臂，那支花枝被取了过来。

真弓又恢复了原来那雕像般沉静的跪姿。她久久不动。一切都在这沉静中被滤去，被净化了。她仍端庄地跪着，好像她也在等着一个时刻，等着一个向这世界致礼的时刻到来。

那是一枝无花的、晶莹的弯弯绿枝。插入瓷瓶中以后，那瓷瓶好像突然幻出了本质。绿枝娇嫩青翠，冰清玉洁，倚着瓶流如一支弯曲吃力的绿弓。瓷瓶隐现不定，用自己的雪白映衬着那一弓纯洁的绿色，使这株无花的花愈来愈显示出深沉的含义。

他震惊地望着。

真弓又扭转了腰肢。她又拣出一枝花来，两手在身侧修剪着。花瓣纷纷落到那圆形的裙裾上，叶子也被一片片撕落了。

真弓轻轻地恢复了正坐的姿态。她的双手轻轻捧起那根花茎，两弯细眉一刹那忽然颤抖起来。他紧张地望着真弓。真弓的两只手也轻轻颤抖起来。突然，他像被电击了一样浑身一震：真弓的两颗黑眸子正直视着他。

真弓只看了他这么一眼。真弓又侧过脸颊，垂下睫毛。真弓捧起花枝，审度了位置，然后把那枝花轻轻插入瓷瓶。

这是一株梢条折断的矢。折伤处露出白色的木芯，但花茎仍然挺拔笔直。在这枝箭矢的顶端，有一粒鲜血般红亮的小花。

矢与弓紧挨着并立在那雪白的瓷瓶中，似乎在彼此默默地等待。那粒红花在照耀着它们。

他暗暗咬紧牙关，咽下了正在涌起的大潮。

有时，人心中会浮想出一个幻象。好像那是经历过的真事，好像那时曾有过一种痛快淋漓的自由。可是睁大眼睛自己却还停在旧地，那自由的幻象好像已经转瞬驰去了。

带着驰骤般激动的一阵心跳。

好像有过那么一匹白得纯洁、白得心醉的银鬃大马。好像有过一片大得无边、辽阔得完全忘了世界的银妆素饰的雪原。原来，自由是白色的；在白马鞍上纵情驰意地在白色雪原上游逛着，人会觉得白色是不能解释的。白色的崇高的极致，是永恒的秘密。白色是不可洞彻无法探究的颜色。在那样像母亲胸脯一样起伏的洁白世界里，儿子心中升起过真正的自由。当然白鬃马是坚实的依靠；由于它，由于这匹能让寂静中生风，能使地平线迎面扑来的神骥，那不曾敢想的自由猝然而至，在生活的那一瞬成了现实。

恣意地纵着白骏马，让马儿果决地踏破光滑滑白茫茫的积雪，原来是件如此快乐的事！靴尖轻轻磕动马腹。马儿浑身掠过一阵痉挛。尖尖双耳间的银鬃毛抖擞着闪射着太阳和白雪的光芒。接着雪的浪花和雪的迷雾从前后两侧溅扬而起。那“自由”载着人突然如电如箭，飞翔着射向迎面世界的尽头，射向彼岸和地平线之外。

自由的驰骋！……有谁能相信，那白马白雪的一次驰骋，有时就改变了一个人的身心呢？地平线一字排开汹涌而来。那银光炫目的地平线很快就不再是终极之地了——越过去！越过去！银鬃马保证着一切，人心猛地腾起野望。越过去就是彼岸！万里雪原平平铺开，雪原在微笑雪原在鼓励雪原在伸延。越过去就是自由！地平线缓缓迎来，地平线在那神秘的波浪上强烈地撩动着人心。骑手终于快乐得大笑起来，这多宝贵，这多神奇，这是自由驰骋的千金一刻啊！……

他登上了地平线。

原来地平线也是一道蜿蜒不断的山梁。

还走么？骑手问自己。骑手在登上山梁的同时还原成了一个人；千金一刻已经逝去了。

而前方又是白皑皑银光闪烁的万里雪原。

最前方又出现了终极之地，出现了地平线。

我要说，真正涌淌着牧人血液的骑手只有在此时才显露真相。

人血永远是隐藏的。人的血液在显露它的冲决一切的摧毁般的力量时，其实别人并不能觉察。——而此时，有牧人血液的骑手突然心中一动。

他不假思索地纵马飞驰，直对着那新鲜的银闪闪的地平线。他不知道；在他冲下那道山梁时他变了，他变成了一名自由的勇士。

自由，自由，自由；他看见这整个茫茫的银世界上都印着自由的蹄印。他觉得自己的心里也满盛着这高贵的自由。他纵声大笑，他飞驰如急急的闪电。那新鲜的地平线于他已经不再遥远；那银色的地平线后面哪怕再有一道地平线，于他也已经无关紧要。他是自由的儿子，白鬃骏马是他自由的神翼。此刻他只要奔驰。

白色的骏马腾空而起。真实碎裂着消失。宇宙间只充斥着一个幻象。那匹白骏马远了，最后溶化进那个纯洁的幻象里。

人醒了。此刻，醒来的他的心里，永远飞驰着一匹白马。

他提着洗好的衣服回到了“后乐”会馆。他打开自己房间的锁。好啦，一切都准备就绪了，所有细节都没有遗忘。《黄金牧地》古蒙古语抄本的研究已经全部结束；平田又精心地把他的宣读提纲用电脑打印出来，并且在所有难读的汉字上方都注上了假名读音。

他走进自己的宿舍，把从洗衣店取回的蓝西服挂进衣橱。他从小瓶里倒出两颗药片塞入口中，端起一杯水。我怎么……他迟疑了一下。我怎么真的吃起药来了呢？他想着又把水泼掉，倒了半杯清酒把药冲下去。

他觉得有一丝空寂，有一种暴风将临前的空寂正在传来。他踱了几步。他斟了半杯酒又把杯子放下。张小星正在忙着帮一个新来的留学生修理电视。那台电视机前夜被雨淋了一个通宵，张小星正在用电扇日夜不停地吹它。平田此刻正在琦玉县的大学里教课，他应该是乘上午十点四十八分的列车离开市区的，为了赶那班车平田今天九点半必须离开家门。真弓刚才来电话说，她父亲夏目先生邀请他在国际中亚文化会议结束后，到日光风景区去玩。真弓没有嘱咐他对夏目先生不要提到《挥泪桥考》。我当然不会的，他心里想。我只会记忆。

我感激我的心和血，它们使我能够永不背弃地记忆。我记忆着一切；记忆着被暗杀在太平洋彼岸的最后的圣徒马丁•路德•金，记忆着那位黑种勇士死时的面部照片，记忆着天山腹地里那首关于黑醋栗般的眼睛的诗，记忆着天山大坂顶峰上那道深几十丈的蓝冰川和山麓下那正在燃烧的火焰山。我记着平田深沉的无言和真弓的白衣红花，我记着在前一回梅雨中浑身精湿地跪在路中的那位老军人，我记着西海固穷苦的荒山里那片秘密的蒿子草和杨阿訇自残的刀伤，记着别失八里古城之郊那片宽阔的血浸的红河滩，我记着哈萨克老大娘那一声亲切的balam，也记着越过大坂后遇上的那维族司机说的batur。

我一切都记着。特别是在这离别在即的时刻。平田说得对：只有发表《黄金牧地》的研究才能证明一切。我此刻正在焦躁地等着，那庄严的发表日期已经临近了。

他按下了录音机的按键。

只是我不能见到你了，歌手小林一雄。我通过你的全部歌曲了解了你；甚至在我心中准确地勾画出了你的肖像。不，应该说，我是用你的歌做笔，勾画出了我自己的本相。我不能见到你啦，也不必非要见到你。因为除了你的歌声之外你并不存在。正因此我也要快些回去，回到我心爱的大陆去寻找——寻找我今后存在的形式。

相信吧，我已经再不会失误
因为在你的眼瞳里
正清楚地映着一个我
就像枣树的枝上又长出了嫩芽
我也会变得坚韧和长生

不管那形式是音乐、是绘画、是诗篇、是学问，我已经不会改变本质。小林一雄，就像你永远不会改变你那沉重的嗓音一样，我也永远不会改变人民的千年苦难给我的真知；以及江山的万里辽阔给我的启示。

对于我——
这一切就是生存呵
为着在我的身后
能诞生一个未来

愤怒绝望的音乐中饱含着一股强烈的希望。声波猛力地攻打着他的耳鼓。他慢慢地、一点点地旋小了音量。歌声渐渐地微弱，最后在墙壁里消失了。

他拿起磨旧了的活页夹。

室内寂静极了，桌上的小钟在清晰地滴答响着。几个印刷体的字：《中亚古文献〈黄金牧地〉中期蒙古语写本研究》，——静静地映入了他的眼帘。

他的心里漾起了一阵难言的、惜别的感情。难道今后我真的要和它分手了么？他突然想起自己刚上学时的那些往事，想起讲着“从甘肃到土耳其，所有的现代语我都懂”的口头禅的老教授。真正的学术是激情，真正伟大的学问从来都是诗、是画、是真挚的歌。明天，当我随着自己血液的驱使真正开始我人生的流浪时，我会在我的步伐中掌握具有深刻学问的分寸。可是，不管怎么说，我已经决心和这些迷人的古文献分手啦。

他的心里起伏着重重的感情。他知道，当他感受到自己在受着往昔形式的束缚的那一瞬间开始，他就已经决心作这个诀别了。不——他反驳自己说，诀别也是逃避。你应当开创充满真挚情感的研究！像这次，像你和平田两人这次突破《黄金牧地》一样！……可是他轻轻地摇了摇头。他不想再继续这种内心的矛盾了。他明白自己在这段时间里，在完成了对这份文献的研究时，也完成了一次背叛。他明白自己不会背叛的，只有自己血液和心灵里的天性。

还有那伟大的启示……他严肃地想。这是一个相当漂亮的结尾。也许在我的一生中，这还是一个承前启后的祭典。如果没有那神奇的启示，我和平田绞尽脑汁也攻不下《黄金牧地》的难关。让该结束的结束吧。

他把讲演提纲收拾好，把那个活页夹放进了挎包。平田把公开发表的荣誉推给我；他说这事不许再争。那么，就迎接那个日子的到来吧，他想道，让我借用一下国际中亚文化学术讨论会的庄严仪式，为我自己的人生举行一场真正的祭典吧。这是青春么？不，也许这将是一次真正的成人式；是告别我这已经太长的青春的祭典。

这一晚，他早早地睡熟了。

东京的夜却闪烁着灯光醒着繁星。

原来最美的并不是江河，并不是那些源远流长浊浪滔天把一脉活力注入了大陆的那些大江大河。

尽管江河养孕文化，哺育文明，在它流域的两岸和会冲制造了无数村庄和一串古都名城。更美的是崇山峻岭——

崇山断裂皱折，塬高谷深。群山远远望去不仅是波浪，雄峻的群山本身就是大海。

人生的极致应当像崇山峻岭一样惊险、迷茫、深不可测又无声无语。美文应当像崇山峻岭一样，有危峰之峻岭有幽谷之黑黑，既披霞挂云又藏真忍痛。

沿着欧亚内大陆的倾斜地势，五千里草原绵延不尽。草原即沉睡之山。当八百里流沙拦腰泻下，截断牧草隔开地理以后，大地一面继续倾斜上拔，一面变成了黄土高原。高原是焦渴的山。残酷的旱魃热砂扼死了草原流动的欲望，高原在干枯碎裂以后倒向了理性。山从此逶迤不绝，山本身也在奔走追求。山向西，向太阳索取。山变成了怒浪，一潮涌上一潮之峰。地势危险地峥嵘而起，——天山和昆仑出世了。

天山昆仑是山界的理想。

众山群山之向往天山昆仑，就如骏马之向往碧绿草场。众山群山之向往天山昆仑，就如沙山黄土峁之向往清泉流水。众山群山之向往天山昆仑，就如——

如你我心中珍藏的希望。

希望是人的本质。

然而，在天山昆仑之上，有一座披冰积雪的汗•腾格里。

汗·腾格里——译成“王•天”。

无论是“汗”或者是“腾格里”，都并不仅仅是今日蒙古牧人的语汇。自从有了游牧文明，半个亚洲各式各样的骑马人群就懂得了这两个词。应当说“汗•腾格里”是阿尔泰共同语词；它意味着半个亚洲的崇拜、畏惧、爱情、禁忌和最后的理想。

汗•腾格里冰峰是绝顶，是危峰，是万年坚冰，是此世尽头，是世界的高点。它不可登攀。

正因此——

人类懂得了什么是人。

第九章

M

我们已经快要走出乌珠穆沁的地界。阴森恐怖的雪原上，黑虫般的勒勒车队仍在蠕动。每天都在走，羊群在倒毙但我们只有一个走。雪壳硬得像铁，羊群碎步跑上去蓬蓬地像敲着一面巨大的空心鼓。丹巴哥已经被抽去放马，马倌乔里玛已经累垮了。红儿马星•忽伦走在前锋的刃尖上，用它愤怒的前蹄捅破无人敢惹的处女雪。黑污的车队默默走着，牛羊啃着由马群蹚出来的枯草。枯草金灿灿的，又干又脆。谁都知道一漫无际的金草已经被凶恶的铁灾杀灭，现在和这充满杀气的白色铁灾对阵的，只剩下我们这些断粮三月的牧民了。

但是，阿勒坦·努特格已经近了。

已是三月之末。已经穿越了整个乌珠穆沁大草原。阿勒坦·努特格已经非常近了。

小遐没有吃那块冻硬的煮羊肝。她一瘸一瘸地走到马前解下了笼头。铜盆里的黑红恶心的死羊肉是哪天煮的呢？我推开铜盆也迈步出了小套包。雪地白晃晃地刺了我一下，我戴上了防雪墨镜。反正是没有粮食。反正嫂子看见盆子不满了就唉哟唉哟地走出包外，在营盘上寻一只饿死的瘦羊剥开。只有一块羊肝，只有冻羊肝嚼着还有些馒头似的甜味。小遐解下她的马笼头以后停住了，她转过身来用她那痴痴的黑眼睛望着我。雪原像一面明晃晃的银镜像一起伏不息的白色陷阱，是走出这片白色呢还是等着它自己融化？小遐疲惫厌倦啦，她吃了一个月死羊肉以后居然不愿意啃一口煮羊肝。可是达不苏李小葵见了死羊肉也活像真李逵一样，他说那天他一气剥了十八只硬邦邦冻羊尸并且把皮子一个人扛了回来，然后连啃了半盆这种黑红恶心的骨头肉。知识青年们谁都一样，只要有口酽酽的黑茶就能连啃三块没有一星油的手扒肉。只是小遐不，小遐已经完全疲了垮了。她把手搭在鞍上望着我，我明知她快要哭了。银晃晃阴沉沉的白色原野在她背后无边无际，你能走出去么，小遐？

小遐不上马。但是她也不开口。我不喜欢这种“含情脉脉”的样子，可是我只能任她那样依着马鞍望着我。她的皮袍子油黑肮脏，熏过烟的皮块左一块右一块地补在上面。我知道你盼着我走过去握住你的手。我知道你盼着我扑上去紧紧搂住你。我知道你盼着我沉重又深情地凝视着你。不，我不，蒙古草原上没有人那样做。额吉正在套包里搓绳子，南斯拉嫂子正在盘上剥死羊的皮，丹巴领着狗在山上找狐狸，远远能看见他的影子。

我咬住牙，系上两只皮帽耳朵。我扳住鞍子跨上了亚干的背，顺着被畜群蹚开道路的雪地去放羊。这个盘我们已经驻了三天；额吉说明天要再搬一程，看看长柳梢棵子的乌利亚斯那儿雪是不是薄些。

羊群在我的马头前艰难地一拱一拱。在铁灾显露本相以后，羊群的颜色是黄褐色的——还透出一层青红。牧民们说是临死前的颜色。小遐打着马追了上来，她摘下墨镜，在雪地反射的强光里闪眨着眼睛。

那，那我就走啦。

走走，逃出去一个算一个。

要不，要不然我等你——

滚一边儿去。

你知道这机会，这实在是再等不着的机会啦，我下不了决心——

我替你下啦。

你说气话！你怨我呢。

没有。

原来说是旗里小学缺声乐老师，可是这回说的是盟文工团。明年夏天会演，我想——

快去，一年之内进呼和浩特。不能耽误！

可是你——

我告诉你一千遍啦我讨厌这一套！

可是你自己——

你怎么还说这个！

就这么散、散了吗你可怎么办？我舍不得你真的！你知道我说的是良心话！你知道吗？

我知道。

要不然你干脆恨我吧。要不然你就嚷嚷一句说——小遐你在呼市等着我——我保准等你一辈子。

我想找口烟抽啦。

我只求你看在我的前途份儿上。我去盟文工团当上了舞蹈编导，头一个舞就写咱们俩的事。

记着，到了文工团给我寄条烟来。

你别学抽烟你不是说你讨厌人抽烟么，我给你寄钱。我挣多少都给你按月寄好吗？

你要寄我骂你。

你——

小遐你听着：咱们早晚得逃出这个苦海；我说着瞟了瞟雪原。它还是那个姿势，静静无声默默无边地卧着，白晃晃地藏着一种冷笑。事到如今不能天天啃死羊骨头混一辈子，咱们是谁能逃谁就逃。别的公社，别的大队全散了营各顾各啦，就咱们阿勒坦•努特格队的穷爱面子。你听我说，快走。快走一天是一天，多泡一天多一天罪。谁也别来学校那股学生腔啦，也别酸溜溜的你等我摽你。要是人家盟文工团光招跳舞的不就完啦？——你一个瘸子！可是老天爷开眼他们偏偏招舞蹈编导，嘿，你该明白这是你的命呀。快——

你的命呢？

嗯？

这舞蹈编导要是我的命；那，那，小遐不戴墨镜的大眼睛突然水浸浸地红了，我心疼地觉得那红浸浸的眼角立刻就要被冻冰。——那，难道一辈子在白毛风里放羊就是你的命吗？……

她呜呜地哭了。

我看着她那伤心的样子，心里暗暗惊奇着我的一切。两匹马并排走着。走到碎雪带的尽头，两匹马又自己转过头来继续并排走。有一刹那间，我入神地听着八只马蹄踩雪的咯吱声。那咯吱咯吱的声音实在是太醉人了。隔着马抚摸她么？抚摸干燥的肩背又凉又硬、潮湿的襟袖结着薄冰的她么？我不知如何是好了。我一直奇怪地平静冷静的心终于乱了。我摘下了防雪的墨镜。

炫目闪烁着的、一派明铮铮的雪光突然晃来，我的双眼猛地一黑。我使劲睁着自己的眼皮，于是我又看清楚了。

一个单薄瘦削、浑身褴褛的牧羊姑娘双手捂着脸在哭。她双手紧紧捂脸。马儿径自走着，她骑着马的身子在腰肢那里一摇一摆。她用一双冻红的糙手使劲捂着脸上的泪，尖厉掠过的三月的刀子风卷着雪砂，抽打剜割着那双糙红的手。她骑在马鞍上抽搐着摇晃着，她的腰和着哭泣和马蹄，却隐闪绰约地向我显示着一股久违了的姣好。

你说，小遐，我没有欺负过你吧？

没。

说心里话！

没。

我待你那么凶，你不记恨？

不。

说实话我让你别记着我我嚷嚷说咱们俩从此一刀两断咱们好和好散——我说不清为什么。

我爱你。

可是我不懂什么叫“我爱你”。其实在白毛风里放羊不是真的——我费力地想着说，——其实我只是心甘情愿地打算干完一件事；这事就是要去看看那个阿勒特•努特格。

我不会再爱了。

也许。可是也许咱们都会再爱，也许咱们本来就没有爱，也许咱们永远也不会再爱，也许咱们的事才算是真正的爱——我说不清楚。

是我不好。我，是我要去文工团。

明天我没准去开飞机。都一样，小遐，你非叨叨这个没意思。瞧瞧咱们周围，这儿不是个犯酸的地方。

她不再哭了，慢慢抬起头来。我望着她，心里嗖地抽去了一丝温存。因为那撩拨着我的心的腰肢的摆动消失了，我突然感到了孤单。

雪地里，有只黑山羊歪了一下，吭地坐在深雪里。雪原依旧静悄悄，不知是在等待还是在坚持。我们仍旧并马走着，八只马蹄的均匀蹄步已经化入了雪原的死寂。那只山羊安详而认真地顾盼着低头吃草的羊群，但是羊群拥挤着，啃撕着枯草匆匆走过。那黑山羊咩了一声。

我们并马走着，肩挨得愈来愈近。我的右镫和她的左镫不时铮铮地击出一响金属的脆声。我嗅到了她的袍子上散出的潮凉和腥膻，我瞟见了她左侧脸颊上那块紫黑色的、圆圆的硬血疤。我突然——当我感到我的姑娘已经真是潦倒穷极、感到无论如何要牢牢抓住那个盟文工团的一瞬——我突然想到了我自己。我也有两块冻疮有两块紫黑硬疤，我也有袍子袖口和下摆前襟上的薄冰披挂，我也有两只糙裂红肿的手，我也有一身经年度岁的污垢和数不清的虱子。我的蒙古皮袍子——我的“得勒”十连百缀。额吉早说过，我们才是草原上的穷人！……我体味着一股涌上心头的痛苦和悲壮。我轻轻伸出右臂，搂住姑娘的肩。那黑山羊默默地栽倒了，慢慢地仰起身来，侧着蹬着四脚。我们的两只铁马镫相撞打着，叮当地响着清脆的金属声。她把头靠在我的肩膀上，露出帽子的柔发刺着我颊上的冻皮。她斜斜地骑在马上，我搂住她的腰的手掌感到了一丝干燥的温热。那黑羊终于蹬直了四腿，它的腿也终于插进了雪坑。铁灾之中的又一只羊死了，但我们没有看它。我们只是扶抱着，骑在两匹马上走着，两只铁镫在铿锵相撞，八只马蹄在咯吱咯吱地踏着一个节奏。

我爱你。

走吧，趁着没有下雪。

那么，我就……走啦？

走吧，我记着你。

永远吗？说一声永远记着行吗？

永远记着。

她探过手来，一把扯住了白马亚干的嚼子，在我肩上倚着的头朝我仰起来，我看见她的大眼睛在温柔地睁大，睁大，随着一股涌出的泪水。两匹马并排停住了。

我走啦……

我记着。

在松开她之前，我想再吻吻这即将不再属于我的姑娘。她正等待着，一眨不眨地睁着那双黑眼睛。当我俯下脸来，正要去触那冻得鲜红的嘴唇时，我看见泪水在她的睫毛上凝结着正在变成一层冰。于是我改变了念头，把唇贴在她的眼睛上，熔开了那层凉凉的薄冰。

突破腊子口以后，小队在归途上选择了岷山道。仍然能处处遇见红军流落人员，我们已经惯了：每到一地就先闯到民政科乱打听。这种红军在今天归民政科；军队不管他们，党委不管他们，革命博物馆也不管他们。

地势变得渐渐开阔起来，仰起头来，天空变得宽大舒展，颜色也不再那么蓝。山峦树影随着步子一摇一摇，村落小镇迎上来又退向了身后。

原来草地有两个呀，小毛嚷道。

那么，大草地在哪儿？小草地又在哪儿？

没准《星火燎原》上画错啦。

不至于吧。

可是咱们遇上的红军都说有两个草地。

真怪。

大草地，小草地——咦！

怎么？

你记得那首歌么，《红军南下行》。

“红军南下行哟，拉索咪索要打成都城呀。”当然记得。

明白啦！他们又回去啦——又进了草地！

回头路？！

刚走出来，又进去了！准是这么回事！小毛使劲尖叫起来。她这么一尖叫，我也猛地恍然大悟了：是啊，草地就有一个。走了两遍。头一遍十几天，再一遍整整四十天……出了水草地又进水草地，冲出了绝境还要再进入绝境。

小毛惊讶地瞪着我。

咱们回了北京，应该学习一下党史。

为什么呢？小毛钻牛角尖地问我。

我当不了党史专家。真的，为什么呢？走向一个已知的熟悉的恐怖绝境。我们突破了天险腊子口，可是我们没有敢在冬季再去闯草地。我们小队至今嫉妒那伙趁“七八九，正好走”穿过了草地的四川学生。可是革命却走进去了，沿途抛下了大群流落的红军。他们因为曾是红军在旧社会苦熬了三十年，他们因为曾经流落在新社会继续在底层苦熬。为什么呢？民政科谈起他们时，口气活像警察。

大海不在这里。我想和大海谈谈，大海最喜欢神吹革命史啦。

我们在岷山道上走着。景色渐渐变得肃杀荒凉，腊子的青翠不见了。

还有烈士。黑络腮胡子说，那一仗打下来，漫山遍野都是我们的尸首。人人都裹着褴褛，死去后脸色铁青，像是饿得撑不住才倒下的一样。黑络腮胡子说，他在死人堆里爬着，后来不知什么时候枪不见了。他说那时候他只觉得渴和冷，他只想寻一口热汤水喝。

那么大叔，群众呢？群众就不掩护你么？

群众个屌哟，门也不给开一开！

大叔——

没把老子捆上送官，老子要谢他先人哟。

不——

人么，都是个坏东西么。人心里头两件事嘛，一个是怕，一个是恶。好人么？好人恶命！记住那白狗子家住城墙根第三家。我和那恶种有血仇哟，他把老子骑了三十年！我没得势力。若给老子一分势力老子杀他白狗的全家！……

那老漆匠呢？

他天生是好人——他是个念经人。又是光杆杆一条。他盼个儿哟，不然没得人送终！……

岷县已经远了。黄黄的土山梁开始朝两翼扯开，山影退远了，大西北冬日的静默中凝着一派寒冷，道路在原野画出一个巨大的弯曲。

曲折，我费劲地想。曲折背后好像有一个巨大得不能扭转的力量。它扳转了方向，于是千军万马就轰隆隆地改变了方向。由于它执意要制造这个曲折，红军流落了，老漆匠找到了送终的儿子，黑络腮胡子烧了军服背上了漆桶，我们在三十年之后知道了这一切，而且——

而且，烈士湮灭了姓名。

我加快了步子。长征快要结束了。

勒勒车队在雪原上默默地行驶，挣扎在这个铁灾里，每一家的车队都憔悴了。

黄羊的硬角若是断了
又有谁能接得上呢

我们家还剩下三辆车：松木车达瓦、燃料杭盖，还有押尾的棚车。白毡棚车里仍然坐着南斯拉嫂子和两个小孩，棚子没有移到松木车辕上去。额吉没有再说起在松木车架毡棚的事，小遐已经脱离了大队走了。

额吉变得少言寡语。

我们的车队嗤嗤碾着硬雪，朝已经看得见的阿勒坦·努特格东界的架子山驶去。额吉一句话也不说，只是不时抡起鞭子重重地打牛，死寂的原野上响着她短促愤怒的吼声。

我骑着白马亚干默默随着车队。羊群已经死得只剩下一百来只。不用放牧了，只消把这几只羊赶上车辙，六个车轮扇和十几条牛腿破开的雪里，就有够它们嚼的枯草。

额吉沉默了。

一连几天，我们在沉默中赶着路。

我忍耐着。但是我实在忍受不了这沉默。我的心里蔓延开一片毒火，我觉得自己在这笼罩着死灭气氛的沉默中快要疯了。

额吉她为什么突然沉默了呢？

何况，阿勒坦•努特格已经近了！不管怎么样，咱们已经在铁灾里迁徙了几百里。不管怎么样，丹巴哥说昨天他和马倌乔里玛已经把星•忽伦儿马群赶上了那座架子山。不管怎样，额吉，阿勒坦•努特格已经近啦，咱们的车轮子正吱吱地划破雪壳子一尺一尺地朝它转过去。你为什么不说话呢？整整一辈子你不是一直盼着望着阿勒坦•努特格吗？差不多四年的光阴里，咱们不是一直忍着走着向阿勒坦•努特格迁徙吗？我忍无可忍地猛扯偏缰，白马亚干呼地踢起一阵雪雾，站立着打了一个旋子：

额吉！阿勒坦•努特格近啦！

嗯。

额吉！丹巴哥说咱们的马群已经上了那座架子山。星•忽伦正在架子山上！

知道了。

额吉你是在一九四五年你二十四岁那年离开冒着大火的查干庙到了阿勒坦•努特格吗那一年丹巴哥哥只有五岁对吗？

别扯着嚼子转，亚干的嘴角烂了。

额吉那你就带着丹巴哥住在那里你瘫着整日垫块牛犊子皮在草地上爬就那样一直住到公社化那年一直等到银发老奶奶搬到了阿勒坦·努特格对吗？

吐木勒，看看你的羊群！

额吉后来走场了一走十年可是在你本命年的夏天里也就是你四十九岁其实按我的算法你实足年龄是四十八岁我来到了草原额吉你真的认为在本命年里在异乡接来我这么个北京小伙子是件吉祥事吗？

那只羊羔子走不动了。

额吉——

吐木勒！去把羊羔抱给你嫂子！

她粗暴地打断了我。勒勒车的吱扭声重新清晰地响起来。真要命哪，我实在忍受不了这单调的吱扭声。我纵马冲向后边俯身捞起了那只濒死的羊羔子，又冲回来扬手把它抛给了南斯拉嫂子。嫂子还在漫声唱着那支逼命的愁歌。她一扬一喊的顿挫调子合着勒勒车的吱吱压雪声，忽然使我觉得：原来她在押尾的棚车上正在唱着解释生活。

命里的苦难若是来了
又有谁能躲得开呢

额吉，前边有一连三个青盘。（但是额吉那时你才二十四岁，那时的你既然和小遐的年龄差不多你也像她那么漂亮么？不我想象的二十四岁的额吉一定更美不仅是脸蛋身条额吉你说那句“大哥，你饿得多可怜哪”的时刻你该多美呵）

嗯，就住在靠南的那个盘上。

要我先过去铲铲盘么，额吉？

不，叫丹巴去。

额吉，那只羔子看是不行啦。

剥了皮，扔掉。

现在？

等它自己咽了气吧。

（蒙古人讲究本命年。你是在二十四那个本命年里到了阿勒坦•努特格。你在三十六那个本命年里听说了银发老奶奶的消息，第二年被她治好了腿。四十八那个本命年里，当然额吉，按你们的数法那一年你四十九岁，你把我接进了这个蒙古包。今年白月你五十二岁啦，你六十的大本命年会是怎样呢？）

越男赶着一辆车超过了我们。这臭娘们儿，我心里骂道，她是想抢靠南边那个向阳的青盘。你败得只剩下一辆车的家还要什么好盘住！牛车后面连着一辆马拉雪橇；仗着马倌家里有马使唤。她从棚车缝里偷偷观察我们，我装作没看见她。其实我从那毡子缝早看见了，她那双眼瞪得又凶又贼，像个巫婆。

额吉冷冷地赶着车。

暮色渐渐涂上了雪原。跋涉了一天的车队都拼出了最后的气力，朝着选定的不冻青盘冲去。涂上一层淡红的白雪大地上，无数条黑虫般的勒勒车队在缓缓向前挣扎。

拉紧那根大棕绳！

额吉，绳子冻住啦，硬拉不会断么？

不怕，拉！

嘿——好啦。现在我去抱顶毡。

吐木勒，毡子若是冻在车上了，你要轻些扯，小心别撕破了毡子。

知道了。

快点火，快些南斯拉！

熊熊的牛粪火烧起来了。卷着灰烟的气浪在三角小包里排挤着冷风。橘黄欢跳的火苗舐上了锅底。额吉的事情忙完了。她一边跪坐下来，一边长长地吁了口长气。额吉伸出两只冻得青黑的枯手，把手直接插进火焰里燎烤着。她好像觉察到了一般抬起头来，她在和我的目光相碰的一刹微微笑了一下。

累了吗，小吐木勒？

角合斯怪！我回答。我讨厌蒙语中“累”这个词，这个词不如译成“趴蛋”。而“角合斯怪”，是全草原对我的白鬃大马亚干的评价。它应当译成“至死不停”，尽管我说着这个词时心里多少打了一个战。

睡吧，明天又是一天。

一直搬么？

不，绕到戈壁去吃几天硝。

然后呢，一直——

不，要找块软雪歇几天，也许乌利里斯那里能有块软雪地。要喘气，不然羊会死光。

那咱们什么时候才能走到阿勒坦•努特格呢？已经看见了架子山。

春天，孩子。

春天？

是啊，春天咱们在阿勒坦•努特格接羔。睡吧，小吐木勒。明天赶羊时愈慢愈好。带羔的母羊肚子重，不要轰得它们颠着跑。

额吉。

嗯？

给我掖掖皮被子。

嗯。

额吉跪着忙碌，使劲用一条皮被子又把我裹了一层。我随着她的一声“嗯？”，又随着她的一声“扎”蹬直包严实的脚。她脱下薄皮袍子掖住我的两肩，我舒服地在这皮筒洞里放松了肉体。她的银白乱发在獭油灯影里晃闪着，我凝视着那缭乱的银影，闻见了一股热热的气息。你就这样迁徙了一生，你就这样在整个蒙古草原上颠簸了一生。小遐如今正当你第二个本命年的岁数，她在这一年和我分离啦。而你在新二十四岁已经让生活轮回了一转，额吉，你在二十四岁时不仅已经失去了男人还失去了家。我也进二十四岁啦，我是在和当年的你同岁时走向同一个阿勒坦·努特格。这是什么意思呢？人生和草原上的事难道就是这样轮转巡回么？二十四岁的你，啊额吉一想到那个年轻的你我就总感到我并没有遇见我真正的女人。我从今天的你的坚韧瘦削的身架感到了你当年苗条中的勇敢。我从你今天白发遮蔽的浑浊眼睛中感到了你当年姣好中的真挚。额吉你虽然默默不语但我知道你都看见啦：你看见了戈切的叛逃徐莎莎的出路小遐的选择越男的人生还有达不苏李小葵的潦倒。你缄默了你不再用那种急切切的语调和我谈心。你现在的沉默使我知道了你的决心已经如铁如石。我也去，额吉，我也一定要走到神秘的阿勒坦·努特格，额吉。我虽不是你亲生的儿子甚至不能真地算是被你抱养，你虽然没有传给我你的血但是我继承了你的魂。如果真有神明的话人心就会发生感应；你此时此刻听见我心里的话了吗，额吉？

“小吐木勒！别乱想啦！”

她突然发出的声音吓得我全身都抽搐了。

我不睡。

你怎么啦，孩子？明天——

额吉，我能……我能遇上个谁呢？

什么话呀，吐木勒。

我是说，额吉，自从那天你给我讲了年轻时候的事——我这么胡说八道你不生气吧额吉？

唉，嗯。

从那以后我就觉得，我觉得除了像你——额吉我是说，要是找不见像年轻的你那样的老婆，我就当喇嘛！

住嘴！

额吉！

嗯？

你告诉我，既然阿勒坦·努特格是神的家乡既然阿勒坦·努特格那么好；那么我能在阿勒坦·努特格找到一个真正称心的姑娘当老婆么？

她久久没有回答。我瞥见露出皮被的那头蓬乱白发也纹丝不动。

不能。吐木勒，额吉不说谎话。

我觉得心被重重刺了一下。

不能，孩子。额吉知道你是个不平常的人，可是阿勒坦·努特格只是片牧场。

…………

迁徙吧，我也和牧人们一样，除了迁徙别无他途。铁灾已经消灭了召·淖尔。铁灾已经淹灭了东部乌珠穆沁的大草原。差不多四年了。我们从北京来到这里就开始了迁徙，今年降下铁灾以后，逃亡般的迁徙已经是我们存在的方式。我习惯了每天骑着我的白骏马走在雪地上，习惯了每天看见新鲜又残酷的景色在我两翼前方移动变幻。若是定居下来我更不能忍受，现在已是我自己的血在催动着我走向阿勒坦·努特格。那位女神一般的姑娘，那位十全十美的姑娘，那位能在十八岁时温柔地抚摸一位瞎子、能在二十四岁时穿过浓烟烈火领着孤儿踏上长途的姑娘，那位洞知我的深处能和我共我的命的姑娘——她本身也许就是一个阿勒坦·努特格。

包猛抖了一下，黑暗中突然响起风啸。

一把把砂一般的雪粒打在毡壁上。撑在地上的俄尼架吱吱响着摇晃。漆黑的包内酣沉的鼻息和雪打毡墙的沙沙声合奏在一起。我在黑暗中睁开眼睛。我的心安静了。我把皮帽子戴得严实些，然后把头钻进了热乎乎的额吉掖紧的皮被。

唔，要在雪天里赶路啦……我含混地想着，潜入了一片热热的黑暗。

原来，“离家而去”这件事我已经干过几次了。我从来没有意识过。但是当猛然意识的瞬间来到的时候，我就被不可思议的一种巨大感觉震慑了。

走上腊子口的长征路前，我没有对家里说。我们在兰州弹尽粮绝，于是学会了电汇和利用中心邮局。在同一天大海、小毛和我都收到了家里电汇到邮局的钱，我们只顾兴高采烈，只顾得意洋洋，我们压根没有想到家里会有什么意外。

那时的我没有预感，没有感应之力。

因为首都红卫兵六冲公安部，因为小毛摘了人家宣传车上的喇叭跳车骨折，因为长潮般冲上长安街营救小毛的年轻人中只有我一人带着一把刀子，于是我被捕了十几天。

逮捕我的时候没有人想到这把小刀是一个流落红军的礼物，没有人认为它只是把刮油漆的工具而不是凶器。而我——我在被人铐走的时候也没有和母亲告别。

这是一种罪恶的天性？

也许是我自己永远不能察觉永远无法克制的一种血液中的恶癖？

决心插队当知识青年的事是蓝猫决定的。在街上路灯下面——那路灯是惨白蓝紫的，那是北京刚刚换上这种惨白蓝紫的高压水银灯的时节——蓝猫和我一块在马路上遛了很久。蓝猫和我不是一派的，蓝猫是标准的逍遥派。我和蓝猫是同班同学可是我们俩有两年多没见过面了，不过我觉得和蓝猫一块走挺踏实。

可是蓝猫，你就不去矿务局报到啦？

当工人没劲。

快招兵啦。

没劲，我也当不上。

听它们说，咱们这届的还有北大荒兵团。

没劲。

插队除了内蒙还有延安，延安不去么？

没劲。

我反正是真想骑马去。你真的也——

一块走吧，咱们一块走。

走就走，我可不在乎。

别变卦呀，说定啦；咱俩一块儿。

就咱俩?

不许叫别人！咱们保密。

告诉你们家了吗?

瞒着。

那我也瞒着。

……

于是被子是用邮件包裹寄来的（寄来以后我们已经插了包。蒙古老牧不盖棉被只盖袍子）。于是当我们换上了全副蒙式打扮以后，家里才听说了我们的消息。于是我们开始了一天苦似一天愈混愈惨的知识青年（不过是草原牧民式的知识青年）生涯。于是我们告别了学生时代，开始了我们的青春。

青春……原来她这么艰难、贫穷、寂寞又充满了不安宁的颠簸。也许只是因为这游牧的蒙古草原；草原的浪漫和希望弥补了我们过于艰苦的青春。

家——家好像被我遗忘啦。

草原是家吗?

恋人是家吗？骏马是家吗？友谊是家吗？在草地上支起一座毡包是家吗?

我和额吉住着的这个黑污冻硬的三角小包是家吗?

留在北京的家是家吗？生我养我赐我这一身男孩热血的母亲是家吗?

母亲——

在我离家下乡的次日，母亲病倒了。她一病再也没有痊愈，她为我变成了重病的老人。

你还觉得我是好人么?

四月之初，“哈仑杭修”——热清明节。

铁灾结束了，积雪在融化，春天终于太晚地来临了。温度上升一分，陈雪融开一尺。白日在化雪，原野微微斑驳了；夜晚在化雪，清晨发现大地黑了一片。

雪水在山谷、在洼地、在两道山梁之间、在一字排开的平原之上奔驰。白灾总是造成了干旱草原上的春水，大白灾在春天能使草原上奇迹地出现溪流。而我们遇上的铁灾；永远在乌珠穆沁牧人心里磨灭不掉的“吐木勒·召特”，在这个四月造成了一条大河，一条奔腾不息凶猛浊黄的大河！

有匹马驹子摔进河水，被冲走了。

它的骒马为了搭救儿子冲进河里，但它没能追上驹子，后来它湿淋淋地爬上草地，朝着这条突然出现的怒涛嘶鸣了很久。

阿勒坦·努特格就在这河水对岸。

快些吐木勒！嗨——修！额吉古铜色的脸上汗珠涔涔。使劲呀你用膝盖顶住那个角！——哎南斯拉你扶住车！……她的花白大辫完全散了。乱蓬蓬的银发披在她头上，样子让人看得心怵。这一车多装些再抱上一块来！她破天荒第一次嗓子哑了。听着额吉哑裂的声音我心里阵阵战栗。吐木勒！你再使一下劲啊——嘿好啦，南斯拉现在你去看看孩子。她喳喳几步踏过地上的雪泥，绕过满载石头的松木杭盖，一把抓住牛笼头。

松木轮子沙沙地碾过湿雪。驾车的紫花斑牛瞪出了一对充血的红眼睛。车辆转了起来。

当我把石头一块块卸下来，一块块抱到河水里放好时，我看见额吉正朝对岸望着。她的头发蓬蓬直立着像个古怪的斑白盖子。在这片银闪闪的乱毡毛般的盖子下面，额吉的眼睛里布满血丝，红红的闪着一种紧张的光。

别松气吐木勒。别一个劲问额吉还拉几车还拉几车就够啦。你不是孩子啦你不是今天早上刚从北京城来到这儿。反正石头要铺到对面要铺出一条羊群过河的石头桥来。你是个牧羊人你是个四年的羊倌你知道羊群的走法，你已经是进了本命年的二十四岁你该记得今年是牛儿年。走吧孩子，提上你的镐头和绳子额吉来牵着牛车；别人家愿意在这河边的湿草地上接羔过春天可是咱们家一定要到阿勒坦·努特格去找个青羊盘！……

不用说啦额吉，扶稳车。

啊——嘿！这块石头多好。

（她只有今天打破了沉默）

哎——好，再装。

闪开手额吉！

轰地一声，巨石从我怀里滚下来，重重地砸在松木车达瓦上。同时我听见了一声闷沉清晰的断裂，松木杭盖的底杠被石头砸得粉碎。

车坏啦，我倒吸了一口凉气。我瞥见额吉以后就不敢再去看她。她装作若无其事。她只是轻声说了句“哎，断了”就又搬起一块石头。她的神情像是对这架有八条横杠的杭盖漠不经心，八条横杠断了一根更不值得在意。我知道额吉此刻最关心的是不在我眼前暴露她的心思。你的心思我知道，额吉。你和我现在一模一样，我们都恐惧地等着呢。天险一样的雪水河挡住了阿勒坦·努特格，你和我都把这件事看成了一个不祥的恶兆。但是你和我都决不等待，我们俩都不能忍受再长的等待了。我们要在水浅的地方架出一道石头路，把羊群赶到对岸去。我们迁徙得已经太久了，我们残存的一百来只羊要卧在像家一样干燥暖和的隔年青盘上。丹巴和马倌乔里玛已经把马群赶进了阿勒坦•努特格，他们就会带回关于我们久别的金色家乡、带回关于神奇的阿勒坦•努特格的消息。额吉你现在简直像个铁一样的斗士。你咬着牙狠命搬起一块又一块湿漉漉的石头，又轰隆一声把石头重重摔在松木车上。阿拉杭盖有一条清澈见底的小河，河两岸的山冈上长满了挺拔的松树林。但是你的心恋着迁徙，恋着迁到阿勒坦•努特格去，所以你不敢想象阿拉杭盖的松木车不祥的断了横杠。放心吧，老人家，现在有吐木勒追随你。因为现在阿勒坦•努特格对于我更重要；我的全部信念和指望，我的青春的赌注和下场，已经都寄托给那片金色的草地了。

我猛然抬起头来。

真的，冬雪已经快要消尽，大地上已经露出了牧草。在向阳的坡地上和对岸的平原上，此刻已是一望无际的黄金波浪。铁灾没有杀死的这片金草地此时是浓烈沉重的，在斜阳的光束中，金黄的潮缓沉地漾过来，又灼灼闪光地漾过去。它沉默不语，但它复苏了。我觉得自己的心底落下一阵泪雨，泥泞的双手抱着石头颤抖了。哦，阿勒坦•努特格，我默默唤道。一丝长云流开了，阳光倏然明亮起来，起伏着喘息着的大草原金光闪闪满眼都是炫目的黄色。在这片黄黄的海洋里，有两个骑手正飞快地朝这里驰骤而来。那骑手的影子逆着阳光，好像是两只疯狂跳跃的金兔子。

我和额吉痴痴地等着。

乔里玛先滚身下了马，朝我们奔来。

丹巴没有下马。他一直冲到河水里，轰轰溅起冲天的水花。他在额吉面前死命把马扯住，那马嘴里咕咕地冒着白沫。丹巴手里高举着一张白纸，他神色惊惶可怕但说不出话来。

额吉劈手夺下了那张纸，递给了我。

是用汉文写的。是一张“文件”。

我翻译不出来了。丹巴骑着马疯狂地围着我转圈子。乔里玛扑上来，揪着我摇撼我逼我翻译。但我的心跳成了一片乱鼓点，我一句也翻不出来。

文件上打印着如下的文字：

原阿勒坦·努特格大队走场离社多年，其原有草场早已分配给其他大队所有。如该队迁回本社，势必引起严重的草场冲突以至所有制冲突。时值灾年，本社经研究后认为：本社无力安排该队的返乡入籍和今后的生活生产。因此，不同意原阿勒坦·努特格大队在本地驻留；更不允许该队占据原牧地、与本社阿勒坦·努特格大队争夺草场。

河对岸的金海洋仍然在喘息着，掀着沉重的铜浪。沿着起伏的丘陵望去，它简直就像一个喘息不已的辽阔的金黄胸脯。额吉似乎朝我挪了一步。我扶住了额吉的瘦肩。额吉面如死灰，呆滞地望着对面那不可思议的黄金草原。

J

他控制不住心跳。他暗自一个接一个地使用压制这心跳的办法：他热烈地鼓舞自己说喂你是不会怕的你是个勇敢的小伙子不你已经是个勇敢的男人你见过三大块陆地你闯过这个会场像玩儿似的。——但是心脏在疯狂地咚咚跳。他蔑视地嘲骂自己说哼滚你妈的你这没出息的货你居然还骗得那哈萨克老大娘喊你 balam 居然还骗得那维吾尔司机称你 batur 你身上哪里有一丝一毫的坚韧硬悍之气西海固黄土荒山那些坚韧硬悍的回民白白地尊重你啦不许再他妈的心跳！——但是心脏在虚弱地怦怦跳。他想，我应该试试气功，试试屏息静气调整呼吸；他坐在后排的电镀折椅上悄悄闭上眼睛呼下一口气去。他数着一二三四五可是他绝望地听见自己的心脏跳得失去了节律。他又抬起头来，挺直穿着新洗熨过的蓝西服的身体，企图聚精会神地听正在讲演的那个土耳其人在说什么。他坐着，炯炯有神地睁大眼睛听着，仔细想听懂每一句话。他一直坐到一种新的感觉出现：他觉得挺直的腰脊酸疼。一句也没有听懂，他想，一句也没有听见。只是这疯狂无律的心跳却阵阵袭来，他浑身都被这心跳震得嗡嗡响。他握紧了拳头，他怕自己会晕倒。

当他听到会议主席、也就是中亚研究中心附置图书馆馆长，那慈祥温和的老教授念到他的名字时，他猛地站了起来。他朝身边瞟了一眼，平田正不露声色地、坦然地目送着他。猜不透你的内心哪，平田兄。他悄悄环顾了一眼这间会议厅，只见满室金发碧眼的欧洲人和黑发深目的中西亚洲人。他迈开步子，顺着铺着一条蓝绒地毯的通道朝讲台走去。他听见在自己的步伐中那慈祥的老教授正在介绍他的简历。两侧的听众席上微微响着一些骚动。他绝望地不再留意自己的心跳，现在平田已经在他背后，那张抛光精致的讲台和一尘不染的浅绿色黑板已经近了。

他扶了扶话筒。在开口前他迅速地朝会场扫视了一眼。平田淹没在一片金黄的、黑色的、秃顶的、绅士的和女士的头之中，平田那暗含鼓励的坦然温和脸庞不见了。我只能面向前方。所以被人叫做前卫。我无法胜任成功。前卫是绝望的前卫。在这庄严的国际会议会场上，想那些小林一雄的歌是毫无意义的。绝望的前卫要满怀着希望，现在要压住心脏，发音准确，平稳语调，也要坚决自信——有平田兄世界一流的学问有甘肃新疆辽阔大陆的山水人心做你的后盾，你要——对于我这一切就是生存啊。

他用低沉的嗓音开始了：

“女士们和先生们。国际中亚文化学术讨论会主席先生。我谨代表日本国财团法人中亚研究中心研究员平田英男先生和我本人，发表我们的研究成果。我们的题目是《中亚古文献〈黄金牧地〉中期蒙古语写本研究》。

“需要声明一点：由于我不会说英语（恶兆出现了！你可怜巴巴说出这句话时像个傻蛋），因此我希望允许我使用日本语来进行发表。”（你又懂多少日语呢？但是会议规则之一是只许使用英语和法语平田去交涉过两次才被批准你用日语上台——集中精神！排除杂念！开始——）

开始啦。

佚名的神秘隐士发愤地镌刻书写。愚钝的我因年小不学直至失明前才读懂了最后一种钞本。我感谢主的启示我复活了希望和真诚。我流下苍苍老泪把《黄金牧地》列为全史之首。刊于真理的入门卷二百四十。原件已佚应为粟特文本。为了让自由之风长拂过他们的心。他开始平静下来。他惊异地感觉着自己的那颗心在愈沉愈静。他瞅着手中用塑料夹装订好的讲稿。平田不仅把所有难读汉字都注上了假名读音而且还用塑料夹把讲稿装订得漂漂亮亮。他抑止住自己的一丝恐惧；尽管他清楚地觉得自己只用了十分钟勾勒出半个亚洲大陆是一种冒险。小林一雄也是剧烈地从民谣闯进摇滚的Rock又沉入宁静的演歌最后变成了一种痛苦又疯狂的鬼歌。他两步迈到黑板前，刷刷几笔画出了几道山脉和几条大河，然后他用红笔嗖地劈开那些山河符号，重重地写上了“新疆”和“甘宁青”两排字。他举起手，让满席学者们看清手中的一支金黄色荧光水笔。但他在用这支金黄色标志笔在黑板上画上第一个点之前，他在画上表示“大坂”的一个金黄色隘口符号和一段金黄色路线标记之前，他停顿了一瞬。

为了——悼念和赞美的圣洁心情

他讲到元代中亚名城——不剌城沿袭古老，它实际上就是许多古文献、尤其是当地民族语抄本文献中常常写到的“三角城”时，他已经满怀自信。他用温文尔雅的邀请口吻与讲演厅后墙放映孔里的幻灯放映师呼应着。一张张卫星航测的彩色地图照片出现在黑板旁的银幕上。其他地方是断崖，是沼泽，是无水戈壁，是陡狭山谷。三角城的位置已经确定无疑。那条金黄色的荧光笔画出的路线又长了一段，它正在幻灯机打来的雪亮灯光下熠熠发亮。他没有说及当勇士们越过大雪冰又穿过三角城以后，有一名勇士倒下了——因为他知道结局。他知道全部这个故事的结局。寻求天国——不是为了让人悼念。历史制造了那么多无名者，也就是为着省略悼念。他没有对文献中的“苦杏叶”、“绸缎罩”、“狼族”、“皮水袋”进行考证和推测。平田听了他讲的关于甘肃农民吃苦杏叶度灾年的故事后，曾经建议写一个附注。但是后来平田同意了他的意见。绸缎罩住的圣徒墓也是一样；尽管当年在西海固，尽管他有生以来第一次在一座苫着一块绸缎的青砖小墓前跪下了，尽管他为自己的下跪震撼得身心战栗，他还是没有写。我们面对的是历史学，而并不是历史。狼族？皮水袋子？留给后人去猜测吧。也许那里又藏着深刻的内容，也许那不过是牺牲在半途的勇士的一段生前琐事……

从月亮至鱼虫，上下两界的万物都有神性。黄漫漫的沙漠。那片不毛之地、黄土的无水区。五城如梅瓣。梅花形的五个〔小城〕如神所筑。黏稠的〔血河〕。在那座烈火熊熊的高山之麓，孩子把老人葬入了那火焰之山。为了说明“火焰山”的考证，只能把一连牺牲了四个人的勇士们提出来啦。他忍着激动和惋惜。其实我和平田两人都不愿意向人们讲到你们，敬爱的batur们。我们的任务是考证“从月亮至鱼虫”，我们要指出它的波斯语形式是az māh tā māhī，我们要向这个国际学术会议指出：中世纪的伊斯兰教徒认为大陆处于一条巨鱼背上！……虽然我宁愿呼唤，我宁愿像小林一雄的Rock一样胡涂乱抹，我宁愿像真弓一样到御茶之水车站前去呼喊：西海固，你这无鱼的死海！你这黄土如波荒山如浪的莽莽惊涛，你凝固了你在凝固为山峦的瞬间你开始沉默。你让海水退潮，让鱼虫绝迹，让绿色从此与你永别，你用滴水不存株草不生的赤贫守卫自己，你用无法生存的绝境阻挡黑暗，你誓死你宁愿代代活在赤贫和绝境里你宁愿永久沉默！在这国际会议的庄严讲台上我为什么不能讲讲你的真实呢为什么不能讲讲那座密藏在蒿草丛里的起义农民的坟墓呢或者让大陆位移咱们换个世界我们谈谈新疆——为什么我不能讲讲那声balam给我一颗男子之心的撼动为什么不能讲讲那条作为冰大坂祭品的我儿子的小生命呢？……

但是没有。他只是讲述着点与线。他逐次提出考证的依据，分别判断了“梅花城”即突厥汗以来中亚著名中心都市别失八里——bexbalik 的基础；判断了血河、火焰山两地点的位置。他用那支金黄色的荧光笔标明了上述地点后，又用谦和的口吻说“黄土无水区”目前不能作具体指定。当他收到递上来的一个条子时他喘了一口气——

平田写道：“讲慢些，注意 da-i 的发音和 de 发音的区别。”

——但他明白自己已经不可能顾及这些。他顶多只能勉强压住一股新的疯狂。只差一点，他想，我就要摔开讲稿大唱小林一雄的歌啦，而且是唱他的 Rock，唱他最疯最野的那一种。他急急站了起来，两步跨到黑板前，重重地把那根金黄色荧光闪烁的线画出了火焰山——

讲演厅一片聚精会神的宁静，他停住了。

还讲什么呢？

经卑污之路至糜欲城邦。

经死亡之路至黄金牧地。

讲平田激动地在文献上打上的重重的惊叹号吗？讲平田把“清洁”译成了“瑰美”，把“黄金牧地”写成了“黄！金！牧！地！”然后又写上敬语的歉词吗？讲那五名勇士都是戴着眼罩前进吗？或者，或者既然你已经站上了这座庄严的讲台，既然像你这样的人也站上了这座能让世界听见的讲台，你讲吗？讲讲你在草原上时骑过的那匹白鬃骏马，讲讲你用了二十年时光忘却但是怎么也忘不掉的一个平常普通的蒙古老太婆，讲讲你那曾经绝美曾经给你这一腔异于别人之血今天正度着她孤苦暮年的母亲，讲讲你在十七岁的年纪里走过天险腊子口的红卫兵时代，讲讲你咀嚼着的人民的千年心史和山河的伟大沉默给你的启示——你愿意讲吗？

不！！！

“如上。在此我想请求允许结束这一研究成果的发表。这一研究属于日本国财团法人中亚研究中心一九八三至一九八四年度合作计划。

“对于诸位的静听，谨致感谢。”

他慢慢地抬起头来。

满厅各种发色、各种肤色的人正凝视着他。他茫然失神地望着面前的金发碧眼和黑发深目，觉得自己猜不出这人种和眼神之谜。平田兄，他只是想找到平田，他焦急地寻找着平田他只想找到平田。

担任会议主席的老教授用英语开始讲话了，他只听懂了一个单词：questions，提问。

他觉得累极了，找不见平田。

站起来一个人。一个奇胖的人开始说话。

英语，他想着。他认出来了：那是大汤。接着他看见大汤身边坐着个熟悉的人。

大汤比划着手势，讲着装腔作势的英语。我一句也听不懂，他惊慌地想，英语，国际会议规定用英语和法语。大汤你这胖小子你这个美人 ing 在滔滔不绝讲什么哪？

大汤讲着。突然满会议厅哄然响起一阵哄笑。在笑什么？他惶惶地想。英语，主啊，英语！他觉得自己突然被羞耻攫住，他觉得自己身上穿着的这套笔挺潇洒的蓝西服正在被大汤的英语剥下来。

大汤似乎讲完了。大汤优雅地向右一伸胖手，做了个邀请的姿势。随即——

他目瞪口呆地看见了风度轩昂的老周。他的北京母校的周先生站了起来。他险些喊叫失声！

老周向他扫过一眼。他最后的警觉提醒着他。他知道事情已经决不可能简单了结。因为他从老周的眼神中看见了一种东西：那是一种“雷子味儿”。

老周咳嗽了一声：“我受大汤常喜教授的委托，为他翻译一下他的问题。问题一共有三个：

一、你在发表中讲到的‘从月亮至鱼虫’，是对回族维吾尔族等民族的污蔑！

二、你依据的是一个中期蒙古语本子，可是看来你对蒙古和蒙古语缺乏基础知识！

三、你的发表中考证的古城古道，早在多少年前苏联学者已经解决了，不要抄苏联人的旧观点！”

老周在坐下之前犹豫了一下。他听见老周用中国话很快地补充了一句：“我也觉得问题重了些。不过，科学讨论嘛，喏。”

讲演厅里鸦雀无声。

他决定回答。我准备用蒙语先说一句操你妈。大汤，我那句话的基础知识可能好些。但是他羞耻。英语让我羞耻得无地自容。现在我只能用口语再来恶心自己——他觉得心里灌满了肮脏的泔水。

“我——”

这时会议主席打断了他：“对不起，我想你们也许可以在晚上的 Party 上再谈，因为十分遗憾：规定的时间到了。”

你也使我恶心尊贵的主席先生。

他默默地走下讲台。他穿过金发碧眼和黑发深目的注视走过讲演厅甬道。他觉得这些目光正在剥着他的衣服。他突然意识到：自己会有一天被人扒光。在他踏上最后旅途前先刺瞎了双眼。那勇士不愿看到种种死灭之相。他迈开了第一步以后他的母血在伤口涌溅。他心如一泓净水一片皎洁圆月。他吃力地找到自己的位子坐下了，但他此刻无法理解自己：他不明白自己此刻为什么这样镇静。前面黑板上有条金闪闪的曲线。

平田挤过来，“哗啦”一声撞翻了电镀椅。

他默默望了平田一眼，递过去一丝苦笑。平田愤怒得满面赤红，脸上的肌肉抽搐着。平田突然不顾会场的庄严肃静，气得肩膀都在抖：

“他们是混蛋！……”

声音很大，有一些学者转过身来看了看他们俩。但是没有引起骚动，讲演厅里另一个学者的发言已经开始了。他举起右手的三根指头微微弯曲量着大汤的肥屁股。东京晚春的和暖阳光从玻璃钢窗泻入大厅之内，那道炫目的光亮隔开了外面密集绵延的摩天楼影。他又痴痴地开始量老周。

平田久久不能平静下来，他注意到平田颊上的肌肉一直在抽搐。但他的心却一刻比一刻沉下去；他冷冷想道：好啦，结束啦。

是的，那一切都结束了。如果不是有一个歪歪扭扭的勒勒车轮的影子留在记忆里，如果不是有一股牛粪火上腾起的青烟的呛味留在感觉里，那一切就将不仅是结束，而且将像他人他事一样被彻底冷漠……

当然，像你和我这样的人是不会忘记的。你当然不会忘记那皱巴巴的发黄的血书；我也一样，我忘不了你这家伙硬催着我捏起刀片就他妈的给了自己一下。

你说快别恶心人啦不许再提那些诗！为什么呢难道真的因为我那时候总叫你酸猫你就对我筑起高墙吗？其实我从来读你的诗都很感动。我至今能背诵你写的那首《献给牺牲在越南战场上的红卫兵战友》。

在你醉了的时候你总是喜欢乱喊“啾——丢——嗬依——”只有我知道你是在模仿我吓狼的可笑声音。那还是我们走在迁徙的雪路上的时候，有一天黑夜营盘被狼群包围住了。狼群看不见，只有嚎声响在一个包围圈上。狼眼像一盏阴险又耐心的绿灯，整整一夜围着我们森森发亮。狼群，狼群，它伴着我们迁徙……

你和我的爱情都失败了。也许，全部阿勒坦·努特格大队知识青年的爱情都失败了。或者说，人类历史上出现过的知识青年们的所谓爱情都失败了？你这酸猫，你为什么不写写这壮大又有趣的失败呢，你这诗人！

你只是牢牢地记住了、而且惟妙惟肖地记着在黑夜的雪地上吓狼的喊声。后来我们点起了火。我们把一张张报纸，不管它是汉文的《人民日报》还是蒙文的《锡盟小报》都团成一团点燃抛上天去。漆黑无望的夜空中飞旋着一个个红艳明亮的快活火球。那火球爆裂着，猛烧着，粉碎成零落的火片飘下，绿链子一样的狼眼睛在那一刹后退了。我们大笑着，怪声嗷嗷嚎着，骑上光背马冲向看不见的狼群……

你记得吗？我们只是仗着一股孩子气和一团热度那么短暂那么微弱的青春之火，就阻击了黑暗和狼群的进袭。

如今二十年过去了。你也像我一样一年年地数着度过了这二十年吗？你写了那么多酸诗。写了《骑手的友谊》，写了《没有爱人有爱马》。在我看起来，蓝猫，二十年里你像个孤儿，自从你与昨天告别。世界上已不容你驻足，你不离马背不离黑夜。

喝酒吧，我的朋友。你来喝我的烈酒，我来读你的酸诗。等我们都醉了以后再唱歌；唱你的刚强姑娘，唱我的柔弱姑娘，唱你的吧吧老汉，唱我的白发额吉，唱我们的乌珠穆沁草原，唱我们永世难忘的过去……

日光被称为国立公园。日本人说，不到日光，不知日本。但是夏目家虽在日光又远离日光，他直到在这间山峡间的秘屋里坐定以后，直到他独自一人面对着这满目浓翠满山宁寂的时候，他才明白了真弓路上的话。

真弓驾着车问："前面有两条路。一条去风景区，一条去我家的山中小屋。去哪里？"

他大声说："决不去游览区！"

真弓笑了，"那好吧，看来，你不愿意看见人类啦。"

他说："我最受不了游览区那乱哄哄的人山人海！……"

真弓轻捷地一打方向盘，这辆白银兔般的赛车立即拐上了颠簸的山路。

他总是沉默不语，两眼凝视着面前的青山绿树。真弓陪他默默坐了一会儿，后来跪坐起来，向他鞠了一躬：

父亲要到傍晚才能从东京赶来，我想那时你喝起酒来也许会很忙。现在，请一个人真的休息一会儿吧，我告辞啦。

（你要走么你要去哪儿呢）

他答道：请吧，谢谢。

我在楼上睡一会儿，我也累啦。如果有什么事情，请上楼去推醒我。

请吧，你一直驾驶太辛苦啦。

那么我失礼——窗户已经全部拉开，你面前的这片青青山峦就是日光。这条山谷是日光的深奥腹心，观光旅行客是见不到它的。这条谷里只有山间小路不通旅游车。请观赏，请真的休息一会儿吧。

它的名字叫什么？

夙谷。

哦，是夙愿的夙么？

是的，夙谷。

请吧，请上楼休息吧。

我去了。

不是蝉声。不是那噪乱夏季的蝉声，是一支叮叮咚咚的鸣响。又不是流水，夙谷深奥的那道瀑布正挂在青山暗处无声地泻。这是另一种蝉。它鸣叫得低柔又圆润，使听者静静地胸中作疼。就在这使得幽谷更静的一支低吟声里，风景，久违了的风景渐渐走来了。

她此时是绿色的，浓淡变幻的种种绿色溶成山影，错落可数的层层绿色勾出远近。远近的青山黛谷间降沉着安宁的静寂。坐在此间凝望着，心绪也随着那景色沉沉飘落。在那次国际会议快结束时，他只是觉得极度疲乏，他甚至不愿去看看自己用金黄色的荧光笔画上的那条线。他累极了。他古怪地联想到暗杀，他古怪地想如果被人暗杀完了一定也会很累。哦，夙谷，我没有想到世间还有夙谷。你的青山，你的绿树，你的沉默不语的层层绿色正在向我走来。那不是蝉歌不是深山里的景色，那是你的纯净你的深沉正向我浸漫而来。他沉醉地静坐着，满墙的玻璃拉窗已全部敞开。满视界满胸襟的绿色携着只能神会的种种内容，涌进室内，涌进肌肤，温柔地消溶了他。

他感到自己获得了休憩。

我深沉而温柔的休憩之国啊……

原来你真的存在。

他坐得端庄肃穆，一动不动。他的两只眼睛始终凝视着，一眨不眨。仿佛这已经是……仿佛以前的历史长河中已经有过这样的瞬刻。绿色用默语正在与他交谈。是在一片青烟迷蒙辽阔起伏的大草原么？绿色又变幻着使出隐语。那么是在中亚的新疆在雪山戈壁之间的废墟上么？绿色摇荡微笑绿色消去了它自己。或者是在伊斯兰的甘宁青黄土高原在那黄泥小屋上燃着温暖的晚炊贫瘠中拥立着一座月牙寺的村落里么？夙谷不语，日光不语，日本不语。我记得。我没有记错我清晰地记得。奇迹确实有过，人与神的倾诉秘授确实有过，那种体验已经能串连起我的人生。而现在而此刻，我又是在与谁与哪一位神灵幽会呢？

休憩之神？安宁之神？慰藉之神？

日本美之神？

他沉入在歇息中的心绪没有一思一念。他只是静静地安坐着，在那从视野流入心中的神奇绿色温柔地消溶着自己。他感到了一种千金难易的休息。他觉得宁心悦目，他体味着一派高贵的纯洁。是的，只有我能自豪。只有我看见了这个谁也没有见过的日本。谢谢你，平田。谢谢你，真弓。谢谢你，日本。

“我想，您大概要走了……”他突然听见真弓低柔的声音。

他没有动。他仍然默默凝视着夙谷纯净美丽的绿景。他知道真弓也许早已来到了这里，早已静静地陪着他跪坐在这里。夙谷，他任自己心中的惊奇飘荡着。夙谷之美不可思议。夙谷之美饱含着往昔被侮辱被差别的凄烈，饱含着孤岛住民那微乎其微的憧憬，饱含着强大的岁月支撑和更强大的精神渴求。夙谷之美聚太平洋与日本海的冷暖，得万顷海水荡漾中的一支灵秀。夙谷是藏着日本之默示的一方风土。但是，他想道，但是——

“夙谷虽美，夙愿难舍。我知道您已经准备离开我了……”真弓的声音也像那歌蝉一样，低润如滚玉。

他目不转睛地凝视着满目的绿山峦。那远处的白瀑布仍在无声无息地泻落。这一方风土不仅哺育了平田真弓的知性，更哺育了平田直弓的深情。情……他默默想着，然而我是异乡人。

我的血脉从蒙古草原经黄土高原一直溯至天山戈壁外。我的人生和那片大陆有着切不断舍不掉的缘分。我也许还在孩提时代还在襁褓之中就被规定了一个灵魂一个命。别了，我的安息之国夙谷。我懂了：原来正因为你对我的短暂你才如此之美。我该回去了，夙谷。我已经觉得为了这么一个矛盾轮回，为了这么一场矛盾花费二十年已经太多了。马丁·路德·金被暗杀弃命时只有三十九岁。凡·高在改变了艺术史后扑倒在他的麦田时不过三十七岁。即使是小人物——比如歌手小林一雄吧，他写出那首《贫民窟布鲁斯》的时候才二十二岁。我的路正长可是我起步已经太晚。我不能再彷徨留恋不能危险地迷醉于这一派美丽得可怖的绿景色——他听见自己的母血在伤口涌溅。他使劲转过脸来：

真弓！……

太像了。

你在说什么，真弓？（难道日语已经开始和我告别了吗？）

我说：太像了。

他懂了。他有些不敢看真弓。他感到真弓的黑眼睛正雪亮地盯着他的心脏。

黑眼睛，他想道，似乎我总是遇上黑眼睛。在冥冥之中，在我走遍的每一寸土地上，在我有幸觉察到那神秘的召唤的时候，我总是觉察到有一双黑眼睛在注视着我……

真弓，我想问你一件事。

哎，说吧。

那个黑人青年，他谨慎地问道，那个你的原来的恋人，他在离开日本之前说过什么吗？

说过。

告诉我行吗？那黑人小伙子说了什么？

他说："为了寻找天国。"

什么？！（我的日语糟糕——我听不懂啦）

他说的是一些马丁•路德•金式的宗教话：世界无信义。我要离开这无爱的世界。为了寻找天国——哎呀你还问什么呢？他……不，你自己简直和他一模一样！……

他又沉默了。

他不愿再与真弓交谈。世间只有这个女人在和他交谈时，话语就向危险的深层倾斜而去。太沉重了，这不像是男女间的对答。如果杯子真是一块白玉琢成的，那么注入白玉杯的即便是水，饮下去也会变成酒。和你交谈时，话语就变得浓烈了。真弓，你是一只白玉杯呢还是一股夙谷的绿风一枝日本的绿弓？我也应该离开平田；

平田除了发表那天有过一刹的失控外，他那沉稳含蓄的脸容简直就是一个猜测不透的日本谜。我们在一起交谈。我们之间相交如水。但我们胸中疾走着绿色的风，就像这怀抱着一间小屋的夙谷一样。

也许我打搅了您。您再休息一会儿吧？

啊，不！

他毅然转过身来，舍弃了夙谷绿山的美色。应该郑重地道别，像小林一雄那首《自由长旅》里唱的一样。这颜色太美啦，它美在愈看下去就愈显得沉重深切，像一个日本的女人一样。我不能迷醉在这美的抚慰里，既然我已经得到了她。我宁愿依着血性的驱使变一枝孤硬的鸣矢，在我的大陆之上呼啸飞行。真弓，张满你潜在柔情之底的伟力吧，让我射向我的迢迢家路，为了寻找天国。

他在离开这间木造屋子之前，手扶着拉开半扇的门站住了。他在自己的手背上和拉门的白绢纸上看见了夕阳的金晖。他回首一望，只见真弓正一动不动地凝神跪坐着。夕阳正从夙谷那里把喷薄强劲的金晖束束投来，穿着雪白色长长裙子的真弓变了，被涂上了金熠熠的一层镀色。满壁敞开的扇扇拉窗里金光如水，窗框外的夙谷晚照金波流溢。真弓静静地坐着，在他的眼睛里变了，变得遥远而不可触，变成了一个黄金草地里的牧女。

你说，真挚的人呵，如此痛苦的人为什么让我看见——害人之旅呵！

然而我说我是罪人。我说我是罪人并不是说我已经犯过罪孽，也并不是人们在道貌岸然之上再加上那一份廉价的自责。

我也不是说，我在过去也打过人。我打过三次人；一次是听了一位流落红军的私怨以后打了一位前国民党兵。一次是武斗中用自行车铁链打了我以前小学的同班同学。还有一次是在车马如流的街上，有一个人撞倒了我妻子，我妻子从自行车上摔了下来，她正怀着我的女儿。我丧失了一切理智冲上去就是一个大嘴巴——

真粗野。后来呢?

警察扣了我的自行车又罚了我五块钱。不，我不是说因为这些我才觉得自己是罪人，我是说，你懂吗我是说——

别说了。我想听听别的话。你讲我听，我心中轻拂着纯净的风。我听着你浑美的嗓音就走进了你的心界。我只想在那世界里迷路。

在内蒙古有个红鼻子老头他是放骆驼的，他只用一米二的高度就能上吊自杀。他盘腿坐在那里其实他用马笼头在蒙古包里吊死了。还有一个名叫太平的人他们家族的姓是查；他被人用电话线绑在手上电他，后来他的前心后胸被子弹打了一个黑窟窿。还有一个高中女学生——

你想为历史充当负罪人吗?

呸！我恶心。

那么“罪人”是什么呢。和你这样的男人在一起，我觉察到自己一刻一刻地在改变。你的真挚你与生俱来的美气质使我把繁华世界忘得干干净净。走你的路吧，记住世界早已被你征服。我生性高傲蔑视一切，可是我不敢相信也只能相信是你改变了我。你说我美吗是你使我变美了。而你——你本人却在痛苦中流浪不止无家可归！……

不，不，我的罪就是我自己。你知道我闯遍了北方。我怀着诗人的心，又用着历史学家的方法。如果算一算已经十多年过去了，不知在哪一天我突然震醒了我看清了历史的真实。可是也是那么一天我懂了：历史的一切罪恶也都潜伏在我的肉体上。而且，而且我还——别以为我温和善良我是嗜血的！……

我想醉一场……你允许吗？

求你离开我。我知道我自己，愈是对我亲近的人我对她就愈坏。我此生此世最爱我的母亲你不能想象我也讲解不清她是个多么伟大的母亲。我知道我为了母亲可以杀人放火。如果是在清朝如果我活在左宗棠制造了一条血河的世道，为了母亲我要灭他左宗棠满门！……啊非暴力，我不知多少次想到了马丁·路德·金的非暴力主义。可是你想象过一条血河吗？

别说啦，瞧咱们的话又这么沉重。你天性难改地把民族之劫和你生身的遭遇连在一起啦。我要劝你一句：别真的这样。

不，我还没有讲完。我是说虽然我对母亲感情深重，但我对她的态度——天哪这又是罪；我对她暴怒凶恶乱吼乱骂。我在她面前丝毫不能控制，我像个疯病人一样嗷嗷怒吼——你，你哭了。

原谅我，我忍不住……

你相信了吧？我的血里深深藏着一种罪，它会害我的亲人尤其是害我的女人我总把我的女人当成解罪的蓝草——趁我此刻真心实意满心纯洁，听我的话：离开我吧。

太美了。主啊……

分手吧，我能保证的只有一条；永不忘记。你已经相信了我的血能够记忆。

离开你才是我的不幸！离开你我就再也不可能像现在这样，这样变着，变好了……你等一等！你崇拜的勇士中难道不能有女人？难道女人就不能也奔向她们的黄金牧地吗？

那太残酷了。

他开始收拾行装了。首先把宿舍角落里堆成山的酒瓶子扔掉。他找来一大堆纸板箱，收拾着复印资料、书籍、信件和大量杂物。他把银行手册插入计算机吐入口，清点了自己的钱，然后像胡彩霞最蔑视的留学生一样，买了一套家用电器。他一连几天在神保町书店街浏览，购买了大批关于地理、宗教、音乐、青年、历史等方面的书籍。他在后乐会馆的友好服务中心托运了大批行李，同时开始迎送一个一个的送别会。

最后他把自己心爱的录音机装了箱。那是在一个晚上，他的小方盒宿舍里已经空空如也，刚换上的白被罩和白枕套白床单散着一种音符般的浆味儿。

在把这架性能出奇地出色的录音机捆进纸箱以前，他决心最后听一遍。他决心在日本土地上最后听一遍小林一雄的歌子。他取出了那盒 HIGH，又取出了那盒 METAL，小心翼翼地按下了电键。

也应当和你告别啦，我的兄长，我的前方的先行人。至今我没有见过你，虽然你的歌子和你的嗓音已经为我勾画了一个更本质的你。再见吧，像你唱过的那样：再不要相见。只是对我来说，难忘的只有你。因为你就是我。你是明天的我。你是铤而走险为我寻道的我。

让我满怀真诚地向你说一声谢谢吧。

他一直没有开灯。一个低沉沙哑的男声在黑暗中轻轻地回荡着。唱吧，你只能唱下去。走吧，我只能向前走。让我们在这温暖的黑暗中分手吧。用你的歌佑助我，让我的神奇大陆为我敞开。我只是……他心头掠过一忽儿飘悠不定的滋味，他在黑暗中看见了一个不安宁的什么。那“什么”黑黑的辨不清楚，就像他见过的一切印刷品上的小林一雄的眼睛一样。

我好像见过你。

在哪里呢，在一个遗忘了的地方我一定曾经见过你。或者没有遗忘，或者一直珍存着。

人身子里的血液不光是奔流不光是输送着氧气和热量还有活力么？还有一个什么？

我的血能够记忆。

那也是一些人，空睁着没有眸子的眼眶。没有一句话留下来。没有冤屈、不平、愤怒、欢乐、揭露、痛苦留下来。你可以留下你的嗓音，这种HIGH和那种METAL磁带可以逼真地保留你的嗓音，包括嗓音里那青春在挣跳时的喘息。我呢？

我既然见到过而且我记着，我既然有这样的一种血，那么我也应该留下什么。

时间就这样，就这样残酷地从我们身边一逝永不再回。青春已是最后的一刻了。

空间就这样同样残酷地，把我们推上了——把你推上了音乐会的舞台，把我推上了浪迹天涯的道路。世界在我们面前一览无余，因为我们已经决不可能选择别的世界。与毫无粉饰的赤裸本质的世界对面，是可怖的。

就因为这个么？就因它你才永远垂着你那英雄般俊美的眼睫么？

黑暗音箱里出现了一股飞扬着淹来的歌。那男人现在唱得专注又深情。他闭上眼睛。磁带的质量出色得不可思议。有一条河，那河水粼粼波浪如绸，那河蓝得透明又深不能测。那河水一摇一荡地朝他淹漫过来，他沉没了。他潜入深处，开始了漫游。

你是神么？

你是我不辞辛苦走遍了半个内陆亚洲又漂洋过海沉入这蓝蓝的水底寻找的神么？

是的，我是。

你是陕甘宁青边区的黄土荒山中那些啃着土豆咽着苦杏叶子但是不容忍侮辱的回回农民坚信的主吗？

是的，我是。

你是中央亚洲有着伊兰人的蓝眼睛又讲着突厥人的悦耳语言的居民们在吟唱着关于黑醋栗的情歌时崇拜的那个灵性吗？

是的，我是。

你是北方草原上那些住毡帐烧牛粪的牧人们在马背上在颠簸的牛车上迁徙时盼望着的那个地平线之外的远方吗？

是的，我是。

请带我也去吧！我也有那样的梦！

我已经倾诉了一切。

吸引着我使我进入了这样快乐这样淋漓尽致的心境的是什么？是那个已经被我不习惯已经马上即将从我的字典里删除的那个词“青春”吗？是我那样热爱它但我并没有具体地描绘过它的那个“自由”吗？

我独往独来地欢乐地走在我的流浪路上。我在茫茫人世中不异于别人但我知道我的血在驱使着我流浪。我看见了唯我才能看见的美好，于是我追逐着一次又一次地启程了。

凡·高如果不是遭逢了艺术历史的转折今天人们会为他印刷那么精美的画册吗？会出现任何痞子木头都议论他的鲜黄色他的金色他的向日葵的现象吗？为什么精美豪华的画册里不肯收入他早期的素描

呢？为什么没有人为他出版一本他笨拙地画下的那些矿工和拣煤石的矿工妻子画集呢？

这青春罗哩罗嗦地拖了二十年，它实在是太长了。从今后，我的笔不再写青春二字。

但人心中并不仅仅是丑恶庸俗肉欲杀机。人心中确实存在过也应该存在一种幼稚简单偏激不深刻的理想。理想就是美。残缺懵懂的青春夙愿是最激动人心的，是永生难忘的美好的东西。

让卑污者嘲笑吧。

我蔑视一切卑污龌龊的生命。

让激流抛弃和超越我吧。

我以真正的异端为骄傲。

从此我步入了不惑的成年。从此我永别了太长的青春。从此我踏上了我生命的终旅。我等待着启示。我结合着自然。我心连着大陆。

在结束之前，我多么想告诉你我感受到的那辉煌啊。

第十章

M

我决心走。上大学——鬼知道什么叫大学呢，可是我从听说招生小组正在阿勒坦•努特格活动的消息时就决定了：我要走。那个北京大学来的工宣队师傅问，你喜欢哪个专业？我好像听见了一声遥远得模模糊糊、迷蒙得认不清楚的呼唤。专业？……四年的牧人生涯淘尽了我头脑中对这个词的印象。我陌生地盯着工宣队师傅古怪的嘴。专业？我不知道——不，你们那儿的哪个专业我都喜欢。

那你说说，你最喜欢干什么？爱好？

我最爱好跟您回北京。

这小伙子！说真的，你的特长？

我的特长就是骑着马满世界跑。

和蓝猫商量仅仅是一个没味儿的摆样子。蓝猫靠着马背，一条手臂搂着鞍桥默不作声。他两眼粘满了黄渣渣的眼屎，困得像是立刻想栽在湿草地上睡一会儿。我想问蓝猫一句“你看这事”或者是“我到底怎么办”——但是我咽了口唾沫没有讲。开冻了的春草在凛冽的湿风中飒飒摇动，阳坡上晒干了的草地金光灿烂。我没那么讲，可是我和蓝猫一块默默地放着羊溜达；这么一块默不出声地溜达就等于讲了。我当然一点一滴也没有忘了蓝猫为我踹了包钢工人阶级的事，我不光没有忘了包钢的事我还记着蓝猫舍了京西矿务局的陈年老账——可是我还是约蓝猫一块来放羊；我还是这么默不出声地跟他在这儿溜达着。

沉甸甸的湿风从山谷那边拂了过来，化了雪的春草在寒凉中又刷刷响了起来。

我和蓝猫牵着马溜达着，靴底咕叽咕叽地踏着草丛深处的水。我们俩谁也不说话；背后牵着的马并排走着，铁镫不时叮当地碰响。

那事可得盯死喽。

嗯。

听说有人使坏？

不知道哪个。找那工宣队告老子，我蹲监狱的事叫他抖搂出来啦。

钉住！别犯软，你别承认！

不，我跟那工宣队说啦：上不上你那个大学我不在乎。要紧的是我要告诉你：我不上你那大学也变不了狗你别以为我们在这块草地上混得像一窝狗！让使坏的上大学去，我正好下个决心，在这草地上换个活法！

胡扯！你不会油点？

别急——那工宣队反而乐啦！他拍我肩膀他说：就是要选拔像你这样的好青年上学！好青年呀！

蓝猫嘎嘎嘎地笑了起来。

我也哈哈怪笑，笑得喘不上气来了。

“真葛！嘎嘎嘎！真他妈葛！……就是要选拔咱们哥们儿……这样的好青年！……绝啦！”

蓝猫笑得呛出了一股黄鼻涕。他一把甩了鼻涕，举起臃肿的马蹄袖揉胸口。我说：“太湿这草地，上马走吧。”蓝猫趴在鞍子上又喘了一阵，才爬上了他的红马。我也跨上亚干，天地草原突然变得远了辽阔了。

我们俩突然也沉默了，都不出声地望着低低舒展开去的阿勒坦•努特格草原。好像它一直在静静地听着呢，我觉察到一股难以启齿的羞耻逼近了，随着迷蒙草地上拂来的冻人春风。我抬起头来，瞟了蓝猫一眼。

蓝猫却把他那顶着个烂沙狐皮帽的脑袋歪过去了。

蓝猫，那，我可就撤啦。

没错。我随后就到。

也许我想说句道歉的什么话。也许他想说句给我打气的什么话。也许我想说句感情深沉的告别之辞。也许他想说句声色俱厉的汹汹硬话。也许我想朝他讨首酸诗。也许他想和我喝顿辣酒。可是都没有——我们只是挥着套马竿子，赶着我们那两群肮脏的羊，轻轻踢着马在这片湿漉漉的草地上走着。我们如今已经不是当初，如今我们是真正的牧人；而且是地道的贫苦牧民阶级。我们如今对什么是草原已经一清二楚；只要脚踏着这片草原，我们就知道该说什么话和只能说什么话。

黄草湿沉的阿勒坦·努特格草原平静地起伏着，金黄万里又沉默无言。

大海牺牲的消息我过了一年多才知道。

好像我也和不少朋友一样，曾经兴致勃勃地侃大山，神聊过B-52轰炸机的威力，神聊过没见过的地毯式轰炸。好像那是一个美丽的图景。后来兴趣和谈题又被引开了，我们又兴致勃勃地去神聊其他的事情。B-52又被我们渐渐淡漠了。

B-52炸死了大海。红卫兵战士大海和解放军战士大海在抗美援越的战场上，在残酷得也许是美丽的战场上被B-52的地毯式轰炸杀掉了。

后来我才辗转听说了大海牺牲的消息。后来我是因为意外地收到了小丫（她在昆明军区一个医院当护士兵）的一封信，接着又收到了志伟（他也插队了）的一封信后，才知道了一个模糊的梗概。当时我正在内蒙古东乌珠穆沁的蒙古草地上放牧，读那信时我的手颤抖着但我心里却闪过了一个"果然如此"的念头。读那信时我身边还有一个外号蓝猫的知识青年，蓝猫是个感情很酸的人，他接过那信读的时候他哭了。

我只大概了解到：大海越境以后，曾经三次被遣送回国。但他三次都摸了回去，可能他掌握一条秘密的通路，都摸回了那个高炮部队。不知道他是否击落过敌机。也不知道他作战的地点。后来部队收留了他，大海当上了他梦寐以求的解放军。一九七〇年五月四日，在一场激烈的战斗中一颗炸弹落在大海和他的战友们的炮位上。大海死了，没能收回他的尸体。

一九七〇年五月四日……

过了十五年以后——

我在日本首都东京听到一盒录音带。那是著名反战歌手Joan Baez，她为悼念牺牲在美国警察镇压之中的四名青年举行了声势浩大波澜壮阔的音乐会。排山倒海的啸声从四面八方响起，数不清有多少万听众在随着Joan Baez一起唱着。我只记住了一个日期，那四名正直的美国青年惨死的日期：

一九七〇年五月四日。

我只听懂了歌词中的两处半拉句子。女歌手悲愤地唱道："其实你知道一切，但是你就是那样的人，你不会回避。……既然你能那样走上去，那么我的朋友我也能。"……我把这两句词告诉了蓝猫，建议他在修改他那首《献给牺牲在越南战场上的红卫兵战友》时把这两句加进去。蓝猫不同意，蓝猫说写大海就要用大海的口气写。我说去你妈的你看Joan Baez这两句多棒。蓝猫说"冲进硝烟弥漫的白宫光复耻辱背叛的红场"更棒。最后我气得要疯，把我藏了差不多二十年的那首《亲手埋葬帝国主义》摔给蓝猫了。

混蛋！随你写吧！我说。

我骑着白马亚干开始串门道别。

越男快活地笑着，一边托起那露着白木碴儿的新车辕，一边朝我望过来。我下了马，帮她把牛赶着退进了辕当中。越男看人时的眼光里有一种说不清的滋味神采，我心里捉摸着。我接过从牛脖子下面递过来的"宝盖"轭木把木扣套进鬃绳扣绊时，我又瞧见了她这种眼神。

瞧瞧，咱们天生的模范老牧。他们缩着冻着一天到晚在雪坑里头刨车轱辘捆车辕，我呢？我全劈了它烧火！先暖暖和和冻不死再说。他们揪着羊尾巴揪着牛鼻子一天对着那几个牲口哭丧着脸，我呢？我先下刀宰了它。我把剥下来的皮包好冻好，为着就是今天。瞧，今天都明白了吧？卖牛皮卖羊皮我们家挣了一千块！都红眼啦？那你们干吗非把那皮子往冰里雪里扔呢？所以说，不单是知识青年接受贫下中农的再教育很有必要，我瞧贫下中农接受知识青年的再教育也挺有必要。又要搬家啦，你看乔里玛，一听说人家阿勒坦•努特格不让咱们进就哭啦，白长了一副狗熊架子。搬就搬呗。我早看透了，一辈子就是个奔波的命么。死了羊，来了羊皮。烧了旧车，买了新车——这回呀，喂，大学生你听着吗？这回一置就是四辆崭新新的车——

我下了马。羊皮作坊门口正站着李小葵。小葵已经被这个羊皮作坊招了工了，而且顶多到夏天就和羊皮匠马老四的老闺女办事结婚。我拴了亚干，和假李逵一道帮着越男卸皮子。皮子已经晒干刮净，鲜红的血板子上油亮亮地涂着一层光。越男今天心满意足，手脚麻利又在行。她一边数着羊皮交给假李逵，一边继续和我胡扯。

真解气呀，你这大学上得真解气。得啦，扒了你这身膻袍子进北京吧，学出个模样让咱们姐妹兄弟也高个兴。喂，达不苏，数着哪？一共多少张？

李小葵咕噜了一声答道：“二十八张。”

算二十，写上。喝，新鲜事儿呀，假李逵也会翻账本啦。算二十，那八张给你那又水灵又白嫩就是有点结巴磕子的美妞儿，叫她给你缝件袍子穿。哎，正好，叫老丈人熟这八张皮时候使出绝招儿来；熟出八张又软又结实的料再叫你那结巴美妞缝。行啦，我当嫂子的可只能管到这一出；——人家轰哪，我们又得远走天涯啦。

李小葵沉着黑脸，捏住八张皮子，猛一扯拉到怀里，然后一弓一绷他那干巴黑瘦的身板，把八张羊皮扔进了背后的门洞里。

“这八张收起来！嘿——你听见没有？这是越男嫂子送的礼！……”他朝着那黑洞洞的屋里吼道。

越男扑哧一笑。她捂住嘴偷偷捅了我一下说：“瞧——又装假李逵哪，趁他老丈人不在家叫唤两声！……”她说得悄悄的，嘴唇紧紧贴近着我的脸，我那么近地看见了她眼中正活泼闪跳的那神采。你变啦，越男。“快走快走！大学生，别碍着人家达不苏同志学羊皮匠熟皮子！老丈人不在家！回头见，我们走啦李小葵！……”你这么彻底地变成了一个大嫂子，你这么勇敢地把人生赌给了这草原。你真野呀，我该向你学。“嘿！大学生！”我突然听见越男喊。我接过牛轭宝盖，帮她又把牛套上车。我在跨上马背之前看见李小葵呆呆地立在门口盯着我。我心里热酸得难受，我想扑过去抓住这个达不苏假李逵；我想要不然我就使劲搂住我这难友，要不然我就一个大背胯摔翻了他。可是我没有，越男在牛那一边等着呢。我咬着牙关举起手：

“那——再见！”

李小葵怔了一下似的举起手。举了一半那只黑手僵住了。我看见两颗大泪珠子一下子淹出了那双凶神眼。李小葵扯着哭腔吼道：

“走道……小心！哥，哥们儿！”

越男默默地赶着牛车走在我的马旁，只是这一阵她老实了一会儿。我找不出什么该说的话来了，我只是握紧马缰，盯着白马亚干一步一摇的雪白头颅。

黄黄的春牧场上已经看得见一些黑虫般蠕动的车队，已经有人决心再远迁了。

我陪着越男回到她家包前。我刚想了一下“我踢马就跑我再也不道别啦”；越男忽然对我说道：

“不用下马，你等我一下！”她跑进了小包。

我停马等着。我不愿再眺望远近的金黄色草地。我勒得马儿扭甩着鬃毛。这时越男出来了，她低头迈脚钻出低矮的蒙古包门时，她的脚被拖在地上的、没有用腰带束住的长袍绊了一下。她走近来，一手扶住了我的缰绳，一手递给我一个小包。“你知道刚过了灾年。家里什么也没有连半瓶子黄油也没有。拿上吧，其实没多大意思……”

是几块硬邦邦的长着绿霉的奶豆腐。

越男抚摸着我的白马。我觉得难得让她这么考虑一番再说话。越男抬起头来。我看见她的眼里充满了同情和怜爱，就像那些草地上的蒙古大嫂子一样。

“生孩子的时候，我给你送只羊。”她说。

长征，结束了。

第二次再上红军路的计划失败了：志伟一去西北就再也没了音讯，听说那家伙参加了当地两派的武斗。我从监狱里被放出来以后，母亲受了惊吓有些要生大病的预兆。自从我登门去找小丫以后犯了恶心，小丫与我们就断了关系。到处都在乱打，我也渐渐打消了印旗子的念头；原来我们打算印一面红旗，一面白边红底的红军旗，印上“中国工农红军三军后卫团”这个番号，可是这个计划取消了。我们原先那面破旗子上也有这几个字，不过那是大海使墨汁写的。

最遗憾的是小毛。

大海不在了，我不能只带着一个女兵去长征那两万五千里。我没有把这句话对小毛讲，我只是说长征的事儿以后再说吧，小毛听着听着就撅起了嘴。

小毛撅着嘴，生气不说话也不理我。我们俩愣愣地对着站了一会儿。我觉得已经再没有什么话说；她来问我出发去长征的日期，我告诉她目前只能放下这件事。我说完了，她却还站着。我突然感到有一阵异样的滋味袭过全身。咦，我是怎么啦？

就是这个梳着两根小抓辫的十六岁小姑娘，就是这个小姑娘追随着我踏遍了洮河和白龙江。而现在，四外里文化革命已经如火如荼炮火连天，现在我要是说声再见转头走开，我们也许就再也不能见面了。

“那，那我走啦？”她说。

我说不出话来。如果是大海，大海可能会说出一些铿锵有力的话来。我在下意识中拼命在阻挡一种古怪情绪。我不懂得这种情绪是一种珍惜、是一种很难遇见的友谊。我只是模模糊糊地觉得很感谢她；是呵，这样的追随，在真正的崇山峻岭里，在古今英雄们走过的栈道上的追随，就要和我分别啦。可是我说不出话来。我嘟囔了句什么，小毛没有听清：

“你说什么呀？”她愤愤地喊道。

“我说——”我冲口而出地说，“再见吧！”

离大学报到日期愈来愈近了。

我骑着我的白骏马在草原上往来奔驰。牧民们马上就要拔营了，我也必须在几天内赶回北京。行李早已胡乱收拾了一个包包，四年插队，两手空空。但我根本没有心思想这些，我已经被冲出绝地的希望和切断血肉的难过撕扯得麻木不仁。我现在只记着奔驰。我长在亚干的鞍上，剧烈的颠簸和摇撼在代替我送走这最后几天。

额吉像是大病了一场。

额吉一句话不说。额吉像是冰雪冻枯冻蔫的一棵枯草额吉像九死一生刚逃回来的罪犯额吉双眼可怕地深深陷了进去双眼布满鲜红血丝她默不出声她死寂了她像哑了她死死忍着痛哭忍着这冷酷无情十面埋伏在她枯瘦影子周围的金波铜浪般的草原。

额吉决绝地沉默了。

你只残存着一口活气你在愤怒地苟生。

额吉迟钝地干着活。白天熬过去了，额吉蒙住皮被默默躺下她响着鼾声但她醒着。

我在黑暗中凝神听着，那低微酣沉的鼾声就近在我的耳际。

对着我这双醒着的耳朵，毡墙外沙沙地涌来了阿勒坦•努特格的草潮。我睁着眼睛一声不响。我听着牧草的潮起潮落，听着额吉的孤苦辗转和我自己忐忑的心跳默默地送着这黑夜。我不能再像以前那样，我不能再摆出一副北京孩子加额吉家知识青年那股赖劲了，我不能再不顾礼性地向额吉胡说乱问。我冷漠地嘲笑地正视着我的内心，但我这个内心里又不屈不服地满满盛着无愧的骄傲。这就是告别呵，我冷冷地想。我一动不动地凝神躺着。牧草的潮声，额吉的喘息，还有我肉体深处的心跳，——这对于我已经如此熟悉、如此习惯了的蒙古草原之夜，此刻正在为我最后地徘徊。

黑夜去了。

我又伏在白马亚干背上飞驰。一家家茶，一家家酒，一家家用蒙语讲的吉利话。我的白马消瘦了，这匹把我度过了铁灾带到了阿勒坦•努特格的骏马露出了尖尖的嶙峋骨架。我喂它面条，喂它肥肉，喂它从李小葵丈人家要来的凉莜麦，它不吃。我默默地忍住心疼，我不愿意说一句多余的话。我把左脚咔地一声踏进铁镫，纵身跃上鞍桥，用牙齿低低发出一个唿哨。白马亚干展开四蹄，铜水般的金草地疾疾冲进我的身下。我不是四年前的我了，至少今天的我已经知道纵马奔驰的不易。我在黄昏时分回来了；走进包里在西侧我的位置坐下，开始用蒙古话和家里商量将来的事。我们说到了北京的大学，也说到逼近的接羔。我认真有时也急躁地嚷嚷我对下一站驻地的见解。家人也仅仅在议论到临近的搬迁时才打破缄默。我们仍然是一家人，关于这一点连包里的火剪和墙上的哈纳棍都决不怀疑。我说的时候仍然讲得又快又散漫。像我吸进一分乌珠穆沁的气味就吐出一点乌珠穆沁的音调一样，我在最后地使用着我这亲爱的第二母语。

只有在这个时刻我有些控制不住——特别是当我们说得热闹起来：南斯拉嫂子扯出了高高的尖嗓子、丹巴哥恨恨地咒骂几句脏话、他们用一声“啊——嘿！——”满心赞同地肯定了我的话、空气又显得流畅起来的时候——我险些失声哭出来。草原，我忍了这么多艰难才听懂了你悦耳语言的草原，我和你的缘分就要断了！但我在他们没有觉察的一刹那咬紧了牙关。我不愿意让一种蔑视自己的心情毁灭自己。于是我又镇定了。他们既然觉得他们家的知识青年能上大学是件好事，我也就像他们一样，把他们命里的又一场迁徙当作正途。

只有一夜我没留神：在队长索米亚家我喝醉了。我吐了又喝，喝了又吐，后来吐掉了苦苦的胆水以后我就疯子一般在夜草地里乱吼乱唱。我砸开一家又一家包门，把睡眼惺忪的牧民扯起来要酒。我一屁股坐在人家的牛粪箱里哑着嗓子唱歌，然后窜出去纵马在黑暗里狂奔。天亮以前我半醒半睡地撞在一辆高大的车上，我睁开粘住的眼皮，瞪了几次眼才看清马下面站着额吉。我刚吼了一声“额吉——”就哇地吐了起来，我一边吐一边瘫软着摔下马来。我昏迷中觉出额吉正默默地摇晃我，我昏迷着拼命张嘴巴我觉得有好多要讲给额吉的话。好像额吉弄醒南斯拉嫂子从羊盘里拉来了我们唯一的黑山羊，好像她们俩把黑山羊塞到我怀里给我用黑山羊“特布勒那”。我想乱嚷嚷我想喊额吉你迷信黑山羊特布勒那不是醒酒的办法；可是我心里难受我舍不得额吉离开我我死死地揪住额吉的破袍襟死不撒手我好像只想这么睡下去我只想揪死了这件破袍子。我不知道白骏马亚干累得不肯吃草了我不知道额吉一直陪着我跪到天明她打破了沉默她一直在唤着我的蒙古名字小吐木勒。

我们商定在同一天离开阿勒坦•努特格，各奔前程。

那天从清晨起，十面埋伏般的春牧场上就滚起了金灿灿沉甸甸的不安的大潮。

丹巴哥天亮时拴了牛。南斯拉嫂子挤了晨奶以后就把奶子倒进锅里。我和额吉拆下了黑糊糊的盖毡，又拆下了俄尼天窗，暴露在晨曦下的奶子锅冒起了热气。我熟练地解开哈纳墙上的细驼毛绳，在轻微的咔嗒一声中两片墙分开了。额吉看着我干，她吁了口气。远处乔里玛家也拆完啦。我折叠起哈纳把它整整齐齐地放上松木车达瓦的宽横杠，隔一层哈纳铺一层围毡。远处地面上露出了一角朝日，在辉煌炫目的强光晃闪中有一列黑黑的勒勒车队在爬行。我甩过一根长长的鬃绳带子，我喊道：额吉，抓住！额吉银发上闪烁着朝阳的金光，她望着我使劲一点头。于是一根马鬃编的粗奥龙绳紧紧地束紧了。松木杭盖车已经装好。南斯拉嫂子叫嚷道：吐木勒，别干啦，来吃饭！丹巴哥马上附和道：不装啦不装啦快吃。我和额吉并肩走过营盘，踩着地上的金黄草茎和牛粪块又扯过来一辆车。我使了一股野劲一个人抱起了大锅架，额吉扶了一把我们把它先贴着车尾绑牢。我抄起粮食口袋正往车上扔时，额吉默默地朝嫂子走去。于是丹巴哥也过去了，我们默默地走向这最后的迁徙前的饭，南斯拉嫂子正在那个空空如也的盘上围着一锅热气腾腾的奶子面条乱忙。

雪白的牛奶煮的挂面……

我们吃着。挂面是草原上的稀罕，我知道家里是在给我饯别。我问今天路上是不是路过坑洼的戈壁，丹巴哥说只有在乃林·德勒斯那儿能碰上一小块。嫂子问丹巴昨天夜里见队长时问没问他们家哪天搬，丹巴说“屎——他那坏东西能告诉你？”我大口大口吞着。刚想说句话时我噎了一下。额吉停下筷子默默地等着我，我使劲咽下去那口饭以后说：“哥哥，我的白马亚干还是不吃草么？”这时一列牛车队吱吱呀呀地走近来了，我听见远远的越男的叫嚷和她家孩子的啼哭声。我们赶紧吃完了饭，南斯拉嫂子把每个碗都舐了一遍然后装进棚车。

牛被吆着退进了车辕。

一根根牛鼻绳和牛角笼头都连上了。

这时有一匹马飞奔而来，火红的半面马腹在金色的阳光中灼灼闪耀。蓝猫跳下马来。蓝猫问我：骑马走么？丹巴哥回答说：不骑马，咱们到前边公路上去等花汽车。说话间我瞟着吱吱呀呀爬过来的越男家，我看见乔里玛正抡着他那根两丈长的乌珠穆沁马竿子在打牛。

额吉喃喃着动着嘴唇。我知道时候到了我忍住什么也没说。额吉好像有些慌张地看看我又看看下车走过来的越男，她的嘴唇一颤一动地找不到话说。最后额吉吆喝丹巴哥了她说“丹巴！喂丹巴……”丹巴哥熊一样晃着肩膀走过来走得不伦不类像马乱了蹄。丹巴费劲地严肃地憋了一阵子最后喊道：“给！——你不要就不是我弟弟！……”我一句话也没说，我咬紧嘴唇我在心里暗暗忍住了我接过了那三十块钱来。我知道丹巴还想咒骂几句昨天夜里我听见了他和嫂子的悄悄话他说大队长是狗不借一百只借三十。我这会儿可怜巴巴地戳在这个正要被我们废弃的盘上我看见蓝猫、越男、嫂子还有一大窝小孩都在盯着我。

远处公路上冒起了烟尘。

蓝猫只吼了一声“我去拦车”就纵马驰去。我们马上启程立即离盘。勒勒车沉重地响起了吱呀吱扭的轴声。我心里悄悄地舒了口气，我实在忍不住刚才那滋味了。我和额吉并肩牵着牛走开了营盘，我又和额吉一块坐上了松木车。白马亚干被拴在车尾，它好像病了我不敢再骑它。丹巴轰赶着羊群，那羊群听不见我吐木勒的吆声和口哨了。

一辆长途班车停在公路上。

我朝额吉转过身来。我心里冲荡着简直能叫仇恨的伤感。因为那，因为这，因为这司机他妈的等烦了，因为两三家子老老小小那么多人都在盯着我和我额吉，所以我跟个混蛋傻子一样无话可说。所以我就要这样离开草原！我恨透了，我难受极了，我猛一把抓住额吉的两只袖子……但我喊时声音又变得很小：

“额吉。”

“嗯。”她说。

“巴依尔太。”

“巴依尔太。”她静静地应声答道。

她的眼睛渐渐红了，接着眼圈眼凹也红了。“走好，小吐木勒。”她哑声说。那眼睛和眼圈愈来愈红。我知道我最害怕的泪水就要哗哗地涌出来了。

“额吉！下一个……您六十一岁的本命年！……您下一个本命年！”我胡乱喊道，“六十一！那一年我来看您额吉！……”

额吉的浑浊老泪汹涌而出！额吉使劲抹了一把，她的眼鼻全被淹成通红一片。她抬起手臂，伸到脖子上揪下来那个黄布小药包，任泪水哗哗地在她满脸的皱纹上冲流。她嘴唇哆嗦着，手臂痉挛地朝我举了过来。一个指甲盖大小的黄布缝成的硬鼓鼓的小药包在我眼前闪晃。

额吉把那个可能是护身符的黄布小药包系在我脖子上。接着她猛地推了我一把。

“走吧！吐木勒！”她厉声说。

我一咬牙冲进了那辆花汽车。汽车怪兽般吼叫起来，接着金黄的春草原就疾疾后移。太阳愈升愈高光线愈强烈，金灿灿明晃晃的草原旋转了起来，把我的心刺得又疼又烫。

在我们决定正式解散长征队——解散“中国工农红军三军后卫团”那一天，他们全嚷嚷说要有一场下旗仪式。我说没地方要搞仪式就该在腊子口搞，他们不干。我又说大海不在了咱们自己搞没意思，他们说正是为了大海。

下旗仪式决定在灌川河边的一个碉堡废墟上进行。听当地人说，这个碉堡自从被红军炸毁以后，一直就是这个样子。

我们的旗子是在岷县城里缝的，又小又土气。旗子只有三尺长，而且不是红绸子是大红布。我们在那小城里找不到洗染店，是大海写的这个只有五个兵的团的番号。

灌川河在凛冽的冬风中默默流着，空旷迷茫的大川谷寂静无人。庄稼都割尽了，远处村子都低低卧在蒿子草里，像一片黑黝黝的剪影。

我们列队站成一排。

碉堡的残垣断壁半埋在黄焦焦的蒿子草丛里，那高高的苇草使劲地摇撼着它们的白穗。我心里忽然清醒过来一般掠过一个念头，好像小队已经严肃地站成一排以后，我才感到了这一切的严肃。真的，长征结束啦，我默默想。长征，你是我们的长征，你是真正的长征啊。

“下旗，敬礼——”我命令道。

红旗在寒风中啪啪抖响着，徐徐地从一根长杆上降下来了。它抽打着大西北刺骨的烈风，一面徐徐降着，一面遮卷了那排墨写的“中国工农红军三军后卫团”的字迹。

我们站得笔直笔直，向旗帜凝视着致礼。

长征结束了，今日我们要转头面向北京。北京，我想，在北京有什么在等着我们呢？我没有说话，保持着绝对笔直的身姿。仪式简单又神圣，我们心里都在回忆。

三年以后，也许是四年以后，不知是谁传开了我们的消息。有一家博物馆——我忘了它是韶山历史革命博物馆还是井冈山革命历史博物馆了——来找我征集这面旗子。我不知道他们是怎样找到我的，也不懂得“征集”这个词。

“我不能决定。”我回答说。

那人说：这是宝贵的革命文物！你知道博物馆有一项业务就是征集文物么，为了全党全国人民，要把珍贵的实物资料永远保护收藏起来。中央文革小组指示要在七一党的生日开馆展览。全国成百万成千万的红卫兵组织和造反派组织都争着送他们的旗子呢，可是我们只挑十面。十面旗里就有你们一面呀你该自豪！……

我说：“我不能一人决定。我们商量一下。”

那人又说：我们为你们复制一面！一模一样！把复制的留给你们作纪念！……

我们是用通信商量的，我们已经天各一方了。

最后我们决定：与其你复制，不如我复制。小毛马上给我寄来了一面红旗，我找来一根毛笔和一瓶黄广告色，把那个红军番号写在了上面。

真的旗子我们藏起来了；和我们用眼睛，用肉体，用热情和十六七岁的无畏；和我们用幼稚的心灵记住的一切一切藏在一起。

向你们致敬，插队插得比我更狠而且一边读我的小说一边反感的哥们儿们。在接受你们的正确批评之前，请允许我最后涂抹几笔吧。

关于蒙古牧区，关于几个不典型的知青和一个不感人的蒙古老婆子，关于破木轮子车和两匹马的这个既不现实主义也不现代主义的故事，就这么凑合着写完啦。

您那阵子一定比我更多地跟车老板子一块混过而且一笑了之过，所以我也求您对我一笑了之。您别过分仇恨我扒上的那辆长途班车；您想想它要拉着我上“北京大学”去我能不抓住它么。

那辆好运气的花班车拉着我开走以后，可以想象蓝猫那酸货骑着马送我。他骑着他的小红“忽伦”和我的汽车赛了二十里，后来把我超过去了。他坐在马上等我的车开过他马旁边那会儿，他叫喊“送君千里终有一别”，当然一边叫喊他也一边哭了一会儿。后来我扒着车窗户探出脑袋往后看；我打算看看小子往回走没有可是我穿的皮“得勒”太沉我把人家车玻璃压碎啦。那司机冲我嚷嚷起来，我说了不起老子赔你。傍黑到了旗运输站那司机勾出来一帮流氓逼我赔玻璃，我看我单奔儿一个只好掏给他二十。这一来我兜里只剩四十啦（临开路时算了工分加上家里给的一共有六十多块来着）。好不容易到了北京已经是第五天，我下午急急拉蹦子进了大学报到晚上全系就点名训了我。我挨点名时左瞧瞧右看看我觉得我活像个狼崽子正拴着嘴。幸亏队列里发现了几个家伙，一看那吊儿郎当的相儿我就判断他们也是插队的。不用说——他们成了我的新朋友。

这样的故事您能忍着烦咬紧牙读到这儿；我实在是非常感激您。而那一位——我听说你读了我的“小说”居然受了感动而且还准备写封信鼓励我——那我得说：我张承志不敢为知己者死可敢为知己者活，下半辈子我干脆就是为你活着啦。

多少也得交代一下我们那倒霉的大队吧。

我们队的老牧们至今还在草地上东溜达西晃荡。一九八一年我去了一趟：那回我看透了他们算是下决心晃荡一辈子啦。马倌乔里玛可抖起来了，成天戴着眼镜（平光的）登着摩托。丹巴哥比以前更“肉”，只知道着迷地听广播里的“唐国的故事”（准是《说唐》，没错）。越男已经完全变了种不能再算汉人；她连饺子也不会捏小点了。我吃着她那碗拳头大的羊肉疙瘩饺子时，她趴在粪箱子上呼呼睡熟了。达不苏•假李逵•李小葵（下回写一篇意识流现代派小说时我准备叫他D•G•李）现在干巴黑瘦硬朗；去年居然盖了一溜三间砖房，今年要出来捣腾皮子：“挣丫挺的几个。”

还想听我额吉？

额吉活着。她现在是一个佝偻缩巴、动作含混的瘦瘦老人，头发全白白的像披着满头银子。八一年我回去赶她六十岁大本命年的热闹时，我每天串营子混酒喝，她在包门口寻寻觅觅，不知干啥。她见我把她给我缝的那个黄布小药袋护身符弄丢了，就对我大发雷霆。她又给我缝了一个：“戴着！听见了么小吐木勒一定戴着！”她还是那么满脸吓人的恐怖紧急的神情。

她六十岁大本命年我回去那天，她颠巍巍一步一步地小跑过来。她不由分说不管我是作家兼学者她逮住我就亲。我正不好意思呢她已经自顾自地走开了。一边颤颤地走一边唠叨说：“我知道。我知道小吐木勒会看我来。他是见过阿勒坦•努特格的孩子么。你们凭什么说他不会来了呢。他额吉的大本命年他怎么会不来呢。”

今年夏天她和丹巴哥来北京住了十天。打算住半个月可是熬不下去了。我觉得她心神不定汗流不止如在地狱里受苦。我害怕这北京真的把老太太断送在这儿，于是我咬咬牙，把她和十天里已经变得呆傻的丹巴哥送回去了。我不知道我们谁先死还能不能再见。

J

平田大步流星地走在前面。他顾不上系衣扣，他疾疾地迈开大步，跟着平田穿过剪票口的铁栅，走出了热闹的东京站八重洲口。一排排绿色的红色的蓝色的广告牌竖立如林，醒目的大字排列出日本最强硬的工商界阵容。他看见平田的背影，那宽肩旁有一根蓝色领带在飘动，显出一种倔强。他低头看看自己胸前，胸前这条维吾尔人手织的蓝红领带也在一飘一飘。他又清晰地意识到——

明天他就要归国了。

平田领他走进日本航空公司的玻璃门，那玻璃上的两只红鹤一下子分开又倏然靠拢。他们走近柜台，平田开始低声和日航的小姐交谈。他看见平田接过来一沓纸——他看见了那是明天的机票和自己的护照。他伸手过去一面道谢一面准备接过来，平田微笑着摇摇头，把那机票和护照仔细地装进了自己的人造革夹子。

“不，明天在成田机场给你。”

于是他一身轻松地把两手揣进裤兜，吹了一声口哨。那柜台里的日航小姐抬起头来，送过一个貌似娇媚实是禁止的微笑。他抢先一步拉开玻璃门，让平田先走出去。那两只漆在透明得近乎不存在的玻璃上的红仙鹤轻盈地一闪，他们走出了日航又走进了大手町银光闪烁的楼群之中。

平田英男径自走着，依然大步流星。

他无所谓地跟着，又把双手揣进裤袋里。

他俩走进了一个酒店。

平田这才吁了一口长气。从中午到现在坐在这张黑褐色的玻璃桌旁，平田一直不喘一口气也不说一句话地为他奔波着；亲手替他办完了机票、托运、还书、注销外国人登录证、给母亲买茶叶、给小女儿买娃娃画册等等杂事。

“喝什么？”平田望着他。

真的，最后一次喝什么呢？威士忌加冰？红茶沏白兰地？日本清酒？啤酒？中国进口的绍兴老窖？

平田笑了。“那么我来定吧，”平田转身喊酒馆老板，“请拿一瓶烧酒，要一瓶‘蓝纯’拜托啦！”

清澈的液体晃漾着一个清亮的蓝色“纯”字。那液体倾斜下来，浸过那个蓝字咚咚地注进了玻璃杯中。

对不起，我傍晚必须接孩子回家，今晚不能陪你了。明天早晨我用电话叫你起床；然后我们一块去成田机场。气象预报说明天北京晴朗无云，你明天飞行会平安无事的。到了北京替我亲亲你的小女儿，我真想见到她呀……

请。平田兄，请喝干。

还有一件事，我已经和几位老先生谈过，包括我的老师小田原教授，咱们中心图书馆长野间教授，——他们都表示给以援助。这件事，恐怕又要使你麻烦，但是，请你务必答应配合我！……

好的。不过，是什么事呢？

请把那个宝贵的《黄金牧地》大大增补，加上你这十多年里的照片资料，添上你在论文中没有写的感受，在日本正式出版一本书。这本书的翻译工作，虽然不能胜任，但是我想请你允许我来干。记住：著者是你，读者是日本。……

平田兄。

不，不，千万请不要推辞。几位教授都已经开始出面和出版社交涉了。今天晚上我就要和一家出版社见面。再干一场吧，我知道你，你准能干好。你也决不会拒绝。瞧，我又给你斟上了这杯蓝纯烧酒，你愿意干了这一杯么？

他绝望地瞪着平田，撅着嘴说不出话来。

蓝纯朝他清澈地闪漾着。

他叹了口气，端起杯子一饮而尽。

平田深深地俯下头："谢谢你！那么，回国以后还请多帮助！拜托了！"

他留恋地凝视着平田英男，觉得自己一句话也说不出来。著者是你，读者是日本。天哪，我能承当起这么沉重的话语么？我又能承当那些从未出口的默语——那重似千钧的默语么？

豪华辉煌的东京都心在一刻刻黯淡。暮色正在临近，银闪闪的灯烛和五彩的车灯已经悄然闪亮起来。最后一个晚上，他默默想道，在这都市之都的最后一夜来临啦。

新疆是什么？

新疆是亚洲中心的一半。新疆是古西域的核心。新疆是蓝眼睛的伊兰人的故地，是浪漫华丽的突厥语的归宿，是古代龟兹—古代焉耆—古突厥和古回鹘—怯卢和于阗—察合台文献和维吾尔文学语言的生灭轮回变幻繁荣的口语土语摇篮。

新疆是亚洲的中心。

新疆是什么？

新疆是阿勒泰、天山和昆仑三条壮美的大山脉。新疆是准噶尔和塔里木两块戈壁沙漠千里不毛的大盆地。新疆是浓绿耀眼的一串串长满葡萄的绿洲，是伊犁三区和巴音布鲁克的肥美草原。新疆是海拔−154米的吐鲁盆低地和海拔7000米的汗·腾格里雪峰之间的、那永远相互心许又永远不能如愿的爱恋。新疆是前浪已经死灭后浪又汹涌过来的英勇自绝的叶尔羌河；是不问方向不论对错自由自在地流向西方在西方神秘消失了的铁色额尔齐斯。

新疆是什么？

新疆是——那褴褛快活的乞丐弹着琴唱着唱着后来他陶醉在自己的歌声里他忘了有人扔下了钱他只顾弹着唱着走了他那眼神又得意又快活他那光脚板迈出的步子又潇洒又高贵因为他刚施舍了一支歌。

新疆是——那肤色黧黑鹰眼阴沉的哈萨克嚼着一块羊腿肉他的粗大下巴像一头狼他凶狠地坐在那里没有人敢靠近他这时广播里响起了一支音乐那是《Xêxêm》那是唱母亲的歌他突然哇哇号啕大哭起来他不管那饭馆里有多少人不管那些人正盯着他他像狼吼一样哇哇大哭。

新疆是——那漂亮的小女孩她可能只有两岁半她生着白瓷般的脖颈蔚蓝的大眼睛淡黄的卷发她跪在地上玩沙土周围站着一个默默的人群她太美了你看见她时你想起了童话你相信了真有一种小天使你恋恋不舍地走开时她转过头来调皮地朝你挤了挤蓝眼睛你立即晕了你甚至觉得得到了一生的安慰你觉得你在这一瞬间升华了纯净了你想立即换一种态度生活。

新疆是什么？

新疆是处处天险中的条条道路。新疆是语言隔膜中的无言神交。新疆是凛冽的北疆严寒和恐怖的南疆毒热的轮番折磨。新疆天高皇帝远，新疆地广罪人多。虚伪庸俗敬新疆而远之，豪爽真诚进新疆而复活。

我凭一点神示闯入了新疆；我在新疆磨砺了志气学到了真知开拓了胸怀。如今我面前再也没有更难的知识了，我也再不会被知识欺骗。我心里涌动着对新疆的感激，只有我清楚这感激有多深沉。

Rahmet，新疆！

真弓问他说，愿意再看看夜晚的东京景色么？他点了点头说，那就顺着银座四丁目这条路走一段吧。他们两人沿着人行道走着，五光十色灯影如梦的彩河在前后左右拥推着他们。

明天飞机几点钟起飞？

上午九点。

平田英男去送你么？

嗯。

我就不送你啦，对不起。

不，谢谢。

这条彩河是无法形容的。银座四丁目的十字路口是一个视觉感官的世界。只有红色滚烫地亮着又被绿色淹灭，只有黄灯成串滚动着突然又变成蓝灯。高楼建筑和茫茫夜空暖洋洋地融合了，黑夜中辉煌耀眼地一层层亮着绚烂的霓虹灯招牌。酒家、酒吧、酒馆、咖啡、舞厅、娱乐场，物质在这里堆起了一切物质又消失了变成一束束五光十色。文明在这里炫耀着文明又在拍卖在一派化妆品香味中飘散。人在兴奋愉快地走过。眼睛在熠熠地闪着不可捉摸的目的。一个美得惊人美得可憎得如同妖精的幽灵在灯烛彩火中统治着，她就是日本的象征她又根本不是日本她是一个浓妆的妖精。世界似乎在下意识地朝着这个十字路口靠近，一个蒙古大草原的牧人不知道他也在下意识中朝这里靠近。夜色深了，那焰火通明的彩河更浓烈更诱惑地燃烧起来，银座在亢奋物质在一片辉煌的霓虹花灯中宣布着征服又等待着被征服。

征服……

他暗中嘲笑地摇了摇头。不，他自语般独自想道，不，这一切已经与我无缘。我盼着来，我来了；我看遍了也弄懂了，我要走了要回去了。你已经和我无缘，和我有缘分的是另一个日本。和我有缘分的，是平田和真弓的日本。

好像该离开这花花世界啦，真弓说。

走吧。

我再送你几步，可以吗？

谢谢你。

回到中国以后，第一件事打算干什么？

去草原。

那么第二个目标是哪里呢？

新疆，天山腹地。

第三个？

甘宁青，伊斯兰的黄土高原。

真弓啜泣起来。

他不知怎么说不出一句安慰的话来。他默默走着，听着真弓几乎辨不出的低低哭泣和紧紧跟着他的皮鞋声。不是我胜利了，他想，是支撑我和引导我的那个神示胜利了。丑恶的大汤和他的朋友老周失败了，他们在走向黄金牧地的家族面前失败了。他大步走着，听着自己在东京夜色里踏出的清晰脚步声。他突然想到了那个黑人，那个真弓失去了的黑种恋人——

以后，你还学习中文么？他低声问道。

我要学。

你还记得你念的第一篇中文么？

当然。毛泽东主席为马丁·路德·金神父写的悼文，我能背诵一段——

我也会写一篇的。

写什么？

我要在将来，在我能写的时候，为你那位黑勇士写一篇悼文。你知道吗？我觉得我有个奇怪的念头，我觉得有一篇悼文在等着我，它是我的责任。

（不仅仅为了你那牺牲了的黑朋友，日本姑娘。也为了一位蒙古老大娘，为了一位被挖去眼睛的红军，为了一位被秘密安葬的回族老人家，为遍布北方的石人雕像和一条沉默的血河。还为了我自己；在别人轻蔑地嘲笑我的一生之前，我想为自己准备一篇悼文。）

真弓站住了。

在朦胧的夜色中她一身白衣像个纯洁的梦。她站在静静的街角，姣好地目不转睛地凝视着他。

该分手啦，她喃喃地说。

是呵，一年来，承蒙你的照顾和理解，我不知——

不！先不要说这些！真弓急急打断了他。分别之前，我有一句话。我一直想说，但又一直因为害羞……真弓停住了，夜色一片静寂。

请说吧。

你的脸真美！……

真弓脱口而出地说完了。随即不再做声。他惊惶地站着，一时不知怎样回答才好。

谢谢你……他费劲地说。

再见——真弓朝着茫茫暗夜奔去。

再见，他轻轻地对那白鸟般的背影说。

从西向东：青海的积石祁连在招手，甘肃的陇山两翼在招手，宁夏的六盘月亮在招手。从东向西：海原固原的悲凉坚忍在呼唤，河州河西的神秘变迁在呼唤，大通湟水的花儿少年在呼唤。——我本应该在二十岁的时候走向你呵，我的血脉相牵的大西北！

瘠，贫，苦，穷，旱，裸，荒……应该用怎样的一批汉字来形容你描述你呢？

且不说在你赤贫千里的怀抱里安家立命生儿育女，且不说在你冬食积雪夏吃窖水的黄土中挥镢走犁收种庄稼；哪怕只让嗲淑女娇绅士们来转一天看看风景，她（他）们的嫩眼细目能受得了这掺着黄砂土的毒日头的烙烤么？！

没有水，没有树，没有菜蔬，没有资源，人活十代盼的只是有一日离开。写什么地狱篇危言耸世，活在这样的阳世里难道不比死罪的煎熬么？！

谁深知这一切？谁深知这个世界里的苦辣滋味？成年后我终于懂了，有三种存在是知晓一切的：

第一种是统治者。他们的卑污残恶使他们嗅到了这里，荒凉黄土是他们的残民之所。

第二种是破产、负罪、受难的异乡人。他们在流离中处处碰壁，对他们网开一面的只有这片千里不毛赤贫之地。

第三种是神……也许这一切都是神的制造。也许这一切还要祈念神来解脱。

富了啃一口干馍，穷了咬一个洋芋，绝路了捋几把苦杏叶子。这样的土地上居然也出现了村落，这样的水土中居然也养育出一种方言。焦干赤红的荒山道上，媳妇子朝着土崖掩住脸颊，婆婆在前面恭敬地侧身让路——我想谦让但我担心惊吓了她们，我走了过去我又为自己占了路羞耻；古朴淳真的民风文化就在这荒山裸岭里长叶扎根了！你还能维持你那可怜他们的心情吗？于是，你像我一样身不由己，你也奇怪地舍弃了名山胜景和锦绣田园，朝着那山窝里鳞次栉比的黄泥小屋走过去了。

进村后你看见了清真寺。在一牙黯淡闪烁的镰月下，你听见了他们在念诵。他们宽恕历史，赞美未来，他们苛求着心灵的洁净，在信仰中步入了佳境享受着愉悦。

出村来你看见了庄稼地，麦子在峻峭的山顶上摇曳，胡麻在漫坡上开花，绿绿的洋芋枝蔓盖住了黄黄山峦的一些襟角，像浑黄的大海中漂浮着几片绿叶。绝地废土中升起了一股活气，洪荒不毛中已经垦出了良田。你的心战栗了你觉得激动，但是你能说什么呢？

在成年时看见这一切更加重要。成年的体会是本质的。我强压着心中的惊喜，我没有料到启示还会在这个年龄出现。我知道这条荒山之路是最艰难的；我知道它的残酷，它会因我的迟到要我加倍付出。

但是我已经不会犹豫。现在我满目都是这荒山波涛黄土海洋的壮美。

他交出了护照和机票。窗口里呆板而亲切地说：“欢迎您再来。”他领了两个绿色的行李牌，拴在自己的手提箱上。他顺着光滑的地板转了一个弯，有一个写着“送行者止步”的标志靠近了。平田扶着那圆润的灰色栏杆，微微地朝他点了点头。他又回头环顾了一眼机场大楼里的商店食堂街，然后通过了那道灰铁栅，走下了楼梯。

在底层大厅里只剩下免税礼品烟酒柜台。他把手提箱放下，还没有张口就看见柜台小姐把酒递了过来。这里没有清酒和烧酒，更没有蓝纯牌和红纯牌，先生。那么请给我两份威士忌酒，我要那种方瓶的Royal。他买了酒以后突然看见大厅顶上的巨型玻璃窗，看见平田英男在那扇玻璃背后正注视着他。墙上时钟指着八点过十分，他觉得现在已经应该通过安全检查然后登机。他提起手提箱和酒朝大厅另一头的入口走去，他看见一群穿黄制服挎左轮手枪的男人正默默等着他。

他掏出护照和机票。

“是中国人吗？”一个肤色微黑的黄制服盯着他的眼睛。这人使他感到一种眼熟。

“是的。”

“乘这班782前往北京么？”

“是的。”

“请问您乘机的目的？”

“回家。”

“对不起先生，请到这边来一下！”那黄制服转身领他朝里走。他看见那黄制服屁股上挂着的左轮枪时，他突然想起来——“二比一”！他不无快活和自嘲地想道。他被领进一间小屋。屋中空空荡荡只有一张镀镍小桌。两个抱着胳臂站在屋角的黄制服放下胳臂，朝他跨了一步：

“打开箱子！”

“请再出示您的护照。”

“把机票和登机牌给我看一下。”

他被怀疑了。

箱子中的一切零碎全被翻腾出来。几十盒磁带上全写着同一个名字“小林一雄”这使一个黄制服疑心更重。另一个黄制服仔细地研究手提箱，打量边框的金属和底层的厚度。第三个黄制服在浏览《黄金牧地》的塑料合页夹，他好奇地看着那人聚精会神的脸孔，想看看这份蒙语文献给一个外行的印象是什么。把我当成劫持飞机的可疑分子啦，他满怀新鲜地想。他彬彬有礼地配合着那三名机场保安人员，但是他自己不动手收拾那些东西。我在日本人，我在这样的日本眼睛中，究竟是一个什么形象呢？他好奇地想着，向四周环顾想找面镜子。

在锃亮的硬装饰板壁上，他看见一个人影。那人穿着一身紧紧卡住肩腰的近乎黑色的深蓝西服，雪白的硬衬领上打着一条蓝红相间的中亚情调的领带。那人身材高大，面目严峻，一头蓬蓬的卷发乱堆在头上。像一头深蓝色的狮子？像一匹沉默的野兽？像一个英武严厉的巴勒斯坦突击队员？像一名温雅而果决的国际恐怖主义组织的枪手？

“对不起。现在请您登机。”

“谢谢。”

“祝您一路平安，北京今天非常晴朗。”

“再见。”

他提起自己的手提箱和塑料酒袋，顺着甬道朝飞机走去。他进入机舱以后发现这架飞机巨大得惊人。这不是来时那架 DC-10，他猜这种宽体客机也许就是电视广告上的波音747。他坐下不久飞机就轰轰发动了，他随手抽出一份早晨的《朝日新闻》，但是并没有读。刚才的一幕似乎给了他一个暗示，他不明白刚才成田的警卫关为什么要对他实行特殊检查。飞机已经越过云层，天空晴朗得万里无云。抹着蓝眼圈红嘴唇的日航空中小姐走来了，问他要哪一种免费饮料。他说“威士忌，加冰威士忌”并递过去一张钞票，那小姐微笑着摇了摇头。邻座一个日本胖子告诉他说：为了竞争，日航现在连酒也白给啦。他喝了一口酒后摊开手里的报纸，总之可以得出的结论是——你的形象不合成田空港的口味。他下意识地翻开那份二十四版的晨刊报纸，眼睛在“艺术”一栏中看见了一条消息：

“昔日民谣之神又登长旅——小林一雄开始他的《不戴皮手套的拳击》。目标三百次无乐队伴奏的音乐会。这场喉咙、汗水与肉体的苦战将于今夏酷热的冲绳岛揭开序幕！久违了——真诚之声……”

蓝天和机翼下的大海仿佛是静止的。

他随着人流走下了飞机。在红色的甬道前站着一个穿绿色军服的人。他不认识这套陌生的军服。这是北京……他忍着耳朵嗡嗡的疼痛走着。几乎和成田空港一模一样的圆形登机室、自动通路、升降扶梯次第出现在他面前。

站在自动滑行通路上向海关滑行时，他瞥了一眼外面的停机坪。

那里连着北京郊区的田野。他看见了浓绿如障的树阴林带。他看见了京东大平原绿油油的庄稼。他看见了村子里半露出树影的红砖房屋。还有远处的烟囱，还有晴朗中静静罩着北京酷暑炎夏的白花花气流。

北京，我回来啦……他默默地在心里说。

他静静地站在队列里，等着验关。

有一个小伙子从旁边挤了过来。他恰好正在掏香烟，弯起的胳膊肘碰了那小伙子一下。他飞快地喊出一声没有经过意识的话：

“对不起！”

他惊呆了。我居然在一刹那之间就恢复了中国话的反应。如果是在四个小时之前，如果是从四小时前一直上溯一年，我会同样迅速不假思索地用日语喊出这句话的。他对自己吃惊。那小伙子早已不见了，他还在回味着自己的这一瞬反应。

队列向前移动着。原来刚才这架巨腹的波音 747 中那些人，原来那些潜伏在日本人之中的乘客大都是回国的中国人。他揉着耳朵，想在过关以前让耳朵恢复降落前的听觉。

“请拿出护照！”

他听见了一个嗡嗡的细声。声音尖锐而遥远，他看见窗口里有一个穿绿制服的女孩子正瞟着他。他判断是在对自己说话；他马上递上自己的护照。

“这是你的护照吗？”

那声音细微又杂着嗡嗡的噪音。他使劲咽下一口唾液——耳朵在这关键时刻正常了，巨大轰响的声浪猛地涌进了双耳之中。

“这是你的护照吗？”

他非常奇怪。当然是我的护照，他好奇地看着那穿绿制服的女孩子。他已经猜出这种没见过的镶黄边、软肩章的绿制服是武装警察、原来卫戍部队的制服。

“当然是我的呀。”他说。

“什么你的！”那女孩子一撇嘴，砰地用指甲弹了一下他的护照。“瞧瞧，这哪儿是你呀！”她又使劲“盯”了他一眼。

“嘿，真新鲜，它偏偏就正是我的！”他忍住肚里的不知是气还是笑的一股火说。他回想着四小时前在成田的那一幕，他有点想和这位凶中藏娇的小姑娘开个玩笑。

“对不起，——过来！”

一个身躯魁梧的绿制服向他喝道。那人背后站着的一个绿制服已经打开了一扇房门。

“请你跟我们来一下！”小姑娘厉声说。

在屋里，三个绿制服研究着他的护照。

他突然来了兴致。他解开衣扣，用手指梳了梳头发，快活地对那小姑娘说：“看吧，仔细看看。您瞧是——丑啦还是精神啦？”

魁梧的绿制服小伙子扑哧一笑：“就是他，没错。”他捅捅那小女孩说。女孩子涨红了脸，夺过护照又瞟了一眼，然后把护照朝他一递：

“哼——走吧！瞧你这样儿！”

他提着行李，终于走出了海关，到了那扇玻璃门前。他费力地张望着，那道门外拥挤着无数人的脸庞。那边瞧着我不合口味；这边瞧着我也不顺眼。他快活又新鲜地想着，睁大眼睛在那无数的脸庞中寻找着。这真是个有意思的巧合，简直像个什么深刻的暗示。但是我回来了，一会儿找到她们我就回家。小林一雄又踏上了长旅，他赤手空拳不要电气音响不要伴奏。我也要出发啦，我已经说过我要去草原我要去新疆要去伊斯兰山区。她们在哪儿呢，我的妻子和女儿在哪儿呢，这挤得满满的人脸晃得我睁不开眼睛，回家——他突然停住了：

晒得黑黑的妻子抱着一个熟睡的小孩，正站在他面前，激动又害羞地望着他。妻子的头发有些乱，晒黑的脸有些憔悴。在她的怀里，有一个陌生的小女孩正酣酣地睡着；一只小手揪扯着妈妈的衣领，一只小手紧紧攥着个白绒绒的玩具小熊。她们已经望了他好久了。

最后一个回忆是关于一匹马的。

人能忍受艰苦。可是，因为那匹马他明白了：人不能忍受的是享受。是的，在真正的艰苦中，那享受的魅力实在是太大了。

很多年过去以后，他还在独自默默地反省那件事。如果那时他注意到那马的汗水，如果他曾经留意看看那匹白马琥珀般的大眼睛里的神情，也许过失可以避免。可是他总是听见自己心里有个声音在激烈地反驳着：不，不！那时我只想奔驰，那时我的潜存的意识里已经不顾一切只想奔驰，我那种不顾一切的意识里已经包括不惜这骏马的生命！……那么是一种残酷吗？是一种虐待吗？是一种深藏的罪恶吗？

其实我只记得那是辉煌的享受。

其实那对于我是个美丽的瞬间。

那匹白骏马死啦。

那是在我告别骑马生涯的那几天。我有一种控制了几年终于不愿意再控制了的放纵欲。那是一个遥远的春末，原野上积雪已经融尽，太阳已经把湿漉漉的大地烤干。马蹄敲击大地时那驰骤声已经脆硬如爆豆。我好像有过一个什么目的，马儿跑出去时好像曾经有过一个方向；但是现在我明白了那是一种假象，现在我明白了那时我的目的就是纵情。我在金黄的草浪迎着马头疾疾涌来时醉了，我在四蹄之音再也无法分辨的狂暴轰鸣中醉了，我在关于一匹雪白骏马在天际闪电般一掠而过的想象中醉了，我在喝下了太多的烈性白酒后又让一匹白马发扬这烈性的颠簸中醉了。

我醉了，马死了。

白马一连几天不肯吃草。我向它告别时它静静地伫立着。它无言无语，温和沉默地伫立着。我似乎曾经宽慰我自己，我欺骗自己，掩饰自己内心的慌乱和犯罪感，我悄悄地自语道：它站着呢，它只是歇一歇，它马上就会吃草，它马上就会恢复……

于是我走了。我向着自己的前程一去不回。

后来，很久以后，我听说了一个消息。有一个不认识我的骑手谈到一匹白马；他说那匹白马在主人离开以后不吃不喝，一直站在草原上，一直站到死去。

我听着，心里像泻入了一股冰水一样。我默默地听着，我明白了一切。后来我站起来告辞了，一直到今天我对这件事仍缄口不语。没有一个人觉出我有什么异常，没有一个人知道我心里的这个秘密。

因为这是最后的回忆，所以我觉得应该把它写在这里。十几年来，我一直默默地怀念着一匹白骏马。我激烈地在自己心底进行着种种争辩，那时脑海里的这匹白马就是一个原则和裁判。我没有跑到它殉情的草地上去，我没有号啕着诅咒自己是杀生害命的罪犯。我只是永久地牢牢地在心里记着一匹雪白的骏马；我觉得自己每走一步都听见了熟悉的蹄音，我觉得自己生命的每分每秒每个瞬间都是骑着一匹无形的骏马。

行啦，一个缺油少盐、既没有写出日本的神魂风采“文化”

素质；又没有写出几个真的日本人和真的留学生的“涉外”题材故事，也算是胡扯完毕了。

我相信：一定会有很多见过大世面，端过盘子，在汽车棚地下室涮过夜的博士留学生对我这故事嗤之以鼻。

我也相信会新来很多“汉学家”，很多能讲中国话的日本专家，他们很有风度的摇摇头。“作者不懂日本。”他们说。

前几天从上海来了一个小日本儿。他是蹬自行车从上海窜到北京来的。在日本留学时我麻烦过他帮我买裤衩儿。他给我买了大号L和小号S的各五条。——他寄来一个二分钱的明信片，说他已经到了北京，住在某某宾馆。

我到了那宾馆但是找不着他。最后查了盲流人员收留登记簿才知道他住在宾馆地下室。他在地下室里得意洋洋地给我看了一本导游手册。我被镇了一愣：那手册上写着全中国各宾馆地下室的价钱。最便宜的一夜只花一块人民币。我们俩走上了华灯绚烂的北京大街，我说我请你餐一顿。我突然问昨晚上你怎么吃的你又不会中文。他说我找了一个羊肉饺子馆我举起我的手册给大师傅一看就香喷喷地吃上啦。我好奇地翻他那小宝书，上边写着：“我爱中国！我没有粮票！”

吃饱了打着啤酒嗝儿我问道兄弟明天打算哪儿玩去？他说上天安门开会。我心里想奇啦明天天安门开什么会呀？他说，明天是战胜日本法西斯四十周年纪念日估计在天安门应该有群众集会。我说，呸！明天咱俩遛大街吧。第二天我领上他去了王府井。他说他在中国只想买顶栽绒帽子；那种古铜色三块瓦古铜灯芯绒壳子的老帽子还真有存货。我问干吗买这种老帽子，他说戴上像解放军。晚上我请他去朋友家喝酒，朋友家有一把吉他。我朋友问他喜欢唱歌吗？他说来中国前刚刚自己开了个音乐会。

我惊昏了，我喊道：“你——？”

他老实巴交地说：那是在东大（他是东大学生）校园节上。他听有个流行曲小娘们儿在台子上扭屁股扭得他烦了。他就弄了个半导体小喇叭，用胶布把喇叭贴在一把椅子上，自己坐在地上把喇叭椅拉过来凑在嘴上，把一张海报贴在背后的墙上，海报上写着：“我虽然不会弹吉他——请你们听我别听她。”

“唱啦？”我问道，我心想你老弟真勇。

“唱了。”他说。

“听的人多吗？”我又问。

“没人听。”他老老实实地说。

我和我朋友愤怒地大骂“他妈——的！”我和我朋友使劲喊起来：“他妈——的，没人听！”于是我们要求他立刻唱一个。我们说：“他们不听中国哥们儿听。”我朋友一把扔给他那吉他。

他唱了一支歌。

他唱的是小林一雄的过时小调《向着自由的长旅》。

我没说什么；但我朋友落泪了。

我们是在黎明之前走上街路的。漆黑的凛冽冬夜里幸好没有起风。其实已经是真正的早晨了，如果在夏季此刻太阳已经明亮热烫。漆黑中奔走着城市的喧嚣，人们和都市的生计已经在此刻开始了。

我抱起小女儿。在黑暗的微明中我看着她的眼睛在痴痴地望着。不知她是没睡够呢，还是有些害怕？我猜她更可能是在回想着梦中见到的小松鼠小白兔之类可爱动物。而我感到周身寒冷。我抱紧了她，用脸贴住她冻得冰凉的小脸蛋。

我们在黑暗中挤进人群里。

我们在黑暗中挤上公共汽车。

爸爸我给你讲一个故事——汽车凶猛地冲向黑暗。雪亮的光束剑一般劈开黑暗。有一只可爱的小熊——尖锐的钢铁撞击声在漆黑中震响，呼啸的寒风突然打在脸上。小熊有一根甜棒棒糖——换车时我用肩膀撞开黑色的人。我在黑黝黝的人群中用警觉卫护我的女儿。小熊看见小白兔正在呜呜哭——下车了我站到地上时舒了口气。这里是开阔的郊外，女儿的幼儿园不远了。小熊把棒棒糖给了小白兔然后——我抱着小女儿走上像原野一般空阔的郊外大道。我看见黑暗的长天尽头出现了一条蓝红色的龙。小熊小兔就去幼儿园——女儿突然尖声叫喊起来：爸爸！你看——太阳！太阳！

广阔的黑暗中有一轮鲜红浑圆的红色太阳正在默默升起。它红艳晶莹，充斥天地，在那均匀的黑色中默默地诞生了。天地立即就要燃烧，但正在一切还尚未点燃的一瞬——

小女儿突然使劲挣脱了我。

她跳下地来欢声嚷着朝那红红的太阳飞快奔跑。“太阳！……爸爸你看！太阳多红多大呀！……爸爸太阳滚过来啦！……”她才两岁，我突然记起来了：她还没有见过一次日出。

我喊不住她。她惊喜得已经忘了我。那轮红灼灼的巨大火球静静地迎着她滚来。

“太阳！快点滚过来呀太阳！……”小女儿无畏地迎着那轮火焰。我已经被她抛在了此岸，我已经惊惶失措。

我看见一个两岁的小女孩的小小影子。她正不顾一切地对准一个巨大得不可思议的红轮奔跑。那默默的浑圆红轮子像一个刚刚靠岸的奇异的红船，正在那不远的岸边静静等着这个小女孩跑近。

“啊！多红呀！太阳！快点呀！……”我的小女儿忘我地奔向那太阳，奔向那纯洁的火。我感动地望着。我找到了终极的真理。

是的，生命就是希望。我崇拜的只有生命。真正高尚的生命简直是一个秘密。它飘荡无定，自由自在，它使人类中总有一支血脉不甘于失败，九死不悔地追寻着自己的金牧场。

写于 1987 年

附录一 《金牧场》部分蒙语词汇的拉丁转写

阿勒坦·努特格	(altan nutuγ)	金牧场
吉拉嘎拉	(jarγal)	幸福
乌兰乎	(ulaan hüü)	红孩子
青柯尔·敖包	(čінggel oboo)	青色敖包
古赫·哈达	(göhe hada)	青色石头
依合塔拉	(ihe tala)	大平原
星·忽伦	(odotai hulun)	额头有星的红马
盐	(dabasu)	
好勒该	(horγoi)	镶边
阿拉杭盖	(aru hangγai)	北杭爱山
达瓦	(dabaa)	
亚干	(yaγan)	粉白色
哈纳	(hana)	活动的毡包支架墙
俄尼	(uni)	可拆卸的毡包顶架
召·淖尔	(joo nuur)	一百个湖
奶，乳房	(deleng)	
角得格	(jodoγ)	摔跤服
吐木勒·召得	(temür jud)	铁灾
角合斯那	(joγsuhna)	不走，趴蛋

角合斯怪	(joγsuhgui)	不停
哈拉·雅马·特布勒那	(hara yamaa teberne)	抱黑山羊

额吉，你在哪儿?	(eejee , ta haabaina ?)
救救我……	(namaiγi aburaači ···)
哈拉·雅马·特布勒那！	(hara yamaa teberne !)

附录二　张承志著作集目录

1.《老桥》，小说集，北京十月文艺出版社，1984 ☆

2.《张承志集》，小说集，海峡文艺出版社，1985

3.《蒙古大草原游牧誌》，日文，朝日新闻社，1986

4.《北方的河》，小说集，北京十月文艺出版社，1987 ☆

5.《北方的河》，小说集，台湾新地出版社，1987

6.《黄泥小屋》，小说集，宁夏出版社，1987

7.《金牧场》，长篇小说，作家出版社，1987 ☆

8.《黄泥小屋》，小说集，台湾林白出版社，1988

9.《奔驰的美神》，小说集，四川文艺出版社，1988

10.《北望长城外》，小说集，中原农民出版社，1988

11.《张承志代表作》，小说集，黄河文艺出版社，1988

12.《骑马民族国家》，译著（江上波夫著），光明日报社，1988

13.《The Black Steed》，小说英译本，中国文学出版社，1989

14.《绿风土》，新散文集，作家出版社，1989 ☆

15.《心灵史》，长篇小说，花城出版社，1991 ☆

16.《Les Rivieres du Nord》，小说法译本，中国文学出版社，1992

17.《神示的诗篇》，小说集，江苏文艺出版社，1992 ☆

18.《神示的诗篇》，小说集，香港南粤出版社，1992

19.《张承志回族题材小说选》，小说集，青海人民出版社，1993

20.《热什哈尔》，译著（署名参与），三联书店，1993

21.《红卫兵的时代》，日文，学术类，岩波书店，1992

22.《从回教看中国》，日文，学术类，中央公论社，1993

23.《错开的花》，新诗集，北京师范大学出版社，1993

24.《美丽瞬间》，小说集，北京师范大学出版社，1993

25.《殉教的中国伊斯兰——哲合忍耶史》，日文，亚纪书房，1993

26.《清洁的精神》，散文集，安徽文艺出版社，1994 ☆

27.《金草地》，长篇小说，海南出版社，1994

28.《荒芜英雄路》，散文集，上海知识出版社，1994 ☆

29.《绿风土》，散文集，香港天地图书，1994

30.《黑骏马》，日译，早稻田大学出版社，1994

31.《黑骏马》，小说集，长江文艺出版社，1994

32.《大地散步》，散文集，群众出版社，1995

33.《张承志文学作品选集》（四卷），海南出版社，1995

34.《清洁的精神》，散文集，香港牛津大学出版社，1995 ☆

35.《鞍与笔》，以日文写作，散文集，太田出版，1995

36.《牧人笔记》，随笔集，花城出版社，1996 ☆

37.《张承志卷》，散文集，人民文学出版社，1997

38.《北方的河》，日译，露满堂，1997

39.《鞍与笔》，散文集，北京师范大学出版社，1998 ☆

40.《大陆与情感》，摄影散文集，山东画报出版社，1998

41.《张承志》，散文集，香港明报出版社，1999

42.《以笔为旗》，散文集，中国社会科学出版社，1999 ☆

43.《张承志文集》（五卷），湖南文艺出版社，1999

44.《北方的河》，作家出版社，2000

45.《一册山河》，散文集，作家出版社，2001 ☆
46.《东岳文库》，七卷袖珍本，山东文艺出版社，2001
47.《西省暗杀考》，小说集，北岳文艺出版社，2001
48.《金草地》，长篇小说，北岳文艺出版社，2001
49.《金牧场》，长篇小说，时代文艺出版社，2001
50.《鞍与笔的影子》，摄影散文集，学林出版社，2001
51.《张承志 20 年散文选》，散文集，青海人民出版社，2001
52.《粗饮茶》，散文集，春风文艺出版社，2003
53.《谁是胜者》，散文集，现代出版社，2003 ☆
54.《音乐履历》，散文集，上海三联书店，2003
55.《辉煌的波马》，江苏文艺出版社，2003
56.《金牧场》，长篇小说，春风文艺出版社，2004
57.《文明的入门——张承志学术散文集》，北京十月文艺出版社，2004
58.《金牧场》，作家出版社，2005
59.《鲜花的废墟》，游记，中国文学出版社，2005 ☆
60.《北方的河》，人民文学出版社，2005
61.《风土与山河》，散文集，作家出版社，2005
62.《张承志散文》，人民文学出版社，2005
63.《海骚》，小说集，台湾正中书局，2005
64.《草原印象》，散文集，浙江大学出版社，2005
65.《鲜花的废墟》，游记，台湾允晨出版，2005
66.《张承志精选集》，燕山出版社，2006
67.《正午的喀什——张承志新疆题材作品选》，新疆人民出版社，2006
68.《金牧场》，人民文学出版社，2006
69.《张承志自选集》（三卷），花城出版社，2007

70.《牧人行歌》，散文集，盲文出版社，2007

71.《长笛如诉》，散文集，盲文出版社，2007

72.《聋子的耳朵》，散文集，河南文艺出版社，2007 ☆

73.《五色的异端》，散文集，香港大风出版社，2007

74.《金牧场》，人民文学出版社，2007

75.《大西北》，散文集，中国青年出版社，2007

76.《鲜花的废墟》，游记，中国友谊出版公司，2008 再版

77.《荒芜英雄路》，散文集，中信出版社，2008 再版

78.《清洁的精神》，散文集，中信出版社，2008 再版

79.《鞍与笔》，散文集，中信出版社，2008 再版

80.《敬重与惜别——致日本》，中国友谊出版公司，2009 ☆

81.《黑骏马》插图本，上海人民美术出版社，2009

82.《黄土：张承志的放浪笔记》，江苏文艺出版社，2009

83.《饮虎池》，作家出版社，2009

84.《金草地》，作家出版社，2009

85.《你的微笑》，散文集，青海人民出版社，2010 ☆

86.《大草原与大西北》，散文集，广东教育出版社，2010

87.《匈奴的谶歌》，上海文艺出版社，2010

88.《张承志寄小读者：向常识的求知》，21 世纪出版社，2011

89.《黑骏马》，青海人民出版社，2011

90.《北方的河》，青海人民出版社，2011

91.《涂画的旅程》，青海人民出版社，2011 ☆

92.《金牧场》，长江文艺出版社，2012

93.《常识的求知：张承志学术散文集》，三联书店，2012

94.《心灵史》改订版，珍藏纪念版，2012 ☆

95.《相约来世》，作家出版社，2013

96.《张承志作品》（四卷），华文天下，2013

97.《北方的河》，花城出版社，2013

98.《骑手为什么歌唱母亲》，译林出版社，2013

99.《敬重与惜别》，台湾行人文化实验室，2014

100.《张承志作品系列》（十卷），东方出版社，2014

注：带星号的为初版。

附录三　张承志文学创作年表

1978 年

夏天，在研究生考试后写作蒙文诗《Arat−un hu boln−a》（做人民之子）及短篇小说《骑手为什么歌唱母亲》，因后者获第一届全国优秀短篇小说奖而开始文学道路。

1981 年

夏天，重返阔别的内蒙古草原。是年 10 月，毕业于中国社会科学院研究生院民族历史语言系，获历史学硕士。12 月，中篇小说《黑骏马》完成。

1982 年

年底，第一本小说集《老桥》编成。

1983 年

5 月，赴日本东洋文库进修。参加 UNESCO 举办的暑期土耳其语基础讲座。在东京外国语大学旁听小泽重男的《元朝秘史》。写作游牧社会学概要书《蒙古大草原游牧誌》（日文版）。同时被歌手冈林信康的艺术吸引，归国前完成《绝望的前卫》。中篇小说《北方的河》

在日本校订。

1984 年

6 月初自日本归国。为梵高的绘画和故事所震撼。是夏，再回乌珠穆沁草原。秋天，赴新疆调查。12 月，初次进入西海固腹地的农村。此后多年，在甘、宁、新疆等地的农村下乡。

1985 年

6 月写成短篇小说《GRAFFITI——胡涂乱抹》，刊于同年 11 期《上海文学》。12 月，由业师翁独健先生亲笔题署书名的小说集《北方的河》编成。

1987 年

长篇小说《金牧场》出版。

8 月调入海军创作室。

翌年开始，写作下列诗体作品：4 月写成《黑山羊谣》；1988 年 3 月，《海骚》；1989 年 3 月，《错开的花》。

同时更频繁地在黄土高原的回族农村下乡。

1989 年

第一个散文集《绿风土》出版。6 月号《文汇月刊》发表中篇小说《西省暗杀考》。

是年 9 月，开始写作《心灵史》。12 月，从海军退职（复员），辞退一切公职待遇。

1990 年

3 月，《心灵史》写成，交花城出版社。

为青年阿訇做秘书工作，校订他们译自阿拉伯－波斯文的宗教史典籍《热什哈尔》。

8 月，散文《天道立秋》。

11 月，赴日本。在日本岩波书店《世界》杂志连载，并在“岩波新书”出版文库本《红卫兵时代》。

1991 年

《心灵史》出版。

为冈林信康的 CD《信康》写作“解说”。

在日本的中央公论社出版《从回教看中国》。此为第一册独立使用日文写成的著作。

1992 年

在东洋文库，与友人合作学术著作《殉教的中国伊斯兰》。

诗体作品集《神示的诗篇》在香港出版。

1993 年

4 月，就职日本爱知大学法学部。带领学生进行“六十年代的世界与青年”讲座研讨。

应约为《世界》毛泽东诞辰 100 周年纪念专辑写作《毛主席 Greffitti》

1994 年

年初，提前结束契约，归国。

散文集《荒芜英雄路》出版。
秋，母亲病逝。
初访云南。

1995 年
3 月：《三舍之避》及《心上关山》。
4 月：获首届爱文文学奖。发表《首届爱文文学奖获奖致辞》。
自是年起，连续三年赴新疆，比较和学习维吾尔文明的知识。此年赴塔什库尔干，在帕米尔高原，决定逐步写作系列的阐释新疆的论文与散文。10 月：《冰山之父》，11 月：《正午的喀什》，1996 年 6 月：论文《从象牙塔到土鲁番》、1998 年：《面纱随笔》、2001 年：《文明的入门》。编辑了新疆题材专集，由香港明报出版为“当代中国文库精读”之一。此书并被湖南文艺版五卷本《张承志文集》收入，书题《冰山之父》。
在北京完稿的日文散文集《鞍与笔》在东京出版。
《张承志文学作品选集》四卷本出版。

1996 年
在云南农村的小村寨里，迎来元旦。
散文集《清洁的精神》（修订版）出版。
3 月，针对攻讦和诽谤，以及对穆斯林世界的歧视与偏见，写成《墨虽浓惊无语》。
6 月，在内蒙古额吉去世后，亦是八十年代以来，又一次重赴乌珠穆沁草原。
8 月，因无法前赴西北，在北京家中，接待来自西海固回民区的农民朋友。

9 月赴南疆，在维吾尔社会深处探寻苏菲的源流。
岁末，为纪念这一年写作《让潮水三次淹没》。
《牧人笔记》出版。
12 月，在中国作协第一届全国委员会上的表决中，就选举方法投唯一的弃权票。

1997 年

为宗教史译著《热什哈尔》的台湾繁体字版代理著作权事务。
删改长篇小说《金牧场》，以《金草地》为题重新出版。
7 月，赴乌珠穆沁草原。
12 月，又赴新疆。在寒冬季节的土鲁番和伊犁，度过宝贵的日子。归途再去河州、宁夏、平凉，并抵达枯水的黄河壶口。
冈林信康在日文版《北方的河》封面围带上撰写短文。

1998 年

散文集《鞍与笔》（与同名日文书内容不同）出版。
3 月起，主编《三联人文地理》杂志试刊。写作发刊词《人文地理概念下诸学科的方法论问题》。此文与散文《二十八年的额吉》等作品一起，提出了“文明的内部发言”“文明代言人的资格”等理论观点。
抵达以前在小说中想象的黑龙江。
有意识地写作包含复数文化的散文。是年 3 月《粗饮茶》、4 月《音乐履历》写成。

1999 年

出版摄影散文集《大陆与情感》。

3 月赴江西，登庐山，踏查陶渊明的粟里。继赴绍兴，拜访山阴道上的名胜古迹。

7 月遍游甘肃河州各县。过河入青海，西马营。再访关川。

新散文集《以笔为旗》出版。自己设计的封面，以亲身参加的艾提尕尔大寺的聚礼为主题。

开始在大西北的清真寺，讲解学术研究的方法论。与这一实践同步的论文《寺里的学术》，已至三稿。

10 － 12 月，开拓新的世界学习，首次奔赴西班牙。深入地中海西部的穆斯林历史。

2000 年

3 月，再访江西。登梅岭、井冈山。

8 月盛夏，赴酷暑的乌珠穆沁草原。

是年前后，继续留意作品的学术性。它们涉及的学科分别有：

考古学：《时代的召唤与时代的限制》；

社会学：《一页的翻过》（2000.4）；

伊斯兰研究：《刘介廉的五更月》、《双联璧》（2000.7）；

古代交通史：《水路越梅关》（2000. 斋月）；

思想史：《波斯的礼物》（2000.6）。

腊月，再入黄土高原，在久别的山村，与农民朋友重逢。

2001 年

于除夕归京。

3 月，第三次游学江西，访景德镇、婺源、王安石故乡东乡、吉水吉安、瑞金；并进入福建，拜访泉州圣友寺、厦门鼓浪屿。

7 月赴青海，踏查祁连山脉南麓，大通河流域及扁都口。黄河李家峡以及东部农业区。

8 月，继腊月之旅后，再进旱灾中的西海固。

继续写作学术类散文。

建筑：《石头的胜利》（2001.10）；

植物：《幻视的橄榄树》（2001.8）；

新疆研究：《文明的入门》（2001.12）等。

新散文集《一册山河》出版。

10 月，游浙江，再上山阴道，访徐锡麟烈士遗迹。游舟山、上海，看古代港口形势。回山东故乡。

青海人民出版社出版《张承志 20 年散文选》。

2003 年

1–4 月，第二次西班牙调查。遍走西班牙、摩洛哥、葡萄牙的历史旧地和各种农村。

9 月，赴新疆。在天山南北巡游新疆全境。遍及昌吉、伊犁，从库尔勒经沙漠路进入塔里木南缘，遍访昔日的旧友。

2005 年

应《南方周末》纪念苏珊·桑塔格而写作的《他人的尊严》，反被《南方周末》拒绝发表。西方知识分子“左派的傲慢”的命题，与标榜自由的媒体之可疑背景的命题。

出版《鲜花的废墟——安达卢斯纪行》，此为对世界学习的一次总结，也是第一本描述外国的著作。

6 月，讲演河州城。

2006年

远赴秘鲁、墨西哥三个月。开始尝试学习西班牙语。了解拉丁美洲的16世纪及殖民世纪历史。对安第斯山腹地、亚马逊河丛林、太平洋沿岸、印第安人、殖民地及教育，白银、土豆、玉米等作物的传播，有了宝贵的认识。

为反省“文革”中的血统论并纪念红卫兵诞生40周年，写作《四十年的卢沟桥》。

秋，赴日本两月，日本历史文化调查。

组织阿拉伯文与汉译对照的宗教典籍《曼丹叶合》的出版。

2007年

独自以学术散文《掩卷追怀亦邻真》纪念蒙古史业师翁独健先生诞辰100周年。

新散文集《聋子的耳朵》出版。

四川，松潘。经若尔盖抵达甘南。再访东乡，帮助流落红军。

2008年

曲阳、龙泉关、五台山。

4–6月，赴古巴、西班牙两个月。了解古巴的殖民时代与革命时代。在西班牙南部调查摩里斯科历史。

第二本描述外国的著作、散文体日本概论《敬重与惜别——致日本》出版。书中以对大中华天朝思想的自省、以警告中国思想界浸淫传染的大国主义危险为武器，分析批判日本明治维新以来的“脱亚入欧”国策，呼吁新的亚细亚主义。

2009 年

1 月，在两岸四地华人抗议以色列入侵加沙的网上联合声明书上动员中国知识分子和穆斯林踊跃签字。

在《读书》杂志开设题为“尚能学否”的不定期专栏。

夏季赴柴达木盆地西端，访问荒漠尽头的马海哈萨克安置地。

10 月，再访西海固、将台堡与陈田玉。散文《重逢关川》。

多年神交的北庄老人家马进城逝世。用手机短信发出的唁电刊载在甘肃媒体。

组织印成一册农民学者研究乃格什板顶耶源流的粗糙论文集《为泥足者序》。批判体制豢养的伊斯兰学者及其方法论。

2010 年

2 月，写成寓言《磨坊目击记》。

3 月正式开始《心灵史》修改。

4 月，《敬重与惜别》获“第八届华语文学大奖盛典”年度散文家奖，在发奖会上使用 1995 年的旧作《首届爱文文学奖获奖致辞》。

6 月 20 日，在北大国家发展研究院讲演，题为《常识的求知》。

6 月，全国高考语文试题采用《大河家》为试题。

夏季赴青海与编辑共同工作，新散文集《你的微笑》出版。

动员西宁穆斯林援建的哈萨克马海安置区清真寺建成。

总结对从祁连山到积石山的甘青边界地域长达十数年的文化追究，发表《凡生命尽予收容》。

11 月，再访日本，在明治学院大学发表日文写作的讲演稿，题为《四十年之初衷未曾敢弃》（敢えて四十年の初心を抱えて）。

2011 年

2 月第二次倾注全力于《心灵史》修改版作业。

夏季赴青海，就地即写即编，编成绘画、速写、草图合集的美术散文集《涂画的旅程》，9 月出版，召开西北各族农村友人汇聚新书签售式的聚会。

9 月，《心灵史》修定版完成。在西北两座城市前后进入编辑阶段。编辑过程中，仍有重要的修改。

2012 年

《心灵史》改定版 750 册以真皮封面、银徽嵌饰、毛笔签字、孤版钤封的豪华装帧问世。书上明印对读者的允诺：收益将全数用于扶贫。

5 月 24 日，精装版成品运抵北京。7 月上旬，书以每册 1500 元的收藏价格销空。

9 月 7 日，前赴中东。

9 月 12–15 日，在约旦境内的巴勒斯坦难民营，将《心灵史》改定版所获收益实施捐献。一共对 5 个村庄、计 476 户巴勒斯坦难民及约旦穷苦农民，捐献了 10 万美元。五次演讲《越过死海》。

10 月 –11 月，在上海亚洲思想论坛、南京大学、复旦大学以及北京，共五次公开汇报此次巴勒斯坦难民营的捐献行动。

为强调少数民族的母语权利，长篇散文《启蒙的历程》发表。

2013 年

这一年的时间主要用在印刷两批各 5 万册简装本《心灵史》修定版的工作上。此版由友人印成，10 万册免费赠送不取分文。封底明印“全部赠阅，严禁营利”。

4 月，短暂韩国之旅。江华岛、釜山、首尔清真寺的印象。

9 月，念盼的土耳其之旅实现。震惊于奥斯曼帝国的文化辉煌，流连忘返。

10–11 月，赴日本，从北海道至对马岛，旅行一个月。

10 月 26 日，在日本中央大学骏河台纪念馆，用日语进行最后一次以《心灵史》收益援助巴勒斯坦难民行动的宣传讲演。题目为《从红卫兵到巴勒斯坦》。

12 月，《张承志文学创作年表》完成。

图书在版编目（CIP）数据

张承志作品系列．第3卷，长篇小说 / 张承志　著．— 北京：东方出版社，2014.4

ISBN 978-7-5060-7350-9

Ⅰ．①张…　Ⅱ．①张…　Ⅲ．①中国文学－当代文学－作品综合集 ②长篇小说－小说集－中国－当代　Ⅳ．①I217.2

中国版本图书馆CIP数据核字（2014）第055231号

张承志作品系列：卷三·长篇小说
(ZHANGCHENGZHI ZUOPIN XILIE JUANSAN CHANGPIAN XIAOSHUO)

作　　者：张承志
策 划 人：张　杰
产品经理：王丽娜
责任编辑：姬　利　王丽娜
责任审读：刘越难
书籍设计：张志伟　纸墨春秋设计工作室
统　　筹：吴玉萍
责任营销：王莉莉 010-64258071
出　　版：东方出版社
发　　行：人民东方出版传媒有限公司
地　　址：北京市东城区朝阳门内大街166号
邮政编码：100706
印　　刷：北京京都六环印刷厂
版　　次：2014年7月第1版
印　　次：2014年7月第1次印刷
印　　数：1—6000册
开　　本：880毫米×1230毫米　1/32
印　　张：14.5
字　　数：337千字
书　　号：ISBN 978-7-5060-7350-9
定　　价：54.00元
发行电话：(010)64258117　64258115　64258112